U0611920

东北沦陷区童话研究

陈实 著

北方文艺出版社

图书在版编目（CIP）数据

东北沦陷区童话研究 / 陈实著 . –– 哈尔滨：北方
文艺出版社，2019.6（2019.9 重印）
　ISBN 978-7-5317-4527-3

　Ⅰ . ①东… Ⅱ . ①陈… Ⅲ . ①童话 – 文学研究 – 东北
地区 – 1931–1945 Ⅳ . ① I207.8

　中国版本图书馆 CIP 数据核字（2019）第 084620 号

东北沦陷区童话研究

Dongbei Lunxianqu Tonghua Yanjiu

作　者 / 陈　实
责任编辑 / 王　爽　王丽华

封面题字 / 李正中
封面设计 / 席丙洋

出版发行 / 北方文艺出版社
发行电话 /（0451）85951921　85951915
地　址 / 哈尔滨市南岗区林兴街 3 号

邮　编 / 150080
经　销 / 新华书店
网　址 / www.bfwy.com

印　刷 / 北京诚信伟业印刷有限公司
字　数 / 425 千
版　次 / 2019 年 6 月第 1 版

开　本 / 710mm×1000mm　1/ 16
印　张 / 27
印　次 / 2019 年 9 月第 2 次印刷

书　号 / ISBN 978-7-5317-4527-3

定　价 / 88.00 元

目录

伪满洲国的童话：殖民设计与解殖书写（代序）

刘晓丽

　　近代日本在东亚侵略扩张，其殖民统治多种多样，伪满洲国情况最为特殊。伪满洲国既是日本帝国扩张占领的一个区域，又不同于当时的中国台湾、朝鲜、"关东州"（旅顺、大连）等占领地，可以被称为"非正式殖民地"（Informal Colony）。中国台湾、朝鲜、"关东州"等占领地被日本称为"外地"，即被想象成日本"内地"国土的延长线。而"满洲国"虽然实际的操纵者是日本关东军和日本官吏，但名义上的"国家元首"为清代逊帝溥仪，对外宣称"独立国家"，构造一系列的"国家"意识形态，例如"王道乐土""五族协和""新满洲"等等。也就是说，伪满洲国，不仅是日本经济开发与掠夺的试验场、未来战争供给地，还是日本殖民政治的试验场。在这个政治试验场中，培养"少国民"是其非常重要的计划，他们从学制教育、少年社团、儿童读物等方面进行规划。重新制定初等教育计划，把初等教育改分为"国民学校"阶段和"国民优级学校"阶段，私塾教育改称为"国民学舍"，目的就是培育伪满洲国的"少国民"意识。还组织各种少年社团，甚者相当于伪满洲国统治政党的"协和会"，也有吸纳青少年的"青年团"组织。儿童读物方面，大量译介日本少国民读本，单行本读物之外，还有专门的报纸和杂志或开辟儿童专栏，或集中刊载供儿童阅读的作品，例如《盛京时报》的《儿童周刊》，《大同报》和《泰东日报》中的儿童专栏，还有《满洲学童》《小朋友》《斯民》《新满洲》《华文大阪每日》等杂志。目前学界在伪满洲国儿童教育方面研究较多，缺乏对儿童社团和儿童读物方面的研究。

　　本书将研究视线投向了伪满洲国时期儿童读物，选择"童话"这一特别的文体作为研究对象。全书由五章构成。第一章从探究伪满洲国童话的源流开始，对伪满洲国的童话概念进行梳理，以这一时期公开出版的童话作品为线索，分析殖民者如何利用童话进行"未来国民"的塑造，分析伪满洲国童话写作的两种分流与多重向度，以此呈现殖民地童话创作的复杂性与特殊性。第二章至第四章，分别以"一刊""一报""一人（作家）"的案例形式，对伪满洲国的童话创作进行从平台到作家的全面分析。这三个案例以实证的方式具体对应第一章中提出的"两种分流及多重向度"。第二章以《满洲学童》作为案例，分析殖民者的"植入与控制"。作者对《满洲学童》杂志及其所刊部分童话进行考述，重现伪满洲国"植入式童话"这一创作现象，揭露殖民者对儿童刊物的把控与设置，探讨他们利用童话来虚构"乐土"的实质。同时，以该杂志上"抗击英美"的童话为例，更深层次分析"献纳文体"的时代寓意，探究童话作家真心与无意的迎合，以此重现殖民地童话创作的纠结与挣扎。第三章以《泰东日报》作为案例，展示两种分流之中较为复杂的"中间层"，这里包含了"把控""游离""解殖"等多种形式的童话创作，且"把控"下有"附逆""合作""迎合"，"游离"中有"自觉与不自觉""自我与时局"，"解殖"时有"消解与挣扎"。这些童话创作分流中的多重向度，正隐藏于《泰东日报》这类报刊的文艺栏目之中。同时作者在本章中还着重分析了《泰东日报》文艺副刊所掀起的"童话热潮"，并以此追溯伪满洲国时期"关东州"的特殊童话土壤与作家源流的形成过程。第四章以伪满洲国时期著名童话作家杨慈灯为案例，将他作为童话作者中"游离与解殖"的代表。作者对杨慈灯的生平进行考证，梳理他在公开媒体上发表的作品，分析其军旅作品与童话作品之间的关系，并着重论述其童话创作中的两个向度，以此展现游离于殖民者"官方意识"之外的童话作家的生存与创作情况。第五章是对伪满洲国"满系""日系""蒙系""俄系""鲜系"作家多语系、多族群童话创作情况的考察，作者尽可能地呈现童话创作的交汇处与多样性，以期从伪满洲国各语系及族群童话写作的幻想、植入与附和之中，探究殖民者倡导的"植入式童话"与作家主观意识形态之间"同与异"的撕扯与张力。结语部分则探讨日本殖民者如何全面立体地渲染"新大陆""新满洲"，如何将"苦海"虚构为"乐土"，并重点分析童话作为"解殖文学"的重要价值。

作者的研究扎实且富有创造性，翔实地展示出伪满洲国童话的重要特征——殖民设计与解殖书写相随相伴，"少国民"计划与自然童心相背相离。从本书的四个附录：《满洲学童》目录、1931—1945年《泰东日报》所刊童话作品目录、1931—1945年杨慈灯作品目录、1945—2018年伪满洲国文学研究论文目录（多人整理），可以见其史料搜集和整理的功力。就我所知，作者陈实是国内外《满洲学童》搜集量最多的学者。通过对这些资料的搜集和研读，陈实详细地考察出日本殖民者如何借用童话这一文学形式，作为意识形态宣传和文化侵略的一种工具，例如指派或倡导作家创作一种将"五族协和""王道乐土"等殖民宣传嵌入文本的童话，意在教育和影响青少年。陈实把这种童话称之为"植入式童话"，将这个来源于医学和广告学的名词放入文学研究之中，这是一种创造性的借用，非常形象地点出这类童话作品的特征。与此同时，陈实的研究也呈现了伪满洲国童话的复杂性，即并非所有的童话都是"植入式童话"。一些爱好童话创作的作家和文学爱好者，以"附逆""迎合""解殖""游离"等姿态，也发表了数量众多与"少国民"计划无关的童话作品。而且，即便是"植入式童话"也因其植入技术的粗劣达不到其目的，在植入伪满洲国意识形态的同时也自觉不自觉地植入了与其"少国民"计划相左的内容。这些童话作品犹如腐蚀剂般慢慢地消解、溶解、拆解着殖民计划、殖民统治，可以归入我近些年提出的"解殖文学"（Lyo-colonial Literature）一系。

在关注伪满洲国童话总体特征的同时，陈实还特别关注了伪满洲国的少年写作现象，这种所谓被规划的"少国民"写作，更能折射出殖民统治的意图及其给殖民地青少年造成的殖民创伤。就"献纳诗"而言，伪满洲国组织中小学生作者写作，当时的《满洲学童》《小朋友》以及各种校刊，都登载了大量的"献纳诗"。这些少年作者大部分时间接受的是殖民教育，在主体意识还没有建立起来的时候，伪满洲国的观念就强行切入了他们的头脑之中，我曾采访过一位1926年出生于长春的老人，他说："当日本宣布投降后，溥仪发表了《退位诏书》，我当时的心情很失落，觉得自己的国家没有了。那个时代，没人告诉我中国是我的国家。"这个老人的情况也许有一定的代表性，从中我们也可以看出当时东北殖民教育的强迫性。该时期有部分少年会认同"大东亚共荣圈"等说教，自愿自觉地写"献纳诗"。一些少年把写"献纳诗"当成一种游戏，一种娱乐，一种学习。写"献纳诗"与"对对联""填词"等诗词练习活动没有差别，而"献纳诗"因为发表容易，给这些少年带来了孩子气的积极性，他们要把这种游戏玩到花样翻新，尝试着各种玩法。《满洲学童》上还刊出这样一首《圣战字塔》：

圣战字塔

祝

战 圣

年 三 第

战 败 英 狯

完 要 也 国 美

乾 坤 震 威 军 皇

前 阵 在 食 忘 寝 废

浅 非 功 军 皇 谢 感 我

前 眼 在 要 就 英 美 倒 打

圈 荣 共 大 扩 战 亚 东 成 完

这些稚嫩的童心被蒙上了灰尘，当少年成年后该如何面对这不更世事时的"游戏"，悔恨、耻辱、恐惧等情感，将伴随本该是趣味十足的少年回忆，面对自己的晚辈和朋友为此事也要时时说谎掩盖，当面对如我这样的研究者时也得尽力避开写"献纳诗"的事情。日本统治东北14年，犯下滔滔罪行，造成的人身与心灵的苦难蔓延于众多个体漫长的一生。

本书另一个特点是借用图像资料解读文学作品，这类研究虽然在学界已经比较常见，但是对于伪满洲国研究，特别是童话作品研究，有其另外的意义。第一，很多童话刊发时，原本就配有图片，图片原本属于童话文本的一部分。第二，书中使用的很多伪满洲国时期的明信片，是第一次"出土"的，其中凝结着伪满洲国时期的很多信息，不仅作用于童话研究，还可以为其他伪满洲国研究提供新素材。本书中论及翻译童话作品《老鳄鱼的故事》时，使用了当时的明信片，解释"为什么二战时期日本形象常为章鱼"的问题；《桃太郎》的插图变化，解释了日本殖民者怎样借用"桃太郎"形象宣传征服意识、强制崇拜意识和武士道精神等军国主义、国家主义思想。这种图文并用的研究，也增加了研究著作的趣味性。

这是我第一次给自己的学生写序，在此，我还想多说说作者陈实。陈实博士是我的"老"学生了。从1999年他进入华东师范大学就读本科至今，一晃20年。我犹记得他20年前在课堂上的样子，当时我自己还在读博，在我的文学写作课上，他一直坐在前排，时不时向我提出一些稀奇古怪的问题。当时他就展露了一些文字上的特长，为此我常会为自己负责或熟悉的杂志向他约稿，他来者不拒且交稿迅速，写出的文章多幽默冷峻，文笔斐然。有时候师生聚会，他常常带来一些新鲜的笑话，讲笑话是他另一个特长，冷面讲述的他，时常令人喷饭。

陈实本科毕业后去做了媒体，这是意料之中的事。有时他会回学校看望老师，我从他那里听到很多工作上的趣事和艰辛，为他高兴，也常常告诉他要坚持练笔，不要丢了自己的兴趣。后来他很快在单位脱颖而出，年纪轻轻就成了杂志社的领导，再见时他一副少年得志的模样，告诉我有时候整本杂志一半文章都出自他写的，只是用了不同的笔名。再后来他突然下海经商了，这个消息让不少人震惊，那段时间我先生正在办画展，陈实跑去画展，先生握着他的手说了句："潇洒！"他哈哈大笑。似乎这就是他对待生活的态度，总是阳光灿烂，无所畏惧。

然而他做生意期间会回归校园却是我意料之外的事情。2010年他考上了上海交通大学的研究生，此时华东师大也早已搬迁至闵行，两所学校隔街相望。这世界上的事情总是充满巧合，2012年我开始招收博士生，陈实跑来对我说，希望继续跟我攻读博士学位，我笑着说："考上了再说吧。"后来，32岁的陈实成了我招收的第二届博士生，毕业10年后再次回到了华师大。

我时常和其他博士笑言，陈实的研究方向在进入博士阶段前就已经确定了。当时他刚从交大硕士毕业，暑期帮我一起编辑获国家出版基金资助的一套丛书《伪满时期文学资料整理与研究》。他走进我办公室的那天中午，伪满时期著名童话作家杨慈灯的儿子夏正社先生的顺丰快递正好到达。快递来的是一个笔形U盘，里面装满杨慈灯的作品。我顺手递给陈实，告诉他回去好好看看。后来他仔细阅读了这些文本，再见面时说："原来伪满洲国时期还有这么多童话作品，我就研究这个吧！"

我很支持他的这个选择，也深知史料研究的不易，当然更知道他是一个执着的学生。果然，性格开朗的他很快和夏正社先生成了忘年交，两人多次奔赴东北寻找资料，跑遍了大大小小的图书馆，采访了伪满时期的老作家及其后人，寻获了杨慈灯大部分作品之余，还收获了《满洲学童》《华文大阪每日》等报刊上大量的童话作品。他还从旧书市场、海外网站购得不少伪满时期的原刊，这些珍贵的资料让很多研究者惊羡。研究之外，陈实还"顺便"寻觅了一些伪满洲国时期的瓷器、明信片等物，俨然如同一个伪满洲国时期老物件收藏者，这一方面是他本身热爱生活的性格所致，一方面也是对研究史料的某种辅助，毕竟文字与物品都是一种对历史的解读。

四年的博士生涯，陈实顺利地完成了博士论文，现在他已经是海内外伪满洲国童话研究首席专家。2017年毕业后他选择到上海第二工业大学任教，也变成一位教书育人者。作为教师仅两年，他已主编伪满洲国文学研究相关图书7本，发表论文多篇，这让我十分欣慰。他业余生活酷爱养花，尤爱仙人掌。有时候我在想，锋芒毕露、内心柔和，扔在沙漠也会坚强生长，悄然绽放，这是仙人掌，也是陈实。

绪论：东亚殖民主义视野下的伪满洲国童话

第一节　新世纪以来的伪满洲国文学研究

伪满洲国时期（1932—1945）的文学，在汉语学术界经历了这样几个研究阶段：全盘否定期（1948—1980）、自我正名期（1981—1999）、正视深入期（2000—现在）。①

全盘否定期的研究者认为在伪满洲时期诞生的大部分作品都是"汉奸文学"，这一时期伪满洲国的相关出版物，大部分集中在历史叙述的语境中，关于东北沦陷区文学的研究被边缘化。早期的研究主要关注流亡在外的"东北作家群"②，1951年，王瑶将萧军、萧红、舒群、端木蕻良等东北籍作家纳入了文学史的视野。③

1978年改革开放到20世纪末，伪满洲国文学进入了自我正名期。这一时期出现了"东北沦陷区文学"的高潮，主要研究集中于发掘并阐释具有反抗性质的文学作品，描绘压迫与反抗的东北沦陷时期的文学景观。这个阶段，经过拨乱反正和历史的反思，更多的东北作家出现在文学史的视野里，但由于种种原因的限制，大部分研究依然主要关注具有"反抗和暴露"意识的作品，对长期置身于伪满洲国的作家作品缺乏研究，许多复杂的问题并没有得到答案；其

---

① 刘晓丽：《伪满洲国文学在汉语研究界》，《伪满洲国文学研究资料汇编》，《伪满时期文学资料整理与研究·史料卷》，哈尔滨：北方文艺出版社，2017年，第3—4页。

② 1936年9月，上海文艺杂志《光明》1卷7号（上海光明半月刊社），以附录的形式出版了东北出生的作家的短篇小说集《东北作家近作集》，以此为契机，"东北作家群"的称呼得以定型。

③ 王瑶：《中国新文学史稿》，上海：新文艺出版社，1954年，第251—254页。

史料收集的广度、探索的深度和研究的延展性依然具有很大发展空间。对这一时期的重要著述及理路，高翔（2000年）已进行了较为详尽的整理。[①]

2000年以来，对伪满洲国时期的文学研究进入了正视深入期，从基础性史料研究逐渐走向突破性研究阶段。

"伪满洲国文学"成为中国现代文学的研究对象名称，是21世纪的产物。刘晓丽（2005年）首次以"伪满洲国文学"作为研究方向，发表了第一篇以"伪满洲国文学"为研究对象的学术论文[②]及博士学位论文。[③]"伪满洲国文学"这一概念的提出，从地域划分和研究视角上，对之前的"东北沦陷区文学""东北抗日文学"等概念进行了补充和深化。历史上被日本殖民的傀儡国——伪满洲国的"国界线"内，包括狭义的"东北三省"（辽宁省、吉林省、黑龙江省）以及内蒙古东北部、河北省北部，生活着汉、满、蒙、朝、日本、俄等多个族群；整个伪满洲国时期，多国籍、多族群、多语种的作家生活在这片区域，以自己的方式进行文学创作。

刘晓丽提出的"伪满洲国文学"视角，并不停留于地域描述，而是更强调对长期生活在伪满洲国地区的作家作品及文学现象的研究。这使得更多被忽略和被遗忘的文学图景得到展示于世人面前的机会，同时对中国现代文学史研究中的空白进行了填补。

整体上看，新世纪的伪满洲国文学研究进展可以概括为以下三个主要方面：研究保障体系的新史料、宏观研究与历史叙述的新视野、媒介与作家作品研究的新边界。

一、研究保障体系的新史料

由于经历战争、时间和其他因素的摧残，伪满洲国文学研究史料的匮乏，一直是一个困扰研究者的大问题。新世纪以来，学术界开始重视东北地区散佚史料的抢救与整理，正视史实的意识愈发强烈，尤其对伪满时期生活于殖民地

---

① 高翔、薛勤、刘瑞弘：《东北现代文学著述理路初探》，《辽宁大学学报》，2000年第6期，第13—18页，第105页。

② 刘晓丽：《〈艺文志〉杂志与伪满洲国时期的文学》，《求是学刊》，2005年6月，第103—107页。

③ 刘晓丽：《1939—1945年东北地区文学期刊研究》（博士学位论文），华东师范大学，2005年。

的文学人的史料进行了保护性发掘，这种批判与辩证思维的理性发展，促成了伪满洲国文学新史料保障体系的基本建立。

一是大型史料丛书的编订出版。这类丛书以收集"东北沦陷区"作家作品、年表、大事记、小传、笔名、回忆录、文学报刊目录、研究论著、馆藏书目（包括内部资料）等一手资料为主要特色，很多史料都是新世纪首次面世，这些资料性工具书、报刊杂志原刊影印、馆藏地考证，为学界提供了极为珍贵的研究基础。这其中有钱理群总主编的《中国沦陷区文学大系·史料卷》（2000年）、彭放主编的《中国沦陷区文学研究资料总汇》（2007年）、初国卿主编、全国十余家图书馆参编的《伪满洲国期刊汇编》（2008—2010年），刘慧娟主编的《东北沦陷时期文学作品与史料编年集成》、刘晓丽主编的《伪满洲时期文学资料整理与研究》（2017年）等。以最新的《伪满洲时期文学资料整理与研究》为例，该丛书共33册，2014年获得国家图书出版基金资助，由中国、日本、韩国、加拿大、美国学者分工合作，历时三年完成，分为作品卷、史料卷和研究卷三部分，收录了伪满洲国时期殖民视野下，各国作家以多种语言（汉语、日语、朝鲜语、俄语）创作的作品，以及世界范围内学术界在伪满洲国文学领域的研究资料及著作，丰富的史料与国际化研究视野，将推进中国学术界对伪满洲国文学的研究突破，同时促进世界范围内的殖民地文学研究。

二是大量伪满洲国作家文学作品的搜集与出版。20世纪80年代开始，"沦陷区文学"就渐渐变热，但"东北作家群"作品所占比例依然最重，萧军、萧红、舒群、端木蕻良等作家的作品集最为常见。新世纪以来，爵青、梅娘、杨慈灯等长期在伪满洲国生活的作家作品或书信得以出版，以梅娘为例，2000年至2009年出版的就有《梅娘文集》（华夏出版社，2000年）、《梅娘近作及书简》（同心出版社，2005年）等五本。更具象征意味的是，其中《梅娘代表作》被收入"中国现代文学百家·代表作"书系（华夏出版社，1997—2000），萧红、端木蕻良、袁犀、爵青的代表作也被收入其中，"赫然与鲁迅、老舍、郭沫若、曹禺等人的专集排列在一起，纳入中国现代文学百人经典之列"①。

作家的复杂身份和文学现象的史料整理，在新世纪也越来越受到研究者的

---

① 张泉：《沦陷区文学研究回顾与反思》，《中国现代文学研究丛刊》，2002年第2期，第208—219页。

重视。如因晚年担任伪满洲国国务总理被世人诟病的郑孝胥,其《海藏楼诗集》于2003年由黄坤、杨晓波校点,上海古籍出版社出版。这部诗集的再版,对现代旧体诗及伪满洲时期伪官员、文人的生存状态等方面的研究很有意义。

作为伪满洲国殖民者重要文学活动的"大东亚文学者大会",一直以来被视为伪满洲国时期作家"身份确认"的重要事件。2000年,王向远对伪满洲国三次"大东亚文学者大会"的史实进行了整理,①文中列出了伪满洲国作家参会及论题的详单,他认为尽管有"主动投入和被动陷入"的区别,参会作家的举动仍是"可耻的附逆行为"。这说明新世纪初对伪满洲国的史料研究,依然延续了20世纪"反抗—附逆"的二元论传统。作家年谱、年表整理方面,范宇娟整理了1930年至1998年间梅娘的著译年表,②曹革成整理了端木蕻良年谱,③这份按月记载的年谱截至2014年2月已整理至1977年9月(65岁)。

2008年,蒋蕾通过《"满映"作家群落考》④《一个笔名,一段历史——关于"满映"作家李民笔名的研究》⑤和《"满映"作家王则与三份杂志》⑥三篇研究论文,对株式会社满洲映画协会这个利用电影进行殖民宣传的机构及身处其中的作家史料进行了考证,这显示出新世纪作家史料研究进入更复杂的群落、机构、媒介环境之中,史料考证更为立体和全面。

2012年,刘晓丽出版了《伪满洲国文学与文学杂志》⑦,这是一本研究与史料兼顾的著作。这本著作难能可贵地整理了伪满洲国杂志原刊馆藏地和重要文学杂志的篇目目录,完全可以作为伪满洲国文学研究者的"寻宝图"。

三是多族群、多语系文学史料的搜集开始进入研究者的视野。与20世纪大多囿于中文史料不同的是,新世纪以来,日语、俄语、朝鲜语、蒙古语等多语系的史料越来越多地浮现出来,这对研究伪满洲国复杂的族群关系和日本殖民者的民族政策有很大的意义。在这些史料体系的建立过程中,除了语言障

① 王向远:《"大东亚文学者大会"与日本对中国沦陷区文坛的干预渗透》,《新文学史料》,2000年第3期,第96—106页。

② 范宇娟:《梅娘著译年表》,《新文学史料》,2000年第1期,第204—208页。

③ 曹革成:《端木蕻良年谱(下)》,《新文学史料》,2014年第1期,第155—166页。

④ 蒋蕾:《"满映"作家群落考》,《社会科学战线》,2008年第5期,第138—147页。

⑤ 蒋蕾:《一个笔名,一段历史——关于"满映"作家李民笔名的研究》,《电影文学》,2008年第10期,第157页。

⑥ 蒋蕾:《"满映"作家王则与三份杂志》,《电影文学》,2009年第10期,第113、145页。

⑦ 刘晓丽:《伪满洲国文学与文学杂志》,重庆出版社,2012年。

碍，还有馆藏处整理补充的难度。

仅以东北俄侨作家的史料收集为例。以作家作品形式展露俄侨文学的史料书籍从新世纪伊始就开始浮现，如李延龄主编的《中国俄罗斯侨民文学丛书》，[①]这套丛书的作品包含部分伪满时期流寓东北的俄系作家作品，并引发了学术界对这一现象的思考和探索。刁绍华出版了《中国（哈尔滨—上海）俄侨作家文献存目》，包含了俄侨在东北出版的部分书目和几百位俄侨作家作品题目及出处，唯一的缺憾是没有提示所录作品的收藏处，研究者知道篇目却无法索骥。后有研究者针对该著作所录作品未提示收藏处的缺憾，力所能及地提供了一些发表俄侨作家作品报刊的馆藏信息，并对这份存目进行了一定的勘误。[②]王劲松对拜阔夫这一伪满洲时期知名的俄系作家进行了介绍，[③]该论文还提供了拜阔夫1915年至1944年的主要著作目录，遗憾的是没有提供这些著作的馆藏情况。对多族群、多语言的史料整理，依然是新世纪需要弥补的较弱环节。

二、宏观研究与历史叙述的新视野

随着新世纪新史料体系的基本建立，涌现出众多关于东北沦陷区文学的宏观研究与历史叙述，这使得伪满洲国文学研究获得更新的视野。新世纪的沦陷区文学研究，一开始即以一场如火如荼的学术争鸣开篇。

2000年，围绕钱理群《中国沦陷区文学大系》[④] 的总序，陈辽、张泉等学者持不同意见，以各自发文的形式进行辩论，这些辩论的主要问题集中在文学与政治的关系上，探讨了很多研究沦陷区文学必须直面而无法回避的复杂问题。吴晓明（2007年）在对伪满洲国文学研究综述中对这一场辩论进行了梳理，[⑤] 提出争辩本身"承认了中国现代文学史中伪满洲国文学的存在"，是"唯物史观在中国现代文学研究中的进步"。

① 李延龄：《中国俄罗斯侨民文学丛书》，哈尔滨：北方文艺出版社，2002年。

② 李萌：《汇滴水成江河——评刁绍华教授的〈中国（哈尔滨—上海）俄侨作家文献存目〉》，《俄罗斯文艺》，2002年第6期，第48—50页。

③ 王劲松：《流寓伪满洲的白俄"虎人"作家拜阔夫》，《新文学史料》，2009年第4期，第139—146页。

④ 钱理群：《"言"与"不言"之间——〈中国沦陷区文学大系〉总序》，《中国现代文学研究丛刊》，1996年第1期，第25—35页。

⑤ 吴晓明：《伪满洲国文学研究在当前的突破》，《海南师范学院学报（社会科学版）》，2007年第1期，第62—67页。

新世纪对伪满洲国文学研究的新视野，即以反思的立场出现，多立足于正视东北现代文学复杂性、特殊性和重要性并提出论证和阐述。如高翔、薛勤、刘瑞弘（2000）撰写了一系列关于东北、华北沦陷区文学比较的论文，首次从小说、散文、诗歌、文学论争与社团等方面比较了东北沦陷区与华北沦陷区文学的不同，① 提出东北沦陷区"在中国现代文学史中的重要价值"，对20世纪40年代中期至21世纪初的东北沦陷区文学史研究进行了追溯式综述，② 并对1980年至2000年间的东北现代文学史著述理路进行了梳理。③ 同时，高翔还用丰富的资料和史实回答了学界关于"东北有没有新文学"的问题。④ 这些论争和回应，代表了新世纪伪满洲国文学研究已被纳入整个沦陷区文学的视野范畴，并对伪满洲国文学如何进入文学史进行了实质性的思考，更引发了对地域文学研究的热潮。新世纪初，较有代表性的有李春燕主编的《东北文学文化新论》、⑤ 白长青的《辽海文坛鉴识录》⑥。前者在东北文学文化的区域性特征、发展脉络等方面对东北文学文化作理性剖析，后者以一定篇幅对伪满洲国时期东北作家群落的形成原因、艺术地位等进行了论述，小说研究是这本著作的亮点。

2002年，彭放的《黑龙江文学通史》以黑龙江为案例，⑦ 对"日伪统治时期的文学"进行了介绍。他难能可贵地将"流亡关内"的作家进行了专题论述，并对长期生活在伪满洲国殖民地的作家作品进行了较为详尽的记录，所论不局限于小说、散文、诗歌，还涵盖了通俗文学、剧本、文学评论以及翻译文学，并以批判的视角介绍了爵青、石军等人的作品和创作情况。这种"流亡关内"与"留守关外"的东北作家群体分类，在扩展伪满洲国文学研究视野方面具有十分超前的意义。李春燕也从作家心态的研究角度，对流亡关内的萧军、萧红、端木蕻良等作家，以及"身在伪满洲国"的"文丛""文选"和"艺文

---

① 高翔、薛勤：《迂曲中的求索——东北、华北沦陷区文学论争及社团形态比较》，《求是学刊》，2000年第3期，第95—100页。

② 高翔、薛勤、刘瑞弘：《东北沦陷区文学史研究50年寻踪》，《沈阳师范学院学报（社会科学版）》，2000年第6期，第43—47页，第97页。

③ 高翔、薛勤、刘瑞弘：《东北现代文学著述理路初探》，《辽宁大学学报（哲学社会科学版）》，2000年第6期，第13—18页，第105页。

④ 高翔：《东北新文学论稿》，北京：社会科学文献出版社，2001年。

⑤ 李春燕：《东北文学文化新论》，长春：吉林文史出版社，2000年。

⑥ 白长青：《辽海文坛鉴识录》，北京：当代世界出版社，2002年。

⑦ 彭放：《黑龙江文学通史》，哈尔滨：北方文艺出版社，2002年。

志派"作家进行了分析，并提出这种客观环境与作家心态之间关系的研究角度在当时"正引起学界的重视"。① 高翔的专著《现代东北的文学世界》则从东北现代文学的历史缘起、发展和特征开始，② 对东北现代小说、诗歌等文本及研究进行了叙述，从作家身份（与东北的关系）和作品艺术风格角度（"南满""北满"）将东北文学"谱系"进行了细致梳理，并从地缘和政治学角度为学术界提供了很多尚未研究的课题。

随后，一些学者基于学界关于伪满洲国文学研究如何进入文学史视野的讨论，对文学史研究进行回顾与探寻，对伪满洲国文学与现代文学的关系提出了更深入的思考。

2004年，黄万华在回顾20多年沦陷区文学研究的论文中，提出沦陷区文学研究必须"直面现象、直面问题、直面历史现实"，③ 并从丰富史料、重视历史、文学整体观、国际互动研究四个方面对相关学术研究者提出倡议。随后，他在其《中国现当代文学》④ 第九章《日占区文学》中，专门设置了《东北沦陷区文学》一节，将东北沦陷分为初期、中期、后期进行时段论述，并介绍了北满作家群、文选文丛派（山丁、秋萤、袁犀、梅娘）、艺文志派（爵青、小松、疑迟）以及女作家群的创作情况。2005年，张泉在《抗战时期的华北文学》⑤ 中，较为详细地介绍了袁犀、梅娘、山丁等作家。他号召相关研究不应回避史实和复杂问题，并提出"中国沦陷区文学是中国抗战文学的重要组成部分，完全有资格跻身于中国抗战文学和世界反法西斯文学，融入中国新文学"。他还以当时移往北平的四位台湾、东北作家为个案，从文化身份认同和政治立场的角度进行了阐述。⑥ 他还对1951年到2008年间出版的中国现代文学史著作进行了较为详尽的梳理，列举了各个文学史版本中对沦陷区文学的叙述，指出了其中的缺憾与不足，认为"政治层面的评价，仍是文学史接纳沦陷

① 李春燕：《艰难的心路历程——东北沦陷时期作家心态研究》，《社会科学战线》，2002年第3期，第108—117页。

② 高翔：《现代东北的文学世界》，沈阳：春风文艺出版社，2007年。

③ 黄万华：《抗战时期沦陷区文学及其研究》，《文学评论》，2004年第4期，第124—130页。

④ 黄万华：《中国现当代文学第1卷·五四—1960年代》，济南：山东文艺出版社，2006年。

⑤ 张泉：《抗战时期的华北文学》，贵阳：贵州教育出版社，2005年。

⑥ 张泉：《沦陷区中国作家的文化身份认同与政治立场问题——以移住北平的台湾、伪满洲国作家为中心》，《抗战文化研究》，2008年第00期，第236—252页。

区文学时首先要面对和解决的问题"。①

刘晓丽则根据掌握的一手史料和现存作家访谈录，清晰地将伪满洲国时期的东北作家分类为"左翼作家群""新进作家群"等六类，②并重点论及"新进作家群"这个"大部分时间生活在东北地区"的作家群，并以文学社团和刊物的形式进行了再次细分。她认为"伪满洲国作家的文学经验，属于中国现代文学经验的一部分，对其描述涉及对中国现代文学研究缺失的补充和创新认识"③。她从文学史概念、逻辑和构架等角度，对伪满洲国文学如何进入中国文学史进行了探讨，并提出伪满洲国时期的通俗文学具有"多重创新意味"，承载了"创生新文体的文学精神"。④2008年，刘晓丽的《异态时空中的精神世界——伪满洲国文学研究》⑤重点展示了伪满洲国时期的期刊、重要作家与作品情况，并将殖民地多语言多民族文学杂交的复杂多元文化图景纳入研究范畴，这在以往的研究著作中极少被涉及。陈思和赞成这种重史料的研究方法，指出"她虽然没有努力去解决关于伪满殖民地文学的普遍理论问题，但是通过这样知人论世的细致分析，拯救了许多被历史掩盖的文学生命，展示出历史的复杂真相。实际上为准确理解伪满殖民地文学的理论问题作好了坚实的铺垫"⑥。

在学者们的努力下，更多的文学史家选择将伪满洲国时期的文学纳入文学史叙述之中。2010年，吴福辉在其《中国现代文学发展史（插图本）》中，着重介绍了东北、华北沦陷区的"乡土文学"，并认为是东北乡土文学影响并生成了华北的乡土文学。⑦作者还介绍了爵青、袁犀等有"现代派"感觉的作

① 张泉：《试论中国现代文学史如何填补空白——沦陷区文学纳入文学史的演化形态及存在的问题》，《文艺争鸣》，2009年第11期，第60—68页。

② 刘晓丽：《被遮蔽的文学图景——对1932—1945年东北地区作家群落的一种考察》，《上海师范大学学报（哲学社会科学版）》，2005年第2期，第50—55页。

③ 刘晓丽：《伪满洲国文学：中国现代文学研究的补订》，《华东师范大学学报（哲学社会科学版）》，2006年第5期，第75—81页。

④ 刘晓丽：《现代文学史上的失踪者——以伪满洲国文学何以进入文学史为例》，《探索与争鸣》，2007年第6期，第58—61页。

⑤ 刘晓丽：《异态时空中的精神世界——伪满洲国文学研究》，上海：华东师范大学出版社，2008年。

⑥ 陈思和：《东北殖民地文学的初步探索——读刘晓丽〈异态时空中的精神世界〉》，《中国现代文学研究丛刊》，2009年第1期，第202—206页。

⑦ 吴福辉：《中国现代文学发展史（插图本）》，北京：北京大学出版社，2010年，第421—428页。

家和接近通俗文学的梅娘，附《沦陷区主要文学副刊、杂志目录》。作者将东北、华北和上海沦陷区的文学世界并为一节，以横向对比和细致分类的方式，从整体角度将沦陷区文学纳入文学史。

严家炎主编的《二十世纪中国文学史（中）》①在书中第二十章《抗战时期的中国沦陷区文学》中，论述了东北沦陷区文学的变迁。该著除阐述传统"东北作家群"外，介绍了"文选派"作家山丁、秋萤、袁犀和梅娘，以及"艺文志派"作家爵青、小松、疑迟，还论及东北沦陷后期的女性作家群和军旅作家杨慈灯。作者从文学社团、殖民者文艺政策等角度梳理了东北沦陷区文学变迁的原因和脉络，着重介绍了流亡作家以外，长期生活在伪满洲国的东北作家。

这些宏观论述是对文学史原有边界的一种突破，让众多被遗漏、遗忘的现代作家重新进入了中国现代文学史的视野。"这些'边界'的拓展不只是研究范围的扩大，同时也提供一种重新认识历史的契机。"②

三、媒介与作家作品研究的新边界

新世纪以来，随着伪满洲国文学研究边界的拓展，研究者将视野聚焦于伪满洲国时期的媒介群、作家群、读者群的新边界研究。如果说 20 世纪的研究更注重政治群、意识群，更多论述"反抗"与"附逆"，那么新世纪的研究则更偏向于对文学与政治、社会、群体的复杂关系，文学消解殖民的"解殖"作用等更缠绕、更难以解决的问题进行细致辨析。

对媒介，即刊载文学的平台的研究愈加成熟和深入。文学报刊的主办机构、办刊宗旨、编辑同人等，无一不是影响文学创作和传播的重要因素。2005年至 2006 年，刘晓丽先后发表《幽暗时空中的文学一角——关于〈新满洲〉杂志》③《伪满洲国时期文学杂志新考》④《〈艺文志〉杂志与伪满洲国时期

---

① 严家炎：《二十世纪中国文学史（中）》，北京：高等教育出版社，2010 年，第 369—375 页。

② 温儒敏：《现代文学研究的"边界"及"价值尺度"问题——对中国现代文学研究现状的梳理与思考》，《华中师范大学学报（人文社会科学版）》，2011 年第 1 期，第 67—75 页。

③ 刘晓丽：《幽暗时空中的文学一角——关于〈新满洲〉杂志》，《海南师范学院学报（社会科学版）》，2005 年第 5 期，第 29—35 页。

④ 刘晓丽：《伪满洲国时期文学杂志新考》，《中国现代文学研究丛刊》，2005 年第 6 期，第 152—169 页。

的文学》①《伪满洲国时期〈青年文化〉杂志考述》等文，②从伪满洲国时期的期刊中历史语境的抽象描述、日本殖民者描绘修辞圈套等方面，对报刊及所刊载文学作品进行了评述，从媒介、作者、政治与文学的复杂关系的角度提出了新的研究路径。近年来，她以自己多年搜集抢救的《华文大阪每日》《新青年》（沈阳）《同轨》《萃文季刊》《满洲文艺》等大量期刊杂志原刊、复印件、影印件等珍贵史料为基础，先后发表了对《青年文化》③《诗季》④《新满洲》⑤等刊的重要研究成果，分别针对流寓华北的东北作家、伪满洲诗歌刊物、殖民者逻辑的文学映照等方面进行了论述。她还组织了一批中青年学者以课题组的形式成立了"伪满洲国研究中心"，对伪满洲国文学的重要问题进行定期探讨和分析，在《社会科学辑刊》《沈阳师范大学学报（社会科学版）》等报刊上多次发表了系列论文。

《满洲评论》是伪满洲国时期日本文人创立的时事评论周刊。祝力新从报刊史、创刊人与思想研究者等角度对该刊进行了研究，并以此撰写了博士论文。她与尚侠的研究侧重考察了该刊文学专栏中时事对文学的映射，⑥虽然介绍相对简略，但提出了时事政治对文学研究的重要史料价值和研究的不足。对该刊历史分期与伪满洲国文坛的关系的研究也是她的贡献，⑦文章对山口慎一（大内隆雄）的译著情况进行了介绍，特别是提出的伪满洲国殖民者与日本文人之间的关系的角度，颇具新意和深入研究价值。⑧

---

① 刘晓丽：《〈艺文志〉杂志与伪满洲国时期的文学》，《求是学刊》，2005 年第 6 期，第103—107 页。

② 刘晓丽：《伪满洲国时期〈青年文化〉杂志考述》，《上海师范大学学报（哲学社会科学版）》，2006 年第 4 期，第 80—85 页。

③ 刘晓丽：《流寓华北的东北作家的"满洲想象"——以〈青年文化〉杂志"华北文艺特辑"为中心》，《上海师范大学学报（哲学社会科学版）》，2008 年第 3 期，第 116—120 页。

④ 刘晓丽：《新诗的"青果"——关于伪满洲国时期的〈诗季〉杂志》，《海南师范大学学报（社会科学版）》，2010 年第 3 期，第 6—11 页。

⑤ 刘晓丽：《"新满洲"的修辞——以伪满洲国时期的〈新满洲〉杂志为中心的考察》，《文艺理论研究》，2013 年第 1 期，第 86—92 页。

⑥ 祝力新、尚侠：《〈满洲评论〉创刊前后——时事与文学的初衷》，《东北师范大学学报（哲学社会科学版）》，2012 年第 1 期，第 146—149 页。

⑦ 祝力新：《〈满洲评论〉的历史分期问题》，《外国问题研究》，2013 年第 2 期，第 32—36 页。

⑧ 祝力新：《〈满洲评论〉与伪满文坛——以期刊文艺栏目为线索》，《东北师范大学学报（哲学社会科学版）》，2013 年第 3 期，第 117—120 页。

蒋蕾以伪满洲国政府机关报《大同报》为样本，对其 14 年间所办的 10 个文学副刊为线索进行整理和分析，发掘整理出一系列"汉奸文学"与"抵抗文学"的典型案例，并结合其作者背景、时代背景等历史资料，寻找到东北沦陷区文坛的精神内核和一些重大文学事件的发生内因。① 此文的贡献在于对"报纸沦为殖民者舆论工具后副刊坚持'反满抗日'"这一特殊现象的考证，以及对伪满洲国时期副刊成为文学重要甚至一度是唯一载体的现象分析。她强调以第一手资料对当时的文学现象进行核实，并对一些东北沦陷区研究中的固有看法提出了质疑。

高翔对《新青年》（沈阳）进行了研究，② 特别关注了文学批评，着重介绍了王秋萤作为"具有重要建树的批评家"的作用，认为该刊"在推动和发展东北现代文学批评过程中，仍发挥了重要作用，显示出特有的地位，一些篇章凸现着文学史意义"。以往的伪满洲国文学期刊研究更多局限于作家作品发掘，而高翔则提出对文学现象、文学群体的重视，如他对《新青年》中的新诗专辑进行了研究，③ 对当时"挽救新诗"的独特现象进行了分析，并对当时以金音为代表的诗人群体进行了探究。在其《〈弘宣〉与伪满宣传文艺》④ 中，则通过对这本"伪满洲国思想战宣传战之机关杂志"的研究，从对文化侵略"官方喉舌"的解析，揭示了殖民者的伪文艺政策、文艺理论和"伪文学"。

《盛京时报》作为东北近现代举足轻重的大报，吸引了众多学者进行研究，"首创了东北第一家报纸副刊《神皋杂俎》"⑤，对东北现代文学的影响重大。1978 年至 1999 年之间的研究，主要从近现代小说和诗歌的角度出发，并有意无意"避开"了伪满洲国时期。新世纪以来，一些研究生开始注意到这片空白并以此撰写了学位论文，较有代表性的有《伪满时期文学与政治的游移》⑥ 和《沦陷初期（1931—1937）的东北文学研究》⑦。两篇文章都以沦陷初期为时段，前者主要通过《神皋杂俎》简略分析了文学与政治的关系，并介

---

① 蒋蕾：《精神抵抗：东北沦陷区报纸文学副刊的政治身份与文化身份》（博士学位论文），吉林大学，2008 年。

② 高翔：《〈新青年〉与东北现代文学批评》，《学习与探索》，2010 年第 2 期，第 204—209 页。

③ 高翔：《〈新青年〉"新诗歌"专辑研究》，《求是学刊》，2013 年第 5 期，第 116—122 页。

④ 高翔：《〈弘宣〉与伪满宣传文艺》，《学术交流》，2012 年第 12 期，第 201—204 页。

⑤ 铁峰：《二十年代的东北新文学》，《社会科学辑刊》，1992 年第 1 期，第 145—149 页。

⑥ 许文畅：《伪满时期文学与政治的游移》（硕士学位论文），东北师范大学，2011 年。

⑦ 佟雪：《沦陷初期（1931—1937）的东北文学研究》（博士学位论文），东北师范大学，2012 年。

绍了一些作家作品；后者则以《盛京时报》《大同报》《国际协报》文学副刊为中心，着重介绍了沦陷初期进步作家的创作，以及后来流亡的东北作家群，解析《艺文指导要纲》如何导致东北文坛"毫无生机可言"，部分呈现了伪满洲国文学艰难生存于夹缝的状态。

此外，除了主流报刊，蒋蕾的《被遗忘的抵抗文学副刊〈大同俱乐部〉》、卞策的《东北沦陷时期报纸文艺副刊研究综述》等文，对活跃在伪满洲国的报刊副刊进行了研究，这说明对这一时期媒介的研究，尚有很大的延展空间。

对作家作品，新世纪的研究更重视那些长期生活在伪满洲国地区的文人，并着重辨析其文学派别、历史事件、性别群落对其文学创作的影响。对"东北作家群"的研究，新世纪延续了20世纪80年代以来的路径，研究对象以萧红、萧军、端木蕻良等人为主。仅对萧红的研究，据2000年不完全统计就近30篇，但有质量的研究不多，大多还局限于对其进步性、抒情性、女性意识、地域文化、叙事方式等方面的描述，李向辉（2000）的萧红研究回顾中已有类似观点。[①] 此类研究，在没有新史料出现的情况下，很难有所突破。

2003年，高翔对伪满洲国知名作家古丁进行了研究，从其文论家的身份进行论述，梳理了古丁作为"艺文志派"领军人物的文学创造理论。[②] 该研究揭示了东北现代文学的部分创作规律，特别是总结了"艺文志派"的创作体系。立足于"文学流派"的角度考察伪满洲国文学，从而避免了过去研究中对作家政治立场、社会关系、创作轨迹等研究的单一化、简单化。一些学者很快开始响应，2005年刘晓丽的论文——《被遮蔽的文学图景——对1932—1945年东北地区作家群落的一种考察》就是其中的代表作。她提出伪满洲国文学作家来自"不同阶层、不同信仰、不同国族"，新文学与旧文学并存，且强调存在"日语、朝语、俄语、德语等"多语种创作的状态，并首次提出"左翼作家群""新进作家群""通俗作家群""日系作家群""流寓作家群""帝制大臣作家群"的概念。她认为伪满洲国作家作品始终没有很好地呈现在中国现代文学研究的叙述中，或"轻易涂去"，或"淹没"在"宏大叙事中"，或"简单""一概斥之为'敌伪文学''汉奸文学'，她强调应该根据文学团体的活

---

① 李向辉：《批评的批评：萧红研究回顾》，《兰州大学学报》，2000年第4期，第133—139页。
② 高翔：《论古丁的文学创造理论》，《沈阳师范大学学报（社会科学版）》，2003年第3期，第39—41页。

动情况、作家生活体验、政治立场等因素，直面复杂的创作与心理体验，"那些奴颜媚骨的作品应该被唾弃，而真正的作家作品应该值得重视，成为中国现代文学史的补遗"①。她还在另一篇论文中对同为"艺文志派"的爵青进行了研究，从政治面貌、作品、言论等原始调查材料出发，考察了伪满洲国时期殖民地知识分子的矛盾及其背后的复杂心态，对爵青的身份之谜等困惑研究者多年的问题进行了探究和解答。② 另一些学者则试图以文学事件切入作家与作品分析，如刘旸、尚侠对"大东亚文学者大会"这一历史事件进行了钩沉，提出深层解读作家的真实经历和细读文本，将揭示伪满作家作品研究的复杂与艰难。③

伪满洲国时期反对"为文艺而文艺"的"文选派"，其代表人物梁山丁（山丁）是东北现代"乡土文学"无法绕开的作家。新世纪以来，专门对其作品与创作的研究只有几篇，大多仍以分析作品为主，但已然跳出固有的研究窠臼。如王越、孙中田对《绿色的谷》不同时代的版本进行了分析，将其作为创作环境、创作心理、出版流通三个层面对创作自由进行干预的典型个案。④ 刘晓丽则提出《绿色的谷》中风景描写具有大量政治隐喻，由此能够查看伪满洲国时期烙印在自然风物中的殖民伤痕。⑤ 王玲玲将山丁与伪满洲国"日系"作家岛木健作的生平、创作等情况进行了横向对比，使两位作家的文学创作轨迹交叉共鸣，为我们理解伪满洲国文学提供了不同的角度。⑥ 同属"文选派"的袁犀（李克异）因属于"进步作家"，早在 20 世纪 80 年代就有对他的生平创作的研究。⑦ 但新世纪以来，对他的研究却不多见，特别是对他创作的深入研

① 刘晓丽：《被遮蔽的文学图景——对 1932—1945 年东北地区作家群落的一种考察》，《上海师范大学学报（哲学社会科学版）》，2005 年第 2 期，第 50—55 页。

② 刘晓丽：《伪满洲国作家爵青资料考索》，《上海师范大学学报（哲学社会科学版）》，2007 年第 3 期，第 59—66 页。

③ 刘旸、尚侠：《古丁与"大东亚文学"》，《外国问题研究》，2013 年第 1 期，第 31—35 页。

④ 王越、孙中田：《梁山丁〈绿色的谷〉版本比较研究》，《外国问题研究》，2013 年第 1 期，第 25—30 页。

⑤ 刘晓丽：《自然写作的诗学与政治：伪满洲国殖民地的"风景"研究——以山丁的长篇小说〈绿色的谷〉为中心的考察》，《沈阳师范大学学报（社会科学版）》，2018 年第 2 期，第 45—51 页。

⑥ 王玲玲：《三十年代的作家梁山丁与岛木健作——以〈山风〉和〈满洲纪行〉为中心》，《科教文汇（上旬刊）》，2009 年第 10 期，第 255—256 页。

⑦ 古达：《记李克异》，《新文学史料》，1988 年第 1 期，第 102—105 页。

究屈指可数，近年仅有陈言的《东北沦陷时期袁犀的言论及创作意义》①、陈思广的《"大东亚文学奖"的争议之作〈贝壳〉新议》②两篇值得关注。

另外还有一类不属于任何团体和"派别"的作家，较为知名的有朱媞和李正中（柯炬、韦长明）。初国卿（2011）对朱媞的介绍，让这位"东北沦陷时期最后一位著名女作家"重新进入人们的视野，文章中称朱媞1945年出版的小说集《樱》，"是东北沦陷时期出版的最后一部文学作品"③，"她与丈夫李正中一起，成为与吴郎和吴瑛、山丁和左蒂、柳龙光和梅娘并称的'东北四大知名夫妇作家'"④。作家和书法家李正中目前仍然健在，是极少数仍然在世的伪满洲国作家之一，他与朱媞的部分优秀作品收录在《伪满时期文学资料整理与研究·朱媞与柯炬作品集》中。

除了以"文学流派"为中心的研究，新世纪随着女性文学研究的流行，对伪满洲国女作家群落的研究成为热点，仅以梅娘为例，对她的研究在新世纪呈现出"井喷"景象，相关论文达几百篇之多，仅以"女性形象""女性意识"为题的论文就有30余篇。伴随着研究的深入化，一些研究者对梅娘新时期（1978）以来文章再版时对旧作的删改现象展开研究，认为这种所谓"纯净化""去殖民化"，遮蔽了旧作的历史感和殖民性，类似研究不仅是对文学史料的考订，还是对文学作品殖民性的研究。较有代表性的研究有《历史重建中的迷失——梅娘作品修改研究》⑤《历史记忆与解殖叙事——重回梅娘作品版本的历史现场》⑥。而陈言则提出，梅娘从任职于伪满洲国"国报"《大同报》开始，就有意让事实与虚构的关系在作品中进行不同的实验，并贯穿了梅娘的整个创作历程。⑦庄培蓉在其硕士学位论文中对梅娘20世纪50

---

① 陈言：《东北沦陷时期袁犀的言论及创作意义》，《新文学史料》，2011年第2期，第72—84页。

② 陈思广：《"大东亚文学奖"的争议之作〈贝壳〉新议》，《辽宁师范大学学报（社会科学版）》，2013年第3期，第391—394页。

③ 初国卿：《朱媞和她的〈樱〉》，《今日辽宁》，2011年第5期，第76—78页。

④ 初国卿：《最后的朱媞》，《中华文化画报》，2011年第9期，第28—31页。

⑤ 赵月华：《历史重建中的迷失——梅娘作品修改研究》，《中国现代文学研究丛刊》2005年第1期，第116—138页。

⑥ 王劲松、蒋承勇：《历史记忆与解殖叙事——重回梅娘作品版本的历史现场》，《文学评论》，2010年第1期，第170—177页。

⑦ 陈言：《〈大同报〉与"满洲国"时期梅娘的文学活动》，《中国现代文学研究丛刊》，2014年第5期，第204—213页。

年代在《亦报》、上海《新民报》晚刊和香港《大公报》上发表的作品进行了搜集与论述，分析了梅娘解放后创作实践与主流话语构成的关系。[①]近十年来，张泉发表了多篇关于梅娘的研究论文，在其最新的研究中，他以梅娘、周作人张爱玲为例，《亦报》为场域，强调这些作家为初创期中国当代文学的发生和新中国文学话语的转变过程，提供了另一类别的生产方式和文学文本。[②]

刘爱华在新世纪之初开始对女作家吴瑛和田琳（但娣）的研究，对她们的小说创作进行了介绍。其《孤独的舞蹈——东北沦陷时期女性作家群体小说论》，通过对萧红、梅娘、白朗、吴瑛、田琳小说个案的解读，揭示了伪满时期女性作家群体的生活、创作历程以及对东北现代文学的意义。[③]王劲松（2009）则对伪满洲国女性作家群落进行了整体的梳理，[④]较为难得地对"日系女作家"进行了探讨。此前，她曾从近代东北文化中为伪满洲国女性文学寻根，并对伪满洲国女性作家的创作情况作了时间分期，[⑤]并曾以《萃文季刊》这本学生刊物和《新满洲》的《学生俱乐部》栏目为案例，研究了伪满洲文学中的"女学生新文学"现象。[⑥]这些横向对比、文化研究、现象研究，代表了新世纪全面研究殖民地女性文学生态和日本文化侵略的一种新角度。2018年，《田琳作品及其研究》由上海交通大学出版社出版，其中除了女作家田琳未曾发表过的遗作和旧作，还包括陈言、吴越、谢琼、吕明纯等学者的田琳研究论文章。[⑦]其他女作家，新世纪以来除了李冉围绕《斯民》对吴瑛的政治立场和

---

① 庄培蓉：《迎合、背离与反思：梅娘1950年代作品研究》（硕士学位论文），华东师范大学，2016年。

② 张泉：《文学"统战"与当代文学在新中国的重建——以〈亦报〉场域中的"沦陷区三家"梅娘、周作人、张爱玲为例》，《学术月刊》，2018年第4期，第98—107页。

③ 刘爱华：《孤独的舞蹈——东北沦陷时期女性作家群体小说论》，长春：北方妇女儿童出版社，2004年。

④ 王劲松：《殖民地时空下的女性文学景观——1931—1945年伪满文坛女作家群落考述》，《中华女子学院学报》，2009年第1期，第81—85页。

⑤ 王劲松：《近代东北文化与满洲女作家群落》，《中华文化论坛》，2008年第4期，第67—72页。

⑥ 王劲松：《伪满洲国校园文化背景中的女性新文学及其存在语境》，《妇女研究论丛》，2008年第6期，第50—56页，第63页。

⑦ ［加］诺曼·史密斯、陈实：《田琳作品及其研究》，上海：上海交通大学出版社，2018年。

创作理念的论述①，徐隽文对明星兼作家杨絮的研究外②，其他专项研究十分鲜见。这说明尽管女性研究热潮带动了伪满时期女作家作品的研究，但仍有许多重要女作家没有得到足够的重视，未来深挖空间巨大。

对伪满洲国诗歌及作者的研究，主要集中在现代诗的领域。肖振宇、邸丽（2010）对冷歌的文学活动进行了描述，着重介绍了其作为诗人的作品与人生，并在文末对伪满洲文学中的"献纳诗"现象作了设身处地的分析，认为这类诗歌的创作反映了"伪满洲国文人的生存窘态"。③对伪满洲国旧体诗的研究极少，除了对满清遗老郑孝胥的几篇介绍性论文，仅有笔者对伪满文坛这一"返祖"的特殊现象进行了较为系统的论述。④

新世纪以来，伴随着伪满洲国俄侨文学史料的搜集与整理，一批关于俄侨文学宏观的研究专著和论文开始涌现，较有代表性的有《哈尔滨俄侨史》⑤《哈尔滨俄侨文学初探》⑥《哈尔滨俄侨文学》⑦《东北沦陷区文学与"外来"文学关系研究（1931—1945）》⑧等。这些研究从文学语境变迁、地域文化、叙述方式、受众接受等角度，对伪满洲国文学与日语、俄语、英语文学的复杂关系进行了初步梳理和探索，未来这一领域还有待于更多学者开拓与深化。

与此对应的还有"日系"和"鲜系"作家的研究，这些作家在国内的研究起步更晚，几乎属于研究空白。其中刘春英最早研究了牛岛春子这位"日系"女性作家，⑨剖析了"左翼转向作家"牛岛春子笔下的"民族协和"；2018

---

① 李冉：《〈斯民〉的"文化共谋"与女性空间——兼论吴瑛的早期书写》，《黑龙江社会科学》，2018 年第 1 期，第 141—146 页。

② 徐隽文：《伪满洲国明星作家杨絮的文化表演与写作》，《现代中文学刊》，2015 年第 6 期，第 72—80 页。

③ 肖振宇、邸丽：《庄严与无耻之间——论冷歌的文学活动》，《吉林师范大学学报（人文社会科学版）》，2010 年第 1 期，第 66—68 页。

④ 陈实：《北国的孤吟独唱——伪满洲国时期的旧体诗》，《名作欣赏》，2015 年第 22 期，第 17—20 页。

⑤ 石方、刘爽、高凌：《哈尔滨俄侨史》，哈尔滨：黑龙江人民出版社，2003 年。

⑥ 凌建侯：《哈尔滨俄侨文学初探》，《国外文学》，2002 年第 2 期，第 59—65 页。

⑦ 荣洁：《哈尔滨俄侨文学》，《外语研究》，2002 年第 3 期，第 45—50 页，第 80 页。

⑧ 李彬：《东北沦陷区文学与"外来"文学关系研究（1931—1945）》，长春：吉林人民出版社，2011 年。

⑨ 刘春英：《牛岛春子与"满洲"》，《外国问题研究》，2009 年第 1 期，第 18—23 页。

年，邓丽霞、单援朝分别从主体身份建构①、内心历程②等方面对牛岛春子作品进行了深入分析。"鲜系"作家研究以秦健的《姜敬爱和萧红中国东北背景小说比较研究》③为代表。目前多族群的作家作品研究方兴未艾，对这些群体的研究将呈现伪满洲国殖民地文学更丰富、复杂的内涵。

值得一提的是，通俗文学和童话研究成为新世纪伪满洲国文学研究的最新边界。通俗文学作品在20世纪末未被收入《中国沦陷区文学大系·通俗小说卷》中，选编人孔庆东在《导言》中提出"东北沦陷区通俗小说数量少，而且质量不高，故未选入"。上海、福建出版的两种《鸳鸯蝴蝶派文学资料》也没有收入东北一带的书目。针对这些现象，刘晓丽（2005）根据亲身收集的《麒麟》杂志，对伪满洲国通俗文学的整体创作情况进行了梳理和呈现，提出伪满洲国的通俗文学作品仅围绕30期《麒麟》杂志的长篇就有12篇，中短篇100余篇，"不乏优秀之作"。④这是基于史料考订的事实，同时揭开了伪满洲国通俗文学的真实面纱。詹丽（2012）对伪满洲国时期的小报进行了考察，特别对这些小报所载的通俗文学作品进行了介绍，开发了这"一块值得系统开发与梳理阐释的领域"。⑤她提出这一时期的通俗文学对于中国现代文学具有不可忽视的研究价值和重大的现实意义。⑥王劲松对伪满洲国通俗文学中的"博物探险小说"作了考辨，从文化人类学跨文化视野进入，认为这些小说中的尚武精神是"日本武士道的移植和变异"，是殖民文化在小说中的"渗透与扩展"。⑦其结合历史文化与伪满洲国教育、宣传政策等元素综合挖掘文学创作内核，又将各种因素互为印证的方法值得借鉴。赵寰宇、林海燕对《满洲报》

---

① 邓丽霞：《牛岛春子笔下日本女性的主体身份建构——以〈祝廉天〉和〈张凤山〉为考察对象》，《沈阳师范大学学报（社会科学版）》，2018年第4期，第20—25页。

② 单援朝：《一个日系女性作家在伪满的心路历程——以牛岛春子的〈雪空〉〈女人〉〈福寿草〉为例》，《沈阳师范大学学报（社会科学版）》，2018年第4期，第11—19页。

③ 秦健：《姜敬爱和萧红中国东北背景小说比较研究》（硕士学位论文），中国海洋大学，2012年。

④ 刘晓丽：《"实话·秘话·谜话"的传播——以伪满洲国时期的〈麒麟〉杂志为中心》，《湛江师范学院学报》，2005年第5期，第36—40页。

⑤ 詹丽：《东北沦陷时期的小报考略》，《学习与探索》，2012年第4期，第134—136页。

⑥ 詹丽：《重释与融合——兼论伪满洲国通俗文学的研究价值》，《黑龙江社会科学》2016年第3期，第137—140页。

⑦ 王劲松：《伪满博物探险小说的原型意象与日本武士道精神》，《中国现代文学研究丛刊》，2012年第7期，第121—131页。

中的通俗小说进行了研究，指出通俗文学对东北现代文学研究的重要意义和研究成果的"鲜见"。①通过对通俗文学作家和作品的研究，我们能够从市民阅读、百姓生活等诸多层面了解伪满洲国殖民地的生活状态，对伪满洲国殖民文艺统辖、社会发展状况、复杂文化等方面研究都有促进意义，理应得到更多研究者的重视和参与。

伪满洲国后期，童话写作的勃发成为一个非常奇特的现象，以《泰东日报》《满洲学童》《弘宣》等报刊为平台，不同立场的童话作家发表了为数可观的童话作品。其中有殖民者植入"官方意识形态"的"植入式童话"，有杨慈灯、霭人、未名、金音等知名童话作家创作的"教育童话""艺术童话"等，关于伪满洲国童话作家及作品的研究，在学术界几为空白，仅有少数几篇报刊研究论文②和少数民族儿童文学研究论文③中有所提及。

然而，童话作为"解殖文学"（Lyo—colonialLiterature）④而存在于伪满洲国的时空之中。无论是日本侵略者空洞无趣的描绘，还是其他作家创作者有心无意的游离、讽刺或暴露，都成为消解殖民地文化的一种方式。这些童话，与其他文学一样，自带伤痕，自带着殖民地的印记和创伤。正如汤拥华强调的："某种意义上，殖民地文学一定是'创伤写作'，这不是说它们一定描写殖民地的创伤，而恰恰是说它们因为不能直接描写创伤，遂使创伤内化进文学结构之中。即便殖民地作家愿意相信自己是为文学而文学，他们所操持的文学形式仍然是带有创伤的。"⑤殖民地的文学都带着创伤，童话承载的则尤为特殊。

---

① 赵霞宇、林海燕：《〈满洲报〉的文艺专刊及通俗小说研究》，《文艺争鸣》，2016年第10期，第97—100页。

② 刘晓丽：《幽暗时空中的文学一角——关于〈新满洲〉杂志》，《海南师范学院学报（社会科学版）》，2005年第5期，第29—35页。

　　云球：《1932—1945：东北沦陷区翻译文学研究》（博士学位论文），中国社会科学院研究生院，2013年。

③ 永花：《伪满时期的蒙古族儿童文学研究》（博士学位论文），中央民族大学，2009年。

④ 按照刘晓丽的论述，近年中国学界把后殖民理论中Decolonization翻译为"解殖"，Decolonization是殖民过程结束之后对殖民主义、殖民伤痕的去除，她认为译为"去殖民化"更依其本意。她提出"解殖文学"，不是指Decolonization，而是指殖民地在场的一种文学，这种文学具有消解、溶解殖民统治的意味和作用，如果翻译成英文，应为Lyo-colonialLiterature。具体见刘晓丽：《反殖文学·抗日文学·解殖文学——以伪满洲国文坛为例》，《现代中国文化与文学》第17辑，2015年第2期。

⑤ 汤拥华：《作为方法的殖民性——殖民地文学研究的一种理论路径》，《探索与争鸣》，2017年第1期，第122页。

18

这主要是因为童话作为安放虚构和幻想的最佳形式，何以承受、宣泄、隐藏这些实实在在的伤痛、伤感与伤害，成为相对复杂的议程。这正是笔者搜集大量该时代童话作品，梳理童话作家与作品的历程，试图解决的问题之一。

对伪满洲国童话的研究，至少存在以下意义：对伪满洲国童话的研究，将再现这一时空的童话写作现象，弥补这段时空中童话写作研究的缺失，呈现伪满洲国作家的多面写作状态，衔接童话研究的断层，为中国文学史提供多样性的参考；对伪满洲国童话的研究，将凸显伪满洲国文学的特殊因素——如傀儡皇帝、地缘文化等因素对童话创作影响的研究，与其他殖民地文学研究互为烛照，互为补充与参考；对伪满洲国童话作为殖民宣传工具的研究，将多角度地展示伪满洲国时期日本殖民者的宣传策略与手段，呈现童话教育性之外的功利性与功能性，揭露培养"未来国民"的长远文化殖民计划，从儿童文学参与文化殖民的角度提出新思考；对伪满洲国多语种、多族群童话创作情况的研究，将再现伪满洲国童话创作的多元文化影响，同时也将为这一时期的民族文学、外国文学等研究提供宝贵的资料。

笔者作为分册主编的《伪满时期文学资料整理与研究丛书·慈灯作品集》已于 2017 年出版，笔者发表了数篇关于伪满洲国童话的论文，目前已收集了大量刊登过童话的报刊原刊及各类电子资源，并准备以"伪满洲国儿童文学研究"作为长期研究方向。

总体来看，较之 20 世纪反思重释背景下的伪满洲国文学研究，新世纪的伪满洲国文学研究已成为一个被聚焦的国际性、深入性研究领域，无论从专著、论文数量，还是从研究的深度和广度上，都取得了瞩目的进展。目前国内该领域的史料保障体系基本建立，宏观研究与历史叙述进入了新视野，媒介与作家作品研究拓展了新边界。

但我们仍应该看到，由于资料发掘和意识形态等方面局限，一些纵深研究依然非常薄弱，一些边界依旧需要突破，如何以东亚殖民文学理论作为方法，以中国文学自己的阐述逻辑与论说方法分析殖民地伪满洲国，依旧需要更多的探索。

第二节　东亚殖民主义视野下的伪满洲国童话

童话在什么时候被需要？这是一个文学创作与接受的双重问题。

童话在什么时候，被谁需要？这又将文学的传播与受众推到了台前。

伪满洲国的童话，如同绪论中所呈现，多年来封存在一个不为人熟知的"国度"，很少引起过路人的注意，更没有得到应有的重视。当一个时代成为过往，战争、苦难、创伤、恐惧成为关于记忆的关键词时，"童话"似乎是一个不可思议的名词。身处如今的和平之中，需不需要去查看一个傀儡国家创造的童话，那片被敌人占领的土地上，"童话"究竟被赋予了怎样的含义，又代表着怎样的符号和象征意义？

这一切，当我们把"童话"放入文学的类别之中考察，就有了答案。

童话是文学的一个体裁，它是充满幻想的文学形式，大多数时候，这些作品的受众被理解为儿童和青少年。对世界充满期待和幻想的孩子们喜欢童话，这几乎是毋庸置疑的。童话作为儿童文学的重要组成部分，理所当然地成为了文学史的重要内容，这些作品影响着一代又一代的人成长。

然而，伪满洲国的童话创作，却很少被文学史关注。这其中最直接的原因，是早期对沦陷区文学的政治因素的避讳和判定。事实上，文学远不是"反抗""附逆"的两元论可以概括，人性的复杂性与文学的多样性，决定了殖民地文学更加复杂和难以界定。

童话在作家的创作冲动下诞生，伴随着作家的虚构与幻想，掺杂着作家的人生经历与思维感悟，一旦作品完成，读者或多或少地会受到这种文学作品的影响。在伪满洲国，童话作家、爱好者和日本殖民者都发现并利用了这种影响，童话在侵略和殖民的土地上，成为多个群体的需要。

日本殖民者发现童话是一个极好的媒介，当它用于教育青少年甚至成人的时候，往往起到事半功倍的作用。作为伪满洲国的"少国民"，青少年不仅是战争必要的炮灰补充，同时也是"建设大东亚"的有生力量，日本侵略者必须保证这些"未来国民"的脑子里充满"亲善""协和"的元素，而不是"反抗"和"抵御"。如同其他殖民者一样，他们开始从文化上侵蚀、清洗殖民地的本地文化，用语言、文字、风俗和意识形态代替刀剑进行扩张。

他们要求日本文人服从"国策"，加入"笔部队""随军作家"而随着军队一起，用文学协助侵略的进程；他们要求殖民地作家服从、附和、迎合"官方意识"，创作殖民者"喜闻乐见"的文学，这就是殖民地文学中常常见到"献纳文体"的原因。

当文学成为一种"贡品"似的可以被"献纳"的东西时，童话也并不能幸免。因此，在伪满洲国时期，殖民者官方组织、号召、引导作家、爱好者进行童话创作的现象并不鲜见。这些童话中往往较为露骨地含有殖民宣传元素，或者赤裸裸地教训读者的元素，笔者将这种童话称为"植入式童话"①，意指这种童话具有希望将殖民者的意愿"植入"读者脑中的倾向性意图。

尽管日本侵略者把控着伪满洲国几乎所有的媒体平台，对几乎所有的文章进行严格的审查，制定了一个比一个严苛的文艺政策，设置了遍布整个东北沦陷区的文学"管控网络"，描绘了一个充满神秘与机会的"王道乐土"，依然没能调和殖民地民族、语言之异带来的撕裂感与张力。

在伪满洲国，生活着汉、满、回、蒙等各个本国民族，生活着朝鲜族、白俄等异国民族，生活着侵略者日本人，这些复杂的族群，复杂的民族传统、文化和习俗，并不是一句"五族协和"就能"和谐"的。被侵略和被占领，也不可能达到真正的"日满一德一心"。因此，当童话承载着大量的传说、古话、物语、神话等元素出现在读者面前时，天然地带着一种分裂和"不协和"。

另一方面，作为殖民地的作家、文学爱好者，当他们创作童话时，除了跟随"宣传口径"之外，也可以选择不合作和游离的状态，这种并不直接反抗和冲突的形式，在枪炮和刀剑之下，成为一种继续文学创作的可能性。

这些大多依附于报纸副刊、杂志文学板块，游离于殖民者官方意识形态的童话，可以是纯文艺的作品，可以是带有教育元素的作品，可以是知识性、趣味性、科学性的作品，甚至完全以儿童故事的形式存在。因为一些聪明的作家发现，在"童话"这层外衣的包裹之下，其他文学内容完全可以因为"写给孩子看"这个理由更轻松地通过审查和把控。这也成为伪满洲国童话作品中的一

---

① 植入式童话（Implantablefairytales），特指被创作者植入宣传、教育等内容的童话，往往包含强烈的功利性。这类童话创作的目的，是让读者在阅读中不自觉地接受童话文本中的信息。"植入式"一词，最早来源于医学用语，后被广泛应用于文化宣传之中。

个突出现象——很多完全不像是童话的"童话"存在。

如今，整个东亚殖民地被纳入了学界完整的研究视野。朝鲜半岛、中国台湾、香港、东北地区以及东南亚国家，都成为东亚殖民主义文学研究的对象。殖民地与殖民地之间经济、文化、风俗、历史等各方面的同与异，也成了文学研究中探讨的话题。文学研究除了走向主题的纵深，更得到了多视角、多媒体、多语言等立体研究的可能性，小说、散文、诗歌、儿童文学、戏剧之外，音乐、宣传画、服饰、地图等各种非文学的元素，也都开始以殖民地文化的形式，参与进文学研究的协助性路径之内。

无论是作为完整的殖民地文学研究，还是完整的伪满洲国文学史研究，童话都不应该缺席。我们在打开伪满洲国时期的童话世界时，同时打开的是作为东亚殖民地之一的伪满洲国的众生万象，百态人生，"乐土"与苦海，虚构与现实，迎合与游离，建构与消解。

第一章　伪满洲国童话写作与"未来国民"的塑造 [1]

　　1932年至1945年，日本侵略者在中国东北部地区建立了一个傀儡的"国中之国"——伪满洲国。在长达14年的殖民统治期间，殖民者指派和民间自发的童话作者，发表了数量可观的童话作品。本章从探究伪满洲国童话概念的源流开始，对这一时期公开出版的童话作品进行梳理，分析殖民者如何利用童话，进行"未来国民"的塑造，查看伪满洲国殖民中后期"官方植入式"童话创作的题材与主旨，并以当时知名杂志和童话作家为例，分析伪满洲国童话写作的两种分流与多重向度，以此呈现殖民地童话创作的复杂性与特殊性，解读童话作家创作的自觉与不自觉，还原他们对"王道乐土"的虚构与解构，揭开80多年时空封印下，伪满洲国的童话写作。

---

　　① 本章部分内容已发表在《社会科学辑刊》，详见陈实：《伪满洲国童话写作与"未来国民"的塑造》，《社会科学辑刊》，2016年第2期，第168—179页。

第一节　伪满洲国"童话"的源流

故探文章之源者，当于童话民歌求解说也。

——周作人《童话研究》（1932）[1]

中国现代文学家、文艺理论家周作人（1885—1967），曾明确指出童话的重要性，他认为，探寻文学起源，应该从童话民歌中追求答案。

在中国现代文学的长河中，童话是不可忽略的重要支流。童话也是中国东北新文学的重要组成部分，日本的侵略并不能割断文学的源流。东北沦为殖民地之前的童话概念，也必然影响着这一区域后来的童话创作。因此，要探寻伪满洲国童话的面貌，须从 20 世纪初中国"童话"的概念与内涵开始。

"童话"这个名词从出现至今，一直处于流变之中，以至于几乎没有也不可能有一个公认完美的定义。"童话"在中国的起源，始于 1908 年 11 月清末目录学家孙毓修（1871—1922）[2]编译、上海商务印书馆出版的"童话"丛书，这是中国第一套以"童话"命名的书籍。[3]对于"童话"的定义，主编人孙毓修在《初集广告》中指出："故东西各国特编小说为童子之用，欲以启发智识，含养德性，是书以浅明之文字，叙奇诡之情节，并多附图画，以助兴趣；虽语言滑稽，然寓意所在必轨于远，阅之足以增长见识。"[4]从编著人的

---

① 周作人：《童话研究》，《周作人与儿童文学》，杭州：浙江少年儿童出版社，1985 年 8 月，第 69 页。

② 孙毓修，清末目录学家、藏书家、图书馆学家，江苏无锡城郊孙巷人。

③ 对于"童话"丛书的出版时间，国内有几种不同的说法，集中于 1908 和 1909 年，较为详细的考证见朱自强：《"童话"词源考——中日儿童文学早年关系侧证》，《东北师大学报（哲学社会科学版）》，1994 年第 2 期，第 30—35 页。经笔者查证，1909 年 2 月 15 日（宣统元年正月二十五）上海商务印书馆出版的《教育杂志》创刊号第 1—2 页，刊登了一篇《绍介批评》，其中介绍"童话第一集"已出二册，由此时间推测 1908 年较为信服。

④ 转引自金燕玉：《中国童话的演变》，《苏州大学学报（哲学社会科学版）》，1992 年第 2 期，第 75 页。

定义看，"童话"仍与"小说"概念模糊在一起，"为童子之用"界定了受众，其后都是在解释童话"寓教于乐"的教育功能。这说明童话概念被引进中国之初，就与"智识""德性"的教育联系在一起。

周作人是中国童话研究的先驱。1913 年，他提出"童话者，幼稚时代之文学，故原人所好，幼儿亦好之，以其思想感情同其准也"[1]。点明了童话是最接近儿童思维的文学。在另一篇文章《童话略论》中，谈及童话的概念，他认为"童话（Märchen）本质与神话（Mythos）世说（saga）实为一体"[2]。这种概念互相渗透包容的解释，展示了童话起源和定义的复杂。该文中，周作人还提出了"童话之应用"，阐述了童话对于儿童教育的意义和在应用中需要注意的问题。

20 世纪 20 年代，随着新文化运动和五四运动的爆发，儿童文学，特别是童话的翻译成为一种热潮。1922 年，文学史家郑振铎（1898—1958）[3]在上海创办的《儿童世界》杂志，是这一时期中国现代儿童文学创作的重要阵地，童话被作为该杂志一个重点推介的栏目。这一时期，在鲁迅（1881—1936）、周作人、郑振铎、叶绍钧（1894—1988）[4]等知名学者的推动下，大量来自英国、俄苏、法国、德国、意大利、波斯等国家的童话——如安徒生、格林兄弟、王尔德、普希金、爱罗先珂等作家的作品被翻译成中文。

童话概念的研究如影随形。1922 年 1 月 9 日至 4 月 6 日，周作人与当时一样热衷研究童话的文学史家赵景深（1902—1985）[5]通过公开信的形式，对童话的起源、概念及内涵问题进行了大讨论。[6]在这些讨论中，周作人明确提出了"教育童话"这一概念："近代将童话应用于儿童教育，应该别立一个教

---

① 周作人：《童话研究》，《教育部编纂处月刊》第 1 卷第 7 期，1913 年 8 月。

② 周作人：《童话略论》，《绍兴县教育会月刊》第 2 号，1913 年 11 月 15 日。

③ 郑振铎，生于浙江温州，原籍福建长乐，中国现代杰出的作家、文学评论家、文学史家、翻译家、艺术史家，也是国内外闻名的收藏家、训诂家。

④ 叶绍钧，字秉臣、圣陶，生于江苏苏州，现代作家、教育家、文学出版家和社会活动家。

⑤ 赵景深，曾名旭初，笔名邹啸，祖籍四川宜宾，生于浙江丽水，中国戏曲研究家、文学史家、教育家、作家。20 世纪初至 30 年代，曾致力于童话的翻译和理论研究。

⑥ 这些公开信讨论最初连载于《晨报副刊》，1922 年 1 月 9 日至 4 月 6 日，后收录于赵景深《童话论集》之中。详见赵景深：《童话的讨论》，《童话论集》，上海：开明书店，1927 年 9 月，第 55—75 页。

育童话的名字，与德国的 keinder—Märchen 相当——因为说'儿童童话'似乎有点'不词'。"① 他们还讨论了"童话"作为外来词，在各种语言中的对应物，试图确定"何为童话"。

"童话"初现中国之时，很难界定它的概念的范围，英语世界里代表神话的"mythology"、代表传说的"legend"、代表民间故事的"folktale"、代表仙子仙女故事的"fairytale"、代表寓言的"fable"、代表奇幻故事的"Fantasystory"，在中文里都可能被译为"童话"。而童话其他的传入语种，俄语里"Сказка"、朝鲜语里"동화"、德语里的"Märchen"、北欧的"Saga"等等，也可能被统称为童话。对此，周作人写道：

> 童话的训读② 是 Wanabenomonogatari，意云儿童的故事。但这只是语源上的原义，现在我们用在学术上却是变了广义，近于"民间故事"——原始的小说的意思。童话的学术名，现在通用德文里的"Märchen"这一个字，原意虽然近于英文的 wonder—tale（奇怪故事），但广义的童话并不限于奇怪。至于 fairytale（神仙故事），这名称虽然英美因其熟习至今沿用，其实也不很妥当，因为讲神仙的只是童话的一部分。而且 fairy 这种神仙，严格的讲起来，只在英国才有……③

这段文字表面上是在探讨童话在各国不同的名称，事实上则是纠结于童话的概念与内涵，展示了童话与民间故事、小说、神话、神仙故事等其他文学形式之间的复杂关联。

1927 年，赵景深在其著作中，再次探讨了童话的概念，他的观点中明显引用了周作人在 1922 年的理论：

---

① 赵景深：《童话的讨论》，《童话论集》，上海：开明书店，1927 年 9 月，第 59 页。

② 训读（训読み），是日文所用汉字的一种发音方式，是使用该等汉字之日本固有同义语汇的读音。

③ 这段文字来自周作人写给赵景深谈童话的信，转引自赵景深：《童话的讨论》，《童话论集》，上海：开明书店，1927 年 9 月，第 57 页。

那么用"童话"两字好不好呢？这是很容易引起误会的。望文生意（义），不妨说："童话者，儿童所说之语言也。"甚至有人把吕新吾的《小儿语》①也当做童话，孙毓修把儿童小说也包了进去，这样，童话又成了叙述儿童生活的小说了。……十八世纪中日本小说家山东京传在《骨董集》里始用"童话"这两个字，曲亭马琴在《燕石杂志》和《玄同放言》中又发表许多童话的考证，于是这名称可说是完全确定了。②"童话"两字既成术语，而中、日又同文，所以我觉得用"童话"的名称比英文的菲丽故事和德文的神怪故事都好。这是理由一……原始人类知识浅短，思想简单，儿童也是如此；原始人类分不清人和动植物，儿童也是如此；原始人类信仰鬼神，儿童也是如此……总之，儿童就是原人的缩影，当然童话也就可以算作原始社会的故事了……这是理由二。③

赵在分析了童话的内涵后，给出童话是"从原始信仰的神话转变下来的游戏故事"的概念，④这一说法很容易混淆神话、传说与童话的区别。于是他在1929年的《童话学ABC》中，阐述了"什么不是童话"，提出"童话不是小儿语""童话也不是小说""童话也不是神话"这三个"不是"，最后给童话下的定义是"童话是原始民族信以为真而现代人视为娱乐的故事。简单而明了的说，童话是神话的最后形式，小说的最初形式"。⑤

---

① 《小儿语》并非吕新吾所作，是其父吕得胜为儿童诵习有教育意义的儿歌而著。吕新吾所作是《续小儿语》，此处应为赵景深笔误或谬记。吕新吾，即吕坤（1536—1618），字叔简，号新吾，河南宁陵人。

② 赵景深关于童话一词来自日本的论述，虽未加引注，但实为周作人的论述，是1922年周作人与赵书信讨论童话问题时提及的。详见赵景深：《童话的讨论》，《童话论集》，上海：开明书店，1927年9月，第57页。

③ 赵景深：《童话概要》，上海：北新书局，1927年7月，第7—9页。

④ 赵景深：《童话概要》，上海：北新书局，1927年7月，第12页。

⑤ 赵景深：《童话学ABC》，上海：世界书局，1929年2月，第1—4页。

赵景深《童话学 ABC》1929 年原版书影

然而这些定义依然边界模糊。原始人信何物为真无法考证，现代人视为娱乐的故事又多而繁杂。事实上，即便是"童话"词源地日本的作家学者，这一时期对童话的定义也涵盖广阔。1935 年，日本现代著名童话研究学者松村武雄（1883—1969）[①] 在其著作中写道：

> 我们的所谓"童话"之中，包括幼稚园故事、无意义谭、滑稽谭、寓言、神仙故事、神话、传说、历史谭、自然界故事以及时事谭等等。在这一点上，是和欧洲从前狭隘的立场——童话只限于所谓神仙故事（Märchen, Fairytale）——相反而与近时的倾向——将给与孩子的一切种类的故事都包括在内的广大的立场相一致。[②]

由上可见，20 世纪 30 年代，日本的童话概念，并没有将寓言、神话、神仙故事、传说等加以区分，而将"给与孩子的一切种类的故事"都归于童话，甚至连历史、时事都归于其中。这类著作以及宽泛概念下创作的日本"童话"，经过翻译流传于中国，无疑使得童话的概念更加难以界定。

[①] 松村武雄，文学博士，日本现代著名神话、童话研究学者，九州熊本县人。主要著作有《神话学论考》《民俗学论考》《神话学原论》等。

[②] 松村武雄著，钟子岩译：《童话与儿童的研究》，上海：开明书店，1935 年版，第 4 页。

而在中国1936年版《辞海》①上，对童话的定义如下："特为儿童编撰之故事。大抵凭空结构，所述多神奇之事，行文浅易以兴趣为主。教育上用以启发儿童之思想，而养成其阅读之习惯。"②这与松村武雄宽泛的"故事概念"并无二致，凡是"为儿童编撰"而"凭空结构"的"神奇故事"都可以是童话了。而且一个显著的特征是，再次强调了童话在"教育上"的意义。

这种重视教育意义的童话概念，必然影响着中国东北地区的现代文学创作。正如《东北儿童文学史》中在评价东北现代文学中童话萌芽时写道："1920年至1921年间，在东北儿童文学园地还出现了童话、寓言故事及理想小说等富于幻想色彩的儿童文学品种。童话及寓言故事大多以动物为主人公，而且故事中含有明显的教育意义。"③

---

① 《辞海》是中国权威的大型综合性辞书。1915年陆费逵动议编纂，1936年、1937年上下两册分别由中华书局在上海出版，是为《辞海》的第一版，也常被称作"1936年版"。其主编者为舒新城、徐元诰、张相、沈颐。

② 转引自史济豪：《童话的特征和定义与中国古代童话——与张士春同志商榷》，《宁夏大学学报（社会科学版）》，1982年第4期，第76—80页。

③ 马力、吴庆先、姜郁文：《东北儿童文学史》，沈阳：辽宁少年儿童出版社，1995年12月，第45页。

第二节　何为伪满洲国的童话

童话是教育第二代，使他们涵养成完善的国民的滋养。

——冷歌《怎样鉴赏童话》（1944）[①]

伪满洲国知名编辑人冷歌（1908—1994）[②]提出，童话是教育下一代，培养未来"国民"的重要工具。他的观点延续了童话的"教育"内涵，培养未来"国民"，则与伪满洲国官方意识如出一辙。在伪满洲国存在的 14 年中，童话虽然发展缓慢，却不容忽视，而且被殖民地官方文化机构看作教育"少国民"的重要文化殖民工具。而伪满洲国的童话概念有什么特点，成为研究的首要问题。

如前所述，"童话"这一名词来自日本，中国的童话概念也多受日本理论的影响，且非常重视其教育功能。伪满洲国作为日本的傀儡国，在童话概念的传播与接受上，必然受到更多"日本概念"影响。这并不是一种猜测，另一位知名编辑人吴郎（1912—1957）[③]就曾在一篇谈论伪满洲国文学与日本文学渊源的文章篇首这样写道："满洲新文学和日本文学的葛藤关系，敢断言从胎动期到生长的过程，没有一时不受到日本文学的哺育与激动的，自然，我们不否认前期满洲新文学也曾和西洋文学有过渊源……"[④]伪满洲国"建国"于 1932 年，吴郎所说的"前期"西洋文学，正是沦陷之前中国大量的翻译童话作品，这些童话多数后来也得以在伪满洲国翻印发行，这对伪满洲国童话作家产生了很大影响。由于伪满洲国的地理和历史原因，俄苏和朝鲜童话的影响也不容忽视。

---

① 冷歌：《怎样鉴赏童话》，《新满洲》第 6 卷第 4 期，1944 年 4 月，第 96 页。

② 冷歌，原名李乃庚，笔名李文湘、冷歌，曾留学日本，是伪满洲国末期知名的编辑和诗人，代表作有《船厂》等长诗。

③ 吴郎，原名季守仁，曾担任伪满洲国期刊《斯民》（后更名为《麒麟》）编辑、《新满洲》编辑人，他是伪满洲国知名女作家吴瑛的丈夫，1957 年因政治原因自杀。

④ 吴郎：《满洲文学与日本文学》，《新满洲》第 4 卷第 12 号，1942 年 12 月，第 85 页。

各国的童话概念经过翻译者的转述，以及日本理论家的影响，使得伪满洲国文学界的童话概念更是五花八门。仅以 1940 年前后伪满洲国公开发表文章中出现的概念为例，即可窥见一斑。而且正是这一时期，伪满洲国的童话创作出现了较为明显的高潮。

1938 年，吉林师道高等学校教授安倍三郎著的《（满语）①儿童心理学》②中，将童话分为了"狭义""广义"两种："狭义之童话，非如寓言之有显明道德目的，又不若历史之说明事实，而与时代有关系者，又不能如传说等，作成国民信仰之基础。仅为由于人之自由想象，所生之谈话故事。但广义之童话者，则凡为儿童所爱好之一切故事，如神话、民族童话、传说、寓言、假作故事、英雄谭、历史谭等皆是也。"

1942 年，《盛京时报》③上一篇未署名的文章，开篇便阐明了"童话的分类，世人主张不一"，并介绍"日本的儿童文学界的权威，大都这样分法"：

"一、神话——关于天地生成，日月星辰，人类原如始的童话；二、寓言——含有讽刺、教训意味的故事性之童话；三、御伽新——仙怪的故事。西洋叫フェレティルヌ，亦即满洲小孩所谓'仙话'（常误为瞎话）；四、艺术儿童话——即文学的儿童话，有表面及内面二种意义，小孩子可读出表面的意义，成人、文学欣赏者则得其契意。世界上代表作如下：神话——自然诸神话传说，希腊神话，基督教神话等；寓言——伊索寓言，庄子，列子寓言，托尔斯泰寓言等；御伽新——天方夜谭，格林兄弟童话；艺术儿童话——安德生童话，如《鹤》及《卖火柴的女儿》，托尔斯泰童话，如《呆子伊凡》；淮尔德童话，如《安乐王子》；小川未明童话，如《某夜星语》。外有近年特脱离神仙、故事及艺术过重色彩而作之纯教育童话，如滨田广介氏④和叶绍钧二人，是可以推为东方代表作家的。"⑤

---

① 此处"满语"即汉语。日本殖民者在伪满洲国为文化殖民需要而将"汉语"称为"满语"。
② ［日］安倍三郎：《（满语）儿童心理学》，"新京"（今长春）：满洲图书株式会社，1938 年 10 月 10 日，第 123—124 页。
③ 《盛京时报》是日本人中岛真雄于 1906 年 10 月 18 日在沈阳创办的报纸，1944 年 9 月 14 日终刊，历时 38 年。日本侵华后该报在沈阳发展迅速，成为日本对中国进行文化侵略的工具。
④ 滨田广介（1893—1973），日本著名的儿童文学家，毕业于日本早稻田大学英文系，长期从事儿童文学编辑工作和创作。1953 年他因对儿童文学的贡献而被授予文部大臣奖。
⑤ 《童话的分类和代表作家》，《盛京时报》，1942 年 12 月 6 日。

这种将童话与寓言、神话等形式混为一谈的"广义""权威"分法，证实了当时流入伪满洲国的日本童话概念，确有前文松村武雄所描述的那样一种包罗一切的"倾向"。而在同时期的伪满洲国文坛，"艺文志派"的核心人物、著名作家古丁（1914—1960）①1938年正摇起"写印主义""无方向的方向"运动的大旗，强调不该提出某一方向（主义）来束缚文坛。②这种只管"写与印"，不要限于概念与条条框框，主张先从作品数量上繁荣伪满洲国文坛的号召，在当时影响很大。这也可能是当时伪满洲国童话概念宽泛，与神话、传说、寓言等形式之间界限模糊的一个原因。

《盛京时报》这篇文章关于童话的分类，提出了两个与前文显著不同的概念，一是提出孩子和成人都可以读"艺术儿童话"，这种童话"表面"为儿童准备，"内面"则为成人提供；二是提出这一时期出现了"纯教育童话"，将两位分别来自日本和中国的作家推为"东方代表作家"，似在提倡这种"脱离神仙、故事及艺术过重色彩"而有教育意义的童话形式。

无独有偶，1942年，《新满洲》③刊发了一期"童话特辑"。1943年，在一篇针对这一特辑的评论文章中，作者将伪满洲国的童话分为"民间的童话""教育的童话"和"文艺的童话"三类。④这种分类方式并不科学，"民间"是童话的来源，"教育"是童话的功用，"文艺"则是童话的风格，这三种特性完全可以存在于一篇童话之中。但这说明，伪满洲国的童话创作圈，十分重视童话的文艺性与教育意义。而"纯教育童话""教育的童话"等名词的频频出现，更是显露出一种强烈的功利性。

如前文所述，伪满洲国的一些童话概念，认为童话的读者也可以是成人。这一点，与伪满洲国一些童话作家的观点相似。伪满洲国知名作家杨慈灯

---

① 古丁，伪满洲国著名作家、文艺评论家，原名徐长吉，建国后改名徐汲平，笔名古丁、史之子、史从民等。1914年9月29日出生于吉林省长春市。曾参与伪满洲国知名杂志《明明》《艺文志》的创刊与编辑。1941年10月集资建立株式会社艺文书房出版社并出任社长，专门从事文学出版事业。

② 冈田英树著，靳丛林译：《伪满洲国文学》，长春：吉林大学出版社，2001年2月，第75页。

③ 《新满洲》是伪满洲国大型的文化综合商业杂志，月刊，1939年1月在长春创刊，终刊于1945年4月，历时7年，共刊出74期，该刊由"满洲图书株式会社"主办。创刊时编辑人是"满洲图书株式会社"编纂室主笔王光烈，从第4卷11月号开始由季守仁（吴郎）任编辑人，发行人是"满洲图书株式会社"常务理事日本人驹越五贞。

④ 陶敏：《我看到新满洲的童话》，《新满洲》第5卷第12期，1943年12月，第108页。

（1915—1996）[1] 这一时期创作了大量的童话作品，1939 年，他在谈及童话受众时提出："近代的童话，不一定是专给小孩子读，有许多童话那作者的目标是正对成年人的灵魂，像鲁迅所译的《小约翰》[2]，小孩子能看得懂么？作者一下笔就说：'我不是给你们预备的……'"他认为不仅读者可以是成人，童话中出现一些成人元素也无伤大雅，"儿童本来都有好奇心，如果叫他胡乱去猜想，不如爽爽快快解释给他的好"。[3] 因此他在童话中，描写了很多现实社会、成人社会里的不美好，甚至恐怖灰暗的场景。

有同样创作理念的，还有伪满洲国作家未名（1913—1942）[4]。他的一些童话常深刻而富有哲理，将讽刺含蓄地隐藏于童话之中。这些文笔斐然的"童话"，儿童根本无法解读其深意，而其阴沉悲愤的文风，也并不适合儿童阅读，这类童话更像是一种童心修饰下的小说。

1944 年，冷歌提出童话是"由古代民间口头传说的故事发扬出来的，这些口头传说的故事，其中大半是说述着一个民族的历史和宗教方面的事情；带着神秘或教训的意味是其特别的征象"[5]。这个概念，强调了童话的文化传承意义，而"教训"成了"神秘"之外童话的唯一特征。然而，伪满洲国童话的"教训"的对象是谁呢？冷歌明确指出，是伪满洲国的"第二代"，这里"不止是小国民——甚至是犹在冲龄的玩童有接近童话的必要，即是较大的，接近青年时代的幼小者，更进一步说，即使是更大一点年岁的，也有其需要——童话"[6]。这就是说，从幼儿到青年，甚至更大年纪的成年人，都已被列入伪满洲国童话的"教育"范围。

综上所述，与 20 世纪初中国的童话概念相比，伪满洲国的童话概念界限

---

① 杨慈灯，辽宁大连人，祖籍山东，伪满洲国知名作家，尤擅军旅小说和童话。原名杨小先，笔名杨剑赤、杨上尉、赤灯、慈灯、夏国等。

② 《小约翰》是 19 世纪末 20 世纪初荷兰作家弗雷德里克·凡·伊登（1860—1932）的作品，被译者鲁迅称为"无韵的诗，成人的童话"。

③ 慈灯：《再谈怎样写童话》，《泰东日报》，1939 年 12 月 19 日至 21 日连载。

④ 未名，原名姜灵非，笔名灵非、未名等，山东黄县人，伪满洲国知名作家。1930 年在沈阳读书时，曾主编《南郊》。1931 年同成雪竹等组成冷雾社，编辑出版《冷雾》。1934 年开始在长春《大同报》、沈阳《大亚公报》等报刊上发表小说等作品，其中有长篇小说《新土地》《灰色命运与战果的人》（未连载完），短篇小说《三人行》《人生剧场》《易妻记》等。1935 年后先后编辑过沈阳《新青年》和《满洲新文化月报》。1942 年 8 月病逝，年仅 29 岁。

⑤ 冷歌：《怎样鉴赏童话》，《新满洲》第 6 卷第 4 期，1944 年 4 月，第 94 页。

⑥ 冷歌：《怎样鉴赏童话》，《新满洲》第 6 卷第 4 期，1944 年 4 月，第 96 页。

更为模糊，涵盖更为宽泛，且把受众从儿童扩展到成人，更加重视童话的教育功能。将受众扩展至成人，就难免忽略儿童思维，使童话失去"童趣"；太过于重视教育功效，则容易缺少故事性而落于生硬的说教。这样就不难理解伪满洲国的童话作品中，为什么有相当数量有童话之名却"不像童话"的"童话"了。

根据笔者梳理，伪满洲国时期，各大刊物上明确标注"童话"或符合童话概念而被划归为"童话"的作品主要有以下几种（不完全统计）：

一、童话、寓言、神话、传说、趣谈等；

二、历史故事、民间故事、英雄故事、神仙故事、鬼怪志异等；

三、儿童小说、教育故事、儿童故事、科幻故事、动物小说等。

由于本书研究 1932—1945 年间伪满洲国的童话，当时的童话概念决定着童话作品的创作，而东北光复（1945 年）后的童话"未来概念"并不适用于本书所讨论的伪满洲国时期的童话。因此，为了更好地呈现殖民文化视角下的童话创作，所有伪满洲国时空之内被认为是"童话"的作品，都将被纳入本书的视线。

第三节 "未来国民"的塑造

童话是在儿童的精神生活里创造新的文化。

——高芳《童话的问题》（1944）[①]

1944 年，伪满洲国后期重要的综合文化杂志《青年文化》（长春）[②] 上刊登了一篇关于童话的评论，作者高芳认为，童话不应该是"荒唐无稽超自然的读物"，而是在儿童精神生活里创造的文化，"决不是过去的文化，也不是未来的文化，而必须是现在应有的现实文化"。[③] 而对这种"现实文化"，当时的殖民者并没有给出更多的选择。此文出自这本具有伪满洲国"协和会"官方背景的杂志[④]，更说明了殖民者对童话的态度。

"协和会"即"满洲国协和会"（1936 年 7 月 25 日更名为"满洲帝国协和会"），1932 年 7 月 25 日在伪政府国务院正式成立。成立之初名誉总裁、名誉顾问、会长，分别由伪满执政者溥仪、关东军司令官本庄繁和伪满国务总理郑孝胥担任。1936 年 9 月 18 日，由日本军事思想家石原莞尔（1889—1949）[⑤] 的信仰者之一——辻政信（1902—1961）[⑥] 执笔，[⑦] 以日本关东军司令官植田谦吉（1875—1962）[⑧] 名义发表的《满洲帝国协和会之根本精神》中声明，"协

---

① 高芳：《童话的问题》，《青年文化》（长春）第 2 卷第 9 期，1944 年 9 月，第 34—35 页。

② 《青年文化》，伪满洲国后期文化综合性商业杂志，1943 年 8 月在长春创刊，月刊，16 开本，1945 年 1 月终刊，"满洲青少年文化社"发行。

③ 高芳：《童话的问题》，《青年文化》（长春）第 2 卷第 9 期，1944 年 9 月，第 34 页。

④ 关于该杂志的背景和考证，详见刘晓丽：《伪满洲国时期〈青年文化〉杂志考述》，《上海师范大学学报（哲学社会科学版）》，2006 年 7 月，第 35 卷第 4 期，第 80—85 页。

⑤ 石原莞尔，日本陆军中将，军事思想家，在任关东军作战主任参谋时和板垣征四郎一起策动了"九一八"事变（满洲事变）。

⑥ 辻政信，日本关东军参谋，在伪满洲国期间成为军事思想家石原莞尔的信徒，活跃于太平洋战争期间，对马来亚半岛、瓜达尔卡纳尔岛、缅甸等地战场有重大影响。

⑦ 见［日］古海忠之：《忘れ得ぬ满州国》，经济往来社，1978 年 6 月出版，第 147 页。

⑧ 植田谦吉，生于日本大阪，毕业于陆军士官学校和陆军大学，日本陆军大将。1934 年任日本驻朝鲜军司令，晋升大将，1935 年任军事参议官，1936 年调任关东军司令官兼驻伪满洲国大使。

和会设立之意义"是"协和会与满洲建国俱生俱长，定为国家机构之团体，而护持建国精神于无穷，训练国民，实现其理想之唯一无二、思想的、教化的、政治的实践组织体也"。① 这段话表明协和会并不是社会团体，而是严密控制伪满洲国精神世界，进行思想与政治教化的国家机构。随后，论及"满洲国政府与协和会之关系"，该声明称"须知协和会非政府之从属机关，亦非对立机构，乃政府之精神的母体也"。② 此处公开将协和会置于伪满洲国政府的指导机关和"精神母体"，这表明协和会已经从最初的半官方组织演变成一个与伪满洲国政府"表里一体"的法西斯组织。1941 年，为了"便于政令的下达和实施"，协和会实施了"二位一体制"，"在殖民者看来，基层工作变得更有效率，其实对底层的殖民统治更为彻底和苛刻"。③ 据《伪满洲国史》记载，"协和会"的触角伸到伪满洲国政治、文化、教育等各个领域，"利用一切机会，采取各种形式进行反动宣传"。④

　　童话成为伪满洲国的文化殖民的工具之一，并不是历史的偶然。日本侵略者希望青少年的成长符合他们对"未来国民"的想象，于是他们渴望寻找一种"小国民"喜闻乐见的文学形式，而童话正逢其时。他们希望在儿童的精神生活中，潜移默化地植入"新的文化"——新国家、新国民、新秩序和新满洲。

　　伪满洲国殖民者的文化"重建"始于对原有教育系统的毁灭性重创。据《东北沦陷十四年教育史》记载，由于"九一八"事变（1931 年 9 月 18 日），"小学完全停办，有些校舍遭到破坏，有些成了兵营，致使长时间不能复校。到 1933 年 5 月，日本侵略力量所及的地方小学复校者尚不足百分之六十"。⑤ 另外，"只要稍微具有一点民族意识或民主思想的书籍，甚至只要是商务印书馆、中华书局等发行的中国书籍，均被打入'废止'之列而遭到查禁、焚烧。

　　① ［日］植田谦吉：《满洲帝国协和会之根本精神》，见吕作新编：《协和会问答》，满洲帝国协和会，1938 年 11 月 25 日，序四《关东军司令官声明》。
　　② ［日］植田谦吉：《满洲帝国协和会之根本精神》，见吕作新编：《协和会问答》，满洲帝国协和会，1938 年 11 月 25 日，序四《关东军司令官声明》。
　　③ 王紫薇：《"满洲帝国协和会"的机构沿革——以〈满洲国现势〉的记载为中心》，《外国问题研究》，2012 年第 4 期，第 21 页。
　　④ 姜念东等：《伪满洲国史》，长春：吉林人民出版社，1980 年 10 月，第 226—238 页。
　　⑤ 王野平：《东北沦陷十四年教育史》，长春：吉林教育出版社，1989 年 5 月，第 87 页。

仅在 1932 年 3 月至 7 月的 5 个月中，他们就焚烧 650 余万册"①。"特别是一九三三年，由于日本帝国主义对我国东北广大爱国的中小学教师实行逮捕和屠杀，致使教员数字骤减至一万余人，许多小学关闭，学生降到五十万之数。"②1935 年，《斯民》③ 杂志一则"歌功颂德"的新闻，侧面证实了这些事实。文中称，1935 年伪满洲国"开校之校数，已达一万三千余校（其中九千校属于奉天省）"，小学生"约有七十万"，"政府方面为根本的改革学校教育计，除行以旧教科书之全废，新教科书之编纂与配布。地方教育之讲习，并优秀教员之日本留学等"。④

"九一八"事变后，"东北三省相继沦为日本殖民地。孱弱的东北文坛由于战事更加萧条。一年后，在原来新文学基础较好的南部地区的报刊开始复苏，并渐渐出现了众多依附于报纸副刊的文学小社团"⑤。随着报纸副刊和文学社团的兴起，1933 年至 1937 年，伪满洲国公开发行的杂志报纸上，原创和翻译的童话开始复苏，并渐渐受到重视。1934 年开始，殖民者为巩固日语教学的地位，陆续派出教员留学，在各学校增加日语课程，并"将现在之中国语，改谓国语，本于满日民族融合之宗旨，增加公学堂日语教授时间云"⑥。1937 年 5 月 2 日，他们公布了"新学制"，更是把"中国语"改称"满语"，日语列为"国语"，赤裸裸地抹杀东北历史，试图让这一地区的青少年忘记其固有的语言文化，达到将其同化的目的。

新学制的初等教育依然为六年制，四年初小改为"国民学校"，后两年高小改为"国民优级学校"，甚至被日本人控制改造的私塾，都被称为"国民学舍（或国民义塾）"，"为体现所谓的'建国精神'，让学生时时记得伪满洲

---

① 王野平：《东北沦陷十四年教育史》，长春：吉林教育出版社，1989 年 5 月，第 49 页。

② 姜念东等：《伪满洲国史》，长春：吉林人民出版社，1980 年 10 月，第 448 页。

③ 《斯民》是伪满洲国文化综合性商业杂志，半月刊，1935 年 3 月创刊于长春，吴郎、邰玉镇等任编辑人，发行所是"满洲国"通信社。刊出至 1941 年 5 月第 6 卷第 14 期，因满洲杂志社收购而停刊，后更名为《麒麟》。

④ 《学童七十万人普通教育之振兴》，《斯民》，1935 年第 2 卷第 19 期。

⑤ 刘晓丽：《伪满洲国时期文学杂志新考》，《中国现代文学研究丛刊》，2005 年第 6 期，第 144 页。

⑥ 《满铁公学堂长会议增添日语课程教旨在满日民族融合》，《盛京时报》，1934 年 3 月 8 日。

国'国民'这种身份"。[①]"满洲帝国教育会"的官方刊物《建国教育》[②]中就曾毫不避讳地写道:"教育最终的支持点,求诸'教育即国民教育'的根本原理……我满洲国的教育,由此根本理念出发,并非是为造成普通常识丰富的个人,亦非是为造成一般知识深蕴的人,而是'造成满洲国为实现其历史的使命所必要的满洲国民'。"[③]这些教育机构的根本理念不是传授知识,而是培养伪"民政部""训令"里希望的那种"忠良国民"。[④]

　　殖民者为了巩固统治的精神基础,保障"新国家"的稳定,建立"新秩序",在伪满洲国的青少年教育上下足功夫。他们复古尊孔,高喊"日满亲善""五族协和""王道乐土"等口号,急需培养具有"忠孝仁义""勤劳诚实",并服从日本人统治的"第二代国民":"今方建设新秩序,举世呼号,而东亚兴隆,尤以我满洲建国肇其端而驱于前。以故培植肩荷第二代之国民,允称目前急务。"[⑤]

　　然而,迂腐的"孔孟之道",拗口的"建国精神"及虚伪的口号很难为儿童所接受,殖民者也意识到了这个问题。他们开始构造系统的教育体系,在强制性的学校教材之外,利用各种教育资源,使用形象性、趣味性的手段来引导初级教育接受者,建立社会范围内的儿童文化氛围。童话以其趣味、神秘、虚构创造等特性和寓教于乐的功能,开始受到伪满洲国官方的重视。

　　在伪满洲国的初级教育教材中,童话时常被直接用于教学,特别是日语教材中。在很多伪满洲国教育经历者的回忆录中,都提及了这一点,例如:"日语课本中有日本的童话和神话故事,而主要内容讲的是日本的祖先天照大神、唯神之道,天皇是万世一系的'现人神'。突出地歌颂近代明治天皇实行维新,对外发动侵略战争的功绩,宣扬日本帝国主义的武士道精神,一边强制学习日语,一边灌输谬论。"[⑥]

　　天照大神的故事并不是因为其充满童趣和富有想象力而被选进教材的。神

---

　　① 王野平:《东北沦陷十四年教育史》,长春:吉林教育出版社,1989年5月,第88页。
　　② 即《满洲教育》,教育类文化月刊,"满洲帝国教育会"出版发行,创刊于1934年6月,1939年11月(第5卷11期)改刊名为《建国教育》,1944年7月终刊。
　　③ [日]中村忠一:《满洲国教育之理念》,《建国教育》1940年第6卷第7号,第5页。
　　④ 姜念东等:《伪满洲国史》,长春:吉林人民出版社,1980年10月,第451页。
　　⑤ 《培植小国民准备东亚繁荣》,《盛京时报》1942年2月22日。
　　⑥ 齐红深编:《见证日本侵华殖民教育》,沈阳:辽海出版社,2005年6月,第294页。

道教在明治维新后成为日本的国教。神道教鼓吹日本是一个"神国","环宇中除我日本之外再无由万世一系之主权者统治的国家",天皇是天照大神万世一系之神裔,天皇被视为"大和民族"的象征和标志。① 这些都是为了告诉被殖民者,天皇所作的一切决定,都是神的旨意,不可违抗和质疑。

常被选入的童话,是著名的《桃太郎》。它讲述了一对老夫妇捡到一个大桃子,桃子里诞生出一个孩子,他用饭团子收伏狗、猴、鸡,并带领它们征服海外的鬼岛,打败了作恶的群鬼,抢回财宝和老夫妇过上幸福生活的故事。这是一个日本侵略者特别青睐的童话故事,早已在另一块殖民地台湾被当作"国宝教材"。明治45年(1912年)至昭和18年(1943年),在台湾"国语教科书"上不断出现,1912年6月16发行的"第一期公学校用国语课本"上,《桃太郎》竟连载三课(第3、4、5课)。② 在伪满洲国,"连拍戏也是日本的童话剧《桃太郎》"③,它还被改编成各种便于诵读、记忆的短篇童话。

日本童话《桃太郎》早期插图

《桃太郎》代表了日本的征服意识、开拓意识,含有军国主义、强者崇拜和武士道精神等元素。桃太郎带领一干随从征服鬼岛,抢夺了本属于恶鬼的财宝,凯旋后还得到官员的嘉奖。这样的童话故事非常符合殖民者的意识形态需求,它更像是一种政治隐喻,告诉孩子们,日本是友善的邻邦,是解救百姓于"恶鬼"统治的英雄,是来帮助中国人开发和建设满洲的。这样的传统童话传

① 曹阳:《政治文化视域下的日本二战史观》,《东北亚论坛》,2011年第5期,第126页。
② 傅玉香:《台湾における桃太郎話とその変容——翻訳理論の観点からの考察》,《屏东商业技术学院学报》,2013年第7期,第49—70页。
③ 齐红深编:《见证日本侵华殖民教育》,沈阳:辽海出版社,2005年6月,第675页。

承的是日本尚武的传统文化，同时也是歪曲侵略真相的一种手段。

除了教材，1932 年至 1937 年，伪满洲国公开发行的杂志报纸上，原创和翻译的童话开始越来越受到重视。《盛京时报》（儿童周刊）、《斯民》《大同报》《华文大阪每日》（华文每日）、《满洲学童》等一批有日本官方背景的报刊上，都刊登了童话，有的数量相当可观。同时，这些童话相较于诞生于伪满洲国"建国前"（1932 年前）的童话，具有显著的不同。这里以《盛京时报》和《斯民》杂志为例。

东北的现代童话，在"九一八"事变前就已经出现。根据《东北儿童文学史》的描述，"'五四'后的三年中，在东北《盛京时报》等一些报纸的副刊中上，曾发表过一些神话故事或富于幻想意味的故事，这些故事都属于童话的范畴。不过，这样的童话故事数量不多，内容也比较陈旧……其故事多为奇遇或异闻，因而这些作品大多属于旧童话的范畴"。1924 年前后，"对外国童话的译介也开始了"，同时期出现了东北文坛的第一篇现代童话，金小天（1912—1966）① 的《未来的宇宙》。这篇出版时间不详的童话，描绘了环境污染导致的地球末日，利用传统童话的表现手法，提出了保护环境的问题。1924—1931 年，东北地区"童话的体裁较广。它们有的是选用传统体裁表现新意的，有的是表现对未来科学发展前景的幻想的，有的是劝学的，有的是讽世的，等等"②。"在'九一八'事变后的一段时间里，东北的文学发展曾一度陷入停滞状态。许多报刊的副刊被迫停刊……直到 1933 年，一些报纸才又恢复或新创办了副刊。"③ 恢复或新创办的副刊中，所刊童话数量不多，但都已开始发生质的变化。仅以两份"主流报刊"上的两篇童话为例，即可明显感到殖民者的"良苦用心"。

《盛京时报》于 1933 年 3 月 26 日新开辟出了《儿童周刊》，在此之前，

---

① 金小天，原名金光耀，曾用名金德宣，笔名小天，辽宁沈阳人，毕业于"奉天"（沈阳）省立第一师范学校。1923 年任"奉天"《盛京时报·紫陌》主编。1948 年参加革命。建国后在辽宁省博物馆工作，"文革"期间去世。1920 年底开始在《盛京时报·紫陌》发表大量小说，有《怨杀》《鸾凤离魂录》《画家》《煮餐的礼物》等。此外还有童话《花花之梦》，以及《紫陌之歌》等新诗。其作品结集的有小说集《屈原》《骷髅》，诗集《春之微笑》。

② 马力、吴庆先、姜郁文：《东北儿童文学史》，沈阳：辽宁少年儿童出版社，1995 年 12 月，第 72 页。

③ 马力、吴庆先、姜郁文：《东北儿童文学史》，沈阳：辽宁少年儿童出版社，1995 年 12 月，第 76 页。

只有在《神皋杂俎》栏目中散见一些童话故事。这种特地对儿童的"重视"似乎紧随着伪满洲国"建国精神"的步伐。以1933年8月29日的一篇童话为例,这篇题为《诚实刁滑的前程》[1]的童话,写了一个老实的农夫,遇到刁滑的地主,他做了三年长工,结算工钱时,地主将说好的一年一头牛的工钱,变成一年一壶油。而农夫却并没有责怪地主,反而认为自己可能当初听错了。最后在寺庙的和尚那里,他们都问到了自己的来生。农夫在来生会乘坐几人抬的大轿子,而地主则会是一个烂腿叫花子。这则童话充满教训的思维,希望儿童从中领悟到"诚实劳动会获得好报,刁滑欺骗会遭到报应"的寓意。而这些正是伪满洲国宣扬的"道德仁爱""忠孝礼义"的一部分内容。他们要在儿童脑中种下"勤劳宽厚""诚信无怨"的种子。这些看似放诸四海而皆准的道德教育,表面上看似乎真的是为了教育儿童的良训,事实上只是伪满洲国"王道政治"全面宣传和架构的一部分,背后都有协和会及其下属机关的参与和策划,意欲完成思想上的"教化",让儿童忠于傀儡皇帝,勤劳地为伪政权和殖民者"奉仕",勇于充当日本和伪满洲国的战争"炮灰"。

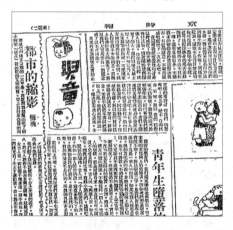

1941年10月《盛京时报》儿童副刊剪影

1935年,《斯民》刊登了一篇童话,题为《絮儿的旅行》,讲述了一团柳絮离开"柳树妈妈"远行的故事。这团柳絮想要"外出旅行",去看"那美丽的世界",母亲则告诉它:"是的。孩子长大了,必须有一个快乐的旅行。不久风伯伯就会经过这里,好带你寻找新的生家。"柳絮被风带离母亲后,感到

---

① 王淑芳:《诚实刁滑的前程》,《盛京时报》,1933年8月29日。

疲惫，希望找一处地方作为归宿。可是，它飞到各处都不被欢迎，先飞入一个小宝宝的眼中，被保姆驱赶，再飞到饼干箱上，被小彼得吹走。它感到万分疲惫，但还是鼓起勇气继续飞，最后"飞到软的草丛中"，"荆大娘""节骨草姑娘"向它呼喊："我们一致欢迎新的邻人！"[1] 这些"草族们乐得随着风直摇身子"，而小柳絮也终于找到了"乐土"。柳絮是柳树的种子，它们的离家很容易让人联想到日本殖民者离开日本，四处寻找新的疆域扎根。柳絮所到之处，遇到强大于它的异族（人类），不被接纳而遭受坎坷，感到十分疲惫，直到它找到同种族（都是植物）的草们。但柳絮从高高在上的柳树飘落下来，进入低微的"草族"领地，似乎暗示着它是一种更高等的民族。仔细阅读就会发现，"荆大娘"并不是荆棘，因为这里是松软的草丛，是柳絮的理想国。这里的"荆"应是"问荆"（Equisetumarvense），也叫节节草、接骨草，与"节骨草姑娘"是两种同属同科同纲的植物，两者难辨彼此。这两种木贼属的植物，在中国的前四大主要产地，是黑龙江、吉林、辽宁、内蒙古——而这全都是伪满洲国的"疆域"所在。在童话的结尾，柳絮睡在梦里还这样想着："我的房子多适宜呀，邻人多和善呀，妈妈若知道我睡在这里，该怎样替我快活吧！"或许，童话中"柳絮"的理想生根地就是伪满洲国，同属同科同纲的草族，寓意着"五族协和"，而这些同是植物的"和善草族"邻人的热情相迎，是否映射殖民者宣扬的那种"同文同种""中日亲善""一心一德"和"共存共荣"？

如果把这类童话放入媒体栏目整体内容中进行考量，就会发现上述分析并非"过度解读"。仍以这两篇童话为例，《盛京时报》是日本人创建并控制的媒体，在刊登《诚实刁滑的前程》当期的《儿童周刊》栏目下方，刊登了一则"填字游戏"，第一个谜题就是"与我国最亲善的国"，答案自然是"日本"，因为这正是殖民者希望根植于"未来国民"心中的"中日亲善，共存共荣"。可见，无论童话还是游戏，都是日本侵略者精心准备的"寓教于乐"的方式。《斯民》由"满洲国通讯社"发行，该社是日本关东军一手策划和操纵的垄断性新闻机构，其对外宣传的办刊理念是"以写真画报，宣传皇德，明示王道，指导国民，启发文明等为主义。并由侧面参划满洲帝国文化建设

---

① 胡祥麟：《絮儿的旅行》，《斯民》，1935 年第 2 卷第 19 期。

之事业"①。《絮儿的旅行》这篇童话的旁边，就是一篇《青年失业问题之探讨》，文中作者提出："国家之隆替，民族之兴衰，辄以青年中坚分子之有无以为断。"②一边讨论青年失业将影响社会稳定，一边刊登童话描写"友善的邻人"，这都可归为维护"国家"稳定的宣传。

截至1937年，伪满洲国刊物中的童话，这种充满"教育意义"的童话时有出现，但还未成为主流，苏俄、日本、德国、英国以及丹麦的童话翻译作品，仍是这一阶段数量最多、流行面最广的。1937年开始，伪满洲国的"童话世界"开始进入一种勃发的状态，伴随着殖民者更严密的布局与把控。

---

① 《斯民社概况》，《斯民》，1935年第2卷第5期。
② 王玉珊：《青年失业问题之探讨》，《斯民》，1935年第2卷第19期。

第四节　伪满洲国童话的勃发

> 达成这种大业的序幕，覆灭世界共敌，起建共荣的世界的工作者，献身者们，正是在东亚新秩序下活动着的少国民们。
>
> ——何霭人《儿童文化的创建》（1943）[1]

1943 年 12 月，任职于教育部门、活跃于各大报刊的何霭人[2]，发表了这篇《儿童文化的创建》，文中号召培养儿童文化的文化人，建立"满洲儿童文化"，还全文引用了"日本少国民文化协会"的"协会条款"作为参考。文中所谓的"大业"，作者前文写明是原首相林铣十郎（1876—1943）[3] 在 1942 年"第一次日满华兴亚大会演说"中提到的"大共荣圈的，新秩序的世界"。[4] 此时正值日本深陷太平洋战争第 3 年，战略物资和后备军力都开始出现颓势，需要培养"高度国家观念的青少年"，参与建设，献身战争。同时，在伪满洲国的文学世界，随着殖民者的管控越来越系统而严密，文学创作的空间也越来越艰难。

从 1937 年 7 月 7 日，日本挑起了震惊中外的"七七事变（卢沟桥事变）"发动全面侵华战争，至东北光复（1945 年 8 月 15 日），伪满洲国文学随着时局变化而为不同的政策所束缚、左右。特别是《思想对策服务要纲》（1940）、《艺文指导要纲》（1941）的相继推出，使伪满洲国文学界陷入紧张与恐怖

---

① 何霭人：《儿童文化的创建》，《青年文化》（长春）第 1 卷第 5 期，1943 年 12 月，第 31 页。

② 何霭人（1899—不详），本名何云祥，吉林市人，原籍安徽。毕业于吉林省立第一师范学校，相继在吉林、长春、农安等地中、小学及教育行政部门任职，擅长创作散文、童话，作品常见于伪满洲国报刊之中。曾编辑女学生文艺作品集《窗前草》。建国后曾在东北师范大学中文系任职，"文革"期间自沉于松花江。

③ 林铣十郎，陆军大学毕业，留学德国。1930 年任朝鲜军司令官、日本陆军大将。1937 年 2 月曾出任第 33 任内阁总理大臣（首相）。"九一八"事变时与关东军配合，擅自出动军队，发动对中国东北的进攻，被称为"越境将军"。

④ 此处何霭人提及的"第一次日满华兴亚大会"，应为"日满华兴亚团体第一回会合"，详见《日满华兴亚团体第一回会合》，《国际月报》，1942 年 11 月特别号，第 14—18 页。另见大日本兴亚同盟：《日满华兴亚团体会合记录》，1942 年（昭和 17 年），美国斯坦福大学图书馆收藏（会议合集）。

的气氛之中。而童话却在这一时期得到了勃发式的发展，呈现出一片小繁荣的景象。

究其原因，一方面是因为伪满洲国殖民者对"少国民"文化发展的要求，以及利用童话进行"国民教育"的政策使然，他们培植或鼓励了一批童话作者进行童话的翻译和创作，以此创造符合殖民政府"官方意识"的作品；另一方面，一些作家或文学爱好者，开始自发地进行童话创作，他们或书写童话为儿童提供课外阅读的内容，或利用童话的幻想性、虚构性和隐蔽性，将一些无法在小说、散文中表现的现实内容，移植到童话之中，以对抗殖民者严格的文艺审查。这让伪满洲国的童话创作呈现出十分复杂的特征，这些作品水平参差，题材广泛，现实与虚幻并存，对"王道乐土"的建构与解构同在。在一些"主流刊物"中，童话获得了前所未有的重视，翻译和原创作品的刊发数量也相当可观。

《盛京时报》于1937年2月开始连载日本童话《一太郎》[1]，此后至1945年，刊登了翻译吉田弦二郎、池田政原、宇野浩二等多位日本童话作家的作品，另有中国作者原创童话数十篇；《大同报》[2]在1938年至1941年间，仅翻译的日本童话就刊登了《为朝和北条》[3]《难船》[4]等多篇；《华文大阪每日》[5]自1938年创刊以来，也经常刊发翻译和原创的童话故事，尤以1940年前后为多，直至1945年1月仍在讨论童话和儿童文学问题；[6]1942年后，《新满洲》和《麒麟》[7]对童话创作不约而同地进行了大力推荐；另外，《弘

---

① 高作恒译：《一太郎》，《盛京时报》，1937年2月2日—16日。

② 《大同报》，伪满洲国政府机关报，1932年3月创刊于长春，终刊于1945年8月6日。首任主编为王光烈，副主编为关东军顾问都甲文雄。该报是伪满洲国境内发行量和影响力最大的报纸之一。

③ 庄易译：《为朝和北条》，《大同报》，1938年3月4日。

④〔日〕池田政原：《难船》，《大同报》，1939年6月21日。

⑤ 《华文大阪每日》，文化综合性商业杂志，16开本，创刊于1938年11月1日，开始为半月刊，1944年1月改为月刊，历时7年，所见最后一期为1945年5月号，共刊行141期。开始由大阪每日新闻社、东京日日新闻社联合编辑发行，1943年1月起由大阪每日新闻社单独承办，并更名为《华文每日》。该杂志是日本本土印专门在中国东北、华北、华中地区发行的中文刊物。

⑥〔日〕坪田壤治著，光军译：《童话文学》，《华文每日》，1945年1月1日第137号。

⑦ 《麒麟》，文化综合性商业杂志，创刊于1941年6月的长春，月刊，终刊于1945年，历时5年，共刊出42期。32开本，每期容量180页左右，临近终刊时88页。前五期由赵孟原（小松）任编辑人，第六期改为刘玉璋（疑迟），发行人先后是顾承运、唐则尧、黄曼秋，发行所为"满洲杂志社"。

宣》《满洲学童》《妇女杂志》①（沈阳）、《新青年》②（沈阳）、《同轨》③《大北新报》④等刊物，也都在这一时期刊载了数量不等的翻译或原创童话作品。

伪满洲国原创与翻译童话集的出版也集中在这一时期，原创童话集有杨慈灯所著的《童话之夜》（1940）⑤、《月宫里的风波》（1942）⑥、《小人物的童年》（未见）、《淡黄色的乐园》（未见）；李蟾（李光月）所著的《秃秃历险记》（1945）⑦；杨絮所著的《天方夜谭新篇》（1945）⑧、心羊所著的《三兄弟》（1945）⑨等。翻译作品集有顾共鸣译的《老鳄鱼的故事》（1942）⑩、季春明译的《风大哥》（1942）⑪、黄风译的《天方夜谭》（1942）⑫、《安徒生童话全集》（1942）⑬、似琼译的《梦里的新娘》（未见）等。

我们仅以1936年至1939年间创刊的伪满洲国官方杂志——《弘宣》为例，

---

① 《妇女杂志》1939年3月创刊于沈阳，月刊，每月1日发行。发行人为魏杰，编辑人为王灵娴，发行所是妇女杂志社。主要读者群面向伪满洲国的知识女性，内容以妇女问题、妇女生活、家政、常识为主，兼有文艺作品。曾刊登霄青、秋萤、季风、也丽等作家的作品。

② 《新青年》，旬刊，1935年10月创刊于沈阳，是"协和会""奉天省"本部的机关杂志，1937年3月改为半月刊，1938年3月，又改为月刊，1941年曾休刊数月，年底复刊，但不久即由长春的"满洲帝国协和会青少年团中央统监部文化部"接管，以《青少年指导者》杂志出刊。编辑人先后为成雪竹（成弦）、姜灵菲、陈健男等。

③ 《同轨》，1934年2月1日创刊于沈阳，是伪满洲国"铁路总局"刊行的专业杂志。该刊内容大都是铁道新闻、铁路建设常识，以及铁路总局与各地方局规章条例，还有一些文学板块，文艺作品以古体诗为多。

④ 《大北新报》创办于1922年10月1日，终刊于1944年9月，在哈尔滨共出版发行长达22年之久。创办人为日本人中岛真雄。创刊初期为沈阳《盛京时报》的"北满版"，1932年报社增设副刊《大北新报画刊》。1933年6月脱离《盛京时报》独立，成为日本占领者在哈尔滨推行侵略政策的舆论工具。

⑤ 杨慈灯：《童话之夜》，大连：大连实业洋行，1940年11月25日。

⑥ 杨慈灯：《月宫里的风波》，"新京"：艺文书房，1942年9月1日。

⑦ 李蟾：《秃秃历险记》，"新京"：兴亚杂志社，1945年7月。

⑧ 杨絮译：《天方夜谭新篇》，"新京"：满洲杂志社，1945年2月15日。

⑨ 心羊：《三兄弟》，"新京"：国民图书株式会社，1945年4月20日。

⑩ ［法］辽波儿·萧佛著，顾共鸣译：《老鳄鱼的故事》，"新京"：艺文书房，1942年1月25日。

⑪ ［日］宫泽贤治著，季春明译：《风大哥》，"新京"：艺文书房，1942年1月。

⑫ 黄风译：《天方夜谭》，"新京"：博文印书馆，1942年2月15日。

⑬ 黄风译：《安徒生童话全集（全二册）》，"新京"：博文印书馆，1942年2月15日。

查看伪满洲国殖民中后期"官方植入式"童话创作的题材与主旨,探究殖民者为何将童话作为一种文化殖民的工具,而这正是童话得以阶段性流行的客观推动力。

1937 年 11 月 15 日,《弘宣》创刊于长春,是伪满洲国"国务院"总务厅弘报处发行的官方刊物,创刊初期为半月刊,封面"弘宣半月刊"的刊名为伪满洲国总理大臣张景惠的题字,显示着它"政府喉舌"的地位。《弘宣》杂志创刊之时,距日本全面侵华战争爆发仅数月,因此,它的诞生本身就承载着诸多宣传方针的考虑,其创刊号《卷头言》证明了这一点。《弘宣》十分重视宣传功效,甚至认为"与交战国之胜败利钝,恒以宣传之巧拙而定"①。

《弘宣》半月刊原刊书影

1938 年第 11 期《弘宣》的一则《卷头言》,更指明了其"端正"国民思想,灌输王道精神的宗旨:"当此非常时局之下,振作国民精神,乃急而不可容缓者……我国本以王道精神为对象,振兴王道精神,即所以振兴国民之精神,使国民全般对王道精神,要有更进一步的认识和把握,是目下最重要之急务。"② 如前所述,在直接枯燥地灌输"王道精神"和间接文艺地、植入性地宣传之间,殖民者选择了后者。但他们并不避讳告诉大众这种"植入",并对宣传效果十分自豪。

---

① 《卷头言》,《弘宣》创刊号第 1 卷第 1 号,1937 年 11 月 15 日。
② 《卷头言》,《弘宣》,1938 年第 11 期,第 2—3 页。

同年，第12期《弘宣》，开始连载童话《锦绣国旗》①，作者是伪满洲国通化省公署庶务科中园属官。在该童话的《序文》中，中文译者如此写道：

"这个童话原本，是通化省②开弘报要员讲习会的时候，为试验期间，曾将小学生数百，集于一处，由中园氏亲自口讲。结果的成绩，出乎意想之外，听者的儿童们，不但十分感动，即在座旁听的人士，也无不叹为观止……足见这童话在宣传上是特别有价值的。这篇童话，本是一种宣扬建国精神的，原名是《王一族之忠诚》，结构非常整洁，叙事又极尽情理，而所取材之伟大又非其他作品所可追随，举凡忠孝节义、智仁信礼，以及我国建国的精神、王道主义、日满不可分的关系、民族协和等等的重要国策，无不包括在内，其他如立志从军、勇猛向敌，又能使儿童振作精神，兼又能灌输地理历史，以及友邦日本最近发展之实况，在故事之外，使听者能获到种种必须的智识，这确是一篇难得的佳作……在我个人得到的方法之中，认为童话是最有效的。大概不甚开化的地方，居民大多数是贫苦而愚鲁的，而在宣传教化上，所用的小册子传单或标语，都是没用，其他如电影口讲等，也难生动……口讲这种有意义的童话，使儿童充分领悟……他必定要对家人大事宣传……如斯建国的精神，普遍了全村。所以童话是宣传教化上，较任何方法都认为有效的。"③

这篇序言之中，毫不掩饰地写明了殖民当局对童话的"另眼相看"。他们将大量需要灌注的思想意识如同佐料般添加入童话之中，借助童话这一青少年喜闻乐见的"美味"，使其润物细无声地进入青少年的大脑，再由此传播给所有人。序言中的观点代表了一部分殖民政府官方的思维，他们认为"大概不甚开化的地方，居民大多数是贫苦而愚鲁的"，在他们眼里，很多民众是愚蠢粗鲁的，而让儿童阅读童话并影响成人，则成为一种宣传模式。童话被作为"最有效的"媒介，主要不仅因为童话深受儿童喜爱，还因为这个体裁特别适合隐藏谎言——谎言是虚构假想的，而童话的特性正是虚构与幻想。

《锦绣国旗》这篇"童话"，如果不是明确被标注为童话并加以序文解释，我们很难认为它是一篇童话，因为它看上去更像是一篇"军旅故事"。这

---

① 《锦绣国旗》（第一回），《弘宣》，1938年第12期，第25—30页。

② 伪满洲国地名，下辖1市8县，地域相当于今吉林南部。

③ 《锦绣国旗·序文》，《弘宣》，1938年第12期，第24—25页。

个故事讲述的是王家父子"尽忠奉公"的故事，其中父亲王福昆是烟筒山警备连队的连长，"爱国爱民"，时刻抱着"牺牲一切去爱国"的信念，最终在一次与胡匪的交战中被子弹打穿脖子战死。其子王振民继承父亲遗志，同时在母亲的认可和鼓励下，成为一名伪"国军"的飞行员，每次飞行都带着母亲亲手绣上"尽忠奉公"并于父亲坟前赠予他的一面锦绣国旗。最后王振民在执行山西太原上空侦查任务时，被高射炮击中引擎，他为了带回情报而没有带着炸弹自杀式袭击，选择迫降被俘，他在监狱里无论如何被折磨拷打，都没有吐出一个字。在一个"万籁无声"的夜晚，策划着越狱……

　　整篇童话充满着王道政治的思想教育和殖民者希望的"英雄主义"，作者为了表现伪满洲国是真正的"王道乐土"，精心设置了一些情节。如父亲王福昆路过多年未回的家乡探望妻儿，发现家乡遭遇几次洪水，百姓遭受了大灾。正当他心酸着急之时，发现"吉林省公署和永吉县公署、协和会等机关，为救济本村被害，置办了很多救济品"，"怪不得营养不良的村人面色，也都露出一层欢喜"。最后甲长说："王连长！我们生在这种王道国家里，总算是幸福了吧？可是我们对于国家这样盛意，将怎样去报答才好呢？"而王连长回答说："各位都知道的，这就是王道国家的所以，王道政治是爱民的，不像旧军阀时代，光知道和老百姓要税钱，对老百姓是毫不关心的。现在满洲国是真能知道人民的痛苦，爱民如子，为国民谋幸福……"[1] 王连长这段演讲，竟占了"第一回"将近四分之一的篇幅。

伪满洲国时期明信片《光明的彼岸》："满洲儿童在日本军人肩头奔向光明。"

---

　　[1] 《锦绣国旗·序文》，《弘宣》，1938年第12期，第24—25页。

最荒谬的是，童话中竟然不惜歪曲事实，将日本侵华战争美化成一种被挑衅后的不得已：

> 南京政府不量力不度德，竟对日军屡次挑战，层出种种的不法行为，但是友邦日方，最初始终抱着不扩大主义，想要就地交涉以谋解决，无如军阀们横暴已极，尽力的怂恿战事，因此将两国的交涉，逼到非用武力不能解决的地步，于是卢沟桥畔的炮声和永定门外的枪弹，伴随着唐克飞机炸弹等，便开始我东亚最不幸的战争了。①

文中提到的"卢沟桥事变"，史实是日军以士兵失踪为借口，要求进入宛平县城搜查，遭到中国守军拒绝后，日军发起枪炮袭击，侵华战争全面爆发。在童话里却被描绘为"南京政府"的"屡次挑战"。这出现在童话中，却并不是偶然的"虚构"。1938 年，时任弘报处总务班长的高桥源一，在一篇关于宣传手段和方法的论文中，谈到"战时宣传之虚构性"：

> 只为鼓舞士气，便不妨常用虚伪的宣传。所谓方便行事者。证之于历史者更多，不过当时的宣传，虽虚伪而使之不像虚伪，且与神秘相结合者有之……②

这一段话，足以解释为什么日本殖民者热衷于虚构、歪曲事实，并将充满神秘和幻想色彩的童话作为载体了。童话的特殊文体，使得"虚伪"被随便"虚构"，用这种便于"少国民"理解的故事形式，不辨真假的青少年就会如此这般地被成功"洗脑"。

与此同时，伪满洲国的童话作家们，也呈现出两种分流，一些作者跟随着殖民者文化宣传的风向，自觉不自觉地成为与殖民者一起虚构"王道乐土"的"造梦人"；而另一些人，则游离于殖民者的"官方意识"之外，他们或创作为读者而作的"文艺童话""知识童话""教育童话"等，以远离政治的形式

---

① 《锦绣国旗（第五回）》，《弘宣》，1938 年第 16 期。
② ［日］高桥源一：《宣传上之虚伪与真实》，《弘宣》，1938 年第 27 期，第 8 页。

进行文学创作，或创作包藏剑戟的"讽刺童话""现实童话"等，自觉不自觉地对抗和瓦解着统治者的童话理念。这两种分流使得伪满洲国童话创作呈现出多个向度，成为伪满洲国存续的最后五年中，文学世界异样的风景。

第五节　童话创作的多重向度

　　满洲童话界所行的步伐是缓慢而蠕动，虽然被作家创作出来，但也不能说是"纯童心文学"之发露，那么抓着了微妙的精力童心作家，不也是我们目前文艺家所需要的吗？

　　　　　　　　　　　　　　　　　——吴郎《关于满洲的童话》1942①

　　这是 1942 年 11 月，《新满洲》首次刊登"满洲童话特辑"时，编辑吴郎在这期前言中所写的文字。在伪满洲国大型综合性刊物上出现"童话专辑"，无疑标志着童话写作的被重视。2005 年，刘晓丽就曾提出应特别注意《新满洲》出现的"童话特辑"，她认为在这篇编辑前言中，"编者的苦心已卓然而现，《新满洲》在呼唤伪满洲国缺少的'纯童心文学'，而且这种想法由来已久"②。

　　的确，1942 年至 1944 年，主流刊物文学板块密集刊登"童话专辑"成为一个令人瞩目的现象。《新满洲》除上述一期"童话特辑"外，1944 年 12 月再次刊登了一期"童话特辑"；《华文每日》1943 年专门刊登了"童话民间故事特辑"③；《麒麟》也在 1943 年 4 月刊登了"童话特辑"④。

　　这几个童话专辑，最大的特点就是与官方"植入性童话"完全不同，更具有文艺性和故事性。另外，除了古弋的《新伊索寓言》是寓言却被归为童话之外，其他作品中，也有类似科幻小说或者散文的作品，但无疑他们都披着"童话"的外衣。所谓对"纯童心文学"的追求，更多是一种"借童心文学"——借着儿童的视角书写自己想写的故事而已。在殖民者的文艺审查愈发严格的情

---

① 吴郎：《关于满洲的童话》，《新满洲》第 4 卷第 11 号，1942 年 11 月。

　　② 刘晓丽：《1939—1945 年东北地区文学期刊研究》（博士学位论文），华东师范大学中文系，2005 年，第 29 页。

　　③ 《华文每日》，1943 年第 10 卷第 8 期。

　　④ 《麒麟》，1943 年 4 月第 3 卷第 4 期。

况下，作家借用童话的形式进行创作，叙事时间、空间，甚至对作品的诠释显得更为难以界定，这正是那个时局下所需要的。

在谈及伪满洲国"十年来"童话的创作情况时，吴郎在《闲话满洲的童话》中说道："摆在书架子上的，只有慈灯先生的《童话之夜》和《月宫里的风波》两册童话集子。其他在新闻杂志上的发表，也不过二三人的断续发表……"[①]

第一个"童话特辑"中，吴郎便选取了慈灯的童话，这似乎是对慈灯童话"纯童心文学"的一种认可，然而他所选取的《老画家》[②]，绝不是慈灯童话中最能代表"童心"的。这篇"童话"写的是一个老画家靠着卖画养活一家人，刚搬到"我"的院子里，"我"和朋友们都厌恶他，他的家人也不喜欢他倔强暴戾的脾气。最后终于"我"渐渐理解他了，老画家却不小心被滚油烫了手，不久死去了。故事的结尾是这样的：

> 可怜，这个没有成名的老画家寂寞的逝去了。
> 出殡的一天，我默默的随着到了荒凉的坟地，看见他的棺材在黑黄的土里渐渐的消失了，他的妻女坐在旁边哭。
> 这时候，正落着散乱的雪花。

可以说，这个故事完全没有虚构的幻想，倒正是残酷的现实写照。这样的"童话"被选入是何用意？吴郎所述的报刊童话的发表情况，与笔者所述1937年后童话"勃发"的事实并不相符——仅《满洲学童》就足为反例。这本刊物由"满洲帝国教育会"出版发行，刊登了大量的童话及其他儿童文学作品，笔者将在第二章专门进行考证。《东北儿童文学史》中也认为："这一时期（1931—1945）的童话创作不独在数量上大大超过前一时期，而且类型繁多，题材广阔，具有贴近生活、讽喻现实的力量。在艺术表现上，更注意了儿童化的特点。"[③] 是作为知名编辑的吴郎没有发现这些童话的发表，或是有意忽略

---

① 吴郎：《闲话满洲的童话》，《盛京时报》，1942年11月11日。
② 慈灯：《老画家》，《新满洲》第4卷第11号，1942年11月。
③ 马力、吴庆先、姜郁文：《东北儿童文学史》，沈阳：辽宁少年儿童出版社，1995年12月，第115页。

了那些殖民者提倡的"植入式童话"的存在？

笔者认为，这是一种有意的忽略，表明了编者对官方那些缺乏文学性、充满殖民色彩的"植入式童话"的内心抗拒，对所编"童话特辑"中童话形式的强调与推崇。似乎是在告诉文学爱好者，童话也是可以这样创作的。无论如何，这种"借童心文学"的形式确实开始流行起来了。

下面以前文提到的伪满洲国作家未名在《华文大阪每日》上发表的童话为例，查看这个主要创作小说的作家，如何借用童话进行表达。以未名的一篇《盲人与猪》为例，它讲述了一个将要被屠宰、四蹄被绑的猪和一个算命盲人的故事，文中猪和盲人充满火药味并夹杂着脏话的对白，并不适合孩子阅读。文章的结尾，是猪被激怒，在嚎叫与蹬踢中挣脱了绳索，跑去了自由的森林。对于自以为是的盲人，作者这样写道：

> 盲人呢，你不听见人类的作家在歌颂他吗？说：
> ——没有眼睛的人是多么幸福啊！
> ——我是小孩子时，只用眼睛看见日光，如今没了眼睛，当日光晒到身上，我拿全身都看到它了。
> 所以在人类之中，就有许多人在羡慕着盲人的幸福。虽然有眼睛，究竟有用不舍得马上挖去，这样只好闭上眼睛装作瞎子去享福了。①

被认为是愚笨的、待屠宰的猪都知道反抗，跑去了"自由的森林，在森林里无拘无束的驰骋着，永远不想再回栅栏里面去了"；而给别人占卜"穷通祸福"的聪明盲人，却料不到自己下一脚踏在猪的身上，料不到被这猪撞个大跟头。猪在文中诅骂"装瞎的畜生"，斥责瞎子"不敢睁开眼睛看看世界"，而人类的作家却在"歌颂他"，这是作者对现实的隐喻。童话结尾更为讽刺的，是那些有眼睛却"装瞎"的人，这些人如同黑暗的铁屋子里的假寐者，无论怎样呼喊，你都无法叫醒他们。他们不敢追求自由和幸福，只好闭着眼睛"装作瞎子去享福了"。

未名这篇童话里，蕴含着一种"哀其不幸，怒其不争"的意味，在残缺与

---

① 未名：《盲人与猪》，《华文大阪每日》，1940年第5卷第12期。

死亡的故事中埋藏隐喻，无论如何算不得给儿童的精神食粮。未名这类作家，常用动植物"代为表述"作家难以直接表达的内容，更像是给成人的童话。他们代表着游离于殖民者把控之外的一种分流。这些作品的向度可以是反抗的，也可以是不合作的，可以是隐喻和解构的，也可以是充满幻想、没有任何政治倾向和意义的、为儿童创作的故事——而这是童话最纯粹的部分。慈灯是此类童话作家中难得的高产者，对他的创作情况，本书第四章将进行专门分析和论述。另一个分流中，即创作贴近殖民者"官方意识"、充满教训意义"植入式童话"的作者，则以刘心羊为例证。

而在伪满洲国童话创作的另一个分流中，一些作者创作"植入式童话"的脚步也没有停滞。1945 年 4 月 20 日，距离东北光复已然不远，心羊的《三兄弟》由"国民图书株式会社"出版发行。这本充满"教育意义"的童话，自觉不自觉地成为殖民者培养"少国民"理念的一种延续。

心羊，生卒年月不详，本名刘惠祥，笔名刘心羊、心羊，河北安平县立中校卒业，吉林兴农合作社员。[1]作者在自序中谈及这本童话的创作动机，是因为看到小朋友"围坐在一个书摊旁，很热心的看那：什么神拉、仙拉、剑拉的小人书的时候"，感到着急，于是想"写几篇有益的作品"，同时也受到了"许多同僚的督励"，似乎作者是为了给青少年提供更好的阅读材料而进行创作的。

然而，了解作者的职业，将更利于我们理解作者的文学立场。作者生平已无从考证，书籍出版时其所在的"兴农合作社"却是伪满洲国时期的一个著名组织。"兴农合作社"成立于 1940 年，起初号称是一个"农民自主性联合""自觉支持并服务于国策"的组织，然而伪满洲国统治后期，其"在掠夺东北农产品中扮演着极为重要的罪恶角色。除此之外，凡是日伪政府在东北农村推行的掠夺政策，如抓劳工、摊派、配给等，几乎都有伪满兴农合作社的参加"。[2]

那么，"兴农合作社员"又如何加入呢？"合作社对社员的资格有着明确的限制，仅限于该区域内独立生计的农民为主，除此还包括在该区域内有

---

[1] 见《三兄弟》版权页，"著者略历"，长春：国民图书株式会社，1945 年 4 月 20 日出版。
[2] 马玉兰：《日伪时期兴农合作社研究》（硕士学位论文），东北师范大学历史系，2011 年，第 7 页，第 20 页。

土地所有权的人和在其区域内有住所或经营独立生计者也可成为合作社中的成员。"①

由上可见，心羊所在的这个组织，并不是谁都可以成为其成员的。至于他业余创作童话的水平，1946年《东北文学》上陶君已有评价：

> 至于心羊氏的童话，严格的来说，还是很幼稚的，似乎尚未走出习作的领域，而且他的作品里面，教训的意味十分浓厚，有些近于寓言，读起来令人沉闷……②

然而，这样一本幼稚业余的童话作品，却在众多书籍被禁止出版且印刷纸张匮乏的情况下结集发行，原因是耐人寻味的。笔者认为，正是因为整本童话几乎每一篇都包含着与殖民者推崇的"植入式童话"中类似的"价值观"和"教训意味"。为了直观地再现这本作品的情况，此处以其中一篇童话为例。

该童话集以其中一篇童话《三兄弟》③命名，《三兄弟》是这本童话集中的第9篇童话，讲述的是一家三个兄弟分家和勤劳致富的故事。父母去世后留下了一笔不少的财产，两个哥哥在三弟很小的时候就分了家，没有给三弟什么财产，于是三弟给别人放牛做长工。三弟长大后，希望致富，并克服了千难万险寻找仙人指点迷津，仙人受到感动告诉了他致富的秘诀：

> "你的来意我全明白了，你吃苦耐劳，不怕艰难，不怕痛苦的精神，你的前途很有希望，问题很容易解决，只要'勤劳''节约''储蓄'，你的财产你的幸福，一定要超过你哥哥以上的！"

后来的故事不用说都能猜到，三弟念着"勤劳""节约""储蓄"，过了几年成了小富翁，而不知道节约又懒惰的两个哥哥则过着"乞丐般的生活"。

---

① 马玉兰：《日伪时期兴农合作社研究》（硕士学位论文），东北师范大学历史系，2011年，第7页，第20页。

② 陶君：《东北童话十四年》，《东北文学》第1卷第2期，1946年1月，第94页。

③ 心羊：《三兄弟》（童话），《三兄弟》，长春：国民图书株式会社，1945年4月20日，第40页。

两个哥哥找到弟弟，获得了寻仙的路径，仙人又同样告诉他们这三个"秘诀"，从此"勤劳、节约、储蓄，永远记在他们心里"。

心羊《三兄弟》原版书影

短短的一篇童话里，"勤劳""节约""储蓄"这几个关键词出现了四次，如咒语般盘旋，余音不绝。这三个看似是"传统美德"的词语，又隐藏着什么样的历史内涵？

查看历史，我们就会发现，强收粮食和强制储蓄，都是"兴农合作社"的"业务范围"。殖民者宣扬的"勤劳""节约""储蓄"，不过是为了更多地榨取东北人民的血汗。据《东北经济史论文集》记载："兴农合作社强迫存款，手段毒辣。兴农合作社存款不仅名目繁多，而且以种种手段，千方百计地竭力搜刮资金，如诱逼工商企业、事业、机关职员存款，均按一定比例，从工资中扣收。又如在农村从 1943 年开展'国民储蓄运动'之后，按卖粮价款的 15% 硬性扣收储蓄存款，三年不准支用。到 1944 年在农村共吸收存款七亿五千六百五十万元。这些存款迄至 1945 年日本帝国主义垮台分文未还。名曰存款，实为公开抢劫。"[1] 而在心羊的童话里，这三个口号变成了仙人给出的"致富秘诀"，值得日夜诵念。

可以说，心羊童话中的很多作品，确实顺应着伪满洲国官方的"官方意

---

① 东北三省中国经济史学会编：《东北经济史论文集（下册）》，丹东：东北三省中国经济史学会印刷，1984 年 1 月，第 333 页。

识",但与殖民者官方的"植入式童话"稍有区别的是,他的童话并不是每篇都直白地宣扬"大东亚共荣""五族协和""王道乐土"等元素,而是自觉不自觉地充满着一种教训的口吻,而且童话里映射的道理,都是官方所希望看到,也极为推广的。同时,心羊的童话,即使在《三兄弟》童话集中,也存在一种复杂性,除了那些殖民地统治者提倡的"五族协和""王道政治",像"勤劳""忍耐""诚实""善良""勇气"等道德品质,也是大部分父母希望后代具有的传统道德。只有站在伪满洲国殖民文化的立场上,将这些"美德"被隐藏在童话里,用于维护殖民统治、剥削百姓财富、鼓动青年参战等具体行为时,才被纳入本书所论的"建构"之中。

由此可见,伪满洲国童话创作呈现出"两种分流",这"两种分流"并不是以政治上的"附逆""反抗"区分,而是以其创作目的进行区分,即:第一种分流,是在伪满洲国官方组织或鼓动之下,将"王道乐土""五族协和""大东亚共荣"等殖民宣传纳入童话演绎之中,以教化青少年最终为殖民体系服务为目的的"植入式童话";第二种分流,是各民族、各语种作家自发翻译、原创或改编的,以文学阅读、欣赏和儿童教育为主要目的的童话。同时,在"两种分流"之中,分别且无例外地都存在着复杂的"多重向度",即:在第一种分流之中,殖民者试图以童话这种青少年"喜闻乐见"的文学形式,搭载他们希望达到的各种宣传、"洗脑"内容,对伪满洲国的"少国民"进行潜移默化的"熏陶",最终成就新一代与日本"亲善"并为战争服务的"未来国民"。在对这种"植入式童话"创作的动员、号召与倡导之下,一些作家主动投身于"植入式童话"的创作之中,专注于这类童话的杜撰和编写;一些作家在殖民者严苛法律、政策或利益诱惑之下,表现出一种主动或被动的"附逆、合作与迎合"状态。这些作家在童话中加入的各种道德规范,很多必须结合时局和前后文才能发现其"植入性",而且这些作家有时也创作一些完全没有包含任何"植入"元素的童话,在"附逆、合作与迎合"之外,也有"游离与挣扎"。在第二种分流之中,自发创作童话的作家有的完全游离于时局与政治之外,创作一种"文艺目的"的童话,有的创作教育儿童的童话,有的将无法以小说、散文发表的文艺作品借用童话的形式发表出来,有的翻译、改编世界名著为儿童提供读物……这种分流中产生的向度,更多是"游离、解殖"的方向,也有少数含有明显反抗性的作品。但是,这种分流中,童话作者们自发创作的作品中，也时有自觉不自觉落入殖民者"官方意识"之中的作品出现，毕竟不少作家和文学爱好者，正是在殖民者提供的教育系统之中成长起来的，在自我无意识中已经进行了"参与"。在游离之中，也有迎合与附逆。

总之，伪满洲国童话创作的"两种分流"之中，蕴含着多种与作者自身人性合二为一的复杂性。这种复杂性导致在殖民者把控之下，有附逆、合作、迎合，也有反抗、游离与解殖，同时这些向度互相缠绕而不是平行出现，彼此交汇又相互撕扯，呈现出纷繁复杂的"多重向度"。

余　论

日本殖民者倡导的"植入式童话"，围绕着"王道乐土"的建构而展开。而伪满洲国究竟是怎样的"王道乐土"？

就在 1940 年溥仪访日并成为日本"儿皇帝"后不久，伪满洲国的《兴亚》杂志刊登了一篇会议记录，详细记载了一场"王道乐土的建设座谈会"上的对话。这场会议的座谈者，包括满洲日日新闻社、满洲日报社、泰东日报社、大北新报社、蒙古新闻社的记者，以及日本关东军陆军少佐（即少校）、伪满洲国弘报处新闻班长等十人。

日本关东军常被现代历史研究者称为伪满洲国的"太上皇"，炮制了蛛网般布满伪满洲国各个角落的庞大组织——"满洲帝国协和会"。"协和会"在伪满洲国的政治、文化、医疗、教育、宗教领域几乎无孔不入，影响力极强。因此，日本关东军陆军少佐中岛鉱三被要求第一个发言，他在谈及"协和会和满洲的发展"时说：

"因满洲事变，日本与张学良军阀战，因而虽胜了，满洲也不是日本的属国，是纯然独立的国家。这样一来，那当时在住的三千万民众，受日本的援助，好歹是自己建造了国家，所谓'王道乐土'的建国精神，彻底地浸入满洲民众的脑里。他们很明白地知道若和日本携手，满洲确会成一个最理想的国家，自己也会享受真的幸福……"[1]

与本章的那些"植入式童话"一样，在中岛的言语描绘里，日本是帮助东北三千万民众打败军阀，建立自己国家的友善邻人。只要与日本携手，伪满洲国就会是一个"最理想"的"王道乐土"。然而，日本占领中国东北部地区，建立傀儡的伪满洲国，是为了那里的民众"享受真的幸福"吗？

就在中岛这番言论发表的前一年（1939 年），同为日本关东军军官，比中岛官阶更高、名声更响的日本陆军中将花谷正（1894—1957）[2] 任伪满洲国

---

① 《记新兴满洲国的座谈会：王道乐土的建设》，《兴亚》1940 年第 3 卷第 4 期，第 22 页。
② 花谷正，日本关东军法西斯头目，曾在与土肥原贤二、石原莞尔、板垣征四郎等人一起策划武装占领东北，是制造"柳条湖事件"和发动"九一八"事变的核心人物之一。

"军事部"高级顾问时，在一个训练学校讲话时"声色俱厉"地说：

"'满洲人'把自己当作主人，把日本人当作客人，那就大错而特错了。在满洲的日本人绝不是客人，是地地道道的满洲的主人。谁不承认这一点，就可以请他自便，另投他方，不能容许这种人存在满洲的土地上……"①

两个日本关东军军官，针对同一个命题，为什么给出了完全不同的答案？人前虚伪的演绎，与童话中虚假的杜撰，如出一辙，异曲同工。日本殖民者怀着"司马昭之心"，却妄图迷惑民众的"路人皆知"。谎言，无论是植入在文字里，还是话语里，都无法改变事实本身。而搜寻文字的碎片，拂去笼罩的泥灰，拼出殖民地文学与现实的真相，正是我们研究伪满洲国文学的意义。

---

① 中国人民政治协商会议吉林委员会文史资料研究委员会编：《吉林文史资料选辑第26辑》，1988年12月，第29页。

第二章　《满洲学童》与"植入式童话"

　　为了更有效地教育青少年，为殖民提供人力资源，为战争增补炮灰，日本殖民者和伪满洲国官方，制定了一整套培育"少国民"的方案。为了更便于控制与传播，他们开始创办官方背景的儿童读物，《满洲学童》应运而生。

　　伪满洲国时期的儿童读物稀缺，《满洲学童》是其中极为重要的一本，它被称为"国内儿童仅见之读物"①，自然也是官方"植入式童话"的重要阵地。对该杂志的研究，将有助于了解伪满洲国殖民者对青少年的思想教育与文化管控，了解伪满洲国时期童话创作的分流情况，并探索童话这一文学形式如何被利用为殖民的工具，解析殖民者对"少国民"的期待与想象，揭露他们对儿童刊物的把控与设置，还原他们将"五族协和""击灭英米"等元素植入童话的动因，探讨他们利用童话来虚构乐土、鼓噪战争的实质。②

---

　　① 《新刊介绍》，《大同报·文艺》，1939 年 5 月 6 日。
　　② 本章部分内容已发表在《华东师范大学学报（哲学社会科学版）》，详见陈实：《〈满洲学童〉与"植入式童话"》，《华东师范大学学报（哲学社会科学版）》，2016 年第 6 期，第 77—84 页。

第一节　殖民者的想象与读物把控

王道政治现已就绪，我们人民已经安居乐业，不受军阀的压迫，享受王道的恩泽，这是我们人民无上的幸福，想我少女正在读书的时候，我们应当感谢政治有方，能给人民谋这等的幸福。

——于甬静《王道政治对人民之利》（1932）[①]

1932 年，伪满洲国黑龙江省立第一女子师范附属小学初三级女学生于甬静在《满洲国民之总意》这本号称"三千万国民之总意"的书中，如此表达了自己作为初中生的"心声"。作为殖民者和统治集团希望展示、"介绍于世界各国"的"总意"，少年儿童这些"少国民"的表白参与其中自然是非常重要的。

"少国民"一词，来源于日本，意为"小国民"，是近现代儿童"被发现"后的产物。日本本土教育对儿童的定位，明治初期是"立身"，即立身处世，这"是一种功利主义的或个人主义的教育目标"。明治 23 年（1890 年），《新小学校令》更改为"小学校应注意儿童身体之发育，以授予道德教育与国民教育之基础，及灌输生活必须之普通知识、技能为宗旨"，此时，已经明确提出了"国民"的概念。及至昭和 15 年（1940 年）公布的《国民学校令》，则修正为"国民学校准皇国之道而施普通教育，为国民之基本炼成"[②]。此时学校和儿童，都已经是"国民"的了，儿童要从身心"炼成"日本帝国需要的"皇民"。

日本在伪满洲国的教育，也延续着培育"少国民"的思路。这从殖民者将儿童称为"少国民""小国民"，鼓励妇女"生育增产"、做"军国之母"等口号都可以看出来。在日本殖民者的眼中，儿童是伪满洲国"国民"中的新鲜

---

① 于甬静：《王道政治对人民之利》，《满洲国民之总意》，"新京"："满洲国外交部"信息宣传处编印，1932 年 12 月，第 41 页。

② 林俊夫：《日本小国民教育与中国》，《申报月刊》1945 年第 2 期，第 43—47 页。

血液，是未来的兵源、劳动力、经济储备等战争要素的有力补充，是日本炮制的"大东亚共荣圈"下的"新希望"。最重要的是，在各个殖民地，成人在原有的教育体系中长大，有着各自不同的教育背景和文化经历，对日本的固有态度很难消除，相比之下，儿童的大脑则是一张可以随意涂抹的白纸。在殖民者的想象中，这些"少国民"终将长大，并必将成为伪满洲国，甚至整个日本帝国的"未来国民"。

《满洲学童》正是在这种情况下，由"满洲帝国教育会"出版发行，为"少国民"提供的读物。该杂志创刊于1936年10月，所见最后一期是1945年6月号。历任编辑人是赵霭民、王嘉璧，历任发行人为何广珠、键川有司。最初为双月刊，后改为月刊，再后来改为半月刊，1939年9月20日发行的（8月号）开始分"高学年用"和"低学年用"版交错出刊，"高学年用"针对"国民学校"四年以上的学生，"低学年用"针对"国民学校"三年以下的学生。此杂志刊登了大量的童话及其他儿童文学作品，是伪满洲国地区少数几本儿童读物之一。

该杂志上的栏目包括童话、寓言、童谣、笑话、儿童剧本、学童作文、学童新闻与日语日常会话等，栏目顺序相对并不固定，经常在其中夹杂类似《满洲国概要》《馨香蒸空的军神》这类讲述伪满洲国地理历史和日本战争英雄的故事，也刊登日、满、蒙等各民族风俗习惯的图文，期望制造一种"五族协和"的氛围。

《满洲学童》低年级用原版书影

《满洲学童》主要读者群被定位为伪满洲国的小学生，在1939年9月高低年级版本分开之前，杂志栏目设置较为无序，适合低幼的浅显内容与大龄儿童才能阅读的内容被杂乱地放置在一起。在封面设计上，主要是绘制的玩耍、劳动中的小学生形象，在没有分版之前，封面形象有时是怀抱玩具的孩童，有时是天真活泼的少年。在分年龄段出版后，严格区分了封面人物的年龄与形象，并在内容设置上颇费心机。

在《满洲学童》低年级读本中，考虑到低龄儿童的接受能力，主要以图片和短小的文字内容为主。很多小故事都是粗制滥造，或把中外名著简述改编一番，或为了政治宣传，拼凑一篇毫无阅读性的"童话"。高年级读本中，则主要以篡改过的历史、"植入式童话"、地理知识、战争新闻等题材为主，掺杂一些童谣、笑话、生活常识、日语会话等栏目。高低年级读本的相同之处，就是为普及日语设置的各种栏目，比如日语小故事、日语童谣、日语对话等。日本殖民者将中文称为"满语"，日语才是伪满洲国的"国语"，他们希望从语言文化上对"少国民"进行清洗，打造新一代纯的、忠诚的"皇国民"。

北德克萨斯大学（University of North Texas）历史系的安德鲁·豪尔（Andrew Hall）在其研究中，就曾论及日本殖民者在日占朝鲜半岛、台湾等殖民地的皇民化运动（The Kominka Movement），伪满洲国由于最初希望利用傀儡皇帝来完成"亲日体制"，并没有马上推行"皇民化"，而1938年后，日本人意识到之前的政策失败，在伪满洲国也开始复制台湾、朝鲜经验。"语言乐观派认为传授日语是让目标人群培养忠诚最好的工具……他们坚信殖民地的民众如果可以学习日语口语和日本风俗，他们的性格会自然地被改良，从而被感召并成为日本大东亚统一任务的盟友。"[①] 其研究发现，1938年至1939年，"教科书中的皇民化内容在这一时期的日占朝鲜出现显著的增加，伪满洲国地区亦然"。

《满洲学童》正是在这个时期筹划并分开发行了低年级和高年级版，增加了日语内容，增强了"皇民化"。如果我们对《满洲学童》的"背后力量"进行考察，就更容易理解这本少儿读物的办刊理念。《满洲学童》由"满洲帝国

---

① The Word Is Mightier than the Throne: Bucking Colonial Education Trends in Manchukuo, Andrew Hall, The Journal of Asian Studies, Vol.68, No.3（Aug, 2009）, pp.895—925.

教育会"主办，这个看似民间协会性质的组织，"名义上是'发自实际教育家的自发的活动，是一个半官半民的国家教育协力团体'。但实质上，它是伪满教育机构的一个组成部分，具有官方的性质"，"从官员配置上看，伪满教育会与伪满教育行政机关基本上是'两块牌子，一套人马'……伪满教育会的官员几乎都由现职的伪文教部官员兼任"。[①] 伪满洲国"文教司"隶属于"民生部"，其中掌握实权者，大多是日本人。"根据1933年版《满洲国教育关系职员录》记载，当时伪文教部的日伪官吏共150人，其中日本人70人，占46.7%；另据1939年版《满洲国现势》记载，当时伪民生部共有科长以上官员27人，其中日本人为16人，占59.6%。……伪满洲国的教育权全部集中在日本侵略者手里。"[②]

除了《满洲学童》，"满洲帝国教育会"还发行了《建国教育》《满洲教育》等杂志，这些刊物发表了大量的教育法规政策、教育学、儿童心理学、文学理论等各方面的文章，内容策划和刊发审查无一不是在日本殖民者的把控之下。学校的课本教育是殖民教育的主要阵地，而课外读物，则是对这种教育反复地强化。

---

① 杨家余：《伪满社会教育研究（1932—1945）》，北京：高等教育出版社，2010年5月，第47页。

② 辽宁省教育史志编纂委员会：《辽宁教育史志第3辑》，辽宁省教育史志编纂委员会，1992年11月，第244页。

第二节　《满洲学童》的"精神强化"与"植入式童话"

> 考诸以往的历史，像各国的革命牺牲，一些危险的事业，大多数
> 是由青年人做成的，青年人的重要就可知了。
>
> ——刘贵德《青年之责务》（1937）[1]

1937年，《满洲青年》上署名刘贵德的作者，认为青年人对国家的作用，特别体现在"革命牺牲"和"危险的事业"之中。这一年，中日战争全面爆发，没有比战争更"危险"的事业了——为了战争需要"牺牲"的拥有技能和体力的青年人，伪满洲国的殖民者们开始在学制和学习内容上大动脑筋。

1937年5月2日，伪满洲国"教育司"公布了酝酿已久的"新学制"，并于1938年1月1日开始实施。"新学制"的核心依据1933年8月8日日本内阁《满洲国指导方针要纲》中所规定的"劳作教育"和"实业教育"，鼓励青少年"勤劳奉仕"。

这套"新学制"，将原来六年的初级教育缩短至四年，与日本当时的学制相比，整个教育学程缩短了五年。日本侵略者希望尽可能快地完成学校教育，将新鲜人力早日投入战争。除此之外，"教育内容一般均以实业科目为重点""基于日满一德一心之精神，日本语作为国语之一而予以重视""道德教育，特别是以国民精神为基础的精神教育须在一切学科中，普遍实行"，[2]是这套学制的几个重要关键。

这一时期的《满洲学童》，作为课外读本，经常刊登各种"演绎历史"，以及对伪满洲国"国旗""国歌"等"忠君爱国"要素的介绍，一些植入道德教育的童话故事，也往往是强调和突出日本侵略者需要的"国

---

① 刘贵德：《青年之责务》，《满洲青年》1937年第1期，第12页。
② 解学诗：《伪满洲国史新编》，北京：人民出版社，1995年2月，第588页。

民精神"。

1939 年，即日本全面侵华战争第三年，深陷战争旋涡的日本殖民者，在伪满洲国加强了掠夺的力度，为了应对战争中大量的资源需求，他们在这一年推出了"粮食出荷"①"粮食配给""义务储蓄"等多项强制性的强盗措施。为了鼓励粮食生产和国民储蓄，在小学生的课外读物上，殖民者加大了"勤劳奉仕"和"储金报国"的内容植入。

如 1939 年 7 月 15 日发行的《满洲学童》中，刊登了一篇童话《梦黄金》②，讲述了一个贪财的磨夫，主业是替人磨谷子的苦力活，但他却"鄙视他自己的职业"，自从听说有人梦到黄金，就真的发掘出了黄金，他更是弃了自己的职业，只是日夜想着黄金了。后来总算他真的梦到了黄金，可是"梦藏黄金的地方，是在磨下"，于是他深夜开挖，最后挖到一块大石头，磨盘倒下来砸碎了石头，下面除了泥土什么都没有，还损失了磨盘。他只好"重新置磨，依旧做他的磨业"。

这种"童话"完全没有一点童话的要素，就是一个类似《守株待兔》的小故事。殖民者在刊物中编辑这样的"童话"，乍一看没有任何"殖民元素"，其实是希冀儿童明白，任何劳动性的职业都不该被"鄙视"，黄金不会从天而降，百姓只能勤恳劳作，才有出路。结合当时教育体系中对职业教育的重视和殖民者的"国策"，就不会只把这种"童话"当作"没有任何目的性的小故事"。

更直白露骨的教育，是所谓的"案例"。1939 年 10 月 15 日发行的《满洲学童（低学年用）》上，刊登着一则新闻报道似的短文：

> 在吉林市朝日小学校，五年生男女三十八名，从前在学校花台，种了好多草花，现在开得非常美丽。他们想要把这些草花换钱，作为国防献金。所以到附近人家，沿门求卖，已竟卖得四元五角钱。经由新京学校组合，向国防方面献纳了。③

---

① "粮食出荷"为粮食出售的意思，但这种出售是强制性的。
② 《梦黄金》，《满洲学童》1939 年 7 月 15 日，第 28—29 页。
③ 《卖花得钱作国防献金》，《满洲学童》，1939 年 10 月 15 日，第 46 页。

为了在儿童幼小的心灵中播下"中日亲善"和"王道乐土"等观念的种子，强化这些"少国民"对这些观念的认知与认同，殖民者在各种报刊平台上进行大肆宣传和传播。1941年，太平洋战争打响，随着日本在这场战争中节节败退，伪满洲国的教育也随着战争的激烈而更加"军国主义化"，此时的伪满洲国殖民者正试图将一切活动都纳入战争的程序之中。

伪满洲国明信片《日满亲善》。文字释意（从右到左）："大家，我们好好相处，创造一个气派的大满洲国吧。""请多多关照。""请你教我日语吧。""来，给你一包糖。""日本军队真亲善。"

1942年，位于东京的日本情报局刊物《周报》刊发的《大东亚战争与满洲国的基本国策》①中，如此定义伪满洲国的"民生纲要"：

> 民生纲要是对根本方针第三条"振兴文教，倡导勤劳兴国的民风"的具体化。其内容包括国民的炼成、健康的发展，勤劳兴国的实践这三个项目，其目标是总力战态势的根本即"勤劳兴国的实践"。也就是说，勤劳生产力的增强是重点所在。

首先，第一项国民的炼成，即教育的振兴、青少年的培养、职业培养、女性儿童的培养等，这些教育或培养绝非以教育或培养本身为目标，而是将当今脱离现实的教育或培养综合至完成"大东亚战争"这一战争目的之下。

这段文字明确了日本殖民者此时制定伪满洲国的"国策"时，设定伪满洲

---

① 《大东亚战争与满洲国的基本国策》，《周报》，1942年2月24日，第18页。

国的教育目标，绝不是为了培养青少年本身，而是为了培养战争需要的服务于"战争现实"的"人才"。

及至1943年，伪满洲国的课堂教育为突显"建国精神"之重要性，将其从"国民道德科"中分离出来，单独成立"建国精神科"，这门学科的宗旨也十分明确："以根据国本奠定诏书之趣旨，阐明建国之本义，图忠良国民德性之基础的涵养，同时授以我国及日本国势之概要，而期启培实践建国精神。"①《满洲学童》作为儿童杂志中的"顶梁柱"，自然也迅速跟上形势。1943年1月1日，《满洲学童》的新年号中，民政部的"付教学官"在《岁首之辞》中写道：

> 学校规程自今年起，略加上了一部分的修正，用意是为的将来的青少年国民，对于建国精神更加上彻底的认识，同时不能亲身热烈实践励行决不舒心。②

此时，除了前文论及的"献纳金"，更出现了各种精神产物的"献纳"，如"献纳小说""献纳诗"等。华东师范大学刘晓丽教授曾在2008年的研究中论及《满洲学童》上1940年后的献纳诗现象："中小学生作者的写作'积极性'很高，当时的《满洲学童》《小朋友》以及各种校刊，都登载了大量的'献纳诗'。这些少年作者大部分时间接受的是殖民教育，在主体意识还没有建立起来的时候，伪满洲国的观念就强行切入他们的头脑中，可能有部分少年会认同'大东亚共荣圈'等说教，自愿自觉地写'献纳诗'。但可能更多的少年把写'献纳诗'当成一种游戏，一种娱乐，一种学习，写'献纳诗'和'对对联''填词'等诗词练习活动没有差别，而'献纳诗'因为发表容易，给这些少年带来了孩子气的积极性……"③

无论是殖民者"建国精神"强化教育的"成果"，还是孩子气的"游戏娱乐"，《满洲学童》确实主导并导演了一场"亲身热烈的实践"。

---

① 《学校规程之修正》，《建国教育》，1943年第9卷第7号。

② 《岁首之辞》，《满洲学童》，1943年1月1日发行，第2—3页。

③ 刘晓丽：《试论伪满洲国的"附和作品"》，《文艺理论研究》2008年第6期，第103—112页。

伪满洲国时期明信片《教导》

这一时期，在《满洲学童》中，还出现了一些"军人偶像"的童年故事，这些勇猛机智的将军，在故事中都拥有一个与众不同的童年。他们童年"仁义礼智信"的成长故事和成年后的英勇战绩，无疑是殖民者想要为"少国民"们树立的正面典型，希望孩子们从小就形成"忠君爱国"的"正确"人生观和价值观。如1943年所刊的《山本元帅的学生时代》的结尾，就告诉小朋友们："你们若想成为山本元帅般的伟人，他的学生时代的生活，也有身体力行的必要吧。惟有这礼仪端正，不屈之魂才足以促强我国，筑成大东亚共荣圈啊！"[1]

其实，日本早在20世纪20年代末就对日本本土的少年儿童进行过同样的偶像教育，如1927年出版的《乃木将军与东乡元帅》[2]，就是当时发行的《小学生全集第79卷》。殖民者此时希望将这种针对小学生的军国主义"成功教育模式"移植到伪满洲国，培育出具有"武士道精神""忠勇杀敌"的"新炮灰"，以弥补战争中的兵源损耗。

同时，日伪官方渐渐意识到，生硬雷同的"历史改编"和枯燥的"献纳新闻"，即使是有些情节的"偶像故事"，大多令孩子们意兴阑珊。他们可能会被动地在学校内外的强化教育中，接收到这些政治目的性十分强烈的宣传，但真正能让儿童喜闻乐见、容易接受的儿童文学形式，才是更好的平台与载体。

---

① 入凡：《山本元帅的学生时代》，《满洲学童》，1943年10月1日，第5—11页。
② ［日］小笠原长生：《乃木将军与东乡元帅》，东京：文艺春秋社，1927年7月28日发行。

于是，童话这种体裁，被"重新发现"，因为在充满虚构和幻想的童话之中，谎言得以被最自然地掩盖。

1939年6月，吉林省公署视学官何云祥[①]在《满洲教育》杂志上探讨了教育观下的童话与儿童剧，认为这两种文学形式是儿童最容易理解也最需要的：

> 我们都已承认儿童并非成人的雏形，本质上和成人比大不相同。因而教育者给儿童的教育，无论教授上一节国语、陶冶上一曲唱歌、一阵教训，既不能和给成人的一样，也并非仅是文字和内容的程度之降低而已。总之儿童有他们特别需要的种种东西。童话并儿童剧正是这种种东西里面的两种。

儿童剧虽然与童话一样被儿童喜爱，但多少还需要表演与场地限制，而童话则只需要攒集组合文字，就可以发挥功效。于是，各种被植入宣传教育元素的小故事，被冠以"童话""创作童话""兴亚童话""兴农童话""国民童话"之名，得以出现在报刊之中，《满洲学童》则成为重镇。

《满洲学童》上的童话，一些来自翻译改编的格林童话和日本童话，也有少量匡昨非（1911—1996）[②]等中国作家创作的确实适合儿童阅读的"文艺童话""教育童话"，但更多的是一些被归为"童话"却毫无童话趣味的小故事，这些"童话"正是一些明显带有政治目的的"植入式童话"。这些"植入式童话"，尽管文笔粗鄙，却都与伪满洲国的政治、历史、日常生活等方面十分贴合。

以1939年9月《满洲学童（高学年用）》创刊号为例，刊首第一篇童话名为《天上的一个皮匠》，讲述一个好心的天堂守卫，在上帝不在时，将一个贪小便宜的皮匠违规放入了天堂。这个皮匠本来答应守卫，不会乱动天堂的东西，却在守卫离开后违背了诺言。他坐在上帝的位子上，擅自扔下上帝的金脚

---

① 视学官属于教育官员，其主要职责是按照伪民生部和伪文教司的指令，对初等教育和中等教育以及高等教育进行巡视和指导，并提出具体的建议。何云祥，即何霭人。

② 匡昨非，1911年1月出生，辽宁盖县人，别号匡庐、容与、佃奴等，伪满洲国作家、诗人，从事民俗文学及古典诗词的研究、写作，出版过《匡庐随笔》《东游吟草》《匡昨非近体诗》等专著。

凳惩罚了一个洗衣服时候偷藏两个手帕的妇女。最后上帝回来一阵震怒，将皮匠赶出了天堂。这个故事的结尾，是上帝的咆哮声："这里除了我一个以外，没有人能施惩罚的。"①

如果我们将天堂看作是"王道乐土"的伪满洲国，这个故事告诉了我们贪心、不诚实的人是不会受到欢迎的，而皇帝才是唯一的审判者和独裁者，谁也不能违背他的意志。这篇童话尾声的配图，是一个战战兢兢、双膝跪地的皮匠和一个威严无比、形似中国皇帝的"上帝"。然而投射入现实，这种"皇权"权威的背后，正是日本殖民者凌驾于"末代皇帝"之上的"垂帘听政"。

紧接其后的"满洲历史的搜集"中，一篇名为《蛙王子，卵王子》②的"历史童话"开始连载，这篇童话包含着更隐晦的深意。它讲述了古代满洲地方"扶余国"和"高句丽国"的故事，善战的扶余国王拥有天下和万物，却满腔悲伤，因为他没有子嗣。在一次行猎途中，国王意外发现了一只金蛙，这只金蛙变成了一个漂亮的男孩，被国王封为王子并视若珍宝。若干年后王子成年，娶了邻国的公主，成为新国王。邻国公主随后为他产下一个肉卵，肉卵被当作不祥之物抛弃却终被寻回，在公主的泪水中，肉卵分成两半诞出一个男婴。这男婴长大后，被他的七个兄弟追杀，最后为河神所救，成为"高句丽国"的国王。

假如不探究殖民地的历史，完全可以将这个童话理解成类似《青蛙王子》或《哪吒闹海》的"综合小改编"——但事实远没有这么简单。文中出现的"高句丽国"确实存在于中国东北的历史之中，只是日本侵略者偷换了一些概念。"高句丽国"是我国东北地区以高句丽族为主体，始建于公元前37年，隶属于中原王朝的一个少数民族地方政权，存续700年左右。而日本侵略者却将它描述成一个满洲古国，歪曲历史，以达到美化侵略的目的。

事实上，19世纪末日本侵占朝鲜半岛时，就已经利用过这个"高句丽国"来寻找侵略的"历史依据"，这里故伎重演到伪满洲国只是一个延续："当年日本政府、军部、财阀和学术界通行的立场是所谓'满鲜一体'，而高句丽王国的疆域却正好跨有朝鲜半岛北部和中国东北南部、东部的大部分地域，恰好

---

① 《天上的一个皮匠》，《满洲学童》，1939年9月20日发行，第4—7页。
② 和志光：《蛙王子，卵王子》，《满洲学童》，1939年8月20日至9月20日连载。

成为以所谓'满鲜一体'为历史依据而实现继续侵略中国东北的一个以学术研究开路的切入点。当年日本学术界更将其研究计划下延到唐代东北的地方民族王国渤海国，出版了鸟山喜一的《渤海史研究诸问题》，将渤海国作为臣属于奈良、平安时代日本的一个不属于中国历史的独立国家。从这里已经可以看出，日本将要以建立所谓独立的满洲政权的步骤，大举侵略中国东北了。"①值得一提的是，对"高句丽国"旧地的觊觎，并不止日本，还有当时早已沦为日本殖民地的朝鲜半岛。以申采浩（1880—1936）②为代表的朝鲜半岛学者，早在20世纪初就开始在其著作里"诠释"高句丽的历史，申采浩认为"韩民族得满洲，韩民族则强盛；他民族得满洲，韩民族即劣退"，并提出"高句丽旧疆收复"论。③

而伪满洲国那些晚清"遗老"，也拼命利用"古国历史"谱写"满洲历史"。伪满洲国"建国宣言"中所谓的"想我满蒙各地，属在边陲，开国绵远，征诸往籍，分并可稽，地质膏腴……"④，正是这种思维明目张胆的表达。一个因殖民而被生造的傀儡政权，何以"开国绵远"？于是只能在历史中寻找蛛丝马迹，牵强附会。伪满洲国总理大臣兼文教总长郑孝胥（1860—1938）⑤也曾"寻根溯源"，号称伪满洲国有3000多年的历史，"满洲无论古今为满洲人之满洲，断无中国人（汉民族）称为其领土之性质。"⑥《满洲学童》里的童话故事，任务正是将这种捏造的"历史"传播到孩子脑中，演绎得更容易让儿童接受和信服。在《蛙王子，卵王子》的结尾，"朱蒙王子"逃难至大河边，求神灵救他时祷告："我是日神的儿子……"而"日神"，正是日本天皇的始祖——"天照大神"的别称。

① 徐德源：《迎接时代春光的绽放，再现历史辉煌的篇章》，《中国高句丽史·序》，长春：吉林人民出版社，2002年12月，第3页。

② 申采浩（Shin Chaeho），朝鲜半岛历史学家和独立运动家，号丹斋、丹生等，笔名无涯生等，本贯高岭。主要著作有《历史新读》和《朝鲜上古史》。

③ 北京大学国际战略研究中心编：《战略纵横研究报告汇编（2008年度）》，北京大学国际战略研究中心，2008年，第115页。

④ 《满洲国建国宣言》，《满洲国政府公报》，1932年4月1日第1号。

⑤ 郑孝胥，中国近代的政治人物、诗人、书法家，福建省闽侯人。1882年清光绪八年举人，曾历任广西边防大臣、安徽广东按察使、湖南布政使等。辛亥革命后以遗老自居。1932年任伪满洲国总理大臣兼文教总长。

⑥ 郑孝胥：《满洲建国溯源史略》，吉林省图书馆伪满洲国史料编委会编：《伪满洲国史料第1册》，北京全国图书馆文献缩微复制中心，2002年。

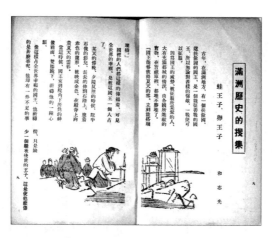

《蛙王子，卵王子》原版书影

极具讽刺意味的是，1940年6月22日，也就是上述"童话"发表后不足一年，伪满洲国傀儡皇帝溥仪即位后第二次赴日本访问，"奉迎天照大神"，并随后发表《国本奠定诏书》。伪国务院弘报处处长武藤富男对此"诏书"的解释是："皇帝从血统上说，是爱新觉罗的子孙；从精神上说，则是日本万世一系的皇统的继承者。"① 自此，日本从"友邦"变成了"亲邦"，溥仪也成为"日神"在"精神上说"的儿皇。1941年，太平洋战争（"大东亚战争"）爆发后，日本控制亚洲，制造"大东亚共荣圈"的欲望更为直白地流露，在文学上的"精神强化"也开始更为露骨地体现出来。

1942年11月，第一次"大东亚文学者大会"上，作为伪满洲国代表的伪满洲国知名作家爵青（1917—1962）② 在大会第二个议题"大东亚精神的强化普及"中发言道：

> 我认为追求近代东洋精神的核心，除了日本之外别无他处……日本的悠久文学与文化也将风靡于共荣圈，我们必须以此来普及强化大东亚的新精神。③

---

① ［日］儿岛襄：《满洲帝国》第2卷，东京：文艺春秋出版社，1976年6月1日，第273页。
② 爵青，原名刘佩，另有笔名刘爵青、刘宁、辽丁、可钦等。1917年10月28日出生于吉林长春，1962年10月22日病逝于长春。伪满洲国著名作家，代表作有《欧阳家的人们》《归乡》《黄金的窄门》等。
③ 见《大东亚文学者大会》，《日本学芸新闻》第143号，1942年11月15日。

这一时段的伪满洲国文学界，正被号召撰写"大东亚共荣"和"抗击英美"文学，日本侵略者在实际的战争中遭遇各种惨败，只能在童话中幻想"击灭英美"。

1943年1月1日发行的《满洲学童》上，发表了一篇名为《羊族万岁，大东亚万岁》的童话，讲述了一个"五口之家"的羊家族的故事。这羊一家中的公羊，在羊族与鹿族之间的"国际战争"中战死了。战争胜利后，羊国国王在阵亡将士大会上悲痛地宣读祭文，并授予这家羊"模范家庭"的称号。母羊从此"代夫训子"，教导三只小羊"为忠君报国的好国民……崇祖敬神，总是庄严谨慎，对朋友讲信用，对邻居讲和睦，对贫困讲怜恤，对国家社会，要义勇奉公……"①然而小羊长大后，食粮越来越紧缺，"竟施行了配给制度"，难以果腹。几只小羊于是商量着"武装起来"战胜水草丰美的大草原上的蛇龙，实现羊族"种族繁荣大计划"，他们希望依靠"国民的忠勇，武器的精巧"，获得"未来的大胜战"。

这篇童话所讲述的故事，与其说是一种虚构，不如说是日本殖民者将太平洋战争与伪满洲国现实糅合的演绎。只需要把"羊族""鹿族""蛇龙"替换为"日本""满洲""英美"，即可明白其隐喻所在。伪满洲国统治后期，侵华战争和太平洋战争的战线越来越大，日本人对粮食的渴求极大。为强制征收，前文提到的1939年开始的"粮食出荷"，1940年全面展开，对农产品实行完全垄断管理和掠夺。1943年，殖民政府废除了预购契约制度，"由伪满中央确定本年度粮谷出荷责任量"，这种严酷的制度，导致暴力征粮后，大量极度饥饿的农民饿死或自杀，还有的铤而走险，请愿抢粮，社会动荡。根据李淑娟在其研究中的描述，当时伪满洲国"农民生活在极不稳定的悲观、恐怖环境中"②。

伪满洲国的殖民者希望在《满洲学童》这样的儿童读物中，美化战争惨剧和横征暴敛，希望伪满洲国的"少国民"们成为听话的顺民，理解并加入他们"大东亚共荣"的计划，饿着肚子高呼万岁。在学校教育和课外读物的双重

---

① 入凡：《羊族万岁，大东亚万岁》，《满洲学童》，1943年1月1日1月号，第45页。
② 李淑娟：《日伪统治时期"粮谷出荷"政策对东北农民生活的影响》，《社会科学战线》，2006年第5期，第179—181页。

"精神强化"之下，"学童"们很难不受到影响，一些孩子也开始在刊物上发表一些"鹦鹉学舌"式的言论。如"平泉街私立启明国优生"（初中）的祁宪章的这篇小议论文：

"欲为好国民必须先为好学生，因人生基础全在少年。当学生时代，在校中能听师长之指导，在国家亦必能听国家之命令。在校中能守学校之规则，在国家亦必能守国家之法律也。"①

"听师长指导，服从学校规则，响应国家命令，遵守国家法律"，这些道理放诸四海都是大道理——但是，在被殖民被侵略的伪满洲国，整个"国家"都处在被傀儡和被掠夺之下，"服从、响应、遵守"也就成了"附和、附逆、背叛"。殖民者为了更贴近少年儿童的生活，特别注意将学生的日常写入"童话"。一些日本人也加入此类童话创作之中，他们用日语创作，随后由中国人翻译成汉语，形成了一种特殊的"对译"现象。这并不是《满洲学童》的特产，伪满洲国其他报刊，如《弘宣》《泰东日报》等也常有刊载。这种"对译"不一定双语对照，也不仅限于日语与中文，还有少部分俄语、韩语、蒙古语与日语、中文的"对译"。这些"植入式童话"不仅体现了当时日本人希望利用童话对青少年进行"精神强化"，还从一个局部展现了伪满洲国多语种创作的现象，本书将在第五章对多族群的"对译童话"进行梳理。

1943年1月1日《满洲学童》上的"创作童话"《开拓村的春天》②，是一篇翻译的日语"童话"。它讲述了在"夕阳美丽的满洲"，日本"开拓民"佐藤家的孩子佐藤昭夫，辅导需要参加"语学鉴定"的邻居——中国孩子陈惠明，并在正月一起按照日本风俗玩"双六游戏"的友谊故事。这个故事完全没有任何虚构幻想成分，顶多是虚构了一个日本孩子与中国孩子的友谊。但作为"植入式童话"，其用心是良苦的。王野平在其著作《东北沦陷十四年教育史》中曾提到上述童话里的"语学鉴定"："殖民当局认为普及日本语对'加强日满亲善''强化日满一德一心'，同化中国人'具有重大意义'。为促使中国人学习日语，1938年10月，制定了《语学鉴定会规则》，每年举行一次

---

① 祁宪章：《好学生方可做好国民》，《满洲公教月刊》第6卷第11期，1940年11月，第23—24页。

② 金斐译：《开拓村的春天》，《满洲学童（优级一二年用）》，1943年1月1日新年号，第20—24页。

日语和中国语（对日本人）的鉴定考试，发给等级及格证书。这些措施对普及日本语起到推动作用，从某种意义上说达到了预期目的。"①

伪满洲国杂志宣传画："亲爱的小朋友们，满洲国好朋友们，来来来，咱一齐拉手吧。拉着手唱着，玩儿，好乐土的满洲国啊！"

　　日本开拓民背井离乡，中国孩子被强制学习，实在都谈不上愉快。而在殖民者描绘的图景中，日本孩子成为中国孩子的"小老师"，还一起"一心一意"地玩着日本的新年游戏，"从窗镜射进元旦的太阳光在照暖着二人，二人是嬉笑盈盈的……"

　　在童话中，伪满洲国是一片温暖、友爱、和睦、幸福的"乐土"，无论是日本人，还是"满洲人"，都能在这里找到幸福，殖民者处心积虑地歌颂着这片土地。然而，在日本侵略者用文学建构"乐土"的同时，这些文字却不自觉地暴露、揭发、对应、反衬了现实的残酷，这种建构本身也成了一种对虚构以及其背后殖民文化议程的瓦解。日本帝国主义极力用各种手段控制作家对伪满洲国真相的描写，却在自己一手导演的童话中，春光乍泄。

　　① 王野平：《东北沦陷十四年教育史》，长春：吉林教育出版社，1989 年 5 月，第 266 页。

第三节　童话中"鬼畜米英"的修辞与实践

伴随内外情势的紧迫和大东亚战争的勃发，这更深给我们青少年练成阵营一重更重大的更有意义的使命，这便是临战体制下的青年练成的问题。为使物力人力走向全体的集中的体制上，则我们青少年的组织与训练，自然应顺应这客观情势的邀请，也应整备共组织，检讨共练成内容。

——小岩《满洲青年教育我观》（1942）[1]

"太平洋战争"时期（1941—1945），如上文所描述的那样，日本本土及其所有殖民地，都进入"物力人力走向全体的集中的体制"，一切资源包括文学都被日本殖民者纳入了战争体系而服务于战争。青少年的组织和训练，不仅体现在身体素质和军事知识的普及上，在意识形态上，殖民者们将此时作为敌国的英国和美国化为文学题材中的"反派主角"，教育青少年响应"临战体制"，一致对敌。这个时期，伪满洲国的童话作品中出现了一种醒目的题材，即所谓"抗击英米"的童话，在这种童话里，英国、美国被塑造成了"侵略东亚"的"鬼畜米英"，而日本则是一个要在"圣战"里"击灭英米"的亚洲解救者。

这些隐藏官方宣传的童话，大多故事性差、文笔粗鄙、缺少童趣。但它们毕竟是伪满洲国时空下童话创作的一部分，对这些童话的研究，能使我们更深刻地理解何为伪满洲国官方的"植入式童话"，更直观地探索殖民者教育青少年儿童、鼓动民众的战争修辞，更全面地观察作为"献纳文体"的童话及殖民地童话作家的处境。

1940 年前后，随着日本侵略战线的拉长，军备物资和人力开始捉襟见肘。因为当时的中国是"贫油国"，日本殖民者急需到南洋群岛掠夺石

---

① 小岩：《满洲青年教育我观》，《青少年指导者》第 19 卷，1942 年 7 月 30 日，第 95 页。

油，而那正是英美等国的势力范围。1941 年 7 月，美、英、荷对日本冻结资产，"实际上就是全面断绝经济往来。从此以后，日本同日元集团以外地区的贸易断绝了"，更可怕的是，"日本完全丧失了获得液体燃料的途径"。①

这无疑是从物资上卡住了日本的脖颈。"未参战"的美国各种"战略性"掣肘，英国在东亚势力范围对"建设大东亚"的阻碍，以及各种微妙的因素，导致日本对这些国家的态度，从"不惜对美、英、荷一战"到"决心对美、英、荷一战"，到最后天皇"决定对美、英、荷一战"。② 于是 1941 年 12 月 8 日，美国珍珠港被日本成功偷袭，太平洋战争由此爆发。

美国（日本语中译为"米国"）、英国从此正式成为日本的交战国，在日本及其殖民地的文化宣传中成为"鬼畜米英"，成为黄种人的死敌。"鬼畜"（きちく）一词来源于日语，指残忍的魔鬼、畜生，喜欢剥夺他人生命、折磨他人为乐者，也指背信弃义、忘恩负义的人。此时日本本土媒体基本已被军方"绑架"，它们"跟随军部进行所谓的言论报国，唆使国民卷入战争，大挥'鬼畜英美'类的旗帜"③，宣传美国士兵虐待日军俘虏、虐尸的新闻和作品经常出现，最著名的是美国士兵把日本士兵头骨当作案头摆件的照片和"美国以亲邦（日）军神圣之遗骨，作为裁纸小刀"的评论文。④ 在这些宣传文字里，英美军队是野蛮、冷血、非人类的"鬼畜米英"——这个名词也由此成为一个时代的修辞，流行于日本本土及各个殖民地，伪满洲国自然没有例外。

---

① ［日］服部卓四郎著，张玉祥译：《大东亚战争全史》，北京：商务印书馆，1984 年 12 月，第 174 页。

② ［日］服部卓四郎著，张玉祥译：《大东亚战争全史》，北京：商务印书馆，1984 年 12 月，第 198 页。

③ ［日］前坂俊之著，晏英译：《太平洋战争与日本新闻》，北京：新星出版社，2015 年 1 月，第 4 页。

④ 万嘉熙：《揭破英美的假面具》，《满洲学童》1945 年 3 月 1 日，第 3—5 页。

伪满洲国时期"英米鬼畜"明信片文字释义："嘴上说着和平、正义人道的他们，其真实的样子就是鬼畜野兽。"

1942 年 2 月，太平洋战争爆发仅两个月，在伪满洲国儿童杂志《满洲学童》上，就刊登了一篇名为《大东亚战争》的文章，[①] 其中如此评价英美：

> 英美是东亚新秩序的破坏者，是世界人类的恶魔，是黄色人种的仇雠。他们用种种政策来侵略东亚，像经济方面军事重地，许多的权威把持在他们的手里，大有置黄色人于死地之概。像这样窒人气息的敌者，怎能使他顷刻存在。[②]

日本殖民者希望在伪满洲国制造一种"同仇敌忾"的氛围，更希望伪满洲国的青少年能够成为日本侵略战争的兵员补充，或者至少育成一位"增产出荷""勤劳奉仕"的农民、工人，一位愿意多生育、勤俭持家的"王道妇女"。在这样的形势下，如何利用教育体系和课内外读物培育"第二代国民"，让他们形成对日本及其风俗文化的热爱，对"米英"的仇视，是殖民者急需的实践。

在众多儿童文学体裁中，童话以其天然的虚构性、娱乐性、教育性等元素，成为殖民宣传植入最自然、便捷的媒介，在"太平洋战争"时期的伪满洲

---

① "大东亚战争"是日本侵略者对"太平洋战争"的另一种称呼，他们将这场战争的时间定义为 1937 年 7 月 7 日—1945 年 8 月 15 日，即全面侵华战争为开端，日本战败为结果。强调日本发动战争是为了"解放东亚"，建立"大东亚共荣圈"。日本战败后，驻日盟军总司令道格拉斯·麦克阿瑟禁止使用这一充满"殖民色彩"的称谓。

② 姚忠海：《大东亚战争》，《满洲学童》1942 年 2 月 1 日，第 4—5 页。

国文学世界中，形成了一场独特的"抗击米英童话"现象。《满洲学童》几乎伴随日本所谓的"大东亚战争"的全程，又是伪满洲国几乎唯一的一本儿童杂志，刊登了很多充满殖民色彩的儿童文学作品，因此具有极为典型的研究意义。

1942 年 6 月，《满洲学童》开始连载童话《庆祝大会》①，这篇连载三期的"童话"，描绘了一群南洋群岛的"仙子"，聚在一起庆祝回归"有色人种"的统治之下。作者别出心裁地幻想"特产们"开口讲话，并"虚构了"它们的故事——这使得作品多少套上点"童话"的外衣。

这篇童话的开头，就是一段充满隐喻的景色描写，天空在"曙光"中"由暗而明"，"东半空里红光满天，灿烂异常"。过不久，"那一轮红日便浴波而出，光芒四射，高悬空中，消逝了朝的轻烟淡雾照临着伟大的宇宙，尤其是东方的大地"。这里明显是赞美日本帝国主义所谓的"大东亚共荣圈"，用照亮东方的红日形容日本。

这并不是牵强的"解读"，因为作者下一句交代地点，是"在大东亚共荣圈内南洋群岛中某一个山明水秀的所在"②。

察看历史就会明白，这里的"南洋群岛"对应的是菲律宾群岛。1941 年 12 月到 1942 年 5 月，日军与菲律宾当地军队及美军作战六个月，胜利占领了该群岛，并将美军及麦克阿瑟将军逐出菲律宾群岛。而此前英国已在日军突袭下尽失其殖民地香港、马来亚和新加坡。菲律宾战役是日军解决前文提到的资源危机，并重创美属殖民地的军事力量，为日后进攻荷属东印度（今印度尼西亚）和澳大利亚进行布局的战略性战役。一个殖民者从另两个殖民者手里夺取领地，实在算不得是一种值得庆祝的事。但日本殖民者煞费苦心地打出了种族主义的大旗，将"鬼畜米英"塑造成可怕可恨的怪物，而日本军队则是平定者。

文中的主人公"树胶大王、石油老翁、香妃、麻公、锡秀才、烟隐士、椰子、铁君、咖啡太太、糖姑娘以及金先生、棉小姐"，都是日本在战争中急需的战略物资和生活用品。这些菲律宾群岛特产"成的精"，是如此陈述它们庆

---

① 张尧田：《庆祝大会》，《满洲学童》1942 年 6 月 1 日、7 月 1 日、8 月 1 日连载。

② 张尧田：《庆祝大会》，《满洲学童》1942 年 6 月 1 日，第 12 页。

祝的理由的：

"晚近由西方侵来一群惨无人道、祸世乱伦的白颜妖孽！那便是我辈的宿敌！主人的对头！咳！阿弥陀佛！幸而现在妖氛已荡，拨云见日了，若不然我们的罪刑将不知要受到几时呢？那些丧心病狂的魔障，面白心黑，生得异常厌人，各个长得高鼻陷目，黄发蓝睛，毛卷舌团，了无人形。自从他们侵入后，天下便无宁日了！他们利用奸险的手段与强暴的妖术，直搅得宇宙昏黑、人物不安，尤其是历代文明平静的东土……"①

它们高声呼喊着"东亚人物万岁！东亚共荣圈完成！黄色人种与盟主胜利！"②"看啊！那妖魔不是在就歼吗？听啊！保卫东亚之歌不是在高唱吗？有色的主人公是胜利了！""他们喜气洋溢声中，一个个虔诚的祈祷的、向日礼拜了。呵！大地又光明了。"③

在对日本"神兵"的膜拜的同时，美英成为"丧心病狂""面白心黑""毛卷舌团""了无人形"的"鬼畜"。配合谩骂与恶毒的"人身攻击"，日本殖民者还组织日本人进行了"兴亚丛书"等歪曲史实的书籍创作，并在太平洋战争爆发仅数月后很快翻译成中文在伪满洲国发行，如《英美罪恶史》④《大东亚战争之意义》⑤《美国经济的苦闷》⑥等。伪满洲国著名作家古丁、爵青、外文就曾在1942年初合译了"日本法学博士"大川周明著的《美英侵略东亚史》，讲述美英对东亚的长期殖民，并阐明"美英两国与日本及东亚不可并存的理由"。⑦这些书籍将英美作为整个东亚黄种人的宿敌和不共戴天的侵略者，而将日本殖民者美化为亚洲"新秩序的建立者""东亚的解救者"。

---

① 张尧田：《庆祝大会》，《满洲学童》1942年7月1日，第17页。
② 张尧田：《庆祝大会》，《满洲学童》1942年7月1日，第20页。
③ 张尧田：《庆祝大会》，《满洲学童》1942年8月1日，第32页。
④ "满洲帝国协和会"编：《英美罪恶史》，"新京"：艺文书房，1942年2月。
⑤ ［日］高本广一：《大东亚战争之意义》，"满洲帝国协和会"编，"新京"：艺文书房，1942年2月。
⑥ ［日］坂田修一：《美国经济的苦闷》，"满洲帝国协和会"编，"新京"：艺文书房，1942年5月。
⑦ ［日］大川周明著，古丁、爵青、外文译：《美英侵略东亚史》，"新京"：艺文书房，1942年4月25日。

在印度发行的《英米鬼畜》明信片：英国被丑化为鬼怪，丘吉尔被渲染为"斩骨者"

太平洋战争爆发次月，世界迎来 1942 年，伪满洲国正是"建国十周年"。此时在伪满洲国的一些植入式童话中，除了对"建国""王道乐土"的颂扬之辞，也明显增加了种族主义的元素。如该年《满洲学童》2 月号中的童话《麒麟这样说》中，借两只长颈鹿之口，把西方、白人放进了"侵入东方"和敌对的一方：

> 是大东亚一个新兴的国家。那国家建国的年头，正好到了一旬的年数。忽降临了一双瑞兽麒麟。……遇见王者仁人，才会出世的。……岂知三百年前，洋人侵入东方，东方的天下大乱。我们就避开中原，走出阿拉伯，过了红海，到了阿非利加的高原。那里本来是太平天地，可是那年头儿，洋人当兴，不久的光景，全阿非利加，也都入了白色洋人的掌握。……那时洋人又出来作祟，本来是方方的大地，洋人们把他弄成球儿样的团圝。[1]

但殖民者与其傀儡在营造"西洋—东亚""东方—西方""白种—黄种"

---

① 草木生：《麒麟这样说》，《满洲学童》1942 年 2 月 1 日，第 6—9 页。

84

对立修辞之初，似乎刻意忽略了二战中日本结盟的轴心国——德国、意大利也是"白人""洋人"的事实，这一点即是在童话中，也很难虚构与解释。如果说只是对付"侵略东亚"的敌人，那么对于中国来说，德、意也属于"烧杀抢掠"的"八国联军"。

对此，日本殖民者的策略是尽可能地歪曲模糊事实，在儿童文学作品中，尽力强调日本是"满洲国的亲邦"，这场战争是"圣战"，为了造就东亚黄种人的"新秩序""大东亚共荣圈"。在报刊杂志等媒体上，尽力以各种形式宣传日军神勇，虚构"米英鬼畜"的被"击灭"。如《满洲学童》1942年9月号上，两个孩子的对话中：

> 大东亚战争，美英还没败么？
> 已经算败了，不行了！①

"击灭米英"被赋予了怎样的寓意？美英真的已经"算"败了吗？

---

① 罗罗：《美英败了》，《满洲学童》1942年9月1日，第12—13页。

第四节　童话"击灭米英"的时代寓意

> 兰花特别攻击队的勇士，为了皇帝陛下，为了国家和国民一心杀敌，不期生还。这种精神就是国民的最高精神，他们的勇武的雄姿，实在可说是天神降临的雄姿。
>
> ——齐藤上校《兰花的芬芳》（1945）[①]

1945年，伪满洲国"军事部第四科"齐藤上校在《满洲学童》的这篇文章中，愤怒地指责了英美对东亚的侵略，同时号召伪满洲国的民众学习军队那种"不期生还"的"最高精神"。这种豪言壮语如今看来，多少带着一种即将失败的凄凉与无奈。伪满洲国的"国军"都已经成立了"兰花特别攻击队"，要学日本军人一样准备采取"玉碎战术"了。

事实上，随着1942年中途岛海战的惨败，日本就已丢失了南太平洋的控制权。但军部大本营向日本民众隐瞒了中途岛的消息，并虚报了损失情况。1943年开始，日本在太平洋战争中节节败退，失去数个重要岛屿的控制权，并不断地上演"玉碎"悲剧。"玉碎"的军官事迹与"励志的童话"一起被宣传，充满一种誓死"击灭米英"的"豪言壮语"。

如《满洲学童》1943年8月号上的一篇童话，编者写明"是在太平洋海战中战死的山崎保代大佐的笔记本里找到的，是他摘录台湾的传说"。这个童话讲述了太古时候，天上有两个太阳的故事。这两个太阳给人类带来了干旱和死亡，于是人们决定消灭掉一个，组成了征伐太阳的远征队。第一次远征因为路途遥远，人衰老死光最终失败。第二次，远征二代的人们带着后代一起跋涉，最终由第三代的青年射伤了多余的那个太阳，随后受伤的太阳变成了月亮。

这本是个类似愚公移山的故事，并没有"击灭米英"的含义。但编者在最后加上了这样一段编后记：

---

① ［日］齐藤上校：《兰花的芬芳》，《满洲学童》1945年3月1日，第2页。

山崎大佐的用意，是很深远。像这三代远征太阳的传说，把次代的小国民，荷在双肩，子子孙孙，从事征伐，把顽恶的外敌英美，从东亚驱逐出去，完成和平的共荣圈。山崎大佐本着征伐太阳的精神，在阿图岛，乃和十数倍的美军交战，遂壮烈的战死了。我们继续着山崎大佐的志愿，必要把英美从东亚驱逐出去，建设起来幸福的大东亚才好！①

童话后记中提到的人物，确有其人。这位"山崎大佐"，是日军当时在阿图岛——美国阿拉斯加州阿留申群岛（Aleutian Islands）最西端岛屿的守军将领山崎保代。1943年5月11日，美军为夺回阿图岛在这里与日军展开激战，美国以五倍于对方的兵力发起攻势，岛上2300多名日本士兵在山崎的带领下负隅顽抗。5月29日，山崎带领敢死队采取"玉碎战术"对马萨克湾进行攻击，频密的肉搏后几乎全部战死，只剩下28名日本兵幸存，其中无一人是军官。

其实，此次"玉碎"前一个月，日本海军的士气就已经十分低落，因为他们的联合舰队总司令长官山本五十六（1884—1943）的飞机在4月18日被美军击落而战死。②

随着阿图岛、塞班岛、提尼安岛和关岛的相继失守，以及美国对日本本土的密集空袭，物资与食物短缺，日本国民的生活完全陷入瘫痪，东条英机（1884—1948）内阁也于1944年7月集体辞职。

这些消息尽管被部分隐瞒或延迟发布，1944年下半年，遭受连续燃烧弹和坏消息打击的日本本土民众，还是陷入了恐慌与难以置信之中，因为在官方的宣传中，日本自战争以来，战无不胜。尽管如此，在伪满洲国的儿童刊物上，各种虚假的宣传依然盛行，1944年对于伪满洲国来说，是"击灭米英"的"决胜年"，充满着假想的"胜利气息"。

1944年6月1日，即日本海军总司令被击毙一个多月后，东条英机首相辞

---

① ［日］佐藤宗马：《山崎大佐笔记击灭美英的童话》，《满洲学童》1943年8月1日，第4—8页。

② ［日］服部卓四郎著，张玉祥译：《大东亚战争全史》，北京：商务印书馆，1984年12月，第727页。

职一个多月前，山崎少佐"玉碎"三天后的《满州学童》上，刊登着这样一则刊头语：

> 现在大东亚战争，已经到了第三年了。当此第三年的决战必胜年，日本海军的勇士们，在太平洋上，都是忠勇的奋战杀敌，不久万恶的美英，便要被击灭了。……大东亚战争勃发以来，世界无比的日本海军，到处胜利。太平洋里的群岛，几乎完全被占领了。敌国美英的军舰，差不多也完全被击沉了。现在残存英美的海军，已经心怯胆寒……①

日本殖民者此时仍然希望利用各种宣传媒体，制造一种胜利的假象，他们向全社会号召为战争筹集"献纳金"，并向青少年征求"献纳诗""献纳文"等"国策"作品。不明就里的青少年，在殖民教育体系的蒙蔽和鼓动下，纷纷尝试创作。仅在这一期杂志上，就有献纳诗多首，以其中两首学生作品为例：

> （其一）小朋友，听我言，东亚胜利在眼前。美已灭，英已亡，亲邦圣战完成在本年。共荣圈，新秩序，皆赖东亚青少年。②
> （其二）无敌皇军如猛虎，巨炮利剑驱美英。
> ……献纳金属造枪炮，美英两国无处逃。
> 满洲帝国是乐土，五族协和同甘苦。③

然而，"米英"真的要被"击灭"了吗？这个问题，今天翻看历史就有无限清晰的答案。在这一期《满洲学童》的童话里，作者飞上了广寒宫，见到了嫦娥，连嫦娥也关心这个问题：

> "现在地球上的人类越发多起来了吗？"
> "是的！"

---

① 里仁：《海军纪念日》，《满洲学童》，1944 年 6 月 1 日，第 2—4 页。
② 王桂琴（吉林临江门学校五年生）：《小朋友》，《满洲学童》，1944 年 6 月 1 日，第 9 页。
③ 齐冠军（吉林临江门学校二年生）：《决胜年之歌》，《满洲学童》，1944 年 6 月 1 日，第 48 页。

"日本和英美的战争现在怎样了？"她好像很关心这事一样。

"英美眼看就要被日本战败了！"我得意的说。

"这样害群之马的万恶的英美，若没有道义的日本来降服他，恐怕更要逞雄（凶）而残害人类了。"①

日本殖民者已经无力挽回败局，只能在童话里虚构一种辉煌的胜利。这种植入胜利消息的童话具有掩耳盗铃的多重时代寓意：一方面遮掩了真实的"大东亚共荣圈"的惨淡经营；一方面维护了殖民地青少年及民众的情绪稳定；另一方面，保证了后续顽抗所需要的各种资源支持计划不被打乱。从这种意义上来说，伪满洲国童话的教育和宣传功能，被殖民者充分地开发了出来。

如果说前文的山崎大佐的那篇童话，完全依靠旁白才达到一种宣扬军国主义和鼓励青少年充当"炮灰二代"的效果，《广寒宫游记》植入口号又过于生硬，那么刊登在1944年1月1日的两篇"共荣圈内巴布亚岛的童话"则是"击灭米英"的植入式童话的典型作品。

这两篇童话分别是《大鹰和两兄弟》和《鸟和鱼的战争》，都是看上去十分像真的流传多年的海洋民族的童话。但仔细阅读就会发现，除了似曾相识，还有一种久违的"宣传口径"隐藏其中。

《大鹰和两兄弟》②讲述了两个兄弟杀死与家庭有宿仇的巨鹰的故事，无论是告别母亲，还是凯旋，以及远洋杀死仇敌，都那么雷同于日本著名的童话《桃太郎》。只不过，这篇两兄弟增加了"兄弟同心，其利断金"的戏份，无论这兄弟情谊指的是日本与伪满洲国，还是日本与南海小国，那都是可以被归为"大东亚共荣"宣传之中的。至于鹰，是美国的象征，这并不难联系。

《鸟和鱼的战争》表述更为直白，童话开头就写道：

> 昔时，在南岛上，住着一只大鹰。这只大鹰，向称为鸟中之王。但是它虽然拥有广大的天空，还是觉得不满足。心想把大海的领有权，也归为自己所有，才能满足快乐呢。于是就率领着许多的鸟类，便向

---

① 汪无之：《广寒宫游记》，《满洲学童》，1944年6月1日，第18—19页。

② 迟钝：《大鹰和两兄弟》，《满洲学童》，1944年1月1日，第6—9页。

海中的鱼族，开始宣战了。

这篇童话，将战争的起因，归罪于"大鹰"的贪婪，而鱼族则是"齐心戮力的防守或应战"，最后"大鹰""以为自己完全得到了胜利，竟乐得飞舞起来"，可没想到海里的贝类夹住了"大鹰"的爪子，让它无法飞起，几近精疲力竭，最后它"苦苦的哀求饶命，幸而贝族宽宏大量，乃饶恕了大鹰的罪过"。[①]

宣传画中胜利的日军形象

我们首先并不需要去一一对应"大鹰"究竟是"大英"还是美国，也不需要猜想日本对应的是鱼族还是贝族，却马上可以从童话中获取两个直接有效的信息——"异族侵略"和"同种同族的胜利"。如今我们经由历史事实分析这篇童话，根据"巴布亚岛"（新几内亚岛）即可查出，1942 年日本侵略该岛，当地原住民不时为日本军队提供协助，对抗澳大利亚及美国的军队，并帮助运送伤兵。该童话刊发几个月后，就是美军的"新几内亚岛大捷"[②]，伴随着日

① 迟钝：《鸟和鱼的战争》，《满洲学童》，1944 年 1 月 1 日，第 10—11 页。
② ［美］詹姆斯·M·莫里斯著，符金宇译：《美国军队及其战争》，北京：世界图书北京出版公司，2013 年 2 月，第 253—254 页。

军的大败——这自然更有利于我们理解这篇植入式童话，但即使伪满洲国的青少年不知道这些历史，也一点不影响他们理解童话中所蕴含的"教育意义"。又一次在惨败的真实之中进行胜利的假想，为了实现他们对殖民地青少年的思想控制和培养战争亟需的"未来国民"。

这些"植入式童话"，在创作上有一定的套路，是一种特征明显的"献纳文体"：

首先，这些"童话"一般缺乏幻想、拼凑抄袭、剧情单一、没有悬念、角色简单、粗俗暴力，充满军国主义和"王道政治"的元素，更接近随意组合改写的小故事。

其次，这些"童话"往往以动植物、神仙鬼怪、传奇人士为传播的媒介，言己所不能言，这些真人，或会开口的拟人态或神鬼状的角色，往往充满政治情结，善于呼喊口号。

再次，这些"童话"善于结合时事，非常贴近生活，长于营造环境，语言质朴易懂，对话通俗简洁，联想干脆直接。

最后，无论这些童话作者"献纳"的动机是主动还是被动，真心还是无意，都铸成了"献纳"的结果，具有极强的宣传性。这类童话，往往目的性覆盖了文学性，政治性遮蔽了教育性，在中华人民共和国成立后的文学研究中，被遗忘、割舍或回避。

华东师范大学中文系刘晓丽教授曾在 2008 年对伪满洲国的"附和作品"进行了系统的研究，她认为这些"植入""献纳""附和"的文学，"是中国现代文学研究中不该回避的一部分。对这些复杂斑驳文学事实的审视，可以看到异族统治下中国现代文学难堪的一面……抹去这些文学事实，表面上纯洁了中国现代文学的形象，但实质上却掩盖了殖民统治对人精神虐杀的事实，也割舍了中国现代文学研究的一块重要的领域"[①]。

那么，殖民统治之下，作为创作主体的作家、作者，对于植入式童话这种特殊"献纳文体"的迎合，究竟是真心还是无意？

---

① 刘晓丽：《试论伪满洲国的"附和作品"》，《文艺理论研究》，2008 年第 6 期，第 103—112 页。

第五节　献纳文体：童话真心与无意的迎合

> 我国与友邦日本帝国的关系，随日月以并进，愈益深厚了。然不
> 只是大人为然，应由小学生的手里，实行日满的亲善。
>
> ——《编辑后记》（1936）[1]

　　1936年10月号的刊尾，一篇《编辑后记》认为"日满亲善"应从孩子做起，在成长中的青少年如果能从小受这样的教育，长大必然是更加以日本为"友邦""亲邦"的。作为类似《满洲学童》这样的"官方杂志"的编辑记者，对上级管理部门的要求自然是无法推脱的，这些专业文字从业人员的"创作"，是童话作为"献纳文体"的主要源头。在《满洲学童》上，经常可以见到编辑对儿童的引导性宣传，从一些留存于杂志上的署名信息可以看出，当时《满洲学童》上的"植入式童话"，一部分出自记者编辑之手，另一部分来自中小学生的杜撰和改编，极少数出自伪满洲国知名的作家。

　　在《满洲学童》编辑部人士中常见的童话作者，有合（和）志光、吕公眉、草木生、湖山生等人。合志光曾在一篇文章里提及"我是满洲国唯一的儿童杂志——《满洲学童》的特派记者"[2]，他还撰写过《满洲建国》[3]一书。笔者根据现有资料考证，合志光是日本人，曾担任"伪满文教部编审官"[4]，同时作为《满洲学童》特派记者和约稿作者。他的"童话作品"主要是改编的历史传说、故事等，几乎没有原创的童话，作为童话编审的控制者，他完全站在殖民者文化侵略的立场，也就不足为奇了。

　　吕公眉（1912—1999）在1941年成为《满洲学童》的编辑，根据其自

---

① 《编辑后记》，《满洲学童》1936年10月10日，第56页。
② 合志光：《ロマノフカ村》（《诺曼诺夫卡村》），《满洲学童》1942年10月1日，第3页。
③ 合志光：《满洲建国》，抚顺：月刊满洲社，1943年6月。
④ 杨家余：《伪满社会教育研究（1932—1945）》，北京：高等教育出版社，2010年5月，第70页。

传："1941年的秋天，满洲帝国教育会编辑部邀我去做编辑，他们出版的是定期的教育刊物《建国教育》《满洲学童》两类，我担当的是《满洲学童》部分。"① 吕公眉的童话，从目前笔者的收集来看，并没有迎合殖民者的"植入式童话"，他的童话，常常带有一种劝导性、教育性，可能与他一直从事教育行业有关。比如他在童话《月亮里的嫦娥》中，就讲述了嫦娥飞天的故事，文中不乏加入的劝善、劝忠、劝学的元素。这样的童话，其实具有一定的幻想与改编，也不乏趣味性，当属于适合儿童阅读的"教育童话"一类。

至于草木生、湖山生这两个署名，应为同一位编辑或记者的笔名，"草木""湖山"不过是化名而已。此作者，是钟情于"献纳""植入式童话"的。他的童话，往往植入一种"同文同宗""日满一德一心"的元素。如《熊先生和熊学生》中，两个熊学生互不服气，各有本领，在扔石头、剑术两次比赛中，各有胜负仍然不服。熊先生教育它们说："同学如兄弟，各有所长，各有所短。……这时若不互相辅助，共学、共进，将来卒业之后，怎能为国尽忠，为社会服务呢？走吧，做咱们的正事去吧！""唱个庆祝建国十周年歌吧！"两个学生提议，于是一路响起了"八纮一宇奏钧天……"的歌声。这种童话中，明显含有教育青少年早日毕业充当战争炮灰的元素。②

在另一篇童话《鸥鸟与蛤蜊》中，骄傲的鸥鸟，每次见到蛤蜊，都嘲讽它："蛤蜊君，无论什么时候，我看你的身体，总是很笨重的，行动也是很迟钝，的确你是一个蠢才呀！"于是，不服的蛤蜊就邀请鸥鸟比赛谁先到达海洋的彼岸，鸥鸟当然飞得快如疾风，而鸥鸟越过海洋时候，每隔一段时间呼唤蛤蜊，其他"同种同族的蛤蜊们"就会代为应答。于是最后鸥鸟无论飞多远，只要呼唤蛤蜊必有回应，以为蛤蜊的速度跟得上自己，只好"惊疑羞怒而逃走了"。童话最后说"蛤蜊之所以未遭失败的耻辱，完全是由于同类同志能够互助，才能免掉外患外辱"③。

这篇童话，末尾注明"译自《幼年俱乐部》"。《幼年俱乐部》杂志和

---

① 吕公眉，男，辽宁盖州人，原名吕能宗，是辽宁著名的诗人、散文家，原籍安徽旌德。吕公眉精通中国传统文化，善写旧体诗。在他逝世后，他的学生郭绍光、邵育诚把他的诗文结集命名为《山城拾旧》，由辽宁大学出版社出版。他在《满洲学童》的经历，摘自其自传。

② 草木生：《熊先生和熊学生》，《满洲学童》1942年9月1日，第15页。

③ 湖山生：《鸥鸟与蛤蜊》，《满洲学童》1942年11月1日，第26—29页。

《少年俱乐部》《少女俱乐部》月刊，都是由"大日本雄辩会"出版，1909年创办的"大日本雄辩会"是今"讲谈社"的前身。因此这篇童话是日语原作的翻译。它明显是在宣扬日本与"满洲国"是亲邦，大家是"同种同族"的，希望青少年能够明白并永远与日本人合作互助，对付西方人，成就"大东亚的繁荣"。

在"大东亚战争"开战后，伪满洲国成为供应粮草的大后方，这时候该编辑的童话又转向宣传"储蓄"和"美满家庭"，如《金头蜜蜂和银翅蝴蝶》中：

> 他们每月的生活，都有预算，日用的粮食、用品，只到花园的配给所去领取。他们不妄花一个钱。他们把所有的钱，除了生活必需品的用钱以外，少少留一点，作为意外的准备和零用。剩下的，都送到邮政局去，储蓄起来。……一个奏曲一个歌唱："那是美满家庭的歌儿呢！……时代的美满家庭万岁！"①

一只金头蜜蜂和一只银翅蝴蝶，完全不同种，却硬生生被组合成了家庭，可怜兮兮地领取配给，战战兢兢地储蓄，还得为"美满家庭"歌唱。这种对伪满洲国"王道乐土""美满家庭"的建构本身，又构成了另外一种对其自身的解构，一种牵强而暴露真实的谎言。

1942年9月《快乐家庭》原版书影

---

① 草木生：《金头蜜蜂和银翅蝴蝶》，《满洲学童》1942年8月1日，第4—10页。

一些学生创作的童话，也会迎合这种战争宣传。如1944年一篇署名"镜儿"的童话《蟋蟀》，情节简单，文笔稚嫩，明显是小学生的手笔。这篇短小的童话，讲述了蟋蟀一家勤劳增产的故事，在童话结尾，老蟋蟀们呼喊着：

> "孩子们呀！看看你们，同心协力的结晶，积极劳动的效果！造成快乐家庭！增产储蓄！我们都做到了。"①

为什么学生会主动地创作迎合"献纳"和官方宣传的文章呢？一方面，在伪满洲国的课堂教育中，校长和一些教师是经常会宣扬此类政策和精神的。这种教育对孩子思想的渗透和改变作用，是无法忽视的。如前文提到的合志光就曾在小故事里写到过这种教育：

> 在这大东亚圣战的时期，先生不常说过吗？我们应当本照日满一体的精神，来应付这非常局。节约啦、储蓄啦、献金啦，忍耐困苦，不要享乐……要想想打仗的勇士，他们不避寒不怕热，为我们东亚的解放，共荣圈的建设，我们是应当感谢感激的。②

一些从小接受伪满洲国教育体系"改造"的学生，难免为这些师长在课堂内外的谆谆教导所影响，从内心接受这些观念。另外一部分学生的童话创作，也不排除为了稿费和奖品的"应和之作"。在翻阅《满洲学童》的过程中，一些奖励文具及稿费的征稿十分常见，不排除一些青少年为了得到这些奖金、奖品或"荣誉"，甚至娱乐文笔，拼凑创作一些短小、容易被发表的"植入式童话"。

对于那些在伪满洲国时期较为知名的中国作家而言，创作童话的本就稀少，在《满洲学童》上发表童话的，为数不多。根据笔者的统计，除前文提到的《满洲学童》编辑吕公眉外，仅有金音、匡昨非、考贝、任情等人。

---

① 镜儿：《蟋蟀》，《满洲学童》1944年2月1日，第8—9页。
② 和志光：《两个孩子》，《满洲学童》1944年1月1日，第30—33页。

金音（1916—2012）①，是这一时代作家中常自发创作童话的"少数派"，尽管童话作品不多，他的童话《最幸福者》②还是被《麒麟》收入了1943年4月作为封面推荐的"童话特辑"，可见其童话的创作质量。金音在《满洲学童》上的童话发表与《麒麟》是同一时段，这篇《纺织的少女》③，描写了一个孝女的故事。这个名叫孝英的姑娘，虽然母亲对她十分严苛，她却非常孝顺。后来恐怖之魔派雨王、虫王、病王来"救护"她，被她拒绝后还是掳走了她的母亲，孝英疯狂地希望救回母亲，纺织之神送给她一架纺织机，她不停地纺线直到慈母归。

这种童话叙事明确，情节起伏，具有幻想性和故事性，当然也包含着孝顺、勤劳的教育因素，但依然远离殖民者所倡导的那种"勤劳奉仕"，因为孝英的劳作，是为了家和母亲。金音还在《满洲学童》上发表诗歌，如《田园的合唱》④。这些童话和诗，都是贴近百姓生活的，具有较强的农耕气息。

匡昨非是伪满洲国时期著名诗人，据说他的诗句"多情只是窗前柳，只惜春光不惜愁"曾引得"新京"的文人们争相传诵。⑤他年轻时也偶作童话，他在《满洲学童》上发表的童话，常常以儿童喜爱的动物或活动为主题，特别贴近儿童的心理，可读性强。1940年5月由"满洲文艺协进会"举行第一次推荐放送文艺（无线电广播）作品9篇，其中"乙种为童话，有一萍的《大脑袋的幸运》，昨非的《三个爱儿》"⑥，他的作品被广播读播，可见受欢迎的程度。

如《贪求无厌的狐狸》⑦中，作者描写了一个到河边洗葡萄的老太太，遇到了一个贪得无厌的狐狸，老太太给它葡萄吃，它却吃了还要，甚至要跟到家里去吃，最后在众人的帮助下，狐狸受到了惩罚。在另一篇《小妹妹的梦》⑧中，作者通过一个小妹妹的梦境，幻想了小女孩在月亮上跳舞，星辰、百鸟都

① 即马寻，原名马家镶，伪满洲国时期知名的诗人、小说家、编辑、编剧，出版过诗集《塞外梦》《朝花集》和小说集《教群》《牧场》等。1945年抗战胜利后参加"东影"，后任职于东北画报社，1957年被打成"右派"，1978年获平反，20世纪80年代加入中国共产党。

② 金音：《最幸福者》，《麒麟》，1943年4月第3卷第4期，第125—126页。

③ 金音：《纺织的少女》，《满洲学童》1943年4月1日，第32—37页。

④ 金音：《田园的合唱》，《满洲学童》1943年8月1日，第29页。

⑤ 长春政协文史委员会编：《长春文史资料》1988年第5辑，第294页。

⑥ 刘慧娟：《东北沦陷时期文学史料》，长春：吉林人民出版社，2008年7月，第157页。

⑦ 匡昨非：《贪求无厌的狐狸》，《满洲学童》1939年9月15日，第32—33页。

⑧ 匡昨非：《小妹妹的梦》，《满洲学童》1939年9月15日，第42—43页。

与她共舞的故事，充满了童趣与天真。这些童话都是专门为低年级的儿童创作的，完全没有任何官方希望植入的"官方意识"。

考贝，据吉林大学文学院蒋蕾教授考证，正是伪满洲国知名作家、教育工作者何霭人的笔名。他在《麒麟》上连续多期以这个署名发表介绍外国风情的文章，如《冰岛是怎样的国》《梦境埃及》等。他在《满洲学童》上也发表过介绍风土的文章，比如在《粽子的故事》[①]中，介绍了日本、中国、"满洲国"三地粽子与所代表的文化的不同，文中写到中国粽子与"满洲国"粽子代表的文化时，颇有含糊其辞、不知所措之感。他在《满洲学童》上发表的童话不多，但值得注意的是一篇"诗并童话"《天上的中秋》[②]，以现代诗的形式创作童话，在当时是很有创新意义的。本书将在第五章对他进行详细介绍。

在《满洲学童》的童话作家里，赵任情（1900—1966）无疑是一个亮点。他是伪满洲国时期富有盛名的"幽默小说家"，《麒麟》杂志曾将他与刘云若、白羽等华北名家相提并论，"国高、国优教科书大多出于赵氏之手笔。文章轻妙秀丽，有独到处，幽默描写，尤称是长"。他以幽默讽刺小说和历史小说见长，对东北的通俗小说的发展和转型做出了贡献。[③]而撰写教科书，必然涉及儿童文学的创作，任情因此创作了一定数量的童话，其中就有《满洲学童》上引人注目的中篇连载童话——《小孙悟空》。

任情《小孙悟空》复印件书影

---

① 考贝：《粽子的故事》，《满洲学童》1942年6月1日，第2—5页。

② 考贝：《天上的中秋》（诗并童话），《满洲学童》1942年9月1日，第2—4页。

③ 见《麒麟》第3卷6月号，1943年6月，第15页。转引自詹丽：《东北沦陷时期通俗小说研究》（博士学位论文），吉林大学，2012年。

1942 年 9 月，任情曾在《麒麟》上发表了一篇"幽默掌篇"小说《米老鼠与虞美人》[1]，揭露小公务员内部的勾心斗角，钻营与巴结，文笔极尽讽刺，刻画巧妙。在这篇连载童话《小孙悟空》[2] 中，任情用了与"米老鼠"一样著名并受青少年欢迎的"小孙悟空"作为故事的主角，撰写的却是一篇露骨的"植入式童话"。

这篇童话一开篇，就介绍了一个"洞天福地"花果山，那里的"猴子们虽然不会种地，却有天然生的香稻和其他谷类"，"山上有各类的矿，像金银铜铁锡铅之类，不用说是随处可以看见，就连那举世认为珍贵的金刚石、宝石等，也时常可以得到的"[3]。这很容易让人联想到伪满洲国这个物产丰富的"王道乐土"。随后小孙悟空希望如同祖先孙悟空那样上天游历，尝试了买飞机、练功夫都失败后，太白金星来邀请他，他终于得偿所愿，并与太白金星的孙子李荣成为了朋友。后来小孙悟空想回家，可当他回到家乡，发现花果山已陷入了战争之中。

山峰被炸平，湖心岛也冒着黑烟，"是老鹰扔的烧夷弹"。侵略他们的，是一群"一身白毛""白色皮子的怪物"，"花果山的大北边，有个地方，天气很冷，这些怪物的家，就在那里"。另外除了住在"花果山西边鹰之国"的老鹰外，还有一些"比老鹰还大还凶"的老鹫，住在"鹫之国"。[4]

这些残忍嗜血的怪物，稍作分析即可发现，白毛白皮的怪物对应的国家，是来自北边的"老毛子"（俄国）；来自西方的老鹰与巨鹫，对应英国和美国。故事的结尾，当然是在李荣的帮助下，小孙悟空和猴子们"造成永远的和平"，饮酒庆祝，山呼万岁。[5]

《小孙悟空》创作的时间，正是前文"米英鬼畜"修辞与"抗击英米""国策"横行于世时。无论是在日本殖民者及伪满洲国官方的强迫、要求之下，还是内心认同"大东亚繁荣"、反感英美，这篇童话里强烈的"献纳"与"迎合"都是显而易见的了。毕竟这样编排童话，并不是幽默小说家任情的真实写

---

① 任情：《米老鼠与虞美人》，《麒麟》第 2 卷第 9 期，1942 年 9 月，第 128—130 页。

② 任情：《小孙悟空》，《满洲学童》1943 年 2 月 1 日—9 月 1 日连载。

③ 任情：《小孙悟空》，《满洲学童》1943 年 2 月 1 日，第 11 页。

④ 任情：《小孙悟空》，《满洲学童》1943 年 8 月 1 日，第 45 页。

⑤ 任情：《小孙悟空》，《满洲学童》1943 年 9 月 1 日，第 47 页。

作水准，虽然不乏可读性，但情节设置、人物刻画也过分老套雷同了些。

以上的中国作家，大部分并没有创作过"植入式童话"，即没有受到日本殖民者及傀儡政府的强迫，或自愿迎合地创作植入"官方思维"和宣传元素的童话，包括《满洲学童》的编辑吕公眉。笔者并不是要强调这种界限，以划出一种政治、道德、民族等因素的分割线，而是探讨在此时的童话写作中，是不是有一种不迎合、不附和写作的可能性，是不是一定要以一种"献纳文体"去植入、夹杂、浸润甚至强塞这些殖民者的"官方宣传"与"战争修辞"？何况，这种完全清晰的界限本身也是很难做到的。前文提到的作家金音的诗中，也夹杂有"啊，青年，东亚的希望！"这样的句子。创作"植入性童话"的任情，也创作过其他充满趣味、适合儿童阅读的童话和故事。这些媒体从业者、学生、业余作者、专业作家在童话创作上，真心或无意的迎合，体现了人性的复杂性，这种复杂性，也正是殖民地文学的重要特征和值得探索之处。

余 论

1945 年 8 月 6 日，人类历史上首个原子弹"小男孩"被投掷在日本广岛。霎时间，那里一片火海，成为人间地狱。

8 月 8 日，在伪满洲国，那里的日本少年——"满蒙开拓青少年义勇军三江省（今佳木斯）汤原县三江训练所义勇队"的深谷藤雄，在这一天看到训练所的两名干部收到了"上级的召集令"，并在随后几天看到周围的开拓团到他们那里避难，但他并没有将这些奇怪的事情与日本战败联系在一起。[①] 因为在他看到的新闻、文学作品里，日本一直奏着凯歌，从未有半点颓势。

8 月 9 日，另一颗原子弹在长崎爆炸。8 月 15 日，日本裕仁天皇发布诏书，宣布日本无条件投降，很多人直到此时才知道日本战败，包括深谷藤雄和很多日本人，因为"战争的起因及开战经过，政府军部的准备，更是对国民保密"[②]。

虚假新闻和植入虚假宣传的"献纳文体"，蒙蔽了一些民众对时事的了解，却并没有让日本殖民者扭转战争的结局，反倒在历史的真相浮现后，不断地揭示、对比、自我解构着殖民者的虚假建构，与那些隐晦、暗流、主动解构伪满洲国现实的童话作品形成刺眼的对照，使"解殖文学"成为一种与"献纳文体"相对的存在。[③] 而这些所谓的"献纳文体"，无论是诗歌、小说还是充满虚构和幻想的童话，最终也没能改变殖民地青少年的"身份认同"，甚至，连很多日本人自己，都没有相信这些"鬼畜英米"的修辞。

在投降后的日本本土，"许多战时支持政府与'鬼畜英美'作战的邻居会、町内会、自卫团、妇女会等组织的中心成员以及学校校长、教员，在占领军进驻后，立即将美国看作民主主义的代表"，对盟军表示出欢迎与拥戴。[④] 这又是另一种人性的复杂之处了。

---

① ［日］饭田市历史研究所编：《满州移民：来自饭田下伊那的消息》，东京：现代史料出版，2008 年 6 月，第 103 页。

② ［日］家永三郎：《战争责任》，东京：株式会社岩波书店，1985 年，第 272—273 页。

③ 关于"解殖文学"的详细论述，具体见刘晓丽：《反殖文学·抗日文学·解殖文学——以伪满洲国国文坛为例》，《现代中国文化与文学》第 17 辑，2015 年第 2 期。

④ 王新生：《战后日本史》，南京：江苏人民出版社，2013 年 9 月，第 15 页。

第三章　《泰东日报》童话：在形式与立场之间

　　"关东州"是中国近代史上丧权辱国的产物之一。1898 至 1899 年，沙俄单方面将旅顺、大连地区的"租借地"命名为"关东州"，并将一些本不属于他们租界的领土强行夺去。这个"关东州"下辖旅顺、大连、金州、貔子窝四市及另外五个行政区。这是中国领土上这一片区域第一次被称为"关东州"。

　　1904 年至 1905 年，日俄战争爆发，俄国战败。在美国的调停下，日俄签订《朴茨茅斯条约》，俄国在没有清政府参加的情况下，将"关东州"转让给日本，从此日本开始对"关东州"40 年的殖民统治。①

　　1932 年 9 月 15 日，日本与其傀儡伪满洲国签订所谓的《日满协定书》，"关东州"主权归伪满洲国所有，但伪满洲国承认清朝与日本签订的"租借协议"，日本仍直接管辖这片地区，伪满洲国对"关东州"没有行政权力。于是，"关东州"成了伪满洲国的一片"名义上的领土"，出版物上的时间很多都以日本纪年方式标注。《泰东日报》几乎伴随着日本殖民时代的始终，见证了辽东半岛被侵占的整个过程。

---

① 赵建伟等编：《关东解放区的人民检察制度》，北京：中国检察出版社，2014 年 1 月，第 15 页。

第一节 《泰东日报》"童话土壤"的形成

> 文艺不是编者一人的园地，并且他也没有那些精力去耕耘，是要
> 我们大家开垦，不要袖手旁观，坐享其成。快卷上袖子，抡起家具，
> 大家共同努力。
>
> ——穆梓《对本刊的拙见》（1932）[1]

1932年5月，在《泰东日报》的《文艺》创刊第9期的版头，编辑穆梓号召所有的文艺爱好者，要一起上阵，为文艺的繁荣而努力。这不是该报编辑部第一次发出对文学爱好者的邀请了。

当年4月，《泰东日报》的《文艺》创刊。这个副刊是由《妇女专刊》改版而来的。在创刊《前言》里，编辑对"关东州内知识阶层"的妇女投稿情况感到失望，文中问道："（这些妇女）是日日忙着要男女平等呢？或是喊着妇女教育普及？以至于'席不暇暖'，没有时间来耕种这块园地？"另一方面，喜爱文学的人却只能发在《艺苑》这样一个小栏目上。出于这两个原因，《泰东日报》开始正式拥有了一块不小的文艺阵地，并在1932—1945年间，聚集了大量的知识分子，他们或创作小说、诗歌、散文，或创作童话、童谣等，客观上使文学青年们崭露头角，爱好者们踊跃前行。围绕着《泰东日报》等报刊，"关东州"形成了为数不少的文学团体和作家群。"1933年到1935年间，便有曦虹社、白光社、曙光社、响涛文艺社等60个文学团体。如1934年1月，石军、田兵、岛魂，渡沙、夷夫、也丽、曲舒、太原生等组织了文学团体响涛文艺社，并在《泰东日报》创办《响涛》文艺周刊，发表了大量的诗歌、小说、评论等作品。"[2]

---

① 穆梓：《对本刊的拙见》，《泰东日报·文艺》，1932年5月11日。
② 刘伟、柴红梅：《日本殖民时期大连都市文化与中国作家的文学创作》，《文学理论》，2012第12期，第138—139页。

《泰东日报》由山东人刘肇亿（1851—1936）[①]与华商公议会其他民族实业家一起集资，于1908年10月3日在日本人金子平吉（1864—1925）[②]创办的《辽东新报》基础上创办起来，被称为"关东州第一份中文日报"。金子平吉任首任社长。1913年秋，进步人士傅立鱼（1882—1945）[③]因反对袁世凯而遭到通缉，逃往大连，被一见如故的金子平吉聘为泰东日报社编辑长。这份报纸敢于为中国人说话，但在金子平吉去世三年后（1928年）的8月16日，傅立鱼也被"驱逐出境"。[④]日本殖民者在1931年前后，加强了对辽东半岛的新闻控制，《泰东日报》基本上被日本人控制，在伪满洲国时期，刊载大量的"殖民宣传""王道政治"相关内容。

1908年创刊时，《泰东日报》为对开两版，后改为4版，节日增刊，继而增至8版，广告4版。1938年增至10版，在北京、天津、青岛、烟台、济南和日本东京设分社，社址初为大连南山，后迁至奥町（今中山区民生街）85号，最后迁至飞弹町67号（今新生街62号）。发行量最高时期达10余万份，1945年10月停刊。

《泰东日报》创刊后不久，就遇上"五四"运动的洪流，该报迅速加入了介绍新文学的阵营，四处征集新文学作品。20世纪20年代，傅立鱼任主编期间，《泰东日报》成为新文学、进步作品的集中地，大量反映民生疾苦的新小说、新诗、散文等作品，与推广白话文和文学革命的脚印一起，出现在报头报尾。

20年代末主编傅立鱼的被驱逐，只是东北地区报刊业被控制被打压得凋零凄惨的一个代表。直到伪满洲国成立后所谓的"大同元年"（1932年），《泰东日报》上的文学作品才再次开始恢复元气，而辽东半岛的更多报刊直到1933

[①] 刘肇亿，字子衡，又名恒源、兆伊，出生于山东登州，自幼辍学到烟台习商，经营杂货店生意终成巨贾。1878年被选为当地商会董事，致力于慈善事业，后创立《泰东日报》。

[②] 金子平吉，号雪斋，日本著名汉学家，出生于日本越前足羽郡。曾在日俄战争后，在大连办学办报，是《泰东日报》首任主编。

[③] 傅立鱼，著名报纸编辑，安徽英山人，从日本留学归国后在安徽、江苏等地从事革命活动。辛亥革命后，曾任南京临时政府外交部参事。1912年到天津创办《新春秋报》，因发表反袁言论遭到缉捕，被迫逃出天津。后在大连任《泰东日报》编辑长，继续进行反袁宣传。1921年7月在大连创办《新文化》杂志。1929年主编天津《益世报》。"九一八"事变后，致力于抗日救亡斗争，曾多次募款支援东北义勇军。1945年病逝。

[④] 苏长春编：《辽宁新闻志资料选编（第1册）》，辽宁新闻志编写组，1990年，第24页。

年才开始零散复刊或新开副刊。

　　童话创作，在文人们聚集起来之后，也渐渐露出轮廓。这种较好的文学氛围，使得一些热衷于创作、翻译童话的作家和爱好者投身其中。根据笔者对 1931 年至 1943 年《泰东日报》的《文艺》《儿童专刊》《儿童》《少年文艺》等副刊的整体查阅和梳理，共发现刊登童话的副刊近 500 期，[①] 这意味着这 13 年间，每个月《泰东日报》上至少刊登有三期童话。这对于依附于文艺副刊而存在的一种文学体裁，算是不小的数字了，毕竟儿童文学在很多综合类刊物上都被边缘化了。

《泰东日报》《少年》副刊 1935 年 5 月剪影

　　《泰东日报》能够形成有利于童话创作的土壤，不仅是因为创刊以来文人们创造的文学能量，更与"关东州"特殊的地域、历史、风俗文化等因素紧密相连。

　　"关东州"是个殖民时代的地名，它位于中国的辽东半岛。这片土地东靠黄海，西临渤海，北靠东北大陆，南望山东半岛，如同深入大海的舌头，感受着各地文化涌入的冲击。早在旧石器时代，辽东半岛就有人类居住，历史悠久，而且从史前文化时代，就形成了与山东大汶口文化、东北文化、辽东土著文化互相交流的形态。近代以来，山东移民闯关东也有很多选择海路到近在咫

---

　　① 笔者 2015 年开始查阅《泰东日报》，主要根据大连市图书馆的 120 卷缩微胶片，查阅范围从第 44 卷（1931 年 1 月 1 日）至第 117 卷（1943 年 6 月 26 日）。因为年代久远，损失严重，胶片中多有连日连月的缺失。因此对于童话的统计，只能是一种不完全的统计，此处近 500 期包含长篇连载的情况。详细目录见文末附录。

尺的辽东半岛，带去了山东特有的文化、风俗、语言。加上这里陆续作为俄国殖民地、日本殖民地，又遇上中华文明与俄、日文化的碰撞交流，很长的历史长河里，整个辽东半岛始终处于一种对新人群、新文化、新事物的接收与容纳之中。这些历史文化，为童话创作提供了文化底蕴。

悠久的历史，灿烂的文明，意味着大量的民间故事、传说、神话的流传。而对于辽东半岛来说，这些来自各国各地的文化产物，从一开始流传时，就自然地带着创造、改编与翻译的过程。正如松村武雄所说的那样："一般的民众，除从少数知识阶级的口中——即用讲故事的形式——知道过去的历史以外，再没有别的方法。少数的知识阶级在城内的大厅中，村落的碧草之上，向他们讲述过去的人类活动的事实。而他们对于那讲述所感到的极大的兴味，究非今日儿童在教师中所听的历史可比。"[①] 这些口述或文字的民俗文化，是深得儿童甚至成人喜爱的形式，用故事讲述历史的传统，为后来的童话创作积攒了大量可用的素材和灵感。

辽东半岛丰富的物产，为当地大部分人提供了良好的生存环境，这里气候温润、物产丰富、雨水充沛、海产繁多、风景优美。金黄的沙滩、陡峭的山峰、汹涌的海浪、嶙峋的礁石、灿烂的繁星，各种得天独厚的条件，让当地的文人们拥有比其他地区的人们更加细腻、安逸、敏感的创作心理，自然带给人们各种新奇想象、幻想，这些都为童话诞生铺垫了天然的创作环境。

20世纪初，"五四"运动带来的各种文化、文学运动，辽东半岛都没有错过。日、俄两国在殖民期间，对青少年教育"格外重视"，这种"重视"，是随着侵略步伐不断加强的，并不以真正"促进"文化为目的，此处仅简述"关东州"的文化控制情况。1906年11月，"南满洲铁道株式会社"（以下简称"满铁"）成立，这是一个侵犯中国主权的殖民机构，奉行日本所谓的"大陆政策"，号称"开拓满洲"，其实就是利用铁路控制铁路沿线，最终控制东北领土的机构。其侵略更多领土的野心和筹划，导致"满铁"并不仅限于"铁路业务"，他们对经济、文化等领域的插手几乎是全面进行的。"满铁"是1937年成立的"满洲映画协会"（"满映"）的大股东，"满映"后来拍摄了大量宣传"国策"的电影产品，宣传"王道政治""五族协和"。"满铁"对出版

---

① ［日］松村武雄：《童话与儿童的研究》，上海：开明书店，1924年10月，第244—245页。

业和新闻机构也进行垄断与严控。

"九一八"事变后，"全满出版物约有半数是在本厅（指关东厅）管辖下的大连出版的"。据1941年5月，"满铁"自己编辑的《南满洲铁道株式会社刊行物目录》中记载，迄止1940年3月，不包括机密资料在内，"满铁"会社共出版图书达4559种。[1] 这些出版物，客观上也增加了辽东半岛知识阶层和出版物的数量，另外随着俄、日两国对辽东半岛的殖民，大量的俄侨、日本人移居大连、旅顺等城市，这些外国移民中，不乏知名的童话作家和童话创作、爱好者。这使得童话创作有了创作人群的保障。[2]

大量日本童话书籍、儿童文学书籍的涌入，日语的普及，培养了一批童话的阅读人群，并使得以大连为中心的"关东州"成为一个拥有"童话特产"之地，在辽东半岛，形成了伪满洲国时期特别适合童话生长的"土壤"。

---

[1] 王珍仁：《论"满铁"对华的文化侵略与渗透》，《大连近代史研究》第4卷，沈阳：辽宁人民出版社，2007年10月，第344—345页。

[2] 有关伪满洲国"日系""俄系"等各民族作家的童话创作状况，本文将在第五章《同与异的张力——伪满洲国多语系的童话写作》中详细梳理与分析。

第二节　辽东半岛"童话的热潮"

　　在童话论之构成上还有一条应守的法则，这便是在童话终了的时候绝对不可以拿出舍有教训的提示。……如果他们的心情正在感受愉悦之际，我们忽然加以说教式的教训，则必然会使他们反而由此感到失兴与乏味。

——朱文印《童话作法之研究》（1931）[①]

　　1931 年 11 月，《泰东日报》的《文库》全文连载了《妇女杂志》（上海）上儿童文学研究者朱文印的《童话作法之研究》。朱文印在文中强调了童话对儿童教育的重要意义，但他认为："与其用那种枯燥无味的注入式或命令式的教育，反而远不如给儿童们以充分的愉悦和兴趣，在无形中启发其内心的各种智能，更为来得有效。童话是被公认为满足儿童们这一时期的这般需要的最好教材之一。"[②]

　　《泰东日报》文学板块上全文转载这种童话研究文章并多日连载，一方面说明该报对儿童教育、儿童文学的重视，一方面说明编者对童话的"明显的说教"也颇为反感，与朱文印在很多观点上有共通之感。

　　这种"教训式"行文确实是童话写作所需要注意的，因为充满幻想和神秘色彩的文字在开头或者最后加上一段"提示性"的"教育意义"，实在是令读者倒胃口的事情。然而如第一章和第二章中所述，在伪满洲国，这种"说教式"的"植入式童话"并不在少数，在很多刊物上，倒显得是非常主流的童话形式了。

　　1931 年，对于伪满洲国来说还未"建国"，但对于《泰东日报》所处的"关东州"来说，它已经被日本人殖民 26 年。在殖民者对文化的影响和侵蚀

[①] 朱文印：《童话作法之研究》，《泰东日报·文库》，1931 年 11 月 28 日。
[②] 朱文印：《童话作法之研究·引言》，《妇女杂志》（上海），1931 年 10 月 1 日，第 23 页。

之下，这种对童话创作的"理性思考"，如果只是出自一篇转载的文章，并不足为奇。但如果考察《泰东日报》在伪满洲国时期童话创作的整体情况，会发现相对伪满洲国时期的其他区域的报刊，《泰东日报》上的童话创作更为集中，水平更稳定。可以说，《泰东日报》作为一个儿童文学的聚集地，主动或自然地创造了一个时期辽东半岛上"童话的热潮"。

1931 年 11 月 1 日《泰东日报》的《儿童专刊》

常在《泰东日报》的《艺苑》《文艺》《儿童专刊》发表童话的作者，有杨慈灯、于临海、穆梓、高兴亚、郑毓均、曹芝清、韩世勋、陈兴华、野百合、公兆才等人。此处将对慈灯之外的其他作者作品进行较为详细的梳理和展示，尽可能地再现伪满洲国时期《泰东日报》上童话创作的繁茂景象。

于临海（生卒年不详），《泰东日报》专栏作者、翻译作者和童话作者，生于贫困家庭，父亲工伤后，他独自到大连打拼生活。所见最早的与他相关的童话，是民国 20 年（1931 年）12 月连载的《一个卖洋火的姑娘》①。这篇童话从标题上看，很容易被当成翻译安徒生的《卖火柴的小女孩》，事实上这是他原创的一篇童话，写的是三兄弟让猫狗耕地的故事。尽管如此，他确实是以翻译童话起步并为读者所熟知，通过阅读大量的儿童文学书籍，他发表的童话不少是没有注明出处的"名作改写"。如 1931 年 12 月至 1932 年 2 月连载的

---

① 于临海：《一个卖洋火的姑娘》，《泰东日报·艺苑》，1931 年 12 月 4 日—6 日。

童话《最美丽的一个雪人》①，就是对格林童话中名著《白雪公主》的改写。

伪满洲国时期，于临海刊登在《泰东日报》的第一篇文章，是"大同元年"（1932年）翻译童话——日本作家秋山澄代的《春天的梦》②。这篇童话翻译得文字通顺而优美，显示了于临海较好的日语水平。如童话末尾："（道子）抑着心跳到庭院里，仰看天空有一块苍白的云彩浮着，跳过园墙，瞧见田地里顿成一面很鲜美绿色的光景。道子随就不住的自己又出着很大的声音唱着很美丽的歌，道子的歌声，被春风吹得各处纷舞。"

可惜的是，这位作家似乎本身对童话创作的兴趣并不浓厚，渐渐地就走向散文和杂文的创作中去了，因此并没有更多原创的童话诞生于他的手下。

穆梓（生卒年不详），是伪满洲国早期活跃于《泰东日报》的编辑、年轻作者。一开始，他在报端发表类似《太戈儿传略》③（即泰戈尔）这样介绍作家作品的文章，主持新创刊的《文艺》栏目，并向作者约稿和写作文评。因为年轻富于幻想，他偶尔也创作童话。如《皇后和雪》，虚构了西班牙的一个王国，从不下雨，不下雪和结冰，有一天居然落下了洁白的大雪，将国王和皇后的城堡覆为白色，皇后非常开心，但随之而来的是一种必然失去的忧伤。聪明的国王为她种下了大片的杏树，一到开花季节，"数千杏树在围绕此城四周的山上开放，于稍远的地方望去，好像这些山被白雪掩蒙一样"。④他的童话语言清新而富有诗意。

根据《泰东日报》的《文艺》上刊登的《对过去四十九期的文艺作者杂评》⑤记载，穆梓"是一个很可怜的十六岁的青年"，"他离乡背井地漂泊，他是赤裸裸的无产者，然而他不羡慕公子哥儿的生活，并且他常常的对我说：'你看如牛马的工人，一日还不得一饱，奔波终日的洋车夫，终须饿死。这种社会，不是我个人羡慕公子哥儿生活的时候！'他是一个热血的青年，所以他的作品里也有不平之鸣……"但他也终因生活所迫，到别处奔波，"'文艺'

---

① 于临海：《一个卖洋火的姑娘》，《泰东日报·儿童专刊》，1931年12月13日至1932年2月28日连载。

② ［日］秋山澄代：《春天的梦》，《泰东日报·儿童专刊》，1932年3月6日。

③ 穆梓：《太戈儿传略》，《泰东日报·文艺》，1932年5月25日。

④ 穆梓：《皇后和雪》，《泰东日报·文艺》，1932年9月25日。

⑤ 殿元：《对过去四十九期的文艺作者杂评》，《泰东日报·文艺五十期纪念号》，1932年9月30日。

再也没有他的足迹了！"

如今很难想象 16 岁的少年就在报刊做编辑工作，更难以理解他们不得不四处漂泊、闯荡世界的经历。但对于战争年代出生的那一代人，这几乎是一种普遍的现象。

《泰东日报》的《儿童专刊》经常刊载一些在校学生的习作，这些少年或作新诗，或写小文，或摘录名著，也不乏十几岁少年的"长篇童话"被多期连载的案例，下面将以 1935 年为例。

高兴亚（生卒年不详），辽宁海城人（今隶属于辽宁省鞍山市，位于辽东半岛腹地），伪满洲国时期在《泰东日报》发表长篇童话时，仅十几岁。1934年底至 1935 年 2 月，高兴亚的长篇童话《一梦三怪》[①]在《泰东日报》的《儿童周刊》连载，这篇童话更像是一个讲鬼怪的故事，阴森而恐怖。讲述了主人公林儿的奇遇冒险故事，是一个由互相残杀的歹徒、凄厉的女鬼、丑陋的妖怪和可怜的孩子组成的大杂烩。童话整体的水准一般，颇有些旧小说的风味。但是在他这样的年龄，即使是拼凑出如此长篇的童话作品，也实属不易。

根据他自己在《泰东日报》与读者的互动，以及一篇写于 1935 年春节的小散文，可以拼凑出这个少年的一些轨迹。他出生于海城市元泰长乡，农村的成长经历给了他不少写作的素材，落后、守旧的乡人经常讲述的传说、神话，也成为他笔下的素材。他写这篇童话时，就读于当地的"高小"。

他的名字"兴亚"，与当初日本人提出的"兴亚论"多少有些关联，而他因为长期被殖民教育系统培养，已经成为被"教化"的殖民地少年，文字中夹杂着附逆的言论，竟夸赞"九一八"事变，将日本殖民傀儡的伪满洲国描述为"安居乐业"之地："四年前的时候，凶猛似虎的大军阀，用苛政去欺压平民，使有家难居，有国难在，以致遭种种残暴的痛苦。幸有'九一八'事变，成立我国，推去军阀，改革政治……始得以三千万庶民，安居乐业。"[②] 笔者查阅了其他小作者写的同题文章，在别人的《新年感言》中，并没有类似的语句，也就是说并不存在"被迫"写这些的情况，虽然他并没有创作"植入式童话"，但这个少年的思想，已经被殖民者完成"植入"和"清洗"了。这样的小孩并

---

① 高兴亚：《一梦三怪》，《泰东日报·儿童周刊》，1934 年 12 月至 1935 年 2 月连载。

② 高兴亚：《新年感言》，《泰东日报·少年》，1935 年 2 月 28 日。

非个例，他们当时的文字都是日本妄图同化中国人的殖民教育的罪证。

1932 年 9 月 25 日高兴亚作为《泰东日报》"谜语悬赏"出题人的照片

与高兴亚一样，在《泰东日报》发表"长篇童话"的，还有郑毓均（1917—1943）。郑毓钧，伪满洲国时期著名诗人、散文家、作家，辽宁大连人，早期用原名和邓南遮、毓钧作为笔名在《泰东日报》发表文章。1940 年左右，用笔名邓东遮创作诗歌在哈尔滨《大北新报》上发表，1941 年开始改用陈芜作为笔名，在《华文大阪每日》《新青年》《文从》《斯民》发表诗歌、散文时署用，"作风同人"。

1935 年 2 月至 3 月，郑毓钧在《泰东日报》连载"长篇童话"《梦游奇境记》[①] 时，也只有 18 岁。《梦游奇境记》由一个叫文儿的孩子的梦境开始，描写了梦中文儿与他的"小友"们四处畅游奇境、冒险探秘的故事。全文包括《王亮偷桃》《文言谈话》《女王帝国》《道德乡村》《杏园佳地》《文儿惊梦》等 14 个小故事，设计巧妙，故事各自成文，互相接续。虽然一些片段能在《西游记》《聊斋志异》中找到些渊源，但经作者改写后，基本化为他的故事了。这种童话，更像是神话传说大荟萃，文笔上也只能算得上是习作。除去这部长篇童话，他还创作过另一篇长篇连载的童话《三王子记》[②]。

长大后的郑毓钧，就读于吉林师道大学期间成为"国民党地下工作的领袖"。后来，他主要创作诗歌和散文，笔名陈芜逐渐盖过了他的本名。1943 年

---

① 郑毓钧：《梦游奇境记》，《泰东日报·少年》，1935 年 2 月 22 日至 3 月 7 日连载。
② 郑毓钧：《三王子记》，《泰东日报·少年》，1935 年 5 月 3 日至 8 日连载。

6月，26岁的他在北京因肺病去世。①

胥庆芝（生卒年不详）的长篇连载童话《能言石》②，也在1935年刊登在《泰东日报》上。讲述了一个国王，喜欢收藏各种宝物，有一次，一个外国的来客看遍他的宝物后告诉他，缺一个珍贵的"能言石"。从此国王派出一批一批的人寻找，始终都无法寻获，后来只好亲自出去寻找。他经历磨难，遇到一块会说话的石头，石头说"永远等待着不会有的东西可以使人非常的悲戚"，国王意识到这块石头，就是传说中的"能言石"。这块石头告诉国王，她是西班牙王的女儿，因为在清澈的泉水中沐浴而遭受魔咒，希望国王解救她。后来，国王遇到给他小洋刀和栗子的老太婆、给他小颈铃的小白兔，他用这些工具打败了恶龙，用山泉喷洗"能言石"，石头变成一个美女，成为他幸福的王后。

这部童话，写得很有些欧洲童话的风情，如果确实为原创而不是改编，也一定是因为作者具有丰富的童话书籍阅读经验。因为童话中的很多细节，包括屠龙救公主的结局，都是经典童话的常规设置。

《哲希巴耳》①是这一年刊登的另一部长篇连载童话，作者韩世勋（生卒年不详）。他幻想了一个繁盛的国家"百乐洪"，"八方朝贡、四野称臣，一片升平的气象"。在那里有一个老宰相叫哲希地纳，十分德高望重，他得了个儿子叫巴耳。故事围绕着哲希巴耳成长、学习、战斗、航海、发明等经历，杜撰了一个集万千优点于一身的完美男人。这部童话连载21期，是1935年所有刊载童话中连载时间最长、篇幅最大的一部。

将这部童话读完，就会发现这是一部为青少年树立偶像的"植入式童话"。在连载的最后几期，这种倾向尤其明显。哲希巴耳自学成才，天生有大将的思维，打了很多胜仗后，又学习航海、造飞机……他所成就的事业，任何一样放于一个人身上，就已经是成功了。而到了老年的哲希巴耳也没闲着："现世呢，他要学孔子周游列国了。有一天，飞到满洲新乐土来，他因为要考察考察这个地方，到底是怎么样……"通过哲希巴耳的口，作者赞颂了伪满洲

---

① 崔束：《伪满新生派诗人——评田贲和驼子》，《黑暗下的星火——伪满洲国文学青年及日本当事人口述》，郑州：大象出版社，2011年9月，第263—264页。

② 胥庆芝：《能言石》，《泰东日报·少年》，1935年4月2日至18日连载。

① 韩世勋：《哲希巴耳》，《泰东日报·少年》，1935年5月9日至6月1日连载。

国所宣扬的"王道乐土""新国家",并在最后一次连载中,陈述了这篇文章的主旨:

> 现在,我到贵国已经好几年了,对于你们的一切,都是美好的,固不必说。唯独有一个应当特别注意的事,什么呢?就是少年。我以为现在的青年,就是将来的主人翁。没有良好的少年,将来国家能兴盛吗?那是一定不可能的!既然这样的,你们大家不是对于少年们,应该特别的注意吗?……以我的眼光,看来就属《泰东日报》最好,就看他的《文艺周刊》的文艺,多美妙啊!尤其是培养青年们的少年,更是不可不读……又如高兴亚、郑毓均等,都是很有希望的少年。

"美好"的伪满洲国,需要培养优秀的少年,这些少年,是"未来的主人翁""第二代国民""国家兴盛的希望",这些教育"少国民"的理论,正是日本殖民者筹划、宣传、希望达到的状态。虽然教育少年,撰写"教育童话",在任何时代本身都不是受争议的对象,但放在"殖民地"这个特殊的语境里,就不能不耐人寻味了。这篇童话很多细节的部分,本不失可读性,然而正像前文中朱文印所说,在文末"忽然加以说教式的教训",必然让人"感到失兴与乏味"。

伪满洲国时期宣传画《大满洲国泰民安》

曹芝清(生卒年不详),也是1935年前后在《泰东日报》活跃的童话寓言作者。目前能看到的主要是他编录并在《泰东日报》1935年2月至5月连载的《儿童寓言》①。这些寓言在伪满洲国时期也被归为童话范畴，他编录的寓言都在百字左右，更像是报纸的小补白。有一些如"螳螂捕蝉黄雀在后"之类的传统成语故事改编，有些可能是他自己编写的有些"教育意义"的小故事。整体水平不高，但文字浅显，比较适合小孩子阅读。

除了于临海外，还有一些热衷于翻译童话的作者，他们翻译的经典童话，丰富了《泰东日报》上童话的种类，提升了童话的整体水平，对童话爱好者和写作者进行了无声的启蒙。如 1936 年 1 月至 5 月，陈兴华与迺丰合作翻译了很多经典的童话故事，涉猎之广令人侧目。

他们与迺丰（赵乃丰），正是 1936 年依附于《泰东日报》新成立的"文光社"的核心成员，其他成员还有左炎、王成文等人。这种以社团活跃于报纸的形式并不鲜见，很多社团组成是因为同学、同事的关系，爱好文学者居多，因为难以形成持续性，影响力也不大，现在大多难以考证成员的生平。

他们二人翻译的第一篇与童话相关的文章，是日本独幕童话剧《狐狸和樵夫》②，原作者为室町弥生。但这个话剧本身也是日本人改编的，原著来自《伊索寓言》中的《狐狸和樵夫》。这篇童话写了一个樵夫，将一只躲避猎人追捕的狐狸藏进自己的小木屋，当猎人们追来时，他嘴里说着"没看见狐狸"，手却指着狐狸藏身的地方。猎人们没注意手势，匆忙离开了。狐狸获救后没有道谢，樵夫很生气，但狐狸说："我本应该好好答谢你，如果你言行一致的话，可事实并非如此。"③这篇童话讽刺了那些又想得到利益，又想得到名声的人，一旦有利可图，这种人就会口是心非，出卖别人。除了这篇童话剧，陈兴华和迺丰陆续翻译了《六个小人鱼》④（安徒生童话）、《国王与鹅童》⑤（格林童话）等十几篇世界经典童话。

1935—1942 年，《泰东日报》上众多文学爱好者，翻译了来自日本、俄国、意大利，以及欧洲、非洲等各国各地区的童话故事，加上一些并不固定的作者创作的童话、转载的童话、改编的童话等，围绕着《少年》《儿童专刊》

① 曹芝清编：《儿童寓言》，《泰东日报·少年》，1935 年 2 月 26 日至 5 月 17 日连载。
② ［日］室町弥生著，陈兴华译：《狐狸和樵夫》，《泰东日报·少年》，1936 年 1 月 21 日。
③ ［古希腊］伊索著，赵涛译：《伊索寓言第 1 辑》，北京：光明日报出版社，2006 年 5 月，第 9 页。
④ 陈兴华：《六个小人鱼》，《泰东日报·少年》，1936 年 4 月 21 日。
⑤ 陈兴华：《国王与鹅童》，《泰东日报·少年》，1936 年 4 月 23 日。

《文艺》等栏目，对比其他文学体裁的凋敝萎缩，"童话热潮"形成了显著的逆势疯长。

《东北儿童文学史》中也论及了这一特殊现象："这一时期，虽有日伪官方的压迫，但儿童文学的地盘却越来越扩大。在'九一八'事变前，儿童文学的中心地是在奉天，但'九一八'事变后至'八一五'光复前这14年间，不但奉天的儿童文学进一步发展，哈尔滨和大连的儿童文学也有了长足的进步，形成了奉天、哈尔滨、大连鼎立之势。随着文艺地盘的扩大，涌现了大批从事儿童文学创作的新作家，诞生了许多新作品。"①

这与殖民者和伪满官方越来越严厉的审查制度有关，迫于政治上的压力，更多的作家无法书写现实，只能远离实际写一些幻想性的文字；另一方面，因为伪满洲国刚"建国"不久，日本人还无暇"治理"儿童文学领域，在20世纪30年代早期，还是涌现出了一些暗藏黑暗社会现实、民生疾苦或讽刺殖民者、统治者的童话。

---

① 马力、吴庆先、姜郁文著：《东北儿童文学史》，沈阳：辽宁少年儿童出版社，1995年12月，第79页。

第三节　形式与立场——童话复杂的边界

　　对于童话的范围，依各种立场上是不定形的。例如有依国内之风俗习惯传说等的研究——依土俗学为对象的童话，有纯粹文艺性质的童话，更有本于历史上的童话，是不能详细分解的。至于一般缩写的童话，内容的范围，是再宽广没有的。

——英英《谈谈童话》（1940）[1]

　　1940年，一个署名英英的作者，在《泰东日报》的《少年》副刊的报头，发表了一篇关于童话的小论。此文根据创作内容把"现代童话"分为三个大类，即改装古代童话或描绘想象的"创作童话"，将自然界风雨雷电或动植物拟人化的"自然童话"，将人类英雄人物神仙化的"英雄童话"。

　　这三个分类当然无法概括伪满洲国时期出现的所有童话的类别，但作者根据自己所见童话进行的概括，有意无意之间，倒正是对《泰东日报》1930—1940年这十年间所刊登的童话的总结与分类。

　　《泰东日报》上的童话，除了翻译的世界童话名著，其他的童话确实大多可被归为这三个种类。

　　数量最多的，就是把作者通过各种渠道获得的神话、传说、民间故事或著名童话、寓言，进行裁剪、缩写、改编、拼接、续写而"再创作"的童话。这类童话的作者，多为学生，在《泰东日报》上所占比重较大。很多作者在十几岁时参加征文或投稿，只是单纯兴趣使然的练笔，童话的篇幅往往比较短小，作者的"创作"也没有持续性。前文论及的于临海、穆梓、高兴亚等人的创作都属于这类。

　　其次就是"描绘想象"，将自己夜晚梦中所见或"白日梦"似的幻想，用文字组织出来，这类童话更接近"童话本身"，也更具有原创性。郑毓钧的《梦游奇境记》就是这种童话的代表作。

---

　　[1] 英英：《谈谈童话》，《泰东日报》，1940年2月2日。

"自然童话"也是童话的常见题材，无论是《安徒生童话》，还是《格林童话》《王尔德童话》，名著里从来不缺少自然界的主角。人类在探索自然奥秘的过程中，渐渐诞生了大量的传说、神话、民间故事，很多童话的素材也正是由此而来。让花草树木、鸟兽虫鱼变得会说话会思考，用拟人的方式讲述作者想表达的故事，这是童话常见的形式。胥庆芝的《能言石》就是这样，石头和小白兔都能和人交流，万事万物都有灵性。《泰东日报》上这种题材的童话比重很大，相对来说，大象、兔子、蝴蝶、螃蟹、狐狸、老鹰、马，以及松树、橄榄、河水、高山、巨石，都可以成为童话的主人公。让动植物开口说话讲故事，几乎就能写成一篇童话，这也是简单易行的。相对来看，前两种童话虽然大多属于习作，水平有限，但并没有掺杂太多"官方宣传"和"植入式"的内容。而"英雄神话"，则大多都在文中"植入"了教育"少国民"的思维。因为无论是《泰东日报》上编造虚幻的人物"哲希巴耳"，还是如《满洲学童》等刊物上出现的"日本军神"，都必然有立场和政治性。侵略者的英雄，可能是被殖民者眼中的魔鬼；侵略方的聪慧灵活，可能是被殖民人民眼中的奸诈阴险。

当然，童话创作的王国也充满着复杂性，并没有这么清晰的边界。文学作品往往是根据时局而作的，政治对文学的影响永远都不可忽视。与上一章的《满洲学童》相比，1932 年至 1940 年间的《泰东日报》上"官方指定""自觉参与"的"植入式童话"并不多见，但这正意味着"不自觉"地参与到"植入式童话"创作中的作者，在《泰东日报》上更为明显了。因为"专业写手"和"指定作家"的作品越少，自觉不自觉参与到"官方意识"之中的童话作品越容易被辨识。

1941 年太平洋战争爆发后，越来越多的"国策"宣传，以及在伪满洲国全境越来越高的"皇民化"呼声，越来越多的日本殖民教育的影响，使更多如高兴亚这样的小作者被学校教育和宣传"同化"，童话与 20 世纪 30 年代的题材也大不相同。特别是到了战争后期，在很多虚假的战争宣传、铺天盖地的"大东亚共荣圈""击灭英美"口号影响下，《泰东日报》上的"植入式童话"也开始增加了。

以 1943 年的两篇童话为例。一篇是 5 月刊登的《太阳和风雪》[①]，这是一篇

---

① 舒荣：《太阳与风雪》，《泰东日报·新世界》，1943 年 5 月 25 日。

将太阳、风、雪、云拟人化的"自然童话"。童话大意是：山和风以前不认识，因为云的介绍认识后，山求风办了一些事。后来风就在山的地盘随便撒野，以至于山终于受不了跟它闹翻了。然后风带着雪与山发生了战争，打得不可开交，最后太阳出来"用两只伟大的手，把风雪一齐拿住""把风抛到北极，把雪抛到南极"，再也没有了战争，得到和平的花草鸟兽都来"感谢这伟大无私的太阳"。

这篇童话，看上去好像是一篇平淡无味的故事，连打来打去的理由都不充分，也没什么悬念和波折，太阳出现就解决了所有的问题。但稍微联想一下，就很容易发现太阳这个"伟大的角色"所做的事情，与高兴亚说的"推去军阀，改革政治……始得以三千万庶民，安居乐业"如此异曲同工。如果将山、雪、风的战争对应为军阀混战，"太阳"这个角色对应"日本"，就能发现童话背后的深意所在。翻开伪满洲国的很多文学作品，当中都有对"太阳"的赞叹和特别描写，这些描写往往都出现在文末，有些甚至显得十分突兀。如果我们假设这篇童话在创作的时候没有任何"对应"，编辑阅读时也未曾读出"深意"，那这么一篇乏善可陈的童话，是凭何亮点与《军神东乡元帅》《美国战时的情报局》这类文章"忝列"在一个版面？

1943 年 6 月，作者依然是舒荣，这次他的一篇童话《妙喻》[1]刊登在《泰东日报》的《文艺》副刊。如果说上一篇的拟人太过含蓄，那么这一篇的比喻则十分露骨。

舒荣童话《妙喻》

---

① 舒荣：《妙喻》，《泰东日报·文艺》，1943 年 6 月 16 日。

童话里写的是端午节将至，祖母、母亲在家忙着做麻扫帚、小猴，作者的10岁读"国民四年"的妹妹和8岁读"国民二年"的弟弟，在一边你问我答的故事。弟弟问妹妹："为什么小猴用白布做脸，红布做身子呢？"妹妹回答："用白布做脸是说他是白种人，用红布做身子是他被日本人的大炮打得流血了！被那血染的！"

弟弟一开始问妹妹"为什么要做麻扫帚和小猴"，后来自己想到了答案："做小猴是说他们白种人被吊起来，腰里绑着五色线，是说这五种种族的人，把他们绑上。麻扫帚是把那些小猴，不！白种人像扫地似的扫到地球以外，对不对，姐姐？"妹妹说："你真聪明啊，那么五色的麻扫帚上为什么也有白色的？"弟弟答不出，于是妹妹说："那你就不知道啦！不是德国、意大利几个也是白种人吗？他们和那些不同的！也在攻击那些呀！"最后作者出现，问弟弟妹妹："为什么用猴子作比方？"并告诉弟弟妹妹，"那是因为猴子最狡猾，那些白种人也狡猾。"

这篇"童话"，如果不是明确标注为童话，实在难以被归为童话的类别之中。这是一篇典型的"抗击英米"的童话，与《满洲学童》上大量的类似童话一样，为了讽刺、咒骂美英盟军而写，与童话唯一的关系，就是希望孩子们阅读并接受其影响。

其实，在伪满洲国时期，即使有作家认为自己完全"为艺术而艺术"地创作童话，也很难忽略自己的童话产生"与生俱来"的政治性。因为这种"为艺术""中立"的写作，在创作和预期阅读接受之间的政治暧昧性，就如同处在编织物中相互交织。"文学作品就像这种编织物：文学既不是通常意义上的写作艺术，也不是一个特殊的语言陈述，但作为一个可视的历史写作模式，文学构建了世界意义系统与可视事物系统之间的联系。"[①]

《泰东日报》上的童话作者，与其他报刊上的童话作者一样，写作之初就必然有了自己创作的目的与对读者的预期，这种预期决定了一种政治性——附逆、游离、合作、反抗等后续解读，也都在童话最初被创作时就如影随形。我们分析的是可视的历史，是可读的文字，而文学和被解读，才构建了我们与可视事物之间的意义系统。我们通过解读童话字面和背后的含义，试图去了解和

---

① ［法］雅克·朗西埃：《文学中的政治》，《威斯康星大学学报》2004年第103期，第12页。

拼凑一个时代一个殖民地一个作家的心灵碎片。

　　总体来看，《泰东日报》上的童话，太平洋战争前的十年中，多期连载的长篇童话较多，学生习作较多，改写续写的名著较多。1939年后，特别是1941年太平洋战争爆发后，单篇、篇幅短小、分散的童话增多，较为成熟的童话作品逐渐出现。对世界知名童话作品的翻译，一直伴随着这些副刊存在的过程。这些童话创作刚刚开始有逐渐成熟的迹象，《泰东日报》就在日本战败投降后不久停刊了。但那些真心为孩子创作童话的作者，那些为他们提供文学文艺版面、支持鼓励他们的编辑，对光复后东北儿童文学后续发展做出的贡献，并不会被磨灭。

余 论

战争年代，儿童文学被边缘化，并不是一件让人惊奇的事情。毕竟，抗击敌人的呼喊和号角声，不会让人联系到童话；揭露黑暗现实、以文字反抗殖民，这些似乎也与童话无关。

但童话是孩子们的精神粮食，却又是一个没有人怀疑的事实。孩子们需要童话，需要幻想来度过他们的童年，需要在童年的时刻，多一些梦幻，多一些梦想，多一些对世界的希望和对美好的期望。这些，又都只是童话能给他们带来的，哪怕童话只是虚构的。所以，这个世界需要童话，因为孩子们需要童话。

徐兰君认为："孩子有可能成为受日本人控制的小叛徒，但另一方面，孩子也被认为是中国复兴的重要组成部分，特别是在战争时期。由于战争和国家的因素，儿童此时成为高度政治化的关键人群。穷人家的孩子连接着他们的父母、文盲、知识分子，甚至也联系着国家。"[1] 同样的观点，在对伪满洲国童话的研究中也越来越清晰地显现出来。本书第一章中，笔者曾论及日本殖民者在《弘宣》杂志中，明确地提出将"植入式童话"灌输给"学童"，再由"学童"讲述给家人、乡人的路线。他们在军事侵略并扶植起傀儡的伪满洲国后，不久就开始了文化殖民和扩张，他们明白孩子连接着整个家族甚至整个国家，而童话连接着孩子，改变着童心和孩子的视角。

当十几岁的少年能提笔写作长篇童话的时候，我们应该为他感到欢欣鼓舞；可正是这个十几岁的少年，在书写童话时赞美被殖民的傀儡政权，我们又该对他说些什么？当国家和人民处于被异族入侵的年代，我们也许并不会因为一个战士的死亡感到心痛，最心碎时往往是自己的孩子自觉而快乐地牵着敌人的手。

伪满洲国时期，致力于创作童话的作家，确实不算多，以至于《泰东日

---

① 徐兰君：《儿童与战争——国族、教育及大众文化》，北京：北京大学出版社，2015年9月，第119页。

报》上，大孩子在为小孩子创作童话。虽然后来出现了孜孜不倦为儿童书写童话的作家杨慈灯，但伪满洲国整体的童话创作，根本无法满足孩子们饥渴的需求。

童话与其他文学体裁不同的地方是，它总是被认为是孩子们读的东西，但也正因为它是孩子们读的东西，才更应该被格外重视和慎重。然而在伪满洲国的报刊上，很多作家利用童话中的虚构形象，言己所不能言，隐晦地揭露和控诉，这些童话并不是为孩子们所作，而是给成人读的童话，是写给成年人或者写给作者自己的。

70年后，《泰东日报》已然发黄腐朽，很多文字已无从考证。当年的童话名著，今天的孩子依然在阅读，而那些习作和"植入式童话"，早已飘散在风中，与作者一起被众人遗忘。

第四章 杨慈灯童话的两个向度

　　伪满洲国童话作家里，作品数量最多、创作时间最长的，是杨慈灯。在长期生活在沦陷区进行写作的作家中，杨慈灯的军旅小说和童话作品大量出现在《泰东日报》《大同报》《午报（哈尔滨）》《麒麟》等伪满洲国公开发行的主流媒体上，他代表着伪满洲国长期从事童话创作，并游离于"官方主流意识"之外的群体。他的童话作品，无论是作为个案还是伪满洲国童话研究的一部分，都具有十分重要的意义。然而，解放后至今，杨慈灯几乎被遗忘，相关研究极为有限。①

　　本章将对杨慈灯的生平进行考证，分析其军旅作品与童话作品之间的关系，并对其童话中的两个向度着重论述。②

---

　　① 仅少数研究提及或简述其创作情况，如《东北现代文学史料》第三辑（第 144—145 页）、《东北儿童文学史》（第 112 页），钱理群总主编的《中国沦陷区文学大系·史料卷》（第 351 页）、刘晓丽《异态时空中的精神世界：伪满洲国文学研究》（第 36 页）等。

　　② 本章中部分内容已刊发在《汉语言文学研究》杂志。详见陈实：《杨慈灯：伪满洲国的现实之昼与童话之夜》，《汉语言文学研究》，2015 年第 2 期，第 108—113 页。

第一节　杨慈灯小传

　　慈灯使用的是极通俗的言语和表现，是生于满洲的素质优良的一位作家。和中国的沈从文的素材相通，是一位确实能够抓着了"满洲"的题材，然后将之充分表现出来的作家。

　　　　　　　　　　　——大内隆雄《老总短篇集介绍》（1943）[1]

　　这位被大内隆雄（1907—1980）[2]比作"满洲沈从文"的作家杨慈灯，1915年7月1日出生在胶东平原的一个小村。其父是当地的雕花木匠，靠挑担沿街找活养活一家六口人。杨父自己勉强识文断字，但认定知识能改变命运，尽管家境贫寒，仍将杨慈灯与弟弟送进镇里的小学堂。杨慈灯天资聪慧，读书勤奋，以优异成绩考入县立中学。

　　杨慈灯原名杨小先，笔名慈灯、赤灯、杨影赤、杨光天、杨思曾、耻灯、剑秋、杨上尉、夏园等。"慈灯"这个名字颇有佛缘。因世道动荡、政局混乱、军阀混战，加之年年天灾，杨慈灯的父亲谋生艰难，果腹犹难，更无力支付学费，慈灯只好放弃学业，去村外寺庙打杂。因为懂事勤快，写得一手小楷，闲时帮住持抄写经文，他得到住持的青睐。住持教其习武，并赐名"慈灯"，取意"待人慈悲，心明如灯"。

　　1927年左右，杨慈灯随家人"闯关东"来到辽宁大连。慈灯13岁不到，白天就在外国人的洋行当仆役，晚上在夜学校上学。每天楼上楼下送"传票"和语言不通都没有让他叫苦叫累，但他受不了冷言冷语和没有尊严，很快辞职不干。但此后很长一段时间他一直找到不工作，"就起了厌世心，决意自杀。跑到海边，站在高高的峻岩上，想跳下去，一看水太深，滚滚的大浪奔腾着，

---

　　① ［日］大内隆雄著，田宁译：《老总短篇集介绍》，《康德新闻》，1943年6月5日。
　　② 大内隆雄，日本翻译家、文学家，原名山口慎一，笔名失间恒耀、徐晃阳、大内高子等，生于日本福冈县柳河（现柳川）。幼时到中国长春生活，从商业学校毕业后，入"满铁"工作，后编辑《满洲评论》，以大内隆雄作为笔名翻译和写作。代表作有《满洲文学二十年》等。

很是凶猛，令人惧怕，又奔回家打消了这个念头"①。

20 世纪 40 年代的杨慈灯

1930 年 7 月 22 日，15 岁的慈灯失去了母亲，这一年去世的还有他的姑母。闯关东对他来说，不仅是颠沛流离，更是家庭各种悲凉的变故，"十三岁起到十五岁止的年运真是灰色凄惨！在我祖母名下二年间要死上七个人……二年后因为家境的关系，失学了！"②亲人离世的悲怆，失学的失望，加上唯一给自己安慰的姐姐被迫嫁给大烟鬼，慈灯本就敏感的心彻底"破碎"了，他开始用手中的笔发泄胸中的郁闷，控诉外面黑暗的世界带给他的痛苦和无法愈合的伤害。1931 年，他的处女作《泪》刊登在《泰东日报》的《艺苑》上，紧随其后就是《破碎了的心》③《不幸的青年》④。这些自传体的小说，一方面展现了他支零破碎的生活状况，另一方面，也让他展露出了文学上的才华。这一年，他才 16 岁。

1931 年带给杨慈灯的，是一种死亡气息和幻灭的绝望。他四处漂泊寻找工作，希望在乱世的痛苦中生存下去。1932 年春天的一个夜晚，慈灯在安东（今辽宁省丹东市）街头发现小旅馆失火，他拍门叫醒所有人并帮忙灭了火。这件事让旅馆的老板大为感动，他收留了很长时间没找到工作的慈灯。因为并没有其他技能，慈灯只能在店里做伙计的工作，辛苦工作的薪水，除了用来支持家里，大部分被他用作买书的资金。他为了写作，疯狂地阅读书籍，而为筹钱买

① 杨影赤：《给小朋友们的第五封信》，《泰东日报·少年》，1936 年 5 月 22 日。
② 杨小先：《泪》，《泰东日报·艺苑》，1931 年 11 月 21 日、23 日连载。
③ 杨小先：《破碎了的心》，《泰东日报·艺苑》，1931 年 11 月 30 日。
④ 杨小先：《不幸的青年》，《泰东日报·艺苑》，1931 年 12 月 4 日、5 日连载。

书阅读，他"曾典当衣服，卖尽所有应用的物品，看人家难堪抹煞的怪脸"[1]。他还在这篇给小朋友的公开信里，写到他因缺钱买书"翻墙入室"的经历：

> 那一年夏天，我为买一本关于研究儿童文学的书，竟越过主人家的后园墙给主人的小姐下了跪，说明来历，求她帮助几毛钱。她因为胆怯误会出了什么乱子，吓得放声大哭，哭声被家人听见，出来把我用粗绳捆结实。女主人用藤棍敲破我的两腿，鲜血从裤脚流出来，我当时一点不觉得痛，只仰望着那青空的太阳被乌云遮住，不忍看大地上一切污秽的事情。后来幸亏主人赶到，主人知道我的向学心，问明我苦衷，责我为什么不向他提及，放了我并给我书钱。我乐极忘痛，跑到书店把那本书买到了，夜晚在灯下孜孜攻读……

他从最初写作开始，就对儿童文学格外青睐，喜欢阅读高尔基、王尔德等人的童话名著，渐渐自己尝试着写短小的童话作品。在小旅馆做伙计这一年，虽然老板对他不错，他还是受到掌柜的"冤气"，又差点投鸭绿江自杀，终因为看到船来船往，人人都在努力活下去而作罢。1932年上半年，慈灯遇到两个好心的商人，他们见慈灯心怀大志却经济拮据，资助他进入当地的学校学习日语，勤奋的慈灯很快掌握了日语的基本会话。

1932年是慈灯转运的一年，这个小旅馆则再次成为他的幸运地。9月，一个即将回国的日本军官在旅馆因无法交流大发脾气，慈灯上前解决了问题。日本军官对会日语、有自己的理想的慈灯产生了好感，主动帮他给当时日本人创办于伪满洲国的军官学校写了推荐信。在好心的旅馆老板帮助下，慈灯在1932年年底，顺利进入了位于伪满洲国"锦州省锦州市"（今辽宁省锦州市）黑山县大虎山镇的军官学校。

杨慈灯身体素质良好兼具武术基础，加之格外用功训练，1935年初，他成为该校优秀的毕业生，不满20岁即被派往"热河省承德市"（今河北省承德市）第五军管区司令部兵事处做了一名年龄最小的教官，少尉参谋军衔。此时的慈灯，踌躇满志，年轻的他似乎还没有多少关于国家和政治的概念，只是觉

---

① 杨影赤：《给小朋友们的第四封信》，《泰东日报·少年》，1936年4月25日。

得自己做了军官，终于不用再为生计发愁，而且也许能因此有个好的前程。在《泰东日报》上他回复友人的公开信中，他写道："我的职业，仍同从前一样的穿着黄色制服，黑色马靴，佩着洋刀的军人。不过责任有些不同了，我现在是威风堂堂的一位大满洲帝国陆军少尉参谋官，将来的前程是不可限量的！"①

但是很快，慈灯便发现军队里的黑暗、丑恶与腐败，他根本没办法像别人那样"如鱼得水"地溜须拍马，也没有经济实力去巴结上司，更看不惯伪满洲国军队对百姓的欺压和凌辱。以为可以用自己学到的本领闯一番大事业，却发现这种"前程"并不是他想要的，于是他把大把的时间都用在了看书和写作上。在承德"司令部"宿舍里生活的慈灯，离图书馆只有 500 多米的距离。他开始更饥渴地阅读书籍，更勤勉地进行文学创作，大部分文章还是投往《泰东日报》的《文艺》《少年》等副刊。在阅读了更多的书籍后，他渐渐有了一些进步的思想，开始用自己的文字去揭露旧军队中不为人知的一面，曝光部队里的阴暗堕落面，描写士兵的厌战情绪，讽刺伪军官可恨可笑的嘴脸。

幼年的乡村、童年的趣事、少年的痛苦漂泊及青年的军旅生涯，为杨慈灯的创作提供了大量的题材。他善于幻想而开朗的性格，流露于字间，让他的文章很受欢迎，几年后他便成为报上的"名作家"，受到很多小读者的追捧。1936 年开始，他经常在报纸上以公开信的方式与读者互动，用自己的亲身经历鼓励青少年勤奋学习，努力奋斗，珍惜生命。

1941 年 12 月，太平洋战争爆发。尽管日本人在所有的报刊媒体上宣扬这是"亚洲人的战争""大东亚圣战"，伪满洲国官方也表示要"一德一心""支持圣战"，但身在伪满洲国军营之中的杨慈灯，却渐渐清醒了，他发现尽管他也成了一个"厚脸皮的"丘八，依然与其他人显得格格不入："我这个人，在军队里混饭吃，已经十来年了，脸皮比象皮还厚。就是在万众之下叫我把裤子脱掉给大家看一看，我也不在乎……因为缺少拍马的刷子，又摸不到马的舒服地方，不是扯马耳朵就是踢马嘴，因为这个缘故，凡是马不高兴和我接近，总是翻着憎恨的眼珠。"②

不愿意为傀儡军队卖命、给日本人做炮灰，杨慈灯假装自己患了严重的疾

---

① 杨小先：《覆郝君的信》，《泰东日报·群星》，1935 年 6 月 14 日。
② 慈灯：《回信给野鸟君》，《泰东日报·少年》，1940 年 6 月 22 日。

病，并成功在 1942 年初脱离了部队，潜回大连，靠出版书籍和报纸的稿费生活。东北光复后，他成为国民党和共产党都积极争取的"文化界名人"，他最终选择了站在共产党一边，并在朋友的帮助下移居到北京。在地下党的安排下，他被安排在《平津晚报》工作。1946 年，杨慈灯与金冶、姜德明、吕平、王化兆、戈更、吴之珍等人筹集资金创办《鲁迅晚报》，并在报纸上连载长篇小说《穷小子漂流记》[①]。

为躲避国民党追捕，1946 年末杨慈灯撤离到解放区，任晋察冀行政公署秘书，并改笔名为夏园，继续发表革命文章。1949 年全国解放后，杨慈灯随中央机关一起进了北京城，并定居北京，在中央机关工作，先后担任过工会主席、重工业部秘书，并曾为陈云、何长工、吕正操、刘建章等中央领导做过短时间的秘书。1958 年，随着政治运动的深入，北京的知识分子开始被下放到全国的各个偏远中小城市。组织上给了杨慈灯两个供挑选的地方，一个是黑龙江省密山市，一个是贵州省贵阳市。慈灯后来选择去贵阳从事和文化相关的工作，直到 1992 年 2 月 17 日在那里去世，他一直没有离开贵阳。他的一部长篇纪实小说《辽东半岛的春天》，被他自己亲手焚烧于"文革"期间，一起丢失于"文革"期间的，还有他详细的个人档案。

杨慈灯之子夏正社先生，在回忆父亲焚烧书稿时写道：

"我清楚地记得，在一个礼拜日的下午，天气灰暗阴沉，淅淅沥沥地下着绵绵细雨，父亲在屋里放了一个破铁盆，开始烧他从东北到投奔解放区之前就开始创作，跟他辗转解放区、北京、贵州，最终完成却没来得及出版的五百万字长篇小说《辽东半岛的春天》书稿。装订整齐的书稿搁在地板上有一尺多高，为了不让烟火引起邻居的注意，父亲叫我打了一盆水放在旁边，吩咐我不断地把烧化的稿纸用水淋熄。

"父亲脸色苍白、眼里含着泪水，嘴唇紧闭，没有一句话。他那平时握惯钢笔的手每撕一页稿纸，都在犹豫颤抖，稿纸飘在火苗上就像黄昏前天空飞舞的黑云，把茫然的父亲带回了过去的经历。在此之前，我从没见到父亲掉过一滴眼泪，然而那天父亲的眼泪却不断地掉落在火焰中的稿纸上，火盆里不断发

① 慈灯：《穷小子漂流记》，《鲁迅晚报》1946 年 2 月 25 日—29 日连载。

出吱吱的响声，就像父亲心里发出痛苦的尖叫。"①

　　从 1931 年 11 月，署名杨小先的散文《泪》开始，至 1945 年 8 月 15 日东北光复，短短 15 年间，杨慈灯笔耕不辍，发表出版了大量作品。其中包括《月宫里的风波》（童话作品集）、《童话之夜》（童话作品集）、《老总短篇集》（短篇小说集）等各种小说集 10 余部，在《泰东日报》《大同报》等刊物发表文章上千篇，总计逾 500 万字，其中短篇小说 700 余篇。② 他的创作，以短篇小说和童话为主，短篇小说中又以军旅小说为主。在军旅、童话这两个伪满洲国时期罕有作家涉足的领域，他都留下了大量坚定而长久的足迹。

---

① 夏正社：《慈灯小传》，《杨慈灯全集（下）》，沈阳：辽宁人民出版社，2015 年 7 月，第 2622 页。

② 陈实编：《慈灯作品集》，见刘晓丽主编：《伪满时期文学资料整理与研究·作品卷》，哈尔滨：北方文艺出版社，2017 年 1 月。

第二节　伪满洲国的现实之昼与童话之夜

> 小先是《文艺》第一个投稿者，同时也是第一个博得好评的作者，他的《天才的鬻卖》谁也不能说他不好，那篇文章，不论在技巧与用意，都是一篇比较成功的作品。
>
> ——殷元《对过去四十九期的文艺作者杂评》（1932）[1]

《泰东日报》的"《文艺》五十期纪念号"上，编辑殷元这样描述杨慈灯这个刚走上文坛的 17 岁青年。从《泰东日报》的《文艺》创刊伊始，他就以本名杨小先发表了处女作《泪》[2]。杨慈灯的创作，始终与《泰东日报》紧密地联系在一起。在伪满洲国的作家中，行伍于傀儡军队并撰写大量军旅小说的，杨慈灯是唯一的一个；在伪满洲国殖民地的现实之下，坚持不懈进行童话创作的作家中，杨慈灯又是产量突出的一员。他在铁与血的冷酷现实和雪与月的幻想梦境之间切换，用现实之昼和童话之夜，描绘着一个他眼中的伪满洲国。

这篇被编辑和读者喜爱的《天才的鬻卖》[3]，发表在 1932 年 4 月。这篇小说描写了一个贫困的画家的故事，画家的生活状态和心理活动，主要围绕着画家与订画的老板之间的对话展开。这个年轻的画家由于生活的重压，长着一张苍老的脸，慈灯特地先描写了 40 多岁油头大耳的老板与画家的对比，显现出画家写在脸上的穷困潦倒。故事中的画作，是老板定制的，他希望画一对男女紧紧依偎站在深邃的树林里。但画家画出来的并不使他满意，他希望画家能够在男人的衣服上加上四个口袋以"表明时代的精神"，并且他希望加一个太阳，"不然太阴了！"画家认为这是不懂得艺术的表现，心里非常郁闷，但因为房租没有着落，饭馆也欠着债，只好屈从于生活的现实，答应修改。故事的结尾，是"天才卖多少钱一斤"的发问萦绕在画家恍惚的头脑里，而他的脸上

---

① 殷元：《对过去四十九期的文艺作者杂评》，《泰东日报·文艺》，1932 年 9 月 30 日。

② 杨小先：《泪》，《泰东日报·文艺》，1931 年 11 月 21 日、23 日连载。

③ 杨小先：《天才的鬻卖》，《泰东日报·文艺》，1932 年 4 月 6 日。

挂满辛酸的泪水。

20世纪30年代的杨慈灯

这篇小说从表面上看，只是讲一个有才气的穷画家的无奈，行文技巧也比较成熟，事实上文章要表达的意思并不简单——衣服上加四个口袋，为什么能"表明时代的精神"？因为当时这种"四个口袋"的流行服装，后来逐渐演变为日本殖民者设计的所谓"协和服"，所有公职人员（含教师学生）都穿这种制服，颈部有飘带的一般是有官职的人员。甘粕正彦（1891—1945）[1]1937年4月任"中央本部总务部长"后强行推广这种制服，[2] 号称它代表着"日满协和""五族协和"。至于老板要在树林里增画的"太阳"，当然不光是为了驱散阴暗，更多的也是出于"国策"的考虑，毕竟太阳代表着"日本"。杨慈灯塑造了一个希望在画作里加上"协和""赞美太阳"元素的老板和一个内心极不愿这么去画的画家，这种话题在伪满洲国刚刚建立的"大同元年"（1932年），是非常敏感而一般作家不敢触碰的。为了吃饭的几个钱忍气吞声，为了活下去而忍受殖民者的欺辱，但内心里充满愤怒、不满、游离、不合作与反抗，这正是伪满洲国很多文化人，甚至有良知的普通百姓内心的写照。

---

① 甘粕正彦，生于日本宫城县，1912年就读于日本陆军士官学校，毕业后担任步兵，后在日韩以宪兵身份担任各种职位。1923年制造"甘粕事件"被判处死刑，因昭和天皇登基大赦仅服刑三年即获释。1930年被派往中国东北沈阳的关东军特务机关，走私鸦片和策划建立伪满洲国。伪满洲国成立后历任民政部警务司司长、"协和会"中央本部总务部长、满洲映画负责人等重要职务。在伪满洲国，甘粕影响力极大，有"夜皇帝"之称，当时盛传"白天由关东军司令部统治满洲，晚上则由甘粕治理"。

② 长春市政协文史委员会编：《长春文史资料》1987年第2辑，第86页。

20 世纪 30 年代身穿"协和服"的甘粕正彦

　　杨慈灯的语言平实，很多作品如同谈话般娓娓道来，字里行间带着很强的口语色彩。不可否认一些过于口语化的语言，显露出作者文字功底的薄弱，但另一方面，这些口语化语言并没有降低小说的可读性，反而让读者倍感真实与亲切。

　　慈灯的这种对伪满洲国时期民生多艰的写作，源于自己年少时痛苦挣扎的经历。他非常明白底层人民生活之艰难，生存之不易。为了糊口混迹在傀儡军队里，他自己亲眼所见的战乱的社会、腐败的军队、苦难的人民，以及一起行伍的战友讲述的各种稀奇古怪的故事，都成了文学创作的源泉。这些描写市井社会和军旅生活的小说，像一扇窗户，展露了伪满洲国现实的一角，揭开了伪满洲国傀儡军队不为人知的面纱。

　　杨慈灯有一个系列的小说，主题都是"军阀时代的故事"。这些故事有一个共同的特点——几乎没有时空和地域的信息，也没有部队名称和人名。作者似乎真的在讲述任何一个军阀时代的故事，似乎忘了交代这些详细信息。在伪满洲国严格的宣传出版政策之下，这种有意的忘记和忽略，或许正是写实的必须。

杨慈灯《老总短篇集》书影，1942 年

比如，在《赴任》①里，作者以第一人称描述了一个青年军官到总司令卫队赴任的故事。这个刚从军官学校毕业的年轻军官，明显正是慈灯自己的影子。他来到这个部队，看到了形形色色的人物：装作有文化，事实上是跟在司令边上"倒痰桶涮尿壶出身"的营长、敬礼都不标准的副官，大烟鬼陈营副，偷鸡摸狗的王军需长等。这些人以为主人公是"上面派来的""门子硬"，对他特别亲热随和，事实上这些人各怀鬼胎，无恶不作。短短几千字，杨慈灯把这些人物刻画得活灵活现，腐败堕落的旧军队形象跃然纸面。

《谢罪》②是杨慈灯军旅作品中更让人捧腹的讽刺小说。一个连队的兵在毒辣的太阳下行军，来到一个宁静的宿营地。这个地方是一个安静祥和的小镇，因为这些丘八的到来，一下子变成乌烟瘴气的鬼域。他们四处抓人服侍他们，抢鸡杀羊，无恶不作，俨然荧幕里鬼子进村的一幕。这幕闹剧最精彩的地方，是连队刘班长找到了一个富裕人家，那里有舒服的房间，还有漂亮的女人。班长熟练地吩咐下属展开他们宿营的必修课，于是"猪叫的声音，鸡叫的声音，人的呼声，笑声，闹得震天动地的响"。刘班长纵容下属后，自己"坐在下屋，眼睛直勾勾的盯着炕里的几个动也不动的女人"。

这本是令人无奈而气愤的场景，直到这院人家那让读者担心的主人，突然"一头闯进连长的住处"。而连长一看这个不速之客，"就感觉有点儿害怕，这面孔是和司令的面孔一模一样的"——原来他是司令的嫡亲弟弟。随后的主题，就是小说的主题——"谢罪"。班长跟连长谢罪，被暴打一顿；带路的村长跟连长谢罪，又跟司令的弟弟谢罪。连长跟司令弟弟谢罪的一幕，写得尤为精彩。事发当天就道歉过的连长，第二天部队开拔前又来到司令弟弟家里，"司令的弟弟还没有起床，连长轻轻的双膝跪下，跪在二爷床前"，而司令的弟弟一副高高在上而无所谓的样子。连长又"鞠了不少躬，讲了无边的好话才出来"。这篇小说，让读者哑然失笑的同时，很容易想到军官亲眷以外的大多数百姓，在伪满洲国傀儡政权统治之下，是怎样的低贱与倍受苦难。

在军旅题材作品中，作者通过刻画一个个普通的小人物，揭开伪满洲国的种种现实与伤疤。在杨慈灯笔下，他们可能是路遇的带着儿子乞讨的乞丐

① 慈灯：《赴任》，《老总短篇集》，"新京"：艺文书房，1942年11月，第205页。
② 慈灯：《谢罪》，《老总短篇集》，"新京"：艺文书房，1942年11月，第195页。

（《路上》①）、姐姐被当面活埋的敌军儿童间谍（《我们的旅伴》②）、抽着烟卷讲情感往事的老营长（《一枝纸烟》③）、一群打猎途中和自己的大部队产生误会而枪战的士兵（《打猎》④），也可能是善良勤快对未来充满美好设想而最终皆成泡影的大兵张安（《张安的失望》⑤）……

1945年，东北光复。同年10月，上海中华图书公司出版了杨慈灯的长篇小说《入伍》⑥，被高翔称为东北这一时期"长篇小说中非常独特的'这一个'"。高翔认为"可以确认，作品揭露的是驻扎东北的'傀儡军队'中的种种丑行"，这一题材，"不仅于东北新文学史上独树一帜，对'五四'以来的长篇小说的题材，亦是一个新的开拓"。⑦

杨慈灯《入伍》原版书影

杨慈灯的文章，常用大量的对话来塑造人物，文中的人物性格、心理和经历，大多由主人公自我讲述。他并没有给自己的文字赋予过多的感情色彩，很少对发生的故事进行评价，即使讲述惨烈与苦难，也显得平静而冷峻。在军旅题材之外，他撰写了大量被称为"掌篇小说"的作品，描写百姓生活和社会乱

① 慈灯：《路上》，《老总短篇集》，"新京"：艺文书房，1942年11月，第79页。
② 慈灯：《我们的旅伴》，《老总短篇集》，"新京"：艺文书房，1942年11月，第148页。
③ 慈灯：《一枝纸烟》，《老总短篇集》，"新京"：艺文书房，1942年11月，第116页。
④ 慈灯：《打猎》，《一百个短篇》，"新京"：商务印书馆，1943年11月，第480页。
⑤ 慈灯：《张安的失望》，《老总短篇集》，"新京"：艺文书房，1942年11月，第229页。
⑥ 慈灯：《入伍》，上海：上海中华图书公司，1945年10月。
⑦ 高翔：《导言》，《东北现代文学大系·长篇小说卷》，沈阳：沈阳出版社，1996年。

象，也颇具可读性。这类作品短小精练，往往也只讲述一个小人物或一个小故事，聚焦生活的小片段。这些小说，犹如挂起的照片墙，每一幅照片，每一个苦难而灰色的面孔，都在伪满洲国的白昼里诉说现实的种种。

在《包杂货的纸》^①中，有一个嗜酒如命的王伯伯和一个以文为生的青年。青年生病时，托路过窗前的王伯伯帮忙去邮局寄出书稿，并将邮费和书稿一起交给他，而此时的王伯伯正酒瘾难耐又刚刚在老太婆那里讨钱失败。于是，王伯伯拿着青年给的邮费买了酒，喝到半醉将青年呕心沥血写了一年多的书稿送给店掌柜作包杂货的废纸用。蒙在鼓里的青年还向王伯伯道谢，直到他去买米发现包米的纸，满是自己的笔迹……

杨慈灯时常刻意改变叙述的方式，力图创新地用文字抓人眼球。他讲述一个女侦探抓捕"罪大恶极的犯人"的故事，这个女侦探细心大胆、心思缜密的形象，让人几乎不会怀疑她的身份。整个故事情节紧密，充满危机感。这种紧张而奇特的感觉，一直延续到她抓住"罪犯"。直到这时，读者才发现她是一个普通的家庭主妇，抓住的不过是偷情的丈夫。（《女侦探》^②）

他的比喻也常是出人预料的。《利钱》^③里的老赵好不容易攒了一点钱，慈灯在描述他对这钱的珍视时，写道："他小心翼翼的把信封里的钱轻轻的倒出在桌上，好像封筒是珍奇的鸟，怕飞了似的，还用一只手谨慎的挡着。"

慈灯对生活充满各种好奇与关注，他似乎很容易在周遭的生活中发掘小说的题材。不管是路边的一场因争风吃醋而起的打斗（《拼命》^④），还是一家生活在无尽失望中的邻人（《坏蛋》^⑤），或是幼年时自己害怕而多年后偶遇的街头混混（《坏小子》^⑥），在杨慈灯的笔下，都跃然纸上。而这些他自己经历的事和听来的事，即使是读来压抑和悲哀的，他也只是讲述而不作评论。似乎这些文章中作为看客的作者，早已对黑暗与残酷的现实感到麻木，早已不再感到奇怪和诧异了。然而留给读者的，是大大的惊叹和心灵的冲击。他也在作品的体裁上进行创新尝试，曾在报刊上创作《军官日记》《小姐日记》《小

---

① 慈灯：《包杂货的纸》，《老总短篇集》，"新京"：艺文书房，1942年11月，第142页。
② 慈灯：《女侦探》，《警声》1944年第6期，第36—37页。
③ 慈灯：《利钱》，《一百个短篇》，"新京"：商务印书馆，1943年11月，第62页。
④ 慈灯：《拼命》，《老总短篇集》，"新京"：艺文书房，1943年11月，第187页。
⑤ 慈灯：《坏蛋》，《一百个短篇》，"新京"：商务印书馆，1943年11月，第89页。
⑥ 慈灯：《坏小子》，《老总短篇集》，"新京"：艺文书房，1942年11月，第18页。

学生日记》《病人日记》等"日记十八种"①，以日记体形式创作小说。这些作品中，他以第一人称叙述生活的点滴，让人感觉真实可信，它们是伪满洲国平凡百姓生活的一面镜子。

对于写作，杨慈灯抱着一种"病态的执着"。这种对写作狂热偏执的自己，也会出现在作品里。这些"自己"，彻夜写稿通宵达旦，对写作充满敬畏，"再有两个多钟头就亮天，我不动的坐在冷板凳上不停的这么样写呀，手都麻木了呢！"（《各处寻来的故事》②）或者是写不出东西，就发疯焦虑的，虽然不会像小说中写的那样没墨水用血代替，写不出东西就自杀（《血的色水》③）。

相对于小说，杨慈灯在伪满洲国时期散见的散文和诗歌则略显平淡，只有童话是他文字世界中耀眼的明珠。

1940 年，杨慈灯在童话里，这样叙述一个"为幻想而生的"自己：

> 欢喜幻想，正是你的痛苦，你的头不是专为了幻想而生的，还有你那手，你的手不能幻想，你的头在幻想，你的手不应该闲起来，明白么？④

善于描摹现实的杨慈灯并没有失去对美好的幻想，在伪满洲国这个傀儡的"国中之国"，杨慈灯把自己的文字分成了两个世界，一个描写无限真实的白昼，一个描写充满幻想的夜晚。

在小说之外，慈灯大部分精力聚焦在童话写作上。《泰东日报》是他的童话刊登的主要阵地，几乎每一期都有他创作的童话，在《文艺》《少年》副刊上，经常因为一个版面上他的作品太多，他不得不更换好几个笔名。由于童话作品数量众多，他甚至直接被后来的文学史编纂者认为是"童话文学作家"，被称为"孜孜于满洲童话的永生的奉仕者"⑤。

---

① "日记十八种"，散见于《泰东日报》1936 年至 1939 年"慈灯小说连载"。
② 慈灯：《各处寻来的故事》，《童话之夜》，大连：大连实业洋行，1940 年 11 月，第 89 页。
③ 慈灯：《血的色水》，《老总短篇集》，"新京"：艺文书房，1942 年 11 月，第 124 页。
④ 慈灯：《无边际的幻想》，《童话之夜》，大连：大连实业洋行，1940 年 11 月，第 169 页。
⑤ 刘心皇：《抗战时期沦陷区文学史》，台北：台湾成文出版社，1980 年 5 月 20 日，第 366 页。

2015 年 11 月，杨慈灯之子夏正社先生与《泰东日报》所刊的《慈灯童话集》合影

　　直接将慈灯划入童话文学家，显然是不够全面的。但这也正证明了他在童话世界里的造诣。1941 年，吴郎在总结伪满洲国的童话创作的文章中提到："位于文学部门之一的童话，我们敢率直的说，在满洲，它尚是较小说、诗歌和戏剧走着更为迟缓的路子，十年来，它仍如萌芽般的蠕动着，摆在书架上的，只有慈灯先生的《童话之夜》与《月宫里的风波》两册童话集子……"①

　　同年，《新满洲》11 月号组织刊登了"满洲童话"特辑，吴郎在特辑前言中说："'满洲童话特辑'的发稿，这是在说明着编者对于满洲童话界的期待与企图，本来此计议是最早的腹案，但为了确切树立满洲童话界的声威，所以再三慎重的结果，以致迟延到今天……"② 可惜的是，在这个"再三慎重"的特辑中，选登的慈灯作品《老画家》，并不是慈灯最优秀的童话作品，甚至算不上是一篇童话，只是描写一个落魄老年画家悲惨生活的记叙文而已。

　　杨慈灯的童话，并不总是幸福与美好的结局。特别是他在伪满洲国后期创作的那些童话，常被人认为不适合孩子阅读。

　　1946 年，陶君在一篇文章中称，杨慈灯的童话，"初期的作品，尚不失其'童'，自《月宫里的风波》③以后，便失掉童话的风姿，而成为一种特异的小说了"④。对此，杨慈灯在 1939 年 3 月的文章中曾有阐释。

---

① 吴郎：《闲话满洲的童话》，《盛京时报》，1942 年 11 月 11 日。

② 吴郎：《关于满洲的童话》，《新满洲》第 4 卷 11 月号，1942 年 11 月，第 100 页。

③ 慈灯：《月宫里的风波》，"新京"：艺文书房，1943 年 7 月，第 1 页。

④ 陶君：《东北童话十四年》，《东北文学》第 1 卷第 2 期，1946 年 1 月，第 92 页。

杨慈灯认为，首先"所谓儿童文学，决不是儿童所作的文学"；其次，"写童话，想象力是很要紧的，有伟大的想象力，可以写出丰富的东西来"；另外，"近代的童话，不一定是专给小孩子读"；最后，"儿童本来都有好奇心，如果叫他胡乱去猜想，不如爽爽快快解释给他的好"。[1]

了解了作者的思路，也就不难理解他的童话作品中，为什么不都是美好的"王子公主"了。在杨慈灯的童话中，猫和老鼠都会说话，但它们不是朋友，老鼠的头会被猫咬碎（《饱餐》[2]）；嫦娥和仙女们是有烦恼的，找到男人生孩子后更烦恼（《月宫里的风波》[3]）；人求神把自己变成别的脱离痛苦，而他先后变成苍蝇、蚊子、萤火虫、女人以后发现更悲惨痛苦，最后被惹烦了的神变成雪花（《神的恩惠与罚》[4]）；鸡猫猪狗会在脏土堆上交谈，有的啃着人骨头，有的道貌岸然实则一肚子坏水……（《脏土堆里》[5]）

幻想始终来自于现实，即使是梦，也无非是白天在夜晚的投射，杨慈灯童话里的种种死亡与暴力、残酷与伪善、阴险与欺骗，正是伪满洲国现实的白昼在黑夜的投射，那些阳光也无法穿透的黑暗，杨慈灯并不避讳。他在童话创作的后期，明显已把读者扩展到了占大多数的成年人。

有一些当时被归为童话的文章，从形式上更像是"寓言"——一些明显带有讽刺或劝解性的故事。1940年的《童话之夜》[6]，是慈灯结集出版的第一本童话集。这本童话集由十几篇童话组成，文笔较为稚嫩，慈灯在《序言》中也坦承：

> 我是一个初学写作的笨虫，产出来的东西不消说一定是初稚甚至于是可笑的。可是我在军队里混饭吃已经有十来年了，脸皮厚，胆子也大。什么丢脸不丢脸全不管。[7]

---

[1] 慈灯：《再谈怎样写童话》，《泰东日报》，1939年12月19日。

[2] 慈灯：《饱餐》，《童话之夜》，大连：大连实业洋行，1940年11月，第11页。

[3] 慈灯：《月宫里的风波》，《月宫里的风波》，"新京"：艺文书房，1943年7月，第1—8页。

[4] 慈灯：《神的恩惠与罚》，《月宫里的风波》，"新京"：艺文书房，1943年7月，第91—108页。

[5] 慈灯：《脏土堆里》，《月宫里的风波》，"新京"：艺文书房，1943年7月，第83—90页。

[6] 慈灯：《童话之夜》，大连：大连实业洋行，1940年11月。

[7] 慈灯：《童话之夜》，大连：大连实业洋行，1940年11月。

他的童话，幻想色彩较为浓烈，充满了黑暗与不美好，将很多社会现实掺杂进"童话"之中，以一种黑色幽默的笔调去调侃死亡与暴力、残酷与伪善、阴险与欺骗，或用动植物的口进行控诉、讽刺，形成了这一时期独有的"讽刺童话"。

如《小羊》①中的那只小羊，它"和别的羊完全不同，没有天生的温驯的性格"，它愤世嫉俗，似乎对整个世界不满。它和公鸡争吵，认为公鸡做人类的奴才；和母猪争吵，认为母猪懒惰、浪费生命；它和猫争吵，认为猫为了自己生存而残杀弱小。最后这只小羊的母亲被捆住，要被宰杀时，小羊咬断了捆绑母亲的绳索，希望和母亲一起逃跑，可是"可怜的母亲愁苦的闭着眼，悲哀的月光照着她的脸，眼泪像泉水一样，她一言不发，只等着命运来收拾她。"愤怒的小羊进行了疯狂抗争，顶撞主人，并为此付出生命。这篇文字很容易让读者联想到"残暴的统治"与"顺民的爆发"，小羊最终的以命相搏，充满着压抑与震撼人心的力量。

如《一棵小草》②，生长"在永远永远得不到一丝一毫温暖的阳光的潮湿的地里，在一大堆乱七八糟碎砖乱瓦中间"，"他有满肚子的希望，他有坚毅不拔的信仰，他很相信，同伴的拥挤不能常久的接续下去，碎砖乱瓦之类早早晚晚会有勤快的泥水匠搬开去，至于那棵大树，必有一天会来木匠把他放倒"。读者大可不认为作者在讽刺殖民地的傀儡统治，也大可不必将文中意象一一对应，但作者最后以一句"我们也和他一样的希望着吧"作为收尾，正表明这不仅仅是一篇童话。

在慈灯的这些"讽刺童话"中，让伪满洲国黑暗现实得以展现，成为一种常态。慈灯的童话，作品水平并不稳定，文笔也不在最优秀的行列，但他始终坚持游离于殖民者语境之外的一种创作。他的一些童话，把目光聚焦于穷苦弱小的一族，暴露现实中最真实的惨象和阴暗，这些人时常生不如死，世界充满辛酸与尔虞我诈，如同灰暗现实世界的另一个影子；而他的另一些童话，又带着希望、憧憬、奋进和信仰，似乎怀着一种激励人心的信念，这一部分也浸透着作家自身对精神世界的追求和找寻。

---

① 慈灯：《小羊》，《童话之夜》，大连：大连实业洋行，1940年11月，第49页。
② 慈灯：《一棵小草》，《一百个短篇》，"新京"：商务印书馆，1943年11月，第13—15页。

杨慈灯的童话，主角经常是非常弱小而常见的昆虫或动物，如蚊子、苍蝇、螳螂、蜘蛛、老鼠、鸡、鸭、猪、狗等。这些弱小的主角组成的故事，蕴含着他对弱小者的深切关怀。以常见的猫和老鼠为例，在他的童话里，猫在大多数情况下都被称为"猫的畜生""猫畜生"，在大多数故事里为主人抓捕偷盗粮食的老鼠的猫，在他的笔下，阴险、狡诈、邪恶、令人憎恨。

　　如《小羊》中的那只和小羊争吵的猫，慈灯笔下有一段它与小羊的对话：

　　　　猫眠眠眼睛寻思一下：

　　　　"你所说的全是废话，什么灵魂不灵魂，你有好精神，却不能不啃草。"

　　　　"非常的感谢你，猫牲畜，你正好把问题提出来了，啃草这件事，本是我的本能，我这本能是好的，为了饱腹，我并不像你似的残害别的生物。"

　　　　"你瞎说，我是尽我本分，这是最高尚的，伟大的本分，人最欢喜……"

　　　　"这样你就是觉着夜郎自大，才能高超么？你这本分，是宇宙最下贱、最卑陋、最无耻、最可恶的本分，为了你自己，便抓取别的生物加以残害，这是生物界的大仇敌。我告诉你，你的灵魂是顶上等的丑恶！"

　　　　"我和你有什么仇？"

　　　　"你和老鼠有什么仇？"[①]

　　在他的笔下，猫是靠着残害别的生物，自私自利的畜生。而老鼠，则经常被慈灯加以同情的笔墨。在童话《河》[②]里，一群老鼠"很远的，从那有猫的饥荒的都会来的，披星戴月，辛辛苦苦，在崎岖难行的路上许久。他们是打算到理想的，没有猫的乡村去过安静的生活"。然而一条大河挡住了它们追求幸福的路，这群老鼠寄希望于飞鸟带它们过河，在河水干涸、河水结冰以后走过

---

① 慈灯：《小羊》，《童话之夜》，大连实业洋行，1940年11月，第65页。
② 慈灯：《河》，《月宫里的风波》，"新京"：艺文书房，1943年7月，第22页。

去的愿望全部破灭，最后"一家人"死在河边：

> 住了两天，老公鼠冻死了！老母鼠和孩子们的悲痛的哭声，无论谁听了，没有不伤心的，但是哭声消失在漠漠的荒岛，谁也听不见！不，雪花是听见的，然而雪花是没有同情心的东西，不管谁有什么痛苦，只顾自己快乐，飞着，舞着。

公鼠死后不到半天，母鼠和孩子们连饥带饿，加上悲痛的失望，也安静地断了气，被葬在雪花之下。

过了几天，奔流的河水结冻了。可惜，鼠的一家没有福气渡过，而渡到和平的死亡之国里去了。

对于可怜的老鼠寻找的"理想之国"，马力在《东北儿童文学史》中这样评价："这不过是老鼠一家的美妙空想而已。这篇童话折光式地反映了日寇铁蹄践踏下东北民不聊生的现实，同时告诫人们天下乌鸦一般黑，逃避并不是好出路。那么怎么才能生活下去，这正是作家启发人们深思的问题。"[1]

1939年《泰东日报》刊登的童话《河》原报剪影

为什么在慈灯的童话里，猫和鼠这样的动物被赋予了不同常态的含义？原因是显而易见的，即使是童话世界，也是现实的一种反射。如同"蚁族""鼠

---

[1] 马力、吴庆先、姜郁文：《东北儿童文学史》，沈阳：辽宁少年儿童出版社，1995年12月，第112页。

族"这些名词一样，蚂蚁、老鼠都是代表人数众多的弱小者，弱肉强食的法则似乎永远都无法改变。伪满洲国粉饰的"王道乐土"之下，有多少人像蝼蚁、老鼠一样，为了一口吃的而苦撑着？又有多少人像狼像猫，靠欺负弱小、蚕食别人的利益而生存的人？

慈灯也并不仅仅是控诉、抨击肉食动物，他也用刀笔刺穿了小人物的可恨可笑之处。比如他的童话《螳螂学者》①，塑造了一个不学无术、满嘴脏话的螳螂学者，在课堂上煞有介事地给一群苍蝇学生讲课，责怪学生不听讲，吃掉了自己的学生们，最后被一个做针线的女人一屁股坐死，没被他吃掉的学生们都赶来"争抢啃吃学者的骨头和肉"；比如童话《旁听》②中的"蚂蚁博士"，自己连人有几只脚都搞不清楚，却号称研究"人"的专家，其实只是看着怀表混课时工资的教员；比如《失恋的猪》③中，失恋的那头猪，刚受到狗移情别恋的伤害，又很快轻信了狼的甜言蜜语，结局自然是被活活啃死……慈灯似乎就是一个沉默的记述者，冷眼旁观，在词句中隐含讽刺的态度，但并不过多评价。

慈灯的童话不都是灰暗、黑色、阴冷、血腥的，他有很多奇思怪想的童话，充满大量奇幻和想象的文字，这代表着他的另外一面，那一个善于幻想的童话大王。比如在童话《成名的梦》④里，他拿自己开涮，幻想自己成名的样子，整个童话充满着奇幻色彩："在巴黎街上，有一个青年因为没有买到我作品，而且等不得书店印下一版，竟掏出裁纸的小刀把喉咙割断自杀了。"一直写到他死后，见到了高尔基和托尔斯泰，青史留名，与大文豪们称兄道弟。比如《一夜的梦》⑤《砍树》⑥，是他看了俄国童话家爱罗先珂的童话《爱字的疮》后，受到了影响而创作的"实验性童话"，晦涩难懂，充满寓意和各种意象。这些都是慈灯爱幻想的产物。

在《无边际的幻想》中，他写道："一切的理想如果放在绝望里，那就

---

① 慈灯：《螳螂学者》，《月宫里的风波》，"新京"：艺文书房，1943 年 7 月，第 23 页。
② 慈灯：《旁听》，《月宫里的风波》，"新京"：艺文书房，1943 年 7 月，第 41 页。
③ 慈灯：《失恋的猪》，《月宫里的风波》，"新京"：艺文书房，1943 年 7 月，第 45 页。
④ 慈灯：《成名的梦》，《月宫里的风波》，"新京"：艺文书房，1943 年 7 月，第 9—16 页。
⑤ 慈灯：《一夜的梦》，《童话之夜》，大连：大连实业洋行，1940 年 11 月，第 140—157 页。
⑥ 慈灯：《砍树》，《童话之夜》，大连：大连实业洋行，1940 年 11 月，第 157—163 页。

算是等于死灭！"① 拥有理想并时刻充满希望，这正是作家对自己的勉励和期望。在伪满洲国的现实中，作者时而因希望而憧憬，因失望而彷徨，因黑暗而恐惧，因目睹悲惨而不安，这些对现实的感受外现于文字，造就了慈灯不一样的童话。

杨慈灯《月宫里的风波》原版书影

① 慈灯：《无边际的幻想》，《童话之夜》，大连：大连实业洋行，1940 年 11 月，第 169 页。

第三节　两个向度：奇幻讽刺与幽暗控诉

>　　《童话之晨》是具有文艺性的童话故事，是各位业余良好读物，
> 也是文人的好友。
>
> ——《广告童话之晨》（1940）[①]

　　慈灯的《童话之夜》书底的版权页上，刊登着同样是慈灯著的"姊妹篇童话集"《童话之晨》的广告，这则广告提示了两个重要信息：一是慈灯写的是"文艺性的童话故事"；二是这些童话"也是文人的好友"，读者群被设定为喜欢文艺的人或文人（知识群体），本就没有只是设定于"青少年读物"。

　　杨慈灯的童话，几乎都充满着对现实世界的不满、讽刺与控诉。有很多"童话"，虽然也充满幻想，但更像是"奇幻小说"。这种奇幻的"讽刺童话"，并没有像陶君所说的那样"失去童话的风姿"，反而增强了童话与现实的联系，把作者扩展到了成人。即使是青少年阅读，也能从中感受到作者埋伏的各种讽刺挖苦，对大部分生活艰难的民众，这些文字无疑是有安慰心灵的作用的——即使用现代教育的眼光看，充满暴力、报复和夹带脏话的童话，也确实不适合孩子阅读。但我们研究的童话，毕竟属于伪满洲国那样一个战争飘摇的时代。

　　下面以两个"白日梦式"的童话为例，查看慈灯笔下的"奇幻讽刺"与"幽暗控诉"这两个向度。

　　第一篇童话，是主人公幻想自己成为神仙惩罚有钱人的《掌自己的耳光》[②]。在梦里，他变成了一个"无所不能的神"，化身为一个叫花子，走到一个大富翁门口，"用着疲惫和饥饿的嗄声呼喊"，假装希望讨点吃喝。结果被"横眉竖目"的门房驱赶，他施法让门房扇自己耳光，跑到房间里，又被"老

---

① 慈灯：《广告童话之晨》，《童话之夜》，大连：大连实业洋行，1940 年 11 月。
② 慈灯：《掌自己耳光》，《童话之夜》，大连：大连实业洋行，1940 年 11 月，第 57—60 页。

爷威吓"，被少爷踢。最后他施法让所有的人扇自己耳光，场景奇异而疯狂：

老爷的脸已经打碎，像裂口的松树皮一样，鲜血流了满脸，和他
眼泪混在一起，他的手掌粗胖有力，打耳光的声音是沉闷的，瘫软的，
这是最痛的声音。

太太和姨太太以及别的女人都咬破了嘴唇，眼睛突出，好像一群
疯狂的野兽，少爷也躺倒了，和门房一样的滚动着打自己的耳光。

小姐跳得最高，她的高跟鞋丢掉，光着脚跳，两只小巴掌像风车
一样，迅速的舞着，拼命的打她自己的耳光。

慈灯在童话的末尾借用老叫花子的口痛骂这些为富不仁者："你们这些寄
生虫！现在你们可明白你们的本体有多么难看么？"这篇童话代表着慈灯童话
的一个向度，就是利用新奇、奇异的幻想，讽刺伪满洲国现实生活中各色人群
的丑态。童话的主角有时候是人，有时候是猪马牛羊，但看似虚构的人物，每
一个都可以在现实中找到原型。

第二篇童话，是主人公幻想自己发达后返家的《荣归》①。作者读父亲的
来信，父亲在信中感叹年关之难：

过年还有六天，这六天，我怎么过呢？

那些债主比豺狼还凶，他们一天到晚来逼我，把我逼得走投无路！

这两天，家里一点米也没有，无论上谁家，全赊不出来，其实，
别说赊，就是拿现钱买，人家还要先看钱，怕把米骗跑了 ....

我把几件破衣当了两毛钱，这样才算是没有挨饿。如果只有我自
己，冻死饿死全不要紧，可怜你的妹妹，你的弟弟，这两个孩子怎么
办呢？你能不能设法把他俩领去？

唉！孩子，我简直快愁死了，我寻死的心思也有。已经活到这么
大的年纪，早死早痛快，用不着再受罪 ....

---

① 慈灯：《荣归》，《月宫里的风波》，"新京"：艺文书房，1943 年 7 月，第 51—62 页。

可是主人公只是一个在外给人"跑腿的",哪里有办法解决这样的困苦。痛苦的他将脸埋在枕头下面,"左思右想,想到半夜""一点法子也没有想出来",但他决定回家去看看。

慈灯的巧妙设置在于,他并没有在这里写明或提示"睡着了"之类的字眼,而下面的文字则已经开始叙述梦境。当读者读到主人公妻子拿出两万块私房钱,"我的第三房淑贞也很赞成我回去"时,才意识到他已经在做梦了。

在梦里,主人公家里有姨太太、老妈子,还有两个配枪侍从,他乘飞机荣归故里,飞机场里都是送他的人群,下飞机后坐着豪华汽车,以前认识的瓦匠都吓得叫他"大老爷"。他在瓦匠的带领下,找到了父亲和弟妹的新住处,那里,父亲等人正在被债主逼迫,债主们甚至要带走他妹妹抵债。可是,当主人公走进院子后:

> 父亲有点不相信,他像做梦似的,揉着眼皮瞪着两眼看我,看我身后的两个威风凛凛的随从。弟弟一头倒在我的怀里,抱着我哭,妹妹也抱着我大哭,父亲扯起衣襟,两手捧着脸,眼泪像雨一样,七八个债主全部给我跪下。

当有权势的亲人归来,债主们纷纷表示债很"有限""没几个钱",主人公也很霸气,还钱的动作都是"摔""扯""扔"。给家人解决完债务问题,房子里的破烂送给了领路的瓦匠,"他欢喜得竟至流泪"。然而好景不长,很快家里打来电报,姨太太淑贞被妻子打得头破血流,父亲也因为他给的一千块在路上被强盗打死。

作者吓醒了,面临的还是无法寄回家二十块钱解决问题的困局。这代表这慈灯童话的另一个向度,将幽暗的事实掩盖在看似可笑的故事中,揭露和控诉伪满洲国民生的艰难。为了几十块钱,穷人只能鬻儿卖女,丧失尊严地生存着,生活对这些人来说只是活着,没有"生活"可言。慈灯童话的两个向度之间,并没有严格的分界线,比如这篇文章,在控诉社会黑暗、生活困顿的同时,也讽刺了一圈人:飞黄腾达的"荣归者",有了钱就变得现实、丑恶、霸道,讨姨太太,充满虚荣心,认为钱能解决所有的问题;表面和谐的家庭,快乐安详的一家人,在丈夫离家后,妻妾就打成一片,寻死觅活;债主逼迫穷人还债，凶神恶煞，但看到"大老爷"带着侍卫，立马跪下换了嘴脸；一些看不上眼的破烂，对穷人来说，却是令人激动落泪的财产；有了钱的父亲，很快被强盗杀死夺走财产，反而连命都没能保住……

慈灯出版这些童话时，正值日本殖民者对文学作品严格控制审查的阶段，伪满洲国的"时局"要求文学作品塑造"王道乐土""快乐家庭"，而《荣归》中无论现实还是梦中，穷人生不如死，世道奸险，有债主有强盗。坏的世道让穷人有钱后也变成坏人，有钱人更是为富不仁，铁石心肠。这与伪满洲国官方希望的宣传是完全背道而驰的。

根据冈田英树教授的考证，1941 年 2 月 21 日，《满洲日日新闻》以《最近的禁止事项——关于报刊审查（上）》为题，刊载了对总务厅参事官别府诚之的采访报道。其中写道"关于文艺作品，去年曾向杂志负责人指示过几条限制事项"，并要求向一般人宣传其主要内容。"去年颁布的内容，列举了发表于报刊杂志的文艺作品中应引起特别注意的几点问题，在表明限制和禁止范围的同时，希望人们都知道其方针"，嗣后，列举了以下八条：

（1）对时局有逆行性倾向的。

（2）对国策的批判缺乏诚实且非建设性意见的。

（3）刺激民族意识对立的。

（4）专以描写建国前后黑暗面为目的的。

（5）以颓废思想为主题的。

（6）写恋爱及风流韵事时，描写逢场作戏、三角关系、轻视贞操等恋爱游戏及情欲、变态性欲或情死、乱伦、通奸的。

（7）描写犯罪时的残虐行为或过于露骨刺激的。

（8）以媒婆、女招待为主题，专事夸张描写红灯区特有世态人情的。[①]

如这些材料中所述，1940 年就曾向杂志负责人和一般人宣传这些"禁止事项"，而慈灯于 1940 年出版的《童话之夜》，1943 年出版的《月宫里的风波》中，都有大量"对时局有逆行性倾向的"童话和"专以描写建国前后黑暗面为目的的"童话。

---

① ［日］冈田英树著，靳丛林译：《伪满洲国文学》，长春：吉林大学出版社，2001 年 2 月，第 304 页。

与他的军旅小说一样，慈灯巧妙地把讽刺与控诉的文字藏进童话的外衣，用幻想和梦境做挡箭牌，利用殖民者对儿童文学审查上的放松，发表和出版了大量包藏"刀枪剑戟"的童话作品。

余　论

慈灯毕业于日本人开办的军官学校，并长时间在伪满洲国的傀儡部队中任职，其文学创作却并没有附逆于殖民体系，他甚至不属于任何一个文学团体，在可考的"左翼作家群""新进作家群""通俗作家群""帝制作家群"①等作家群落中，并没有他的身影。1942 年、1943 年、1944 年三次"大东亚文学者"大会，慈灯也不在与会名单之列。他似乎是一个独立的存在，并不混迹于"作家圈"。

对此，慈灯曾在一封发表在《泰东日报》上的公开信中这样写道：

"参加文艺团体，我实在不可能，我不明白文艺，说不出文艺是怎么回事。诸位的学问广博，对于文艺，有很深的造诣，在一块讨论，有许多题目可搬出来谈判，我识字有限，往往连用一个文字，还写不上来，所写的东西，都是被生活压迫，觉得痛苦得了不得，提起笔来解决，当做替代眼泪的工具的……如果我参加你们的团体，简直是故意冒犯滥竽充数的大罪，至少是不应该，我的良心不许可……"②

这篇公开信写于 1936 年，距离他第一篇文章发表，已历时五年。此时的慈灯，早已在报端崭露头角，发表了为数众多的文章，并不是他谦称的"滥竽充数"。由此可以推断的是，慈灯在有意避免加入"文艺团体"。

与慈灯同时代的作家林鼎，曾"遗憾地"认为慈灯没有"思想的练成，大东亚世界观的把握"，认为他"假若能够把顾全正确的大东亚精神装在他那完美的文学技巧之中，那么实在是太了不得了"。③这从侧面说明，太平洋战争到了 1943 年，慈灯却还是没有将所谓的"大东亚世界观"注入自己的文字之中，即使身边的作家都已经发现了这个"问题"，他也并没有任何改变。即使不能反抗，他至少也不愿意被任何有口号和目的的团体束缚，他要写那些"被

---

① 刘晓丽：《被遮蔽的文学图景——对 1932—1945 年东北地区作家群落的一种考察》，《上海师范大学学报（哲学社会科学版）》，2005 年第 2 期，第 50—55 页。
② 慈灯：《给关君》，《泰东日报》，1936 年 10 月 3 日。
③ 林鼎：《林鼎论慈灯》，《康德新闻》，1943 年 7 月 18 日。

生活压迫"后痛苦的呼喊，要把这些文字"当做替代眼泪的工具"。

慈灯的小说与童话诞生于伪满洲国，在那里，殖民者严密苛刻的宣传政策，并没有给作家过多的述说空间。对于他和其他作家来说，对现实直接的抨击或揭露都是难以实现的，因此他选择了平直的叙述和虚构的幻想。这两种形式加上模糊的时空交代，让小说和童话变成一种不透明的潜流。他并没有写明描绘的是伪满洲国的"当下"，但也从没有否认过这正是"当下"。他巧妙地利用小说对现实的白描和童话对现实的影射，设置了他创作上独特的"昼夜系统"。

经由这个"系统"，他可以将残酷现实的白昼尽现于世人，毫无价值判断和评论的展露，如同无声的控诉；他可以将内心的讽刺、愤怒、同情、憧憬与幻想放入童话的夜晚，让天地万物开口说话，发出呼喊与悲叹。

对于慈灯创作立场的考察，并非为了证实他的文字如何具有"进步性"与"反抗性"，只是，在完全可以选择"不写"或"写其他"的情况下，他为什么要如此选择？他发表的阵地多集中于报纸，又多以连载的形式，为何不选择更容易取悦读者大众的鬼狐武侠或是艳情猎奇作为题材呢？

慈灯的文字，无论是小说还是童话，总是把目光聚焦于穷苦弱小的一族，暴露现实中最真实的惨象和阴暗。小说里弱势的一群，他们生活于一个无望、无情、腐败、糜烂、贪婪的现实世界，抗争的结局往往是死亡，死亡又常成为一种解脱，即使在童话中，做人也常不如鼠类蝼蚁，世界充满血腥与尔虞我诈，如同小说中现实世界的另一个影子；在另一面，慈灯的一些童话，又带着希望、憧憬、奋进和信仰，似乎怀着一种激励人心的信念，这一部分也浸透着作家自身对精神世界的追求和找寻。

黄万华曾提出过沦陷区存在一种"中间状态"的文学，认为这种文学"因不直接涉及时事，离抗日现实较远，所以往往不为当局封禁"，"在种种貌似'中间'的形式中有夹带、有包藏、有潜流，正是沦陷区文学构成上的一个特点"。[①]

杨慈灯产量丰富的小说与童话，确实远离政治与时事，但从未脱离现实。

---

① 黄万华：《论沦陷区作家的创作心态及其文学的基本特征》，《华侨大学学报（哲学社会科学版）》，1995年第2期。

在伪满洲国的日本殖民者粉饰出的"王道乐土"和"五族协和"谎言之下，任何对现实进行描绘的文字，本身都是一种饱含深意的消解和一种形式上的不合作。对他的创作情况的研究，在伪满洲国市民生活、军旅文学、童话写作、报刊媒体、殖民者与殖民地作家的关系等方面的研究上都有重要意义，他不该被历史遗忘，更不能被文学史遗忘。

第五章　幻想、植入与协和：同与异的张力

　　日本侵略者以语言文字为工具，在意识形态领域精心布局。这些布局以"王道乐土""五族协和"等口号为外缘，以文化侵蚀和殖民为内核。与此同时，在伪满洲国生活并活跃着的"日系""满系""蒙系""俄系""鲜系"作家，或深或浅地在文学中沉浮。

　　本章将以童话为中心，对伪满洲国多民族多语系的童话创作情况进行较为细致的梳理，试图从伪满洲国多语系童话写作的幻想、植入与协和之中，探究殖民者倡导的"植入式童话"与作家主观意识形态间，同与异的张力。

　　在伪满洲国的"国民"，由各色人种和多个族群组成，汉族、满族、蒙古族是占人口绝大多数的族群，此外人数较多的是日本、朝鲜、白俄。其中除了原本生活在中国东北地区的汉族、满族、蒙古族及一些早已"归化入籍"的朝鲜族，其余非"归化"的朝鲜人、日本人、白俄人应属于外国人。然而日本殖民者为了迎合伪满洲国所谓"建国精神"，无视国籍概念，将日本人、朝鲜人列为"例外的外国人"[①]，并按照黄种人的"大东亚"，将属于白种人的白俄剔除于五族之外。于是有了写入《建国宣言》的"日、汉、满、蒙、朝"在内的"五族协和"口号："凡在新国家领土之内居住者，皆无种族之歧视，尊卑之分别，除原有之汉族满族蒙族及日本朝鲜各族外，即其他国人愿长久居留者，亦得享平等之待遇，保障应得之权利，不得其有丝毫之侵捐……"[②]

---

　　① 孙春日：《"满洲国"时期朝鲜开拓民研究》，延吉：延边大学出版社，2003年9月，第303页。

　　② 《满洲国建国宣言》，《满洲国政府公报》，1932年4月1日第1号。

作为伪满洲国的实际掌握者，日本人却并没有给予每个民族"平等之待遇"，而是根据统治这一区域的需要，进行了相对严格的区分。这些区分在政治与经济层面上决定、制约、限制着各个族群的精神世界——文学创作也不例外。伪满洲国存续的 14 年中，中国作家 ①（汉、满、蒙），日系、鲜系、俄系作家创作的童话，各自展现着殖民地文学的复杂性，也以文学作品反映着复杂的现实。

伪满洲国"建国十周年"（1942 年）宣传"五族协和"的明信片《民族协和》

---

① 这里用中国作家，并不仅是因为"满系""蒙系"有强烈的殖民色彩，还因为汉、回、满等族都被并入所谓"满系"，这个词容易让人产生只是满族作家的误解，蒙古族也被排除在外，而中国作家可以涵盖生活在伪满洲国的全部中国人群体。

第一节　虚实与沉浮——中国作家的童话创作

> 只凡是他以为是有趣的话，他并不拘限，只管反复去做，也不拘
> 是别人说的话，也不拘是自己使用的话，在孩童方面只要以为他有趣，
> 他即乱学起来。
>
> ——竹田浩一郎《孩童的本质》（1939）[1]

"满洲帝国教育会"的日本官员认为，孩童在早期没有强烈自我意识的时候，只要是他认为有趣的事情，他都会"乱学"并接受，只要你反复去教育和引导。童话是孩子们认为有趣的东西，因此也成为殖民者认为是从本质上可以让孩童得到改变的文学体裁而被鼓励创作。从伪满洲国童话的作者族群上看，作为伪满洲国居民人口中大多数的中国作家无疑是其中的主流，作品数量也是最为可观的。

中国作家（包括汉语和蒙语作家）并不都以汉语为母语，但随着中国历史上民族融合的进程，除了蒙古族作家能用蒙语进行创作外，"清中期以后，满人基本上完成了由满语向汉语的转用"[2]，满族作家能使用满语口语者已是寥寥无几，以满语创作已不可能。日本殖民者虽然在伪满洲国将汉语改称"满语"，后又将日语称为"国语"，依然无法改变汉语的重要地位。汉语只是戴着"满语"的面具，依然由中国作家作为母语进行创作，母语所承载的文化、风俗等精神元素也并不会因为这层面具而消失。

除了前文专章介绍的童话作家慈灯与作为"另一个分流"举例详述的刘心羊外，还有为数不少的中国作家投笔于童话创作。他们的性别、身份、境遇、文字水平等各不相同，但都或深或浅地参与到了为青少年提供精神食粮的行动

---

① ［日］竹田浩一郎著，何广珠译：《孩童的本质》，《满洲教育》第5卷第8号，1939年8月1日，第74页。

② 赵阿平、郭孟秀、何学娟：《濒危语言：满语、赫哲语共时研究》，北京：社会科学文献出版社，2013年12月，第89页。

之中。伪满洲国的童话创作的两种分流之下，也呈现着异常纷繁复杂的各种向度，远非"附逆"与"反抗"能够概括。

李光月（1920—1979）就是伪满洲国时期另一位较为高产，并致力于童话及儿童文学创作的中国作家。他常用的笔名是李蟾，1920 年生于长春，1937年 12 月于长春两级中学校毕业。1938 年 4 月到双阳县长岭小学任教员，同年8 月到长春孟家屯农事合作社担任职员。1939 年 3 月，在伪满"新京"邮政管理局保险科任科员。1941 年 8 月，任博文印书馆编辑。1942 年至 1945 年先后任伪满杂志社电影画报、康德印书馆编辑和国民书店编辑主任。[①]

他最为知名的童话作品，是兴亚杂志社刊行的童话单行本《秃秃历险记》[②]，这本长篇童话创作完成于 1942 年夏，但由于弘报处的原稿审查，直至1945 年 7 月才得以印刷。除此之外他还著有《蜡烛台的幸运》《小鸦》《月球旅行记》《破皮球》《十二枝蜡烛》等短篇童话。[③]《秃秃历险记》是至今为止所知的伪满洲国时期唯一一部印刷发行了的长篇童话，但由于殖民机构大面积的删改，变得面目全非，可读性很差，但从中还是可以看出作者对幼儿心理的掌握和文字的趣味性。他喜欢对动植物和生活中常见的物体进行拟人化的书写，为了便于儿童阅读，李光月在写作中几乎不使用长句和艰深晦涩的词语。从现存的童话来看，他的作品充满儿童视角的幻想，情节趣味性强，并没有殖民者希望植入的价值观存在。他还曾撰写《童话的写作》[④]一文，谈自己创作童话的心得，发表在《兴亚》杂志上。

除了儿童文学作品，他的小说创作也取得了一定成果。1940 年，《大同报》举办了小说征文活动，李光月的《光阴》当选，与他一起当选的，是金音的《生之温室》、姜灵非的《新土地》。[⑤]遗憾的是，由于他在伪满洲国时期的童话创作集中于伪满洲国即将覆灭的几年中，除了《秃秃历险记》得以刊行外，另一部长篇童话《黑国王与白国王》及一些短篇童话都未能付梓，并流失在历史长河之中。中华人民共和国成立后，李光月仍持续创作童话，并被誉为

---

① 王兆主编：《长春市志·文化艺术志》，长春：长春出版社，2003 年 11 月，第 554—555 页。
② 李蟾：《秃秃历险记》，"新京"：兴亚杂志社，1945 年 7 月。
③ 陶君：《东北童话十四年》，《东北文学》第 1 卷第 2 期，1946 年 1 月，第 95 页。
④ 李蟾：《童话的写作》，《兴亚》第 8 卷第 9 号，1943 年 9 月。
⑤ 刘慧娟编著：《东北沦陷时期文学史料》，长春：吉林人民出版社，2008 年 7 月，第 169 页。

"东北解放后至'文革'前，在童话创作上成就最大的"[1] 童话家，1957年创作出版的童话故事集有《长耳朵的故事》《三个朋友》等。[2] 1979年1月21日病故，终年59岁。

袁犀（1920—1979），原名郝维廉，又名郝庆松，笔名有玛金、郝庆松、吴明世、梁稻、李无双、马双翼、李克异等。根据陈言考证，袁犀1920年8月18日出生于辽宁省沈阳市，1933年发表处女作短篇小说《面包先生》，同年因抗拒用日语演讲被开除学籍。伪满洲国时期是袁犀从中学到成人的阶段，他是个"隐蔽的反日分子"，擅长小说与散文，现存一篇童话作品《希奇古怪之一——屠宰场哞经》[3]。这篇篇幅短小的童话最早发表于1939年的《新青年》，[4] 讲述了"在N年以前，有这么一个时代""在一个奇妙的国度里"的故事。在这个"国度"，"人民都是哑巴，官吏吃得胖胖的，尽力想多活几十年，手里都有一串菩提子的念珠，《金刚经》一册作为法宝"。童话的主角是一个道号"长命斋主"的大人，"年年月月坐在衙门里吃火腿，娶了七位太太，养了十四位公子，二十四位小姐"。他伪善地在屠宰场里演讲，号称"人与物都是一样的""牛羊也是一条命"，满嘴的孔孟之道，杀牛时的祭文中更是"悲哀得很"。但讽刺的是，他以三牲祭祀猪、牛、羊，并祝它们"早受轮回，来世为人，也吃牛肉"，回到官邸更是觉得"瘦下去很多""多喝了一碗牛肉汁"。这是一篇明显具有抨击现实意味的"魔幻童话"，如同童话作家慈灯一样，隐去了时空与地域，以此避免审查的迫害。人民都是哑巴，有苦难言，无肉可食；身为牲畜，则是向死而生，任人宰割。伪满洲国时期袁犀的童话创作不多见，如陈言论及，他似乎"刻意与'满洲国'文坛保持距离"。从这篇童话标题来看，或还有"希奇古怪"系列童话，有待日后考证。

何霭人，如前文多次提及——是热衷创作童话的作家，他一生投身于教

---

① 马力、吴庆先、姜郁文：《东北儿童文学史》，沈阳：辽宁少年儿童出版社，1995年12月，第187页。

② 李光月：《长耳朵的故事》《三个朋友》，长春：吉林人民出版社，1957年6月。其中《三个朋友》于1957年由吉林人民出版社以单行本再版。

③ 袁犀：《希奇古怪之一——屠宰场哞经》，《袁犀作品集》，见刘晓丽主编：《伪满时期文学资料与整理·作品卷》，哈尔滨：北方文艺出版社，2017年1月，第23—25页。

④ 根据陈言考证，此文原载于《新青年》通卷85号，1939年3月。

育，如第二章中所述，他曾任伪吉林省教育厅督学官，在一些和儿童教育相关的文章中，引用了日本殖民者的言论，并夹杂了"大东亚"之类的名词。1938 年，在日本殖民者的主导下，伪民生部成立了一个"满语标音假名调查委员会"，吉林省的此项工作由何霭人负责。"这是日本侵略者阴谋计划用日文字母来代替中国的国语标音符号，逐步把中国汉字取消，用日本假名（字母）来取代中国固有文字的一种罪恶活动，说穿了，就是想利用日本文字来同化中国。"① 建国后他曾任东北师范大学教师，但他在伪满洲国时期的言论与工作内容，成了后来政治上很难抹去的"污点"，并直接导致了他在那场众所周知的运动中被下放到东北师大河湾子分校劳动改造，最终自沉松花江的悲剧结局。作家生活在伪满洲国的身份复杂性，也体现在他的身上。他曾是最早的新文学青年，毕业于吉林省立第一师范学校，随后相继在吉林、长春、农安等地中小学及教育行政部门任职，经常在各类报刊发表文章。1917 年，吉林省吉林市私立毓文中学成立，他是首批教员。1919 年 5 月 5 日，毓文中学成立纪念日，创办了校刊《毓文周刊》，号召"稍具一点进取心的人们，不能袖手旁观"②。何霭人在《毓文周刊》上，以笔名《考贝》发表多篇关于语文教育的文章，如《中西标点小史》等。③ 如前文介绍《满洲学童》上的童话作家时所述，何霭人后来也常以笔名"考贝"在该杂志上发表童话作品。'五四'以后，最早出现在东北的新文学社团是白杨社，成立于 1923 年 9 月吉林，由穆木天、郭桐轩、何霭人主持。"④ 1925 年前后，何霭人与几个年轻教师，在吉林积极推进国语注音与国语推广，因为受到当地巨大的阻力，他写信求助于钱玄同，这些信件被刊登在当年的《国语研究》上，引起了巨大的反响。⑤

　　1927 年，毓文中学的学潮运动对何霭人冲击很大，他随后任职于敦化私立

---

① 金永顺：《轶事琐谈》，《长春文史资料》，1992 年第 1 辑（总第 38 辑），1992 年 4 月，第 79 页。

② 杨子忱：《关东奇人》，长春：长春出版社，1990 年 9 月，第 431 页。

③ 考贝：《中西标点小史》，《毓文周刊》，1928 年 5 月 5 日，第 24 页。

④ 沙金成：《东北新文学初探》，长春：吉林文史出版社，1989 年 9 月，第 77 页。

⑤ 何霭人、钱玄同：《吉林底反国语运动》，《国语研究》，1925 年第 6 期，第 6—7 页。何霭人、钱玄同：《再谈吉林底反国语运动》，《国语研究》，1925 年第 10 期，第 6—7 页。

敖东中学，在那里他是一位颇得学生喜爱并"在吉林名噪一时的进步教师"①。这些文学青年到文学教员的经历，让何霭人深深地意识到知识对人的教化作用，因此在他的童话之中，他也特别关注教育的功效与道德的传播。

20世纪30年代，何霭人在创作各种关于语文教育的文章同时，也开始写作适合儿童阅读的童话作品。他这一时段的童话，往往贴近生活，语言轻松简洁，用孩子的口吻叙述，具有一定的教育意义。如1935年发表在《家庭周刊》上的一篇《爱女儿的国王的梦》②为例，他在童话的开头写道，"我小的时候，曾听见妈妈给我讲过一个故事"，"我要在诸位小朋友课余的时间讲给大家听"，这首先将童话定义为课余的一种补充读物。这篇童话，讲述了一位没有儿子的国王，对自己的独生女儿十分疼爱，所以希望世上的东西，只要他的女儿要求就能够提供。为了让他的女儿富贵一生，他开始为她囤积金玉珍宝。有一天，在梦中国王遇到一位天使，天使教给他一个法术，只要"他的手所触的无论什么东西，都能立刻变成黄澄澄的金子"。然而，当国王的女儿饿了，向他要吃的时候，国王递过去的面包变成了金子，女儿咬痛了牙；国王心疼地去拥抱女儿时，女儿也变成了一块不会哭不会动的金人。国王"觉悟了"，哭得死去活来，发誓再也不要金子了，随后醒来发现女儿安然无恙地躺在自己的身边。

这篇小童话，明显是根据中国传统故事《点石成金》幻化而来的，只不过传统故事的主人公，贪婪地想要得到吕洞宾点石成金的手指时，神仙消失了。而何霭人的故事中，国王得到了这个法术，却失去了更为重要的东西。霭人明显希望儿童能明白，金钱可以买到很多好东西，但无法购买生命和亲情，在金钱与后者面前，金钱是那么不重要的。这篇短短的童话，蕴含着教育的意味，这种教育却不是直白的说教，而是希望儿童读懂之后自己思索。这种创作的思路，一直贯穿着何霭人之后的童话写作过程。他的童话在整个伪满洲国时期，数量并不多，但颇受关注，前文曾提到他以考贝为笔名在《满洲学童》发表"诗并童话"，以诗歌形式写童话，也十分有文体创新的尝试精神。

---

① 范广明：《记敦化私立敖东中学》，《吉林文史资料选辑》（第26辑），1988年12月，第189页。

② 霭人：《爱女儿的国王的梦》，《家庭周刊》乙种99号，第50页。

1942年《新满洲》"满洲童话杰作四人展览会"

1942年，《新满洲》推出"满洲童话特辑"，在杂志封面上以醒目的大字标注"满洲童话杰作四人展览会"，这四个人中除了杨慈灯，就有何霭人。他的《愉快岛的进出》①就在此次"展览会"中。当期编辑吴郎在这个特辑的编辑前言中写道：

> 霭人氏的童话，已经由美尔汉意味走入儿童文学的"童话"之一个阶段了。他的作品不单和海尔巴尔特学派的教育思想相交流着，更确将情操教育之任务担负起来，于斯霭人氏的克服前期的童心，在未来会更有新的发展。②

从这段话可以看出，何霭人20世纪30年代的童话，确实是以"童心"作为出发点的，所写的童话充满童趣，温暖而可读。而在40年代，他开始更注重其教育的功效，吴郎所谓的"海尔巴尔特学派"，今天常被译为"赫尔巴特学派"，这个学派主张教育的目的是提升个人品格和社会道德。何霭人在1939年曾经撰文详述过童话的这种教育意义：

---

① 霭人：《愉快岛的进出》，《新满洲》第4卷第11号，1942年11月1日，第106—110页。
② 吴郎：《关于满洲的童话》，《新满洲》第4卷第11号，1942年11月1日，第100—113页。

至于童话的陶冶的价值，可以略分为三项：一、民族历史之价值；二、丰富儿童的想象，使逍遥于空想境，享受愉悦，有美的陶冶价值；三、为使开始理解社会生活，将社会的事件精炼组织，取以指示他们。宛然给他们教训，或宗教的制裁，道德的制裁，纵不能规定德目，要注意暗示方法。这样有道德陶冶，宗教陶冶的价值。

因为陶冶的意义与效用，童话的制作和选择要注意几项事情：1.力避残忍的描写；2.力避强烈的刺激；3.免去错误的道德观念；4.教训意味不使露骨；5.内容趣旨要正大、趣味要高雅；6.描写要美化；7.低程度者文字组织要有反复。①

在此文中，何霭人对童话的陶冶价值以及如何创作，进行了较为详细的描述和方法论叙述。长期的教育业界经验，使他对儿童心理和儿童文化接受等方面都有独到和精准的了解，这也是他与其他童话创作者最不同而难能可贵之处。他能将教育理论与童话创作结合在一起，而形成了伪满洲国一个醒目的童话名词——"教育童话"。《愉快岛的进出》就是用被风吹走又归乡的蓬哥的嘴，表达了作者对现实生活中龌龊、烦闷、吵闹、体罚、冷漠、嫉妒、疾病的不满，用一个乌托邦式的"愉快岛"，来衬托现世的各种不足，期待读者理解其中深意，一起改造自我的生活。1943年，陶敏在评论满洲童话时，认为霭人这篇童话"实可说是现代童话的标准型，足可与世之名童话家的作品放到一起而无愧色"②，作者还写道："蓬哥也来到满洲吧，治一治这乡土上的共通病。"③——这正是何霭人着眼的地方，用童话来讽喻伪满洲国的现实，期望儿童从中读出教训的意味，从而改正道德观念上的偏失。1939—1944年，何霭人创作的几篇童话，都刊登在伪满洲国著名的综合性杂志上，除前文提及的《愉快岛的进出》，还有《头一个蝴蝶》④和《一个村子》⑤。中华人民共和国建国后，何霭人主要从事现代汉语研究，1957年，还出版过一本童话集《雪花》⑥。

---

① 何云祥：《教育观的童话并儿童剧》，《满洲教育》1939年6月第5卷第6号，第90页。
② 陶敏：《我看到新满洲的童话》，《新满洲》第5卷第12期，1943年12月，第109页。
③ 霭人：《愉快岛的进出》，《新满洲》第4卷第11号，1942年11月1日，第106—110页。
④ 霭人：《头一个蝴蝶》，《麒麟》，1943年4月第3卷第4期，第122—124页。
⑤ 霭人：《一个村子》，《新满洲》，1944年12月第6卷第12期。
⑥ 霭人：《雪花》，长春：吉林人民出版社，1957年。

1957年，何霭人童话集《雪花》原版书影

他是一个20世纪20年代的进步青年，一个掩护过共产党，"常常向学生宣传人类社会发展的远景，使学生们懂得一个没有阶级、没有剥削、没有压迫的社会必将到来"① 的敖东中学教务主任，又是一个在伪满洲国时期的教育机构里任职并参与殖民文化创建的"附逆者"，却又在附逆的同时，作品中包含着不满的态度。正如上官樱（1931—2009）② 在叙及李光月、何霭人、杨慈灯等人童话作品时认为，"虽然是在沦陷时期，这些作品也自有隐晦的'微言'"③。这种身份的身不由己与人格的虚与委蛇，正是沦陷区文学研究的复杂性所在。

与何霭人同列在"满洲童话杰作四人展览会"中的，还有前文多次提及的作家未名。未名原名姜维玺，中学时代改名姜琛，祖籍山东黄县，生于沈阳，幼年丧母，与父亲相依为命。从沈阳北关小学毕业后，进入兴权中学，与后来同是伪满洲国著名作家的成弦（成雪竹）、金音（马寻）都是同学。中学期间便展露文学才华，与同学金音等人创刊《南郊》。1930年结婚，翌年女儿出生，1932年入奉天第一师范与金音同学，后退学入美专与成弦再次成为同窗。

---

① 姜德埠：《忆敖东中学》，《延边文史资料》第6辑，延吉：延边人民出版社，1988年12月，第67页。

② 即潘芜，笔名上官樱，1931年生于黑龙江省依兰县，1946年参加革命，建国后一直在文艺团体工作。出版有文史专著《艺文乱弹》《描红集》《艺文碎片》《东北沦陷区文学史话》《上官樱书话》等，他是我国文史作家中较有成就者之一。

③ 上官樱：《东北沦陷区长春作家群》，《长春晚报》，2004年9月2日。

1933 年开始，他生活困顿，常以酒精麻醉度日。1935 年，与成弦一起加入"协和会"主办《新青年》（沈阳）杂志，同年离开杂志社主编《新文化月报》，结果该报社经营、人事各方面陷入困境，1937 年前后，未名只好又回到也已苟延残喘的《新青年》，前妻去世续弦后生活好转，又主编《兴满文化月报》，鼓励当时文坛年轻作者写作。① 至 1942 年患伤寒去世前，他创作并出版了长篇小说《新土地》《灰色命运与战栗的人》（未连载完），中篇小说《人生剧场》，短篇小说《三人行》《人生剧场》《易妻记》等。

因为长期陷于困顿潦倒，未名虽然也是当时较为出名的童话作家——因为创作童话的本就不多——他的童话又缺乏天马行空的童真幻想，更多地是一种黑暗压抑的现实写照。除了前文作为例子的《盲人与猪》，未名还在《华文大阪每日》上发表过《蝴蝶的灭亡》② 等童话，讽喻现实和批判战争。1942 年《新满洲》这一期童话特辑中，其他作家都是一篇作品入选，唯独他有两篇童话入选，一篇是《天国的钥匙》③，另一篇是《菊·达理亚和松树》④。《天国的钥匙》讲述了一个八岁患重病的小姑娘白玉，苦苦寻找藏在刺蔷薇底下通往天国的钥匙的故事。钥匙的事情，是小白玉睡梦中的"长者"告诉她的，"长者"说只要找到这把钥匙，小白玉"将不见人世的忧愁了"，她的父亲"将不再为一张设计图愁蹙着眉毛"，母亲"将不再为病魔苦楚着面孔"，这对于生活在困顿磨难和病痛苦药中的小白玉来说，确实是最大的诱惑了。她强撑着病体去寻找钥匙的过程中，遇到的却是忙碌的蜜蜂、冷漠的蚂蚁和"恶意"的凤眼蝴蝶。似乎这个世界都不在意她在寻找什么，"她被这希望压迫得更虚弱了"。最后，一个黑衣的老婆婆出现在她的梦里，告诉她不需要钥匙也可以去天国，幸而小白玉被妈妈的泪弄清醒，并被妈妈的吻唤回。

《菊·达理亚和松树》这篇童话，主角是一棵松树、一株黄菊和它的爱人达理亚。未名在童话的开头第一句就是"无情的秋风吹来了"，似乎注定这是一个悲哀的故事。黄菊和它的爱人达理亚，忍受着秋风的"鞭挞"和秋雨的"凌迟"，在这苦寒的秋天苦苦支撑着，想要"为了爱，为了永世的爱"绽放

---

① 金音：《姜灵非略传》，《青年文化》第 1 卷第 4 期，1943 年 11 月，第 76 页。
② 未名：《蝴蝶的灭亡》，《华文大阪每日》1940 年第 5 卷第 12 期，第 37 页。
③ 未名：《天国的钥匙》，《新满洲》第 4 卷第 11 号，1942 年 11 月 1 日，第 101—102 页。
④ 未名：《菊·达理亚和松树》，《新满洲》第 4 卷第 11 号，1942 年 11 月 1 日，第 102—103 页。

最后的一朵小花。然而这种苦撑，却受到了旁边强壮的松树的嘲笑，松树认为这种"兀自挣扎"是"自不量力"的，并没有任何意义，它还咒骂黄菊是"巧辩的畜生"。达利亚使尽力气最终还是垂下了"最后一个蓓蕾"，而黄菊也最终在"凌迟"下凋零。童话的结尾，是幸灾乐祸的松树听到身边修理斧钺的人说："明天先且把这一棵大松放倒吧。"

未名的童话，更像是他个人生活现实的镜像，黑色压抑的元素始终在文字中挣扎，时时刻刻在与外面的残酷世界斗争，试图实现活下去这个看似并不高的目标。他的第一任妻子在困顿中患病去世，留下一个女儿，而未名年轻早逝，留下第二任妻子和一子二女。活在这样冰冷的世间，又怎能写出温暖的童话？未名没有说出的心声，正如《菊·达理亚和松树》中的那株达理亚，对劝自己为了爱、为了最后一个蓓蕾坚强活下去爱人说的话一样："假如世上还有一点的温暖，只要一点就够了，我就会和秋天争斗，坚持着使这最后的一朵开放"。

伪满洲国时期知名的编辑、剧作家安犀（1916—1972）曾评价过未名的另一篇童话《老实人的天堂之旅》，这篇童话讲述的是一个"极正派的老实人"，在30岁时皈信了上帝，成为虔诚的基督徒。这个乐天知命的人，"连东方最好的道德也被这人保留在精神里面"，然而这个老实的农夫却因贫困而死，最后灵魂到了天堂，却"因为生前是个穷人，并未做过甚么慈善家，乃被推了出来，于是就老老实实地去地狱里受罪"。安犀文中写道："读完这故事，使我们想起作家灵非来，他是老实人，然而虽然知命，却未能乐天，老实而老实得不彻底，实在是个悲剧。"[1]

可见，未名的童话，更像是濒死的植物在寒冬将至前无奈的哭喊，不像童话，更像社会群像的刻画，更像是对自己悲剧结局的预言。这也是陶君认为未名的童话"深刻而多含蓄，极富有讽刺力"，但"并不适于给儿童读"的原因。[2]

未名的同学、作家金音也偶作童话，他的一些童话作品如《最幸福者》[3]

① 安犀：《天堂之旅》，《东北现代文学大系·散文卷（上）》，沈阳：沈阳出版社，1996年12月，第433页。

② 陶君：《东北童话十四年》，《东北文学》第1卷第2期，1946年1月，第93页。

③ 金音：《最幸福者》，《麒麟》，1943年4月第3卷第4期，第125—127页。

等散见于《满洲学童》与《麒麟》中，因为前文论述《满洲学童》中的作家时，对金音、匡昨非、吕公眉、赵任情等人的童话创作情况已作介绍，此处不再赘述。

《新满洲》推介的第四位"满洲童话界写作知名之士"是古弋，生卒年不详，古弋应该是其笔名，待考。他创作的童话目前仅存《新满洲》上这一篇《新伊索寓言（第二篇）》①，从这篇童话的刊登形式看，之前某期应该已经推介过他的《新伊索寓言（第一篇）》，因为这一期已经从"第十一"开始了。这篇《新伊索寓言》并不是对我们所熟知的《伊索寓言》的翻译或简单改写，而是原创和创造性的改写。

《财神与月下老人》中，月下老人看不懂人间的自由恋爱，财神让很多人发了财，却"违反经济统治的国策"，甚至"有些人竟受国法的制裁"，于是两位神仙希望换个职位。月下老人号称自己年老，不会贪财，财神认为自己没有心，不会动色情之心，两人都认为自己非常适合换位。而玉皇大帝则认为"对于金钱，上了年纪的人比年青的人更危险；对于色情，没有心的人，有时却怕遇见有心人"，坚持不准对调职位。《新伊索寓言（第二篇）》中的另外几篇，《上帝与狐狸》用狐狸的机智对答讽刺人类的自私贪婪；《狮子的诞生日》描写一只猪厨师烹饪自己的同类为狮子庆祝生日，如此血腥可怖的事件，在古弋戏谑幽默的笔下，居然被写得活灵活现，令人哭笑不得。猪厨师将自己同类浑身是宝的特点讲给他的天敌们听，还当作夸耀的资本，全然不知一群肉食者已经将它看作盘中之餐。柯炬、朱媞在论及1942—1945年伪满洲国文艺界时对这则寓言的评价是："《猪的宴席》（此题目应为记忆偏差——作者注）一篇以猪的厨师做猪肉宴，狠狠地揭露了为虎作伥者的嘴脸，以及（猪）可悲的下场。"②

至于剩下的两篇《屠夫与瘸拐李》《龟兔竞走》，一篇描写杀生者的伪善与假信仰，一篇则是对龟兔赛跑结果的新解。古弋的童话，与社会中现实与人性十分贴近，很多文笔潜行，明显是在讽刺挖苦伪满洲国"王道乐土"中一些

---

① 古弋：《新伊索寓言（第二篇）》，《新满洲》第 4 卷第 11 号，1942 年 11 月 1 日，第 110—113 页。

② 李柯炬、朱媞：《1942—1945 年东北文艺界一窥》，《东北沦陷时期文学国际学术研讨会论文集》，沈阳：沈阳出版社，1992 年 6 月，第 406 页。

人的丑恶面目。

与他一样以世界著名童话作蓝本进行"创新"的，是伪满洲国知名女作家杨絮（1918—2004）[①]。1945年4月，杨絮出版了她的童话集《天方夜谭新篇》[②]，这本被一些研究者认为是译作的书，其实是翻译与再创作的结合——一些"童话"是杨絮参照吉原公平日译的《回教民话集》[③]翻译收集而来，其他则是根据她所知的回族神话传说改编再创作而成。正如与她同时代的作家韩护在给她撰写的序言中所说，是因为"杨絮女士也是亚拉伯教——回教——的信徒，她自己所知道的亚拉伯的神话，比那一部《天方夜谭》还要多，因此，她来写这部续篇的《天方夜谭》"，"从宗教的立场来说，这是亚拉伯回教的神话，从神话的文艺的价值来说，这是一部世界的少年们（但也不仅限于少年）的童话读物"。《麒麟》杂志上满洲杂志社对此书的广告，也以"并不是上海版的旧书，而是杨絮女士的杰作"[④] 作为亮点，显示了这本书并不是单纯的翻译或再版。

《天方夜谭新篇》包含《两位公主》《少年与蛇》《国王与鹦鹉》等12篇童话，她以女性特有的细腻笔触为读者展现了充满阿拉伯风情的故事，大部分都是一些劝善、劝勤或者饱含智慧、机智的篇目。这些充满神秘幻想的文字，确能给予当时的青少年一些阅读的乐趣。

与杨絮一样，同为伪满洲国女性作家，在伪满洲国覆灭前夕转作童话的，还有左蒂（1920—1976）和梅娘（1916—2013）。所不同的是杨絮的童话出版于伪满洲国"境内"，而后两位女作家的童话则是在北京出版。

左蒂，1920年9月20日生于吉林延吉，翌年随父母迁至沈阳市郊北沟子沿村。曾任《新满洲》杂志编辑、记者，原名左希贤，后改名罗麦。曾用笔名有今昙智、何琪、岳荻、左忆、罗迈等。她还有个知名的身份是伪满洲国著名作家、编辑人梁山丁的妻子。

---

① 杨絮，原名杨宪之，回族，伪满洲国集歌手、演员、编辑等身份于一身的知名女作家。1918年6月8日生于辽宁沈阳，2004年因病逝世于沈阳。早期笔名有皎霏、阿皎、宪之，后多用杨絮为笔名。详细生平及作品情况见［加］诺曼·史密斯、徐隽文等编：《杨絮作品集》，刘晓丽主编《伪满时期文学资料整理与研究·作品卷》，哈尔滨：北方文艺出版社，2017年1月。

② 杨絮：《天方夜谭新篇》，"新京"：满洲杂志社，1945年4月15日。

③ ［日］吉原公平：《回教民话集》，东京：偕成社，1942年。

④ 《决战的新刊》，《麒麟》第4卷第11期、第12期合并号，1944年11月，第65页。

1937 年，左蒂毕业于奉天南满医大附属药剂师专门学校，是年父亲病故，为支撑生活，她当过雇员、校对、记者、编辑等。1943 年因其编辑的《女作家创作选》[①]中有萧红、白朗的作品和经手梁山丁的《绿色的谷》，被殖民当局抄家，当年末逃离伪满洲国移居北京。1947 年在沈阳参加中国共产党的地下工作，1948 年到解放区哈尔滨担任东北军区后勤部医院司药。建国后曾任《好孩子》编辑主任，《中国少年报》文艺组长等职，1976 年病逝。

1944 年，左蒂在北京居住期间，创作和出版了《白猫变成黑猫》《大灰马》《小白杨》等童话集。[②]

梅娘是伪满洲国著名的女作家，[③]与张爱玲并称当时的"南玲北梅"，她"在伪满洲国的时间并不长，1938 年到日本留学，1942 年回国后在东北暂短逗留，便随丈夫柳龙光定居北京。但她在伪满洲国出了两部作品集：《小姐集》和《第二代》，受到伪满洲国作家和读者的推崇。她在《新满洲》第 3 卷第 6 号（1941 年）上有一篇小说《侨民》，写得也非常有特色"[④]。

与左蒂相同的是，她在北京生活时创作了数量可观的儿童文学，其中就包括多本童话集，其中有 1943 年创作的《白鸟》[⑤]《风神与花精》[⑥]《驴子和石头》[⑦]，以及 1944 年创作的《青姑娘的梦》[⑧]《聪明的南陔（上、下）》[⑨]《少女与猿猴》[⑩]等。

梅娘的作品大多关注女性生存的状态和命运。20 世纪 40 年代初，流行脑膜炎接连夺去梅娘两个女儿的生命，她辞去北京《妇女杂志》"嘱托"的职

---

① 左蒂编：《女作家创作选》，"新京"：文化社刊行，1943 年 2 月。
② 限于资料缺失，笔者并未亲见这几本童话集，出版情况引自黄万华：《抗日战争时期沦陷区小说选》，南宁：广西人民出版社，1988 年 9 月，第 381 页。
③ 梅娘的详细生平及传记，见张泉编：《梅娘作品集》，刘晓丽主编《伪满时期文学资料整理与研究·作品卷》，哈尔滨：北方文艺出版社，2017 年 1 月。
④ 刘晓丽：《文学无意构建新满洲》，《抗日战争时期沦陷区史料与研究》第 1 辑，南昌：百花洲文艺出版社，2007 年 3 月，第 223 页。
⑤ 梅娘：《白鸟》，北京：新民印书馆，1943 年 3 月 20 日。
⑥ 梅娘：《风神与花精》，北京：新民印书馆，1943 年 5 月 20 日。
⑦ 梅娘：《驴子和石头》，北京：新民印书馆，1943 年 10 月 20 日。
⑧ 梅娘：《青姑娘的梦》，北京：新民印书馆，1944 年 3 月 20 日。
⑨ 梅娘：《聪明的南陔（上、下）》，北京：新民印书馆，1944 年 4 月 20 日。
⑩ 梅娘：《少女与猿猴》，北京：新民印书馆，1944 年 5 月 20 日。

位，开始"给孩子们写优美的，有智性的故事"①。这些作品创造了一系列纯洁美好、聪明机智的主角形象，而且除了《聪明的南陔》外，所有的主角都是女性。她们或是农家姑娘，或是公主，或是小女孩，或是少女，延续着梅娘在伪满洲国时期作品对女性的描写，更是梅娘对女性内心世界丰富感情的进一步书写，灌注着神秘、魔幻与新奇、单纯的元素。因为这些童话集当时由周作人作序，梅娘还在抗战胜利后整肃汉奸运动中被情急之下的周作人指控为"与日本人勾结"，②当然这又是童话之外的另一个传奇了。

1944年，梅娘童话《少女与猿猴》原版书影

　　左蒂和梅娘的这些童话，都创作出版于伪满洲国地域之外，显然不属于伪满洲国童话的直接研究对象，因而此处不再展开。但这些童话的创作，却无时无刻不与她们在伪满洲国的成长、学习经历相关，抑或有些只是在伪满洲国未能发表的作品的改写，因此应该被提及并得到关注。

　　比梅娘晚一年（1943）从伪满洲国出走北京的伪满洲国作家，还有童话作家戈壁（1917—?）。他和梅娘一样，到北京后也为《妇女周刊》工作，但与梅娘不同的是，戈壁在伪满洲国生活期间，就曾在《华文大阪每日》发表了多篇童话作品。

---

　　① 柳青：《向妈妈道声对不起》，《再见梅娘》，北京：人民文学出版社，2014年5月，第263页。

　　② 陈言：《周作人与梅娘——抗战胜利后一个颇具戏剧性的插曲》，《博览群书》，2004年第12期，第84—87页。

1989年，梁山丁编《烛心集》时记载："戈壁原名申弼，辽宁省盖县人，现名申述，曾用戈壁笔名投稿沈阳《新青年》月刊。后考入《华文每日》任编辑。1943年在北京《妇女杂志》任编辑。1944年参加革命工作，曾任北京电影制片厂总编室主任，现已离休。1945年出版短篇小说集《离乡集》。"[①]根据笔者手头资料侧证，戈壁应该是1937年左右开始创作，1939年至1942年前后在《华文大阪每日》任编辑，1944年出版《离乡集》。

戈壁的童话作品，主要是其在《华文大阪每日》任编辑时创作的。《华文大阪每日》是一本中文版文化综合性商业杂志，16开本，创刊于1938年11月1日，开始为半月刊，1944年1月改为月刊，历时7年，所见最后一期为1945年5月号，共刊行141期。开始由大阪每日新闻社、东京日日新闻社联合编辑发行，1943年1月起由大阪每日新闻社单独承办，并更名为《华文每日》。该杂志1938—1945在日本本土编印，发行区域遍及中国东北、华北、华中地区。金音曾回忆当时该刊在齐齐哈尔的发行情况，称"每期一到便兜售一空"[②]，可见其销售火爆和被读者青睐的程度。

与其他童话作家相比，戈壁的童话最突出的特点，就是其中隐藏了特别明显的反抗精神。在1942年日伪审查机构的高压、严审之下，这些强烈的讽喻元素得以隐含于童话之中刊发，实在是件微妙的事情。根据作家李正中（柯炬）分析，原因如下：因为不许暴露黑暗，鼓励粉饰太平，很多伪满洲国的作家"从长篇巨制的委婉的隐喻，转向短小犀利的一针见血的进击。……作品开始由小说，转向散文、杂文、童话寓言与诗歌"。戈壁创作童话，也是这一转向的明证，"从东北当地的报刊，转向国外刊物"。《华文大阪每日》在日本本土编印，某种程度上绕开了伪满洲国殖民者的严格审查。戈壁身为日本人官方杂志的编辑，对审查制度本身也十分了解；童话这类儿童文学与女性文学，都是不太被日本殖民者高度在意的一类题材。1942—1944年涌现了大量的女性作家和女性文艺特辑，或许就是因为男作家容易被关注并受到迫害，而"女性

① 梁山丁编：《烛心集·东北沦陷时期作品选》，沈阳：春风文艺出版社，1989年4月，第446页。

② 金音：《齐齐哈尔文事》，《东北沦陷时期文学作品与史料编年集成·1944年卷》，北京：线装书局，2015年4月，第66页。

作者往往被敌人所轻忽"①。童话因为其儿童文学的特殊属性，也不容易被审查者特别注意。

以《华文每日》1943年的"童话·民间故事特辑"为例。这个特辑共刊登了5篇童话：乡吟的《池边的春天》②，椰子的《科学家和他的人形》③，秦无度的《鼠的故事》④，鲁迅译的《没头虫》（高尔基《俄罗斯童话》第十四篇）⑤，张蔷的《满洲传说抄》。抛开转载鲁迅的翻译作品，其他三个原创童话都是灰色、压抑、阴沉的，虽然都可以勉强被称作童话，但实在难以想象这是为儿童所作。这正侧面印证了这一时段作家创作"小说式"的童话的可能性。三篇童话中的两篇都是戈壁所作，乡吟也是他常用的笔名，而《鼠的故事》则在1944年被收入了他的散文小说集《离乡集》⑥中的六篇童话里。

1943年，乡吟《池边的春天》《华文大阪每日》"童话·民间故事特辑"⑦

《池边的春天》讲述了一个关在笼子里的鹦鹉的故事，它向往着春天和自由，却整日愁容满面，"在这荒凉而寒冷的地方，度着孤独囚居生活"。最后主人总算将它挂在池塘边的树枝上散心，却连"刚刚在树上唱歌的鸟儿，自从

① 柯炬、朱媞：《1942—1945年东北文艺界一窥》，《东北沦陷时期文学国际学术研讨会论文集》，沈阳：沈阳出版社，1992年6月，第408页。

② 乡吟：《池边的春天》，《华文每日》，1943年第10卷第8期，第34—35页。

③ 椰子：《科学家和他的人形》，《华文每日》，1943年第10卷第8期，第36—37页。

④ 秦无度：《鼠的故事》，《华文每日》，1943年第10卷第8期，第38—39页。

⑤ 鲁迅译：《没头虫》，《华文每日》，1943年第10卷第8期，第35页。

⑥ 戈壁：《离乡集》，北京：新民印书馆，1944年10月30日。

⑦ 图片引用自"民国时期期刊全文数据库（1911—1949）"，在此感谢该数据库对本书的史料支持。

发现了这只笼子，都带着恐慌和憎恶的神色远远地躲到旁处去了"，留下鹦鹉独自悲哀，而主人则问它："难道这么好的景色也不能使得你愉快吗？"这很容易让人联想到殖民者吹嘘的"王道乐土"，难以让人愉快。一只失去家乡失去自由的鹦鹉，又有什么值得愉快的呢？

《鼠的故事》描述了战争环境下，一群饥馑的老鼠推举聪明者作领袖，带领他们寻找粮食的故事。这个童话中，群鼠找到了一个地下室，里面藏满粮米，这些粮食是"是新从邻近高等人类的公馆里移过来的"，老鼠们在这里过了几天饱餐的日子。然而好景不长，粮食很快又被人类转移，在老鼠听到的人类谈话中，我们得知了粮食的真相：

> "吓！这大的霉味儿，怪不得着急搬场……"
>
> "你懂个鸟，他才不怕霉哩，越霉越落大价钱……放烂了也不愁没人要……"
>
> "那……为什么这么急？"
>
> "不急，给人家XX人查出来他冯老爷也一样得吃不了兜着走……"

这个童话中除了会说话的老鼠，更多地不是幻想而是对现实的描摹。"高等人"才能弄到粮食，老鼠偷吃到粮食连粪便都不敢乱往外排泄。这正是伪满洲国的残酷现实，1939 年 6 月 1 日，"伪满实行大米配给制，禁止普通百姓使用大米"①。日本殖民者宣称的"五族协和"，在这项规定之下显得如此可笑。特别是 1942 年后，除了日本人、朝鲜人和一些被"格外赏赐"的特权阶级，"中国的平民百姓，包括稻谷的生产者广大贫苦农民，休想得到一粒大米"②。文中的"冯老爷"，正是这种恶劣社会里，利用特权进行黑市大米交易的投机倒把者，而"XX 人"，可以肯定就是"日本人"。这样明显指对日本人残酷政策的文字，借鼠类之口揭露伪满洲国百姓生活的苦难现实，如不是隐藏于"童话"之中，是根本无法逃过审查的。

除了戈壁这样创作"现实题材"童话的作家，还有一类作家将中外传说故

---

① 李立夫编：《伪满洲国旧影》，长春：吉林美术出版社，2001 年 5 月，第 394 页。
② 姜念东等：《伪满洲国史》，长春：吉林人民出版社，1980 年 10 月，第 448 页。

事编写成"童话"进行发表。这类作品,陶君曾认为是"被聪明的编者划入童话部门中去"①的。事实则如第二章中梳理伪满洲国童话概念时所述,当时的童话概念是宽泛、丰富的,很多传说、神话、仙人故事等都被纳入童话概念,是因为"概念"而被《华文大阪每日》等刊收入童话传说特辑,并不是因为编者的"智慧"。而凡是这一时期被称为"童话"和在当时童话概念内的作品,都必须纳入本书的研究范畴。

张蕾(生卒年不详),是黑龙江省齐齐哈尔的女作家。1941年2月开始着手搜集东北地区的传说故事,并在1943年以改写搜集抄录的传说走上文坛,后转向创作小说,与古丁、小松、吴瑛等人的小说一起发表在《艺文志》杂志上,代表作有《黑狗屯的故事》和《孤航》,其中《孤航》还获《艺文志》"新人创作赏"。刘晓丽在著作中评价张蕾的小说《黑狗屯的故事》"是一篇有意思的作品""令人赞叹""小说的叙事颇具解构的大智慧",认为这篇小说解构了伪满洲国的政治话语和生活苦难,文字幽默而悲凉。②张蕾最早发表的童话,是李正中在回忆文章中提及的"童话故事《满洲传说抄》"③,首发在《华文每日》,被归为"童话传说特辑",后来发表在《新满洲》杂志时,更名《北地传说(杂)抄》④,被称为"满洲风土志上另一版的教养工作之传说作品"。

《满洲传说抄》⑤包含三篇传说:《狗咬沈阳》《风刮卜奎》《火烧船厂》,作者认为传说是"具有'神话的''童话性'的东西,而且价值又在神话与童话之上",呼吁"满洲的所谓'童话家'们注意"。这三篇故事分别讲述了关于"沈阳城的狗叫声"、卜奎(齐齐哈尔旧称)来历、船厂(吉林市旧称)来历的传说,非常具有地方特色,写得也引人入胜,可读性很强。

现代理论中对传说和童话的区别,往往是根据受众、写作目的、历史传承

---

① 陶君:《东北童话十四年》,《东北文学》第1卷第2期,1946年1月,第94页。

② 刘晓丽:《异态时空中的精神世界——伪满洲国文学研究》,上海:华东师范大学出版社,2008年9月,第250—253页。

③ 柯炬、朱媞:《1942—1945年东北文艺界一窥》,《东北沦陷时期文学国际学术研讨会论文集》,沈阳:沈阳出版社,1992年6月,第408页。

④ 张蕾:《北地传说杂抄》,《新满洲》第5卷第11期,1943年11月,第28—34页。笔者注:这一期目录中题为《北地传说杂抄》,正文则为《北地传说抄》。

⑤ 张蕾:《满洲传说抄》,《华文每日》,1943年第10卷第8期,1943年4月15日,第40—42页。

等多方面考量的。一般来说，传说是经过口口相传，多人补充再创作而成的，受众往往包含成人。伪满洲国时期的童话受众，如前文所述，本就囊括了成人群体。从《北地传说（杂）抄》的叙述与行文中，却时刻能感觉到以儿童为目标读者的设置，这与作者写作的初衷有关。《新满洲》刊登《北地传说（杂）抄》时，作者在《前言》中说："'北地'是指松花江以北的地带，松花江以北向来被国人轻视，向来有不毛之誉……因为作了一个孩子的妈妈，突然想起'孩子大了时我可讲什么给他听呢？'同时又受了外子的怂恿，便乘着孩子睡时搜集枯肠刮剥记忆的写了下来。"

《北地传说（杂）抄》包含三个小故事。《大蚂哈鱼》将"黑河省"呼玛地区（今呼玛县）每年秋季大马哈鱼跳上岸的特殊现象，以传说的形式进行了有趣的解说；《黄沙滩》演绎了齐齐哈尔市西南、嫩江东南岸黄沙滩的成因故事；《王干哥》则述说了两个闯关东的采参人的悲剧——专吃人参种子、为采参人指路的灰鸟与惨死的采参人之间的联系。《大蚂哈鱼》《王干哥》这两篇无论是社会背景还是对话，都非常具有东北的特色，语言生动，人物活灵活现，很适合青少年阅读。

不过毕竟是传说，囿于背景与时间无法充分展开幻想，故事性也就被减弱了。如《黄沙滩》作为儿童读物，就显得有些冗长无趣，小孩子是不会在乎"酋长有德而得到一片沙滩"这件事的。真正符合儿童阅读心理的作品，必须回到儿童思维模式之中，"只有从儿童的直觉出发，才能避免艺术童话中过多涉猎成人背景或社会问题的倾向，才能在更洒脱的境界中去表现儿童心灵的真、善、美，使艺术童话获得'永恒的价值'"[1]。从这一点上来说，张蕾的"杂抄"最终只能算是抄来、改写过的传说，靠着她流畅诙谐的文笔，在当时进入了"童话"的行列。

戈禾（1912—？），本名张我权，辽宁营口作家，另有笔名葛感、若怯等。1940年成为"满映"脚本创作员，并与山丁结成"诗季社"。后从事东北乡土文学创作，主要作品有小说集《大凌河》等。光复后参与国民党活动，东北解放后被枪毙。[2]戈禾的文学生涯短暂，一开始主要进行剧本创作，1940年到

---

① 马力：《童话学通论》，沈阳：辽宁大学出版社，1998年8月，第15页。
② 蒋蕾：《精神抵抗：东北沦陷区报纸文学副刊的政治身份与文化身份》，长春：吉林人民出版社，2014年9月，第3页。

1942 年，他创作改编了《有朋自远方来》《运转时来》《满庭芳》《小放牛》《花和尚鲁智深》等剧本。"他的创作主要表现爱情故事和底层人物的生活及古代生活题材，主要样式是喜剧。没有明显取悦于日伪统治者的作品。"①

伪满洲国末期，他开始关注儿童文学并创作童话，但多未能发表。他曾在东北光复后的两个月内主编出版"儿童知识丛书"《游戏的故事》②和《冒险的故事》③。其中《冒险的故事》集结了很多历史上充满冒险的人物的小故事，大部分短小简陋、可读性差，但也有少数可以被归为童话之中的。

戈禾身处一个政权交替的年代，他代表了伪满洲国末期的一些作家与作品的命运，根据陶君《东北童话十四年》中对所知童话作家的整理，随着伪满洲国的覆灭，未能发表的童话如下：

1. 胡琳《母亲》《一周的工作》等十余篇。

2. 田禾《鹦鹉的故事》等十余篇。

3. 也丽《黄金国》一篇。

4. 戈禾《猫头鹰之死》一篇。

5. 任情《字纸篓》一篇。

6. 金音《雪人》等数篇。

7. 陶子《×××》一篇。

8. 李蟾《黑国王和白国王》（长篇）一篇。

9. 心羊《幸福的钥匙》等十余篇。

10. 高林《一只角的野牛》一篇。

11. 韩护《蝉问答》等数篇。④

上述作家，如也丽（1904—1985）⑤、田禾、高林、韩护、陶子，童话创

---

① 胡昶、古泉：《"满映"——"国策"电影面面观》，北京：中华书局，1990 年 12 月，第 121 页。

② 张我权：《游戏的故事》，长春：国民图书公司，1945 年 9 月 10 日。注：封面印刷"国民图书株式会社版"。

③ 张我权：《冒险的故事》，长春：国民图书公司，1945 年 10 月 25 日。

④ 陶君：《东北童话十四年》，《东北文学》第 1 卷第 2 期，1946 年 1 月，第 93 页。

⑤ 也丽，原名刘云清，笔名镜海、炼丹、野藜，大连市金州区杏树屯人。1934 年，以笔名野藜发表小说，代表作为《三人》《花冢》《一个闷葫芦》等。1936 年开始专攻散文创作，出版《黄花集》。1941 年，因笔名野藜被认为有"反满抗日"倾向或导致危险，改为也丽。解放后先后在大连二中任教，在大连农业学校、大连新华中学担任领导职务。

作数量非常有限，目前存世的更少。值得一提的是伪满洲国知名的插画家胡琳。胡琳后期专门为各大杂志绘制插画和创作漫画，其出色的美术才能与创意带来的名声，几乎完全淹没和掩盖了其童话创作的足迹。陶君称"胡琳中学时代就开始创作童话，由于作品优秀，被同学老师鼓励并誉为'东方安徒生'"①，但笔者目前可考的仅有发表于《麒麟》杂志的《金鱼红子》②，这篇童话语言清丽，活泼而充满童趣，讲述了一个因大雨涨水而从池塘游走的金鱼红子的冒险故事，故事线条简单，主要角色只有金鱼红子、绯鲤的儿子、打喷嚏的柳树等，她的童话很能模仿儿童的语言，可见作者有一颗未泯的童心。当然，这篇童话的插图也是胡琳自己所作，只可惜这位能写能画的作家登上文坛太晚，此时已是伪满洲国大厦将倾前的最后三年，乱世之间，终究没能让她留下更多的童话作品。

编辑田禾在杂志的《编后屑语》中如此评价："在本期里的特辑'童话'，是接近'技巧'与'意识'，而教小人们有着洁纯的情操，看出笔者皆是在满洲擅长童话的作者就可知道。"③此处所谓的"擅长童话的作者"，除了前文介绍过的霭人、金音，剩下的两人之中便有胡琳。

伪满洲国时期的文化综合类杂志，如《新满洲》《麒麟》《华文大阪每日》等，大多版面设计精美，图文并茂，稿费不菲，获得了大部分童话作家的青睐和争相投稿。但同时，以《泰东日报》《大同报》《滨江日报》《午报》（哈尔滨）、蒙古的《青旗》等报刊或副刊为阵地，发表童话的作者也大有人在。因为前文有专章详细介绍大连《泰东日报》和童话作家杨慈灯，此处仅就其他在黑龙江、吉林、辽宁、内蒙古几地部分报纸上发表作品的童话作家、作品情况作一个概要性的总结。

《大同报》是不折不扣的"满洲国的机关报"，日本关东军精心挑选了办报人选，但对外却伪称"私人办报"。与《盛京时报》《大北新报》《泰东日报》不同，《大同报》是一份面向整个东北沦陷区发行的大报，在东北各处设

① 陶君：《东北童话十四年》，《东北文学》第1卷第2期，1946年1月，第93页。
② 胡琳：《金鱼红子》，《麒麟》，1943年4月第3卷第4期，第127—129页。
③ 田禾：《编后屑语》，《麒麟》，1943年4月第3卷第4期，第162页。

立约 30 多个分销处和许多分社，还强迫商户订阅。① 围绕着《大同报》的《儿童》《儿童与学生》《儿童周刊》《学生》栏目，② 几乎每一期都有作家和写作爱好者的童话作品发表。常见的作家有李光月、翟成章、仪忠相、张育民、张鸿滨、赵亚新、杨维民、何佩璜等人。

在这些栏目上发表童话的，大多是学生。上述童话作者中，李光月发表《猪龙王》③ 时注明"长春两级中学校一年生"，这是目前发现的知名童话作家李光月（李蟠）最早的童话，可见他在中学时代已走上童话创作之路；张育民发表《九曲珍珠的故事》④ 时注明"北特三区十二校生"，作为学生作者，他的童话水平较好，文笔流畅，故事性相对较好。其他几个人，虽从童话的篇幅上看，所占版面较大，但多有凑数之嫌，水平参差不齐，有的掺杂所谓教训的元素，不仅没有任何教育意义，甚至可谓心灵阴暗、残忍可怖。如何佩璜的《狮子与赤虎》⑤，被编者归为"教育童话"之中刊发。这篇童话讲述了狮子和老虎争夺"百兽之王"的故事，在"世界上没有人类之前"，飞禽走兽无人管理，纷纷希望立一个王，推选出狮子和老虎两位候选，于是狮虎相斗七年不分胜负，决定让下一代继续争斗。狮子和老虎各得五子，狮子将五个小狮子领上山崖，"狠命地一个个抛下山去"，第一次摔死一个剩下四个，再到更高的山峰，如此反复甄选出最后一个最强而且最终毫发无损的小狮子。老虎那边，四个普通的儿子之外，也出了一个奇种———一只天生赤毛的老虎，这只长大后果然比任何一只都强壮威武，神都赞叹。最后的比武中，唯一幸存的小狮子长大了，与赤虎比武败下阵来。老狮子不甘心，提议再战，赤虎觉得还是必胜便答应了，老狮子提议从高山滚落比胆量。自然，没经验的老虎摔断了腿，精于此道的狮子成为百兽之王。

试问这样的童话究竟有何教育意义？残杀亲子难道是卧薪尝胆？败局不认

---

① 蒋蕾：《精神抵抗：东北沦陷区报纸文学副刊的政治身份与文化身份》，长春：吉林人民出版社，2014 年 9 月，第 63 页。

② 注：根据笔者对《大同报》文艺副刊的梳理，最早可见的儿童副刊为 1935 年 1 月 22 日的《儿童》栏目，当期刊登童话《两少年》（翟成章）、《猪儿》（仪忠相）。1935 年 11 月 26 日更名为《儿童与学生》，1936 年 1 月 30 日出现《儿童周刊》并持续到 1938 年 3 月 18 日（所见最后一期）；1940 年 4 月 7 日刊上，栏目名为《学生》。

③ 李光月：《猪龙王》，《大同报·儿童与学生》，1936 年 3 月 10 日。

④ 张育民：《九曲珍珠的故事》，《大同报·儿童》，1935 年 1 月 29 日。

⑤ 何佩璜：《狮子与赤虎》，《大同报·儿童周刊》，1938 年 3 月 18 日。

难道是百折不挠？暗使阴招难道是聪明智慧？这种童话却几乎占据当时的半个版面，从中可窥见编辑与创作水平之一斑了。当时原创的童话，哪怕是李光月当时的作品，也只能被称为习作。早期这些作者的童话，并没有能够成为经典的作品，直至 1942 年杨慈灯开始发表童话才开始显现出童话的实力。至于《大同报》儿童文学栏目上偶尔刊载的一些介绍评价世界童话的文章，类似《安徒生的童话和他的传略》[①]，倒是对喜爱阅读和写作童话者做了启蒙的工作。

为搜寻童话创作在伪满洲国时期的发表情况，除了前文论述的杂志报刊，笔者还查阅了大量《泰东日报》[②]《滨江时报》[③]《滨江日报》[④]《午报》[⑤]（哈尔滨）等报纸。这些报纸的情况与《大同报》并无二致，童话作品数量不多，写作水平较低，下面以表格形式将笔者的查阅结果作统计和简单介绍。

表1

报纸名称	年月日	题名	作者	原创或翻译	童话类型
《大同报》 查阅范围： 1933 年 1 月 13日至1942 年 10月 31 日 查阅地点： 大连图书馆	1935.1.22	两少年	翟成章	原创科学	知识童话
	1935.1.22	猪儿	仪忠相	原创	动植物童话
	1935.1.29	九曲珍珠的故事	张育民	原创	启智童话
	1935.3.19	小小故事集	翟成章	原创科学	知识童话
	1935.3.19	橘子故事等三篇	张育民	原创	趣味童话
	1935.3.20	小小故事集	翟成章	原创科学	知识童话
	1935.11.26	小白花的舞会	无	原创	动植物童话

---

① 呼玉麟：《安徒生的童话和他的传略（下）》，《大同报·儿童周刊》，1937 年 1 月 30 日。

② 已在第三章专章介绍。

③ 《滨江时报》1921 年 3 月 15 日创刊于哈尔滨，1937 年 10 月 31 日停刊，是哈尔滨地区发行时间较长、影响力较大的一份民营报纸。

④ 《滨江日报》创刊于 1937 年 11 月 1 日，社长王维周，社址在道里经纬街和水道街口（今兆麟街 1 号）。当时日本人强令哈尔滨出版的《国际协报》《滨江时报》《哈尔滨公报》三家报纸停办，经过哈尔滨特务机关策划将三家报纸合并，在《哈尔滨公报》的旧址，出版了《滨江日报》。

⑤ 《午报》创刊于 1921 年 6 月 1 日，社址在道外东丰街（南十七道街），社长赵郁卿，是哈尔滨创办较早的一家以社会新闻为主的民间小报。1937 年 4 月 15 日被强制停刊，但停刊后因为发行量大、影响广被接收者继续以《午报》名义发行，1938 年后名存实亡。

（续表）

报纸名称	年月日	题名	作者	原创或翻译	童话类型
《大同报》 查阅范围：1933年1月13日至1942年10月31日 查阅地点：大连图书馆	1936.3.10	猪龙王	李光月	原创	神仙童话
	1936.12.9	猿先生讲老蛙	张鸿滨	原创	动植物童话
	1937.1.13	兔儿登山	仪忠相	原创	动植物童话
	1937.1.20	沉在海底的靴子	杨维民	原创	趣味童话
	1937.6.9	阿白的故事	无	原创	童话故事画
	1937.6.9	安徒生童话《旧路灯》	春江	翻译	经典童话
	1937.6.9	老马和小马	汪锦河	原创	教育童话
	1937.6.9	勇敢的汪踦	诸生	原创	传说故事
	1937.6.30	阿白的故事	无	原创	童话故事画
	1937.6.30	安徒生童话《茶壶》	春江	翻译	经典童话
	1940.4.7	火	辑	原创	趣味童话
	1940.7.4	忠实的人	非	原创	教育童话
	1940.11.16	旅客的妙计	增福	原创	趣味童话
	1941.10.15	鬼火	寒金	原创	趣味童话
	1942.10.13	蝴蝶诗人	慈灯	原创	童话集
	1942.10.20	园边	慈灯	原创	童话集
	1942.10.21	淘气的小蜜蜂	静心	原创	动植物童话

表2

报纸名称	年月日	题名	作者	原创或翻译	童话类型
《午报》（哈尔滨） 查阅范围：1931年8月7日至1938年10月18日 查阅地点：黑龙江省图书馆	1938.10.4	小鼠的墓	梦痕	原创	动植物童话
	1938.10.4	志英冒险记	一萍	原创	童话集连载
	1939.7.11	幸运的傻子	一萍	原创	趣味童话
	1939.10.17	金鱼	渣滓	原创	动植物童话
	1939.10.17	聪明的狐狸	无	原创	动植物童话
	1939.10.24	金鱼（续）	渣滓	原创	动植物童话
	1939.11.21	究竟是谁的功劳	无	原创	趣味童话

（续表）

报纸名称	年月日	题名	作者	原创或翻译	童话类型
《午报》（哈尔滨） 查阅范围：1931年8月7日至1938年10月18日 查阅地点：黑龙江省图书馆	1939.12.5	如意瓶	永勤	原创	趣味童话
	1939.12.5	奇怪的小鼓	高瑞玲	原创	趣味童话
	1940.5.23	金斧子	金资玺	原创	教育童话
	1943.10.19	宝儿的防空日	无	原创	知识童话
	1943.12.9	守门的老猫	无	翻译	印度童话
	1943.12.11	守门的老猫	无	翻译	印度童话
	1944.12.26	鹅的故事	无	翻译	罗马寓言

表3

报纸名称	年月日	题名	作者	原创或翻译	童话类型
《滨江时报》 查阅范围：1930年12月27日至1937年10月31日 查阅地点：黑龙江省图书馆	1936.6.18	蛙和他们的孩子	半大儿童	原创	动植物童话
	1936.6.26	蛙和他们的孩子	半大儿童	原创	动植物童话
	1936.7.2	蛙和他们的孩子	半大儿童	原创	动植物童话
	1936.8.13	聪明的白兔	刘婀娜	原创	动植物童话
	1936.8.27	慈儿	郢生	原创	献纳童话
	1936.8.28	扁嘴说错了	陈汝信	原创	动植物童话
	1936.11.11	十字街头	鹤笙	原创	趣味童话
	1936.11.13	十字街头	鹤笙	原创	趣味童话
	1936.11.14	十字街头	鹤笙	原创	趣味童话
	1936.9.3	慈儿	郢生	原创	献纳童话
	1936.9.10	慈儿	郢生	原创	献纳童话
《滨江日报》 查阅范围：1937年11月1日至1942年10月10日 查阅地点：黑龙江省图书馆	1940.4.14	火	无	翻译	俄罗斯童话

从以上统计即可看出，伪满洲国时期的报纸中，中国作家的童话作品仍以趣味性和教育、启发儿童的居多，并没有过多的献纳童话出现。这些童话作品虽然水平较差，但也在那个笼罩着殖民阴影的时代里，给了青少年读者一些阅读的快感和对美好的幻想。还有一些伪满洲国时期的知名小说作家、编辑、诗人等，也偶尔创作童话，但作品多刊登在报纸，短小而分散，虽然个体不可忽视但并未形成规模和较大影响，如魏敬、美石、赵海年、朱少宏、一星、无名氏等，就不一一赘述了。[①]

在中国童话作家中，少数民族并不少见，如杨絮就是回民。但即使是真正的满族人，当时也很难以真正的"满语"进行创作了，因而常以本民族语言创作的蒙古族童话作家，在伪满洲国成为一道特殊的风景。

在日本侵略者扶植的伪满洲国"疆域"里，"东三省"是主体，而蒙古东部是世人容易忽略的。从1887年2月日本所谓"大陆政策"基础的《清国征讨策案》到后面出台的"满蒙政策"，再到20世纪初的各种挑唆、煽动、侵蚀，至伪满洲国成立，日本已经将哲理木盟、昭乌达盟、卓索图盟、呼伦贝尔等东蒙古地区纳入了伪满洲国的"版图"。1933年3月4日，日军占领热河以后，又将西拉沐沦河以南地区"编入"，从而开始改变了中国东北地区和东蒙古地区的历史命运。[②]

对于蒙古族作家的童话，限于资料匮乏和语言难关，鲜有人进行研究，内蒙古教授巴·格日勒图是国内最早研究伪满洲国时期蒙古文报刊的学者之一。早在1998年，他就出版了《异草集：1931—1945年间蒙古文学作品选》（蒙文）[③]，收录了《青旗》（蒙文）上的诗歌、散文、小说和童话故事，虽然后来有人质疑《青旗》上的文学作品并不能代表蒙古这一时期的文学，但这本著作的价值在于开启了关注和整理伪满洲国时期蒙古族作家作品的学术大门。蒙古族作家的儿童文学研究，目前只有中央民族大学的永花以此作为博士毕业论文的题目，并进行了系统和较为详尽的研究。根据永花对这些蒙语资料的研究

---

① 部分作家作品见马力、吴庆先、姜郁文：《东北儿童文学史》，沈阳：辽宁少年儿童出版社，1995年12月，第112—115页。

② 斯钦巴图：《东蒙古殖民地社会与文化的变动（1931—1945）》（博士学位论文），内蒙古大学，2013年。

③ 巴·格日勒图：《异草集：1931—1945年间蒙古文学作品选》（蒙文），呼和浩特：内蒙古人民出版社，1998年5月。

成果，可知伪满洲国时期，蒙族作家发表童话的主要阵地是《蒙古报·儿童》《儿童周刊》《蒙古新报》《青旗·儿童青旗》，主要是基于伊索寓言或蒙古民间故事"有创意的加工"，原创作品并不多见。蒙族作家群，主要以编辑部人员、在校师生和机关文学爱好者为主。常见作家有塔琴（1896—?）、博儒古德（1914—1991）、宝勒超鲁（1913—1978）、哈丰阿（1908—1970）等，儿童文学整体上处于民间文学到书面文学的转型之中，佳作不多。① 《满洲学童》中也偶有翻译为汉语的蒙古童话出现，这些童话往往以动物作为主角，如《乌鸦和喇嘛》② 等，但数量十分有限，而且非常短小。还有一种日本作家将蒙古语的童话传说翻译为汉语发表的特殊现象，如《满洲学童》1941 年 1 月刊登的蒙古童话《鬼袋》，译者政本勇不仅将它翻译成了汉语，语言上还充满浓郁的东北风味儿：③

> "不！不！我要吃人肉呢。"
>
> "人肉？那可不好办啊！有个好事，那个王子快要死了，那么可以叫你尽量吃一顿。"
>
> "多偺死呢？"

译文中的"多偺"在东北话中，是"什么时候"的意思。这篇童话，显示着蒙古童话作品在传播之中的语言，以及翻译文学和殖民时代的复杂性。

永花的研究中，论及蒙族作家"翻译名著"的现象，并作为专章讨论——《伪满时期儿童翻译文学》。文中提到"《伊索寓言》曾一度成为日本殖民者教育蒙古族儿童的重要手段""夹杂道义解说或教训"，利用"游牧民族偏爱动物的本性"作为教育的手段。

其实，根据笔者对伪满洲国时期童话整体情况的把握，这种"利用"并非东蒙古地区的特例，如前文所述，这种对经典作品的"改编""植入"，是日本殖民者意识形态控制和影响的常态。有趣的是，与汉语作家不同，蒙族童话作家和知识分子利用日本殖民者不通蒙语的"优势"，"积极地改写和改编

---

① 永花：《伪满时期的蒙古族儿童文学研究》（博士学位论文），中央民族大学，2009 年。
② 高时：《乌鸦和喇嘛》，《满洲学童》，1943 年 4 月 1 日，第 4—5 页。
③ ［日］政本勇：《鬼袋》，《满洲学童》，1941 年 1 月 15 日，第 14—18 页。

《伊索寓言》，使其成为蒙古族自己的故事"①。这与汉语作家的"游离""不合作""反抗"异曲同工，不谋而合。

金海在其著作中论及《青旗》及伪满时期其他蒙古文报纸时认为，由于"办报主体均为政府机构或由政府特许的新闻垄断机构，所以其政治倾向极为明显""成为各政府向蒙古人宣扬日本的所谓'大东亚新秩序'等政策、措施的工具"②。这种情况又岂是蒙族作家所独自面对的？整个伪满洲国地区的作家和文学爱好者，围绕在这些"政治倾向""官方意识"的周遭，又岂是单纯的二元论可以尽述的？

除杂志、报纸外，一些出版社编辑出版了单行本或成套的"童话书"。这些书大多是根据中国民间文学或传说改编的，较有代表性的有"新京"大陆书局发行的一系列"儿童故事"，包含《名人故事（全6册）》③《幼童故事（全10册）》④《蚁王报恩》⑤《儿童故事》⑥等。严格意义上，这里面大部分都不能被称为童话，类似书籍鱼龙混杂，有待于后续研究分辨考察。

1943年，《幼童故事（全10册）》大陆书局原版书影

① 永花：《伪满时期的蒙古族儿童文学研究》（博士学位论文），中央民族大学，2009年，第141页。

② 金海：《近代蒙古历史文化研究》，呼和浩特：内蒙古人民出版社，2009年8月，第448页。

③ 《名人故事（全6册）》，"新京"：大陆书局，1939年10月30日，包含《司马光》《闵子骞》等6册。

④ 《幼童故事（全10册）》，"新京"：大陆书局，1943年12月30日，包含《谁叫得最响》《谁走得最快》等10册。

⑤ 王英：《蚁王报恩》，"新京"：大陆书局，1944年5月30日出版。

⑥ 王英：《儿童故事》，"新京"：大陆书局，1944年5月30日出版。

在翻译外国童话作品的行列里，除了前文所述蒙古族作家对《伊索寓言》的各种改编之外，伪满洲国地区发行的报刊中的童话翻译作品也不在少数。杂志报纸上的翻译作品主要以《安徒生童话》《伊索寓言》《格林童话》《王尔德童话》《天方夜谭》《俄罗斯童话》《爱罗先珂童话集》等名著片段或改编为主要形式，翻译者除了伪满洲国的作家、爱好者外，还有当时华北、华东的著名作家翻译童话的转载。

当时较为流行的世界童话名著中文翻译丛书，主要有两套。

一套是"满洲文化普及会"1938年至1941年编著发行的"世界童话丛书"①，共16册，单册定价3角，包括（按照出版顺序）：《鲁滨逊漂流记》《小人国游记》《大人国游记》《唐先生奇侠传》《一○○一夜》《寻母三千里》《飞国游记》《兽国游记》《日本童话集》《意大利童话集》《法国童话集》《印度童话集》《西班牙童话集》《土耳其童话集》《丹麦童话集》《荷兰童话集》。

这套丛书的编译者是森川昇二，第一次印刷于1938年1月25日，5月20日正式发行前9本，至1941年发行后7本时，《鲁滨逊漂流记》《小人国游记》等前几本已经发行第6版了。

第二套是艺文书房1942至1943年组织多位翻译者编译刊发的"世界童话集"，单册定价6角，包括《欧罗曼底护符（他四篇）》②《约瑟夫的故事（他五篇）》③《索罗门王的绒毯（他六篇）》④等十辑。艺文书房在对该丛书的宣传中称"这套世界童话集，是精选世界最精美的童话，由全国名译者译成；印刷精美，定价低廉，为青少年最好的读物"⑤。

这两套童话集，主要是对世界童话的翻译，大多出于商业出版的目的。客观地看，这些对世界童话的译介，开阔了伪满洲国地区青少年读者和知识阶层的视野，对童话普及和刺激童话创作有一定的积极意义。

---

① ［日］森川昇二："世界童话丛书"，"奉天"满洲文化普及会，1938—1941年。
② 张野泉译：《欧罗曼底护符（他四篇）》，"新京"：艺文书房，1942年10月30日。
③ 田宁译：《约瑟夫的故事（他五篇）》，"新京"：艺文书房，1942年10月30日。
④ 韩吟梅译：《索罗门王的绒毯（他六篇）》，"新京"：艺文书房，1943年。
⑤ 书末广告页，《老鳄鱼的故事》，"新京"：艺文书房，1942年1月25日。

《小人国游记》《欧罗曼底护符》原版书影

童话翻译单行本，较为著名的有顾共鸣译的《老鳄鱼的故事》①，季春明译的日本童话《风大哥（风又三郎）》②，黄风译的《天方夜谭》③《安徒生童话全集（全二册）》④，似琼译的《梦里的新娘》（未见）等。经过笔者考证，黄风的"翻译"事实上是完全翻印1939年12月上海启明书局张家凤翻译出版的《安徒生童话全集（上下册）》⑤，《风大哥（风又三郎）》将在"日系"童话中进行分析，而《梦里的新娘》无法寻获原书，这里着重分析其中的一本译著——《老鳄鱼的故事》。

1940年6月，顾共鸣像和《老鳄鱼的故事》原版书影

① 顾共鸣译：《老鳄鱼的故事》，"新京"：艺文书房，1942年1月25日。
② 季春明译：《风大哥（风又三郎）》，"新京"：艺文书房，1942年1月。
③ 黄风译：《天方夜谭》，"新京"：博文印书馆，1942年2月15日。
④ 黄风译：《安徒生童话（上下册）》，"新京"：博文印书馆，1942年2月15日。
⑤ 张家凤译：《安徒生童话全集（上下册）》，上海：启明书局，1939年12月。

顾共鸣，生卒年不详，原名顾承运，常用笔名共鸣，除了创作一些文学作品，他常在业余时间进行翻译工作。他是伪满洲国时期的"艺文志"同人，与小松、爵青、古丁、外文等人都很熟悉。他曾担任满洲杂志社的部长，编辑《麒麟》，做过株式会社满洲映画协会编辑。后赴北京，任新民印书馆股份有限公司秘书。根据《艺文志》中的记载，"和他会见过的人，都说他是一个好人"，"这个好人，非常健谈"，"他是朋友间的'热闹的存在'"。[1]

《老鳄鱼的故事》一书，根据艺文书房1942年版的介绍，原著是辽波儿·萧佛（Léopold Chauveau），由顾共鸣译，定价8角5分。辽波儿·萧佛（1870—1940）是法国作家，最早是一名医生，第一次世界大战后开始创作文学作品，《老鳄鱼的故事》（*Levieuxcrocodile*）是他为自己的儿子创作的童话集，包含《老鳄鱼的故事》《锯鲛与锤鲛》《蛞蝓狗与天文学家》三篇童话。

这本童话书，曾经风靡法国和日本，以《老鳄鱼的故事》为主的三个故事，并没有直接关联，但都是以动物为主角，充满天马行空的想象、黑色幽默和人性哲理。以《老鳄鱼的故事》为例，一条鳄鱼老了，实在难以寻找食物，居然吞噬了自己的孙子而被家族驱逐。老迈的他顺着河流漂到海上，遇到了一条长着12条腿的蛸鱼（章鱼）姑娘并与她成为朋友，热心的蛸鱼每天都帮他抓鱼吃，但老鳄鱼却忍不住贪婪，每天晚上吃掉蛸鱼姑娘的一条腿。

白天，吃着蛸鱼捕来的鱼。晚上，吃着蛸鱼的腿。每夜只吃一只，决不吃两只。

——《老鳄鱼的故事》第18页

---

① 《艺文志同人群像及像赞》，《艺文志》1940年6月第3辑，第128页。

蛸鱼虽然比同类多 4 条腿，却不会数数，根本没有察觉自己的腿少了。第 13 天，吃掉全部 12 条腿的鳄鱼，终于吞掉了他的蛸鱼朋友，"他认为她很鲜美。但是，他将她咽进肚里，马上就流下了苦泪"。他感到后悔和无尽的无聊，他希望回到故乡的家，然而"没等他靠近，鳄鱼们全都逃跑了"。孤独的他进入了梦乡，在他睡着的时候，"二十个倔强的黑人，把他抬走"。当他醒来时，发现自己被一群土人崇拜着，"每天十个或十二个左右的少女，一个个的献上作为牺牲，鳄鱼很喜欢吃她们，少女们也愿意被他吃"。原来是因为——"老鳄鱼，自从浸润在火热的红海里之后，不知不觉已成炒虾一般通红的颜色。"

如果仅从这本童话的文字本身来理解，最多将它看成一篇有点残忍的童话故事，毕竟法国作家辽波儿·萧佛并没有活到太平洋战争，更不可能在其中植入任何日本殖民者希望传播的元素。而且，即使是今天，《老鳄鱼的故事（外两篇）》也依然作为经典童话在各国出版。2005 年 8 月 5 日，它还被日本导演山村浩二改编成 13 分钟的动画短片《年老的鳄鱼》（《年をとった鰐》），并荣获第 9 回文化厅媒体艺术节动画单元优秀奖、第 11 届广岛国际动画片电影节优秀奖。

但是，《老鳄鱼的故事》在 1942 年于伪满洲国发行时，却不是简单作为一本外国经典童话译作而出现的。在"满洲帝国协和青少年团""中央统监部文化部"王天穆编的青年文集《我们的生活》上，有一则《老鳄鱼的故事》的发行广告，明确告知这本童话是"以海中动物的实态为经，以讽刺大英帝国为纬，为青少年必读之良书"①。那么，一本写老鳄鱼的童话，如何"讽刺大英帝国"？

本书第三章曾以《满洲学童》中的童话作为例子，对"鬼畜米英"的修辞与献纳文体进行过分析，对美国和英国如何在太平洋时期成为日本宣传舆论以及文学作品中攻击、讽刺的对象，作过较为详尽的论述。但要理解这本童话如何"讽刺大英帝国"，必须先了解日本与英国在 20 世纪初的"爱恨情仇"，才能与文中的细节对应分析。

19 世纪末，随着西方列强对中国的侵略，日本抛出了"保持中国完整

---

① 书末广告页，《我们的生活》，"新京"：艺文书房，1943 年 7 月 5 日。感谢加拿大圭尔夫大学历史系教授诺曼·史密斯教授提供本书原件供我扫描研究。

论"，主要是希望防止西方列强继续蚕食亚洲。俄国对中国东北的侵占，以及越来越强硬的态度，让日本非常担忧。在此情况下，曾担任过日本驻英大使，时任日本外相的加藤高明（1860—1926）向日本政府提议"与英国互相提携"，但未被重视。1901 年 4 月，伊藤博文内阁倒台，取而代之的是成立于 6 月的桂太郎内阁，后者决定积极推进与英国的同盟关系。1902 年 1 月 30 日，《英日同盟条约》正式签订，英国与日本成为军事上的盟友，有效期 5 年。[①] 随后在 1904 年至 1905 年，日本与俄国爆发了争夺中国辽东半岛和朝鲜半岛的日俄战争，以日本取胜告终。此后英日之间 5 年一次的条约签订了 3 次，直到 1921 年华盛顿会议上，迫于美国的巨大压力，英日同盟只好终止。英国与日本在 19 世纪初很长的时间里，保持着盟友般的和谐关系，直至太平洋战争爆发。

因此，在这个童话中，老鳄鱼自然是代表着老牌资本主义国家——"大英帝国"。老鳄鱼吃掉自己的孙子，自相残杀，隐喻着英美之间的战争和利益争夺；老鳄鱼从河中孤独地向红海里游弋，代表着英国对埃及的殖民；蛸鱼（章鱼）姑娘代表着日本，作为一个较为柔弱的对象，她尽可能地为老鳄鱼提供食物与陪伴，尽到了一个朋友的职责，她不设防，善良而轻信，被老鳄鱼一次次吃掉腿，依然对这位朋友毫无戒备，最终被他吃掉；老鳄鱼被黑人土著崇拜，每天靠吃土著女孩为生，暗指英国在其殖民地对当地人的惨无人道。

老鳄鱼是年老、自私、冷血、残忍、伪善、背叛、没落的象征，而蛸鱼（章鱼）姑娘则是年轻、博爱、热情、友善、忠诚、传统的代表。两相对比，英国在这篇童话中，几乎被骂作是"无情无义的畜生"。对于日本为什么是雌性章鱼，笔者认为，这并不是因为这篇童话而偶然对应的形象。在很多战时的明信片中，各国被描绘成动物和其他形象，以下将用这些明信片中的形象，对这篇童话进行"跨界解读"。在图像作品中，当日本和英国同时出现时，往往日本被描绘成女性形象，而英国则是强壮的男性。如下面两张日俄战争时期德国人绘制的明信片：

---

① 详见［日］大畑笃四郎、梁云祥等：《简明日本外交史》，北京：世界知识出版社，2009年 1 月。

The Russo—Japanese War（日俄战争）

代表俄国的棕熊，尾巴上挂着法军的帽子，表示俄国及其支持国法国的一方；日本女人以扇遮面，后面站着戴着军舰帽子的英军，代表英日同盟一方。旁边的地图正是日俄战争中两国争夺的中国辽东半岛和朝鲜半岛。

End of theWar（战争的结局）

代表俄国的棕熊，被打得五劳七伤，手脚缠着绷带，嘴里满是鲜血，身边立着眼神悲伤的法国军人；日本女人则被抓得衣衫褴褛，披头散发，口鼻淌血，胳膊下夹着拐杖，身边立着胳肢窝夹着军舰的英军。远处，是一群秃鹫在血与沙之中的盛宴。

日本地域狭小，人们性格相对保守，加上当时需要英国的提携与保护，很自然地被幻化为具有东洋色彩的日本女性。至于章鱼，除了同样具有阴柔、母性、神秘、灵活等特点外，还代表着日本当时无处不在的触角和扩张的野心。

日本曾不止一次地应用章鱼形象作为宣传画，其中不乏比喻日本自身的。比如下图：

《日本万岁百撰百笑·章鱼的触角》，小林清亲绘于明治三十七年十月一日（1904年10月1日）

日本指挥官坐在一只海中的章鱼头顶，指挥着九个爪的巨型章鱼，在中国领海，这只章鱼的躯体几乎占满整个海域，它抓取并摧毁舰艇模样的鱼群。一些已经被杀死的鱼正向海中沉没，大部分已经被章鱼掐死在巨爪之中。只有一条逃逸到靖海卫附近。

在这张日本人绘制的明信片中，日本（日本军队）明显是被比喻成暴力、强悍、杀伤性的巨型章鱼，战胜了俄国的海军舰队。这是一种夸耀和自豪情绪下的自比，也解释了《老鳄鱼的故事》中，为什么日本对应那只12只触角的章鱼。只是，日本绝不希望自己像那只善良、后知后觉的章鱼，因为那最终会被老鳄鱼吃掉。

不过，日本在太平洋战争爆发后，更多地将英美两国比作贪婪并将触角伸向亚洲的章鱼，而日本则是为亚洲斩杀海中巨怪的英雄：

"站起来了，日本！唉，总算击退怪物了！"太平洋战争时期日本宣传画中罗斯福和丘吉尔被丑化为贪婪的章鱼

令人捧腹的是，美军在太平洋战争期间，也将敌国日本的形象丑化为丑恶无比的章鱼，进行人身攻击式的讽刺：

《美国海军》杂志战时封面上，日本被绘成有着猴子面孔和章鱼身体的怪物，英勇的美军战士正在用火焰喷射器消灭它

这些明信片作为理解童话《老鳄鱼的故事》的"药引"，为我们展现了一个立体的战时文学与宣传交错的图景，也让我们更容易理解童话中所谓"动物的实态"影射的对象。伪满洲国作为日本殖民地，如何以文学作为方法，进行有利于己方的战争宣传，正是日本侵略者处心积虑的所在。一本法国作家的童话，经由日本文人的解读，成了十分贴合战时各方角色的"讽刺童话"，而经

由中国作家的翻译在伪满洲国出版，以及伪满洲国文化部门的宣传配合，最终完成了"植入式童话"在殖民地的传播与接受。这正是《老鳄鱼的故事》在此被详细分析和解读的意义所在。

第二节　描绘与把持——"日系"作家的童话创作

　　也许人们把童话当做村夫野老之词，但是我们若仔细研究一下，
便会知道它和一国的政治、历史、教育上有很大的暗示。

　　　　　　　　　　　　　　　——九郎《童话之重要性》（1939）[①]

　　1939年，常在《华文大阪每日》《新满洲》等刊物上发表文学作品的伪
满洲国作家九郎（生平待考）[②]，撰文从"童话的流传""童话与各学科的关
系""童话与教育""童话的采集方法"等四个方面，详细叙述了童话对于"政
治、历史、教育"的重要性，号召伪满洲国的作家们重视并投身于童话的创作。
　　随后到来的20世纪40年代，伪满洲国汉语童话创作进入了相对的高潮阶段，
至少说明伪满洲国后期，越来越多的中国作家开始意识到童话不仅限于儿童阅读
和消遣的价值。相对于中国作家，"日系"作家早就开始重视童话的功效了。他
们从儿童启蒙、政治宣传、历史教学、语言文化与传统普及等各个方面，以童话
为载体，官方组织或作家主动参与，自觉不自觉地开展着一场规模显著的"童话
侵入"，并依靠其殖民文化机构的审查与把控，成为童话创作的"把持者"。
　　从伪满洲国建立开始，众多日本作家随着部队和开拓团来到这个被宣传为
"王道乐土"的地方。这些日本文人，很快进入自己擅长的领域，组织社团、
刊物，发表日语或汉语作品。他们有的居于要职，有的属于官方"笔部队"，
有的只是普通民众甚至有文化的农民。"很多'日系'作家是伪满洲国'培
养'的，他们原为极普通的日本人，因为伪满洲国的特殊环境，日本人的作品
发表十分容易，在日本本土很难做到的事情，在伪满洲国却唾手可得，有些日
本人就借此便利条件成了'作家'。"[③] 傀儡的伪满洲国从建立到覆灭，比较

---

　　① 九郎：《童话之重要性》，《新满洲》第1卷第4号，1939年4月1日，第30页。
　　② 根据笔者对九郎在其他刊物上的作品，如小说《毁》（发表于《新满洲》）、散文《蚂蚁》
（发表于《华文每日》）等文的考察，基本可以确定"九郎"是一个中国作家的笔名。因为目前
信息有限，还无法考证生平。
　　③ 刘晓丽：《流寓伪满洲国的日本作家》，《东亚文学与文化研究》，北京：中国社会科学
出版社，2012年2月，第143—148页。

知名的日本童话作家，有中沟新一、石森延男、山田健二、逸见犹吉、八木桥雄次郎、良川荣作、喜田泷治郎等人。

伪满洲国的日语童话发行出版与传播情况，相对较为复杂，专注于童话创作的作家也并不多见，作家"在满"时间也不尽相同。为了最细致地展现原貌，以下对其中较为知名的作家进行介绍时，将日语童话分为以下几种："在满日系"童话作家与创作，"伪满洲国题材"的童话与回流，"日满对译"与"日蒙对译"童话。

伪满洲国成立之初，一些日本文人开始创办文艺杂志，当时就有一定数量的童话发表。大内隆雄就曾回忆，《满蒙》①杂志编辑中沟新一（1891—？）就是当时的"童话大师"。②中沟新一，日本东京人，笔名韵大尉、那迦三藏。1920年11月，他来到大连，历任大连新闻社编辑局学艺部长、大陆杂志社嘱托、中日文化协会编辑部主事、《满蒙》杂志主编。主编《满洲年鉴》（1933）、《满蒙讲座》（1933）等，发起创刊《满洲子供新闻》（《满洲儿童报》），时常刊登一些童话故事，提倡儿童中心主义，在教育界颇有影响。这说明早期流寓满洲的日本文人，就对儿童、儿童文学十分重视。

老年的石森延男《满洲日日新闻》

---

①《满蒙》，满蒙文化协会会刊，1920年创刊于大连，名为《满蒙之文化》。1923年改名为《满蒙》，刊登各类调查报告、专题文章和文艺作品，1945年停刊。

②［日］大内隆雄：《满洲文学二十年》，见刘晓丽主编：《伪满时期文学资料整理与研究·研究卷》，哈尔滨：北方文艺出版社，2017年1月。

紧随中沟新一，于 1926 年来到大连的是日本著名儿童文学作家、日语教育学者石森延男（1897—1987），他被视为伪满洲国"日系"儿童文学的奠基人，出生于北海道札幌市，从札幌师范学校毕业后，做了两年小学教员，随后入东京高等师范学校日文科，此时开始对诗歌和童话产生兴趣并尝试创作。1923 年毕业后任中学教师，翌年执教于师范学校，1924 年出版处女作《怀念的人们》。初到大连时，石森延男就职于"南满洲国教科书编纂局"，主要任务是为"在满"的日本人子女编写教材，与此同时，他积极创办了《新童话》《童心行》《帆》《满洲原野》《日本的少女》等杂志，其中《帆》作为儿童作文杂志，成为伪满洲国时期日语作文教育范本。

　　1934 年，大连东洋儿童协会出版了石森延男创作的《明亮的海港黄色的风》（《明るつ港黄色の风》）① 和《满洲传说》②。1938 年，石森延男在大连弥生高等女学校任教，同年在《满洲日日新闻》③ 上连载儿童小说《蒙古风》（《もんくーふおん》），翌年调回日本，出版《绽放的少年们》（《咲きだす少年群》）④，还出版了童话《故乡的画》（《ふるさとの絵》）、《蔓延的云》（《ひろがる雲》）、《燕子们》（《燕たち》）。1942 年，他出版了长篇童话《松花江的早晨》（《スンガリーの朝》）。1943 年，他的长女去世，石森延男改信基督教，这一信仰给作品风格带来不少影响。1949 年，他辞官专心著述，出版大量童话集、随笔集、旅行记、补充课本等。1971 年，由日本学习研究社出版《石森延男儿童文学全集》15 卷。

　　石森延男于 1931 年 12 月出版了他在大连的第一本童话集《砸夯》⑤，这本童话集标价"一元八十钱"，从版权页显示的信息看，当时石森延男住在

　　① ［日］石森延男：《明亮的海港黄色的风》（《明るつ港黄色の风》），大连：东洋儿童协会，1934 年。

　　② ［日］石森延男：《满洲传说》，大连：东洋儿童协会，1934 年。

　　③ 《满洲日日新闻》，日本关东厅、南满铁路株式会社机关报，1907 年 11 月 3 日创刊于大连的日文报刊。历任社长为守屋善兵卫、村田诚治、村鉴常右卫门、西片朝三、山崎猛、宝性确成、村田豁磨、小山内大六。该报附出英文版、中文版。1927 年 11 月与《辽东新报》合并，改名《满洲日报》。1935 年 9 月盘进《大连新闻》，恢复本名。20 世纪 40 年代初再次改名为《大连日日新闻》，发行于东北、关内和日本，1945 年 8 月停刊。

　　④ ［日］石森延男：《绽放的少年们》（《咲きだす少年群》），东京：新潮社，1939 年 8 月 30 日。

　　⑤ ［日］石森延男：《砸夯》（《どんつき》），大连：大阪屋号书店，1931 年 12 月 10 日。

"大连市桔梗町101"。这本童话集,包含《蜂群》《高原》《慢慢成长的》《一粒豆》《风信子》《制作品》《风之母子》《砸夯》《吹明笛的少年》《向日葵与魔术师》《大雁与野草莓》共11篇童话,其中作为书名的作品《砸夯》是第8篇。

《砸夯》描写了一个众人造房子的场景:一片肮脏老旧的联排长屋住宅慢慢被拆除,取而代之的将是新的豪宅。人们聚在一起,为造新房子打地基。首先搭建起一个高架,在一个中间的粗圆木桩上绑上许多网绳,人们从四面八方一起拉网绳,就能把圆木棒吊起来,一起松手,木棒就会掉落把土地砸平。人们喊着号子,一起唱和着夯土。

故事的主角是一个叫信二的孩子,他觉得劳动号子的节奏很有意思,而且在高架子上领唱的人显得特别开心。从下面仰望上去,就好像在青天白日下放歌一般。随着劳动号子上上下下的圆木棒也很有趣,而且四周一开一合的网绳好像一朵花在吸气吐气一样。孩子们看着这豪华的居所,觉得这里简直是浦岛太郎去过的龙宫。能住在这样豪华的房子里的孩子一定是浦岛太郎吧。孩子们很羡慕,也都想成为浦岛太郎。然而比起想要住进这样的豪宅,信二的心一直被砸夯的场景牵引着:"十几个人合力牵引的木棒是非常大的力量,信二不能忘记那些看不见的力量和人们。"①

这是石森延男早期童话作品中的代表作,在这样的作品中,他常常描写一些具有日本风俗和文化的小故事,有时候就是生活的日常,并没有过多的幻想和虚构。像《砸夯》中的孩子们,观看大人们打地基,感受到了团结的力量,这就已经在故事中埋藏了教育的意义。作为长期从事教育行业、编写教科书的石森延男,他早期的童话中就十分注意教育元素的加入。在这套童话中,《蜂群》描写蜜蜂之间的互助互爱和人类的不劳而获,最终蜜蜂逃到了大自然之中;《一粒豆》写的是一粒豆成为豆苗,坚持不懈地向唯一的光明处爬升,还劝服了想要咬断自己茎叶的老鼠,最后在她的孩子们获得光明后枯萎死去;《大雁与野草莓》则叙述了一个天生翅膀弱的大雁掉队后,落在西伯利亚寒冷的荒野里,幸亏遇到了好心的野草莓,让它恢复了力量继续

---

① [日]石森延男:《砸夯》,《砸夯》(《どんつき》),大连:大阪屋号书店,1931年12月10日,第51页。

194

展翅高飞。这些童话都蕴含着一些给孩子的道理，但文字又都是充满童心而优美的。比如《大雁与野草莓》的结尾，大雁的体力完全恢复了，野草莓说："即使你独自一人旅行，内心也不要畏惧，活着的每一个人都在旅行。仔细想想，每个人都是独自一人在旅行，在旅途中这样相遇，彼此帮助才是旅行的愉快之处。"①

将孩童们熟悉的环境作为童话的背景，一朵花、一粒豆，都可以作为童话的主角，孩子们在不知不觉中感受到了童话中的教育，这就是石森延男早期童话的特色。他的日语童话与他的日语"满洲补充读本"作用类似，就是要让在伪满洲国的日本儿童记住日本的风俗文化，不要因为长期在"满洲国"而为当地的文化所侵蚀和同化。伪满洲国与其他殖民地不同的地方在于，因为傀儡皇帝存在，这个特殊的"体制"无法像朝鲜半岛、台湾那样明目张胆地推行"皇民化"，因此当地民族文化的强大性，确实可以使日本的"在满儿童"反而被改变。比如所谓的"协和语"，确实代表着殖民文化的侵略，但另一方面，也是日本殖民者为了与当地居民交流的一种妥协和"被同化"，在破坏汉语的同时，日语也一样被侵蚀了。这正是石森延男这种教育者被派到伪满洲国致力于解决的问题，否则也没有"补充读本"的存在必要了。

20 世纪 30 年代后期，石森延男的童话也开始靠近对"国策"的书写，加入了制造"五族协和"，书写"乐土"的队伍之中。从《蒙古风》②开始，他的童话作品中充满了"满洲元素"并成为一个完整的系列。

1938 年 2 月，《满洲日日新闻》的编辑找到石森延男，希望他"能以满洲的儿童为题写点什么"。很快，他开始在《满洲日日新闻》上连载童话故事《蒙古风》，这个故事一经刊出就大获好评。然而，1939 年 3 月，石森延男被任命为日本文部省图书局的图书监修官，只得返回东京，连载也因此终止。回到日本国内后，新潮社在出版时将书名改为《绽放的少年们》③。

---

① ［日］石森延男：《大雁与野草莓》，《砸夯》（《どんつき》），大连：大阪屋号书店，1931 年 12 月 10 日，第 75 页。

② ［日］石森延男：《蒙古风》（《もんくーふぉん》），《满洲日日新闻》，1938 年 2 月至 1939 年 3 月连载。

③ ［日］石森延男：《绽放的少年们》（《咲きだす少年群》），东京：新潮社，1939 年 8 月 30 日。

《绽放的少年们》(《咲きだす少年群》)原书封面

《绽放的少年们》(《咲きだす少年群》)原书内页

　　《绽放的少年们》虽然是他回国后的作品,但这本书正是《满洲日日新闻》上40回连载的《蒙古风》的整理和延续,绝大多数都是"在满"已经创作完成的。当时儿童小说和童话的概念界限十分模糊,这并不仅是石森延男童话作品的特点,著名日本作家新美南吉在伪满洲国发表的童话作品——现代已被归为经典童话的作品——也都更像是儿童小说。我们必须依照伪满洲国时期的童话概念,将这些作品归为伪满洲国童话作品的研究范畴;但即使不归为"童话",也丝毫不影响这些"儿童小说"对我们理解石森延男在20世纪40年代的童话作品的风格转变,理解日本殖民时期伪满洲国"五族协和"的整体语境,考察伪满洲国"日系"童话作家的生活环境,以及多种因素对童话创作影响的重要作用。

这部 336 页，以蒙古 3 月中旬刮起的被称作"大陆的春魁"，混杂着黄土粉尘的超强大风为题的童话，是石森延男最早的长篇童话作品，他的成名之作，由新潮社出版，获得第三回"新潮赏"。

石森延男在序言中介绍了这本书的写作目的：

> 日本的少年、蒙古的少年、白俄的少年、满人的少年，他们在一起憧憬自然、亲密、友爱、猜疑、争斗、互助以及他们按照各自想法生活，本书讲述的是这样的故事。如今，日本在大陆留下了它巨大的脚印。在这些脚印中，有着这样看不到的小花也在绽放。日本的儿童，不要枯萎要绽放，不要畏缩要茁壮成长，我怀着这种心愿写下《绽放的少年们》。①

故事的主要人物是麻子，麻子的妹妹小田洋，麻子的未婚夫定夫，麻子第二任男友启二，"满人"孤儿志泰和桂英，蒙古少年查古多，白俄少年尤西里和他妹妹索妮娅。

麻子的未婚夫定夫，是一个会说蒙古语的日本人，坚决参战并在出征前认为自己会战死而拒绝了与麻子的婚约。麻子的第二任男友启二是日本的名牌大学的学生，毕业后放弃了国内好的待遇，到满洲参加"新东亚大陆建设"。"满人"小孩志泰和桂英的母亲病死，父亲离家出走，他们成为孤儿，被麻子和启二收留。志泰与麻子的妹妹小田洋同年龄，在"满人"小学校读书。蒙古少年查古多是刚转到小田洋班上的（其父是蒙疆政府的官员），白俄少年尤西里也是小田洋班上的孩子，会一口流利的日语。故事围绕这些与志泰、小田洋同是小学高年级的少年朋友而展开。

这个各民族少年"相亲相爱"的故事，本身就具有一种"民族协和"的意义，但文中很多地方，石森延男也写出了这种"协和"本身的不协和。比如日本人固有的风俗观念，即使到了伪满洲国也很难改变，中国人已经很好地适应了日本的一些传统，而日本人却为了豆腐切成三角还是四角而纠结；比如日本人的孩

---

① ［日］石森延男：《序》，《绽放的少年们》（《咲きだす少年群》），东京：新潮社，1939 年 8 月 30 日，第 3 页。

子不会说俄语、"满语"，而白俄少年却能说流利的日语；比如白俄少年的妹妹索妮娅，因为在"满人"杂货店有个年纪相仿的"满人"朋友，而能说较为流利的"满语"（汉语）……日本殖民者希望所有的殖民地在日语的普及下，传输共同的风俗习惯和文化，将日语作为强制学习的工具，然而语言却在非强制的语境里被互相学习和传播。日本人对"满人""肮脏、不干净、不卫生"的固有观念，也时常出现在石森延男的文字中，事实上也常出现在很多其他同时代日本作家的文学作品中。这种所谓的"民族协和"，连编写故事的人自己都感到很怀疑。看似亲密的少年朋友们，却时刻感受到人种、文化、风俗、语言、经历等因素立起的藩篱，难以跨越，难以改变，也似乎没有强大的理由去跨越和改变。

在这本童话中，麻子和启二收留孤儿，特别是麻子对孤儿中的小孩桂英的照料，除了表现日本妇女克服语言不通等各种困难，收留抚养"满人孩子"之外，多少有一种将伪满洲国比喻为"婴孩"，将日本比喻为母亲的意味。这并不是石森延男的独创，在中日战争爆发后，日本经常在各种宣传中将伪满洲国比喻为一个柔弱的"婴孩"，只有在日本"母亲"的怀抱中才能得到安全。如下图的宣传画，伪满洲国国旗画在一个婴儿身上，苏联如巨鹰随时扑下，国民党政府张开大嘴似要吞噬，日本"母亲"形象背后，是鹰勾鼻子美英同盟的觊觎。

日本明信片《危险的婴儿》

"一切文化都倾向于把外国文化表现为易于掌握或以某种方式加以控制。但是，并非一切文化都能表现外国文化并且事实上掌握或控制它们。"[1] 石森

① ［美］爱德华·W·萨义德著，李琨译：《文化与帝国主义》，北京：三联书店，2011 年 7 月，第 139 页。

延男"用心良苦"地编织了一个"五族协和""共存共荣"的竹篮，上面用少年作为小花点缀，但希望植入的内容终于如流水般，没有办法留在竹篮里。各个民族的文化并不是想象中那样易于掌握，更不是想象中那样容易控制、容易"协和"。

和石森延男一样，山田健二（1903—1976）青年时代就来到坐落在旅顺口区太阳沟茂林街 89 号的旅顺工科大学读书，毕业后通过了高等文官考试，在"满铁"文化关系部门任职。1934 年开始出版童话集，在伪满洲国时期最后一部可见的作品是 1943 年的《娘娘祭的时候》（《娘娘祭の頃》）①。

这个 1903 年 6 月 26 日生于日本东京都港区六本木的童话作家，在日本战败后回国，1949 年任东京郊区草加幼稚园园长，直至去世，一直致力于童话、童谣、童歌领域的研究，出版大量作品。

山田健二的处女作，是 1934 年的"新满洲童话集"《高粱的花环》②。1938 年，山田健二在日本出版其第二部"新满洲童话集"《慰安车》③，同年 12 月，在大连出版了第三部"新满洲童话集"《少年义勇军》④，这本书出版时，他住在伪满洲国的奉天（沈阳）城里。这一年 2 月，日本人开始对国民政府的战时陪都重庆进行轰炸，炸弹一直扔到 1943 年 8 月才结束。在序言中，山田健二对写作的目的进行了陈述：

> 今年满洲最让人愉快的事情，莫过于三万人的满蒙开拓青少年义勇军，以锄代枪、肩荷背负、爬山跨海地来满洲进行开拓。我非常喜欢这些青少年义勇军，而且今年是青少年义勇军一周年的纪念。因此我把这本童话命名为《少年义勇军》，选入十篇童话作品。与原来的《高粱的花环》《慰安车》一样，作品都是写实性的童话作品，都是描写美丽的满洲、正义的满洲、和平的满洲的。⑤

---

① ［日］山田健二：《娘娘祭的时候》，"新京"：国民书报社，1943 年。
② ［日］山田健二：《高粱的花环》，东京：新生堂，1934 年 9 月 9 日。
③ ［日］山田健二：《慰安车》，东京：新报社，1938 年。
④ ［日］山田健二：《少年义勇军》，大连：满铁社员会，1938 年 12 月 20 日。
⑤ ［日］山田健二：《少年义勇军·自序》，大连：满铁社员会，1938 年 12 月 20 日。

这部童话集包括《中央车站发生的事》(《中间駅の出来事》)、《苦力的神》(《苦力の神样》)、《金鸱勋章与盲马》(《金鸱勋章と盲马》)等10篇童话。实际上这些"童话"确实如作者在序言中所说的那样,有些过于"写实"了,以至于更像是儿童故事、民间故事。

《饶河少年队》是整个童话集中篇幅最长(30页)、内容最特殊的一篇。作者理想化地虚构了一群超人般的英雄军人:东宫中佐、神田大尉、良宽和尚等人。在虚构的战争中,"国策移民""皇道精神"的体现者们,英勇杀敌,敢于牺牲。东宫中佐是神一样的移民先驱,为了践行移民计划而积极扩展开拓民;剑道六段的神田大尉,是一个彻底的军国主义者,智勇双全;良宽和尚在敌人前面十米中弹,倒下叫喊"天皇陛下万岁"才死。①

如果单看这篇童话,会让人立刻闻出"植入式童话"的味道,它十分贴合"国策"宣传,符合"植入式童话"的各种特征,读者可以非常自然地从中读出号召青年献身国家、"五族协和"之类的元素。但是当把《饶河少年队》放入整本童话的语境之中,又会发现,这篇"国策文学"鹤立鸡群般地站在9篇或轻松活泼或充满教育意义或略显悲伤的童话之中,显得那么突兀和莫名其妙。

这种并不巧妙的编辑方式与题材选取,相信作为童话作家的山田健二也一定能够发现。如果我们从另一个角度去解读,也许作者正是希望显现出这种"国策文学"的"不着调",以这种"不和谐"去表达对不能"不参与"的一种"牢骚"。作为"日系"作家,山田健二不可能不追随自己国家制定的宣传政策,无论是真心还是假意,他都有参与其中的义务。但作家内心世界永远是复杂的,"国民精神总动员"真的就能把"满洲国"的人心都聚成一团吗?民族之间的感情真的可以那么自然吗?慷慨赴死之前都必须山呼万岁吗?作家写童话的时候,真的都没有思考过这些问题吗?

深入考察"饶河少年队"的史实,则更令人感到讽刺。负责武装移民的东宫铁男在1934年9月,将加藤完治、大谷光瑞等14名少年送到今黑龙江饶河畔,以"建设皇化圈""涵养牺牲精神""领悟大和民族的使命"为纲领,进行农耕训练。后来在1935年7月增加到16名,东宫铁男因日中战争而出征之

---

① [日]山田健二:《饶河少年队》,《少年义勇军·自序》,大连:满铁社员会,1938年12月20日,第75—83页。

后，这个少年队相继发生了与干部之间的纠纷事件和队员离队事件。在1940年的报告中记载着"有因感情问题，小队时常发生争执，打死1名小队长和1名队员，因而被解除武装的事情"①。也就是说，这个"饶河少年队"，并没有像童话中那样"勇猛忠义"，反而是因为条件艰苦，内讧常有，队长对队员随便打骂、体罚。1938年山田健二创作这部童话集的时候，就已经有了离队和纠纷事件。日本殖民者除了压迫殖民地人民，对自己的少年们也是欺骗、教唆、引诱，所谓的"国策移民""大陆开拓"政策，把这些充满青春活力的少年，引入战争，让他们充当战争机器的工具与炮灰。

1946年5月17日在长春去世的日本童话作家逸见犹吉（1907—1946），也是"在满日系"作家中较为出名的一个。他本名大野四郎，1907年9月9日出生于日本茨城县猿岛郡古河町（现古河市），弟弟大野五郎是画家。小学就读于东京岩渊寻常高等小学校，在晓星中学度过中学时代，1931年从日本早稻田大学政治经济学部毕业。大学时代开始写诗，因此除了童话作家之外，他还是一个著名的诗人。1937年成为日苏通讯社"新京"分部记者。1940年10月，他与一群日本文人在长春结成"日本诗人协会"。1941年，他与长谷川浚的四弟长谷川四郎一起翻译了《デルスー.ウザーラ》（《德尔苏·乌扎拉》）。1943年，他作为日本关东军"报道队"队员被派遣到北满，1946年病死在长春。

逸见犹吉在早稻田大学的读书时代，就开始创作童话，而且视野常常辐射入中国的领土，这种调查研究和寻根问底的精神使他成为了记者，也使他最终成了为侵略军效力的关东军随军"报道队"。这一时段，他的代表作品是1943年出版的与山田清三郎、八木桥雄次郎、大野泽绿郎、筒井俊一、林田茂雄、青木实合著的《北方的守护童话集》（《北の護り童話集》）②。这本童话集目前可见的只有八木桥雄次郎的《南瓜与兵队》（《南瓜と兵隊》）——将关东军部队的故事幻化成童话。逸见犹吉的作品尚未寻获，但即使是他早期在日本创作的童话，也充满着一种黑暗、邪恶的元素，这与他清丽的文笔形成了较

① ［日］依田憙家著，卞立强等译：《日本帝国主义和中国（1868—1945）》，北京：北京大学出版社，1989年10月，第262页。

② ［日］逸见犹吉、八木桥雄次郎等：《北方的守护童话集》（《北の護り童話集》），"新京"：满洲新闻社，1943年。

大的反差。

以《被火吞噬的乌鸦》（《火を喰つた鴉》）[①]为例，这篇发表于1932年的童话，讲述了西藏的珠穆朗玛峰脚下一只爱使坏的山鸦的故事。这只山鸦一直欺负别的鸟和乌鸦，在其他鸟类飞翔的时候，它上去骚扰、用尖嘴去啄，使那些鸟从高空坠落。后来有一只乌鸦想要跟它比赛，看谁能飞到喜马拉雅山顶，它们飞了很久，试了好多次都未能成功，又累又饿。山鸦使坏告诉那只乌鸦，其实我们可以啄自己的眼珠吃，吃掉以后还会长好的。于是那只乌鸦就开始啄自己的眼珠，结果两个眼睛都瞎了，流出好多血来，使坏的山鸦却在一边笑话它愚蠢。最后山神震怒了，山体剧烈摇晃，天一下子变暗，狂风四起。被害的那只乌鸦死去，这只使坏的山鸦奋力在山谷中奋飞，当它看到一丝光亮，就赶紧飞扑过去，结果却是几个旅行者搭的篝火堆，它虽然侥幸逃脱，火还是把它的嘴巴烧伤了。受伤后的乌鸦想往南飞，去古印度（现尼泊尔），但终溺亡在一条大河里。所以现在世界上的山鸦都是红嘴的。

这篇童话，写的是"红嘴山鸦（学名：Pyrrhocorax pyrrhocorax）"的传说，别名红嘴老鸹，这种鸟群居，以群体的方式觅食，食物为昆虫和各种谷物，飞行轻快，叫声响亮。常有人饲养为宠，这种鸟类亲近人类，性格温和，与人的互动性极好。在中国的前三大栖息地中，并没有西藏，而是内蒙古东北部、吉林、辽宁。

作者在篇首花了不少笔墨描写西藏珠穆朗玛峰的景色，如果不看后面的文字，还以为这是一篇充满自然风情的"科学童话"：

> 西藏被誉为世界的屋脊，境内高峰连绵。在这些山脉中最高的是被誉为西藏屋脊的、横跨古印度（注：现尼泊尔）的埃非勒斯峰（注：Everest，即珠穆朗玛峰）。它的山顶上自古以来就覆盖着坚硬如大理石般的白雪，四壁无法站立，迄今为止没有一个人能独自攀登上去。在那样一个世界中，空气如此稀薄的地方，它深不可测，其间历经了千万年的岁月流逝。因此，埃非勒斯峰千万年前的变故宛如是昨晚梦

---

① ［日］逸见犹吉：《被火吞噬的乌鸦》，《儿童文学》（第2册），东京：株式会社文教书院，1932年。

中向我诉说的。

在逸见犹吉这篇童话里，红嘴山鸦阴险狡诈而不合群，又残忍好斗，完全失去了自然界这一鸟类的秉性。他似乎想要告诉儿童，害人者必害己、因果有报、不团结不得成功等大道理。这只山鸦的缺点，确实与战争中需要的协力共进、忠诚奉献的精神相左，这篇满是欺凌、欺骗、血腥和死亡的童话，即使是包含着"教育意义"和牵强附会的"红嘴来历"，以今人的眼光来看，实在也不适合孩子阅读。巧合的是，前面提到的红嘴山鸦在中国的三大栖息地，全部都是伪满洲国的"领地"。

伪满洲国时期，生活在大连的喜田泷治郎（生卒年不详），早在"建国"前（1930年）就在大连中心小学任教员，后与石森延男一样，参与了"南满洲教育会"教科书的编纂。因为从事教育工作，他比较关注儿童文学的创作，虽然伪满洲国只是他的第二故乡，与一些常常写"思乡病"的"在满日系"作家不同，他对中国东北的风俗文化十分喜爱，善于记录和收集身边的故事。

1939年，他根据自己收集的大连地区（辽东半岛）的传说故事，编写出版了187页的童话故事书——《星·海·花大连传说》①。这是一本写给儿童看的童话故事，同时因为文中写到的大连小平岛、蔡大岭、凌水寺、黑石礁等地的传说，都是根据当地人的叙述改写而成，不仅得到"在满"日本人和少年儿童的青睐，还拥有了日本本土读者的喜爱。在此书的序中作者写道："这片土地上居住的渔民和百姓们……是不会载入史册的人。但是，他们是真的和这个土地连接起来的人。……我想亲近这样的人们，我想热爱这片土地。"

除了《星·海·花大连传说》，喜田泷治郎还在伪满洲国创作并发行了《这片土地这些人满洲的传说》（《この土地この人满州の伝说》）②和《悠闲的人们（续满洲的传说）》[《のどかな人達（続满州の伝说）》]③。这些书都是讲述地方传说的，试图让儿童了解"满洲历史文化"，也倾注了作者充满热情的调查与研究。

作为一个长期在伪满洲国"关东州"生活的童话作家，他难免日久生情，

---

① [日]喜田泷治郎：《星·海·花大连传说》，大连：满洲教课用图书配给所，1939年。
② [日]喜田泷治郎：《这片土地这些人满洲的传说》，大连：满洲教课用图书配给所，1940年。
③ [日]喜田泷治郎：《悠闲的人们（续满洲的传说）》，大连：满洲书籍株式会社，1943年。

难免把异乡当成了故乡，这种对第二故乡的"热爱"并不是难以理解的情绪，只是当这种"热爱"来自于侵略者、殖民者一方，就难免会让人怀疑"热爱"的动机。其实这些"不会载入史册"的百姓，也许从没有希望外敌来到他们的家乡，将他们"载入史册"。真正载入史册的，往往是一群日本殖民者试图以文学的方式调研殖民地，熟悉"新的领土"。

1939 年《星·海·花大连传说》原版书影

　　除了上述作家作品之外，目前可见伪满洲国"在满日系作家"的童话作品（按时间顺序）还有：松本于兔男编的《蒙古的民谣和传说》①，山本守译的《蒙古千一夜物语（蒙古民间故事）》②，鹿岛佐太郎编，石森延男等著的《满洲童话作品集第一集》③，良川荣作著的《发现石头山》（《岩山にきづく》）④，加藤六藏编的《满洲的传说与民谣》（《満州の伝説と民謡》）⑤，斋藤一正著的《满洲的昔话石的裁判》⑥，小此木壮介著的《大连物语》（《だいれん物語》）⑦。

　　① ［日］松本于兔男编：《蒙古的民谣和传说》，"新京"：满洲弘报协会，1936 年。
　　② ［日］山本守译：《蒙古千一夜物语（蒙古民间故事）》，"新京"：满日文化协会，1939 年。
　　③ ［日］鹿岛佐太郎编，石森延男等著：《满洲童话作品集第一集》，大连：满洲日日新闻社出版部，1940 年。
　　④ ［日］良川荣作：《发现石头山》，大连：满洲书籍社，1942 年。
　　⑤ ［日］加藤六藏编：《满洲的传说与民谣》，"新京"：满洲事情案内所，1942 年。
　　⑥ ［日］斋藤一正：《满洲的昔话石的裁判》，"新京"：近泽书房，1944 年。
　　⑦ ［日］小此木壮介：《大连物语》，"奉天"：吐风书房，1944 年。

"满洲国题材"在伪满洲国时期的日本，是比较流行的创作题材。与石森延男后来"转向"写"国策文学"不同，山田健二在日本创作的第一本童话集，就是"满洲国题材"，而且充满"国策""时局""亲善"元素。

这本童话集，包括《真正强大的士兵》《含泪的谎言》《珍贵的礼物》《高粱的花环》《皇宫里的人的纪念碑》《总理大臣与鸽子》《大典的早晨》《纸金鸢勋章》《啵啵一等兵》《冰纪念碑》10篇童话。

10篇童话，大多数都是写"军民鱼水""王道乐土""五族协和""勇于牺牲""日满亲善"的。这里以《珍贵的礼物》《高粱的花环》两篇为例。

《珍贵的礼物》讲述了一个名叫清日本小学生省下自己买礼物的钱，为朝鲜小学校建设捐款的故事。"同样都是日本人孩子，为什么差别如此大呢？"①清看到内地日本人小学校与朝鲜人普通学堂的差别，普通学堂只有一个小暖炉，走近了也没觉得暖和，学生们经常因为天气严寒不能上学。对清而言，每年12月有两件快乐的事，一是圣诞节要到了，另一个就是他可以滑雪。今年12月25日，清想要一个长的滑冰鞋，大约10元钱。但是他看到普通学堂的孩子蜷缩着，遇见严寒中断学习，就给校长写了信，希望能用自己的10元捐款，聚集更多捐款为教室通上暖气。校长召开家长会，召集筹款，借着势头建设暖气和校舍。建设校舍的砖瓦一天天多起来，冬去春来，又到了冬天的时候，美丽的二层校舍已经建好了。学堂搬迁人手不够，清忘了吃饭就去帮忙，还喊了在公园玩耍的伙伴，有一个还带来公学堂的"满洲学生"来帮忙。内地（日本）人、朝鲜人、"满洲人"，各民族的学生协力搬迁。校长终于找到了那个最初捐10元的清，因为没有买长滑冰鞋，每年滑雪一等奖的清今年只得了二等奖。讲堂落成仪式上，校长问大家谁建设了新校舍，大家都猜是木匠等人，校长讲了清的故事，为了表达对清的谢意，送给清一个礼品盒。清打开后——是一双长冰鞋。

这个故事，首先植入的是"内鲜一体"，清的疑问，表明了在日本小孩子心目中，朝鲜人和日本人"都是日本人"；其次，植入的是"日鲜亲善"，日本孩子为了帮助朝鲜小孩，连自己的礼物都不要，充满着博爱与牺牲的精神；最后，植入的是"日鲜满协和"，日本人、"满洲人"、朝鲜人协力建成了新

----

① ［日］山田健二：《高粱的花环》，东京：新生堂，1934年9月9日，第28页。

学堂。

《高粱的花环》插图：日本、"满洲"、朝鲜孩子一起搬课桌

　　《高粱的花环》是这本童话集的主打作品，童话集以此得名。这篇童话，讲一个名叫满的日本人为战死的士兵制作高粱花环的故事。满的家要从热闹的"奉天"搬到一个偏僻荒凉的站点。这里四处是高粱田，满每天都坐在长长的货车后面的车厢里，去两站外的学校，然后一个人回来玩耍。他唯一的乐趣就是傍晚从亮着橘黄灯的列车上取报纸和信件。满和车站的守备队士兵成了朋友，他生病了，只要士兵一来看望就恢复了。秋季，"内地"（日本本土）的伯母给满带来柿子羊羹（日本的糕点），满吃了觉得自己不能吃独食，想叫士兵一起来吃。得到母亲同意后，他喊来士兵一起吃。这时，突然来了马贼，士兵与马贼激战，一小时后马贼死的死，逃的逃，日本兵战死一人。军医为他清洗伤口时从沾着血的上衣口袋里掉出一块羊羹。士兵被花环包围着搬下了火车，只身一人的满也希望送一个花环，可他全部的积蓄也不够一半的钱。满悲伤的时候，看到前面的高粱田在红色夕阳照耀下泛着金黄色的光，于是他费力地用高粱做了一个美丽的花环。第二天，士兵的骨灰盒将被送回故乡，车站的大叔、背着婴儿的大妈和附近的"满洲老百姓"都来烧纸送行，满将高粱的花环放在离骨灰最近的地方。生平一次也没有哭过的守备队长一边强忍着眼角的泪，一边问："你就是满吗？感谢你漂亮的花环。战死的士兵应该最喜欢你的花环。"①

----

　　① ［日］山田健二：《高粱的花环》，东京：新生堂，1934 年 9 月 9 日，第 70 页。

高粱是伪满洲国的"国花",以高粱做成的花环送给在"满洲国牺牲"的日本兵,象征着日本孩子对日本兵的尊敬和爱戴。日本士兵在童话里被塑造为亲和勇敢、为百姓除害的的一群人,是日本孩子们心中的英雄。童话作家的"满洲国题材",往往就是为了迎合"国策"而作,并没有多少童话的可读性。

柄谷行人在《日本现代文学的起源》中论及"儿童之发现"中写道:"工厂即学校,军队亦是学校。反过来可以说,现代学校制度本身正是这样的'工厂'。在几乎没有工厂或马克思所说的产业无产者的国家,革命政权首先要做的不是建立实际的工厂——这是不可能的——而是'学制'与'征兵制',由此整个国家作为工厂＝军队＝学校被重新改组。这时候,意识形态为何是无关紧要的。现代国家本身即是一个造就'人'的教育装置。"① 对于日本这个现代国家来说,膨胀的军国主义机器,扩张的殖民教育装置,需要学校与军队,把握好学校与军队就是最好的"国策"。以军队的故事教育学制中的学童,以学童爱护军队的故事感动军队中的士兵,由现在学制中的儿童成就未来战争中的军队。童话只是教育装置中的一个较为重要的螺丝钉或润滑剂而已,重要的不是童话有多么奇幻或有多少读者,读者到底是成人还是儿童,而是有多少人相信这些童话,并因为相信而成为帝国机器的组成部分。

1942年,石森延男创作了304页的长篇童话《松花江的早晨》(《スンガリーの朝》)② 这本书的名字就演绎了殖民时期的复杂色彩,日语"スンガリー"是俄语"Сунгари"的发音,意为"松花江"。"Сунгари"读音对应中文是"松阿里",最早在俄语中是代表"松阿里市",意思是"松花江市"(即今哈尔滨市)。仅一本童话书的题目,就包含了日本的文字、俄国的读音和中国的城市名。这也同时展现着,日语在作为殖民他国工具的同时,也在被他国语言影响。除了语言,伪满洲国的生活经历,也成了日本作家的集体记忆。

这是石森延男回到日本后,以伪满洲国的生活经历为素材创作的童话。这代表了伪满洲国时期的一个显著现象———一些有"满洲经历"的日本人,在短

---

① ［日］柄谷行人:《日本现代文学的起源》,北京:中央编译出版社,2013年7月,第110页。
② ［日］石森延男:《松花江的早晨》,东京:大日本雄辩社讲谈社,1942年8月。

暂旅行或长期居住后，回国将搜集的传说故事素材编写发表或进行再创作。对于石森延男来说，他的作品是有完整脉络的：《绽放的少年们》在伪满洲国创作，讲述伪满洲国各族少年相亲相爱、如绽放的花一般生活的故事；《到日本来》① 讲述满洲的客人来到日本，以"满人"的眼光夸赞现代化的日本，以"满人"视野写日本社会；《松花江的早晨》则是典型的"满洲国题材"，以日本人的回忆，描写这一群体对"满洲的记忆"。

"满洲国题材"创作中较有代表性的还有：《满洲新童话集》②《满洲童话集》③《满洲国物语》④《满洲物语》⑤《蒙古神话》⑥《满洲支那传说物语》⑦《满洲的美丽故事》⑧《满洲的故事与传说》⑨《满蒙传说集》⑩ 等。

1939 年发行的"东亚新满洲文库"包含低年级和高年级用两种版本

1939 年发行的"东亚新满洲文库"中，有《童诗和童话》《满洲新童话集》两本与童话相关的作品集。《满洲新童话集》的广告词称："满洲的传说是有口皆碑的，然而童话、儿童诗很匮乏。最近终于创作出了以满洲为背景的童话和儿童诗。此后这类作品也会越来越丰富吧。这本书即是这类作品

① ［日］石森延男：《到日本来》，东京：新潮社，1941 年。
② ［日］石森延男：《满洲新童话集》，东京：修文馆，1939 年。
③ ［日］紫野民三：《满洲童话集》，东京：金兰社，1940 年。
④ ［日］鹫尾知治：《满洲国物语》，东京：三友社，1931 年。
⑤ ［日］西村诚三郎：《满洲物语》，东京：昭林社，1942 年
⑥ ［日］中田千亩：《蒙古神话》，东京：郁文堂，1941 年。
⑦ ［日］近藤总草：《满洲支那传说物语》，东京：越后屋书房，1941 年。
⑧ ［日］石森延男：《满洲的美丽故事》，东京：新文馆，1939 年。
⑨ ［日］高山信司：《满洲的故事与传说》，东京：拓文堂，1943 年。
⑩ ［日］细谷清：《满蒙传说集》，东京：九井书店，1936 年。

的处女集。"

另外，日本作家或编者将日本流行的童话（不涉及"满洲国"元素的童话）选编成书，以日语形式在伪满洲国出版发行的情况虽不多见，但也必须纳入伪满洲国童话的研究视野，如前田俊雄编的《日本童话选集》[①] 等。因为这种童话虽然不是伪满洲国的任何"民族派系"作者创作或翻译的，并没有涉及"满洲元素"，也没有伪满洲国报刊的约稿或发表，但因为在伪满洲国境内出版印行，作为一种媒介的传播，必然也有其影响的范围，其选编的标准和方式，也一定有其特殊时代的特殊意义。因为笔者目前手头资料的局限，留待日后再作论述。

日语童话的翻译，在伪满洲国是常见的出版现象，不同的翻译者和出版机构的意识形态导致发表、出版目的各不相同，与伪满洲国的汉语童话写作及传播一样，日语童话的翻译作品也形形色色、纷繁复杂。

日语经典童话的单行本翻译，是伪满洲国末期（1940年后）一种较为流行的方式。特别是一些当时同时代的知名童话作家作品的翻译，较少有"殖民意识"和"国策"的"植入"，在儿童启蒙和教育方面，客观起到了一定的积极意义。

比如1942年，"新京"艺文书房出版的《风大哥（风又三郎）》。这部童话是译者季春明翻译的日本童话作家宫泽贤治（1896—1933）的名作《風の又三郎》（《かぜのまたさぶろう》）。宫泽贤治是日本著名诗人、童话作家，1896年生于日本岩手县花卷市。他信仰佛教。幼年灾害造成的饥饿，祖母讲述的故事，都使宫泽贤治比其他作家更为敏感和感性。1914年毕业于盛冈中学，1915年入盛冈高等农林学校农学科，1918年毕业开始创作童话，1921年赴东京，以写作为生并开始传教。1933年9月21日，他因为旧疾劳累去世。他的作品在虚构上有一种天然的"欧美风"，文字却总带着日本式的伤感。

《風の又三郎》被当时伪满洲国的出版人誉为"日本最有名的一本童话，曾演于舞台，曾映于屏幕；富有东洋趣味，为稀有之少年读物"[②]。讲述了一个山谷溪岸边的小学校来了个转校生，叫高田三郎。因为他是立春后第210天

---

① ［日］前田俊雄编：《日本童话选集》，"新京"：艺文书房，1944年。
② 书末广告页，《风大哥（风又三郎）》，"新京"：艺文书房，1942年1月25日。

的早上（传说中风神现身日）出现的，又长着一头奇异的红发，所以同学们给他起了个"风又三郎"的绰号。说也奇怪，只要有"风又三郎"的地方，就真的会刮起风，甚至有同学看到他披着玻璃斗篷、穿着玻璃鞋飞上天空。渐渐地，很多孩子和他成为了好朋友，然而八天后，一个狂风大作的日子，"风又三郎"不辞而别，据说和父亲去了一个很远的地方，他的好朋友嘉助忍不住大叫："他就是风又三郎！"打破乡村平淡宁静生活的转校生、朴素的友情、顽皮的孩子和离别的忧伤，组成了这个童话。宫泽贤治用这篇童话告诉孩子们，友情来去如风，来时恰如空穴出，去时只留雨打尘。作者对儿童心理的把握非常到位，把孩子们天生的那种对未知事物的敬畏和对友情的渴望表现得淋漓尽致，直到今天还在被各国出版社翻译介绍给儿童阅读。

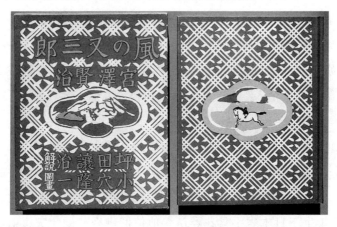

宫泽贤治《風の又三郎》原书封面，东京羽田书店出版于 1939 年

宫泽贤治《風の又三郎》原书内页

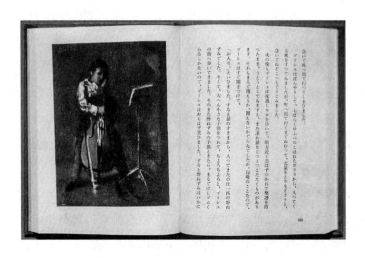

宫泽贤治《風の又三郎》原书插画

除了出版社的单行本，报刊上的日本童话译介也很常见。如前文曾介绍过的伪满洲国著名童话作家杨慈灯，就曾在1939年翻译过日本的经典童话并发表在《泰东日报》上。这些童话富于想象力而且充满异国风情，以流畅的汉语刊行出来，确实能引起少年儿童的阅读冲动。

不过，1941年太平洋战争的枪声炮声掩盖了这些"文艺童话"的声势，很快"国策"成为压到一切的重中之重，对于儿童和青少年，日本殖民者更需要的，还是加强日语教育和植入日本文化。于是如第二章第三节论及，在伪满洲国，日语与其他语言的"对译"现象开始常见。所谓"对译"，即对照翻译，主要是将日语和所谓"满语"（即汉语，后文将称"汉语"）、蒙古语对应排版的一种翻译形式。如前文多次论及的"植入式童话"一样，撰写"对译童话"的作家大多数是"日系"教育工作者。

这里以伪满洲国时期前南满中学堂堂长、旅顺中学校校长饭河道雄（1882—1938）编著的《对译详注日本童话集》[①]和"满洲帝国教育会"出版的一套规模较大的"童话丛书"为例，即可管中窥豹。

饭河道雄的一生都致力于日语教育与相关书籍的编纂，严格意义上说，他不是一个童话作家，而是一个童话编译家。他24岁（1906年）时就作为日本东京高等师范学校的师范生执教于中国，第一站是河南省。1911年，他因为在河南的数

---

① ［日］饭河道雄：《对译详注日本童话集》，"奉天"：东方印书馆，1937年8月10日。

理教学业绩卓越，还获得了清政府授予的"宝星勋章"，同年10月，赴"南满洲铁道株式会社"（"满铁"）地方课学务股任职。1917年，他参与创办"南满中学堂"并担任首任堂长，后历任伪满洲国"关东厅"语学官员、旅顺中学校长、《泰东日报》编辑长、东方印书馆创始人等。1938年，他病死于"奉天"。①

《对译详注日本童话集》是饭河道雄去世的前一年出版的编译童话集，代表了他人生的中后期对日语教育的倾向和对日语童话的工具性运用。

早在1923年，饭河道雄离开了"满铁"，在大连创办"东方文化会"，开始了自己的出版生涯。在伪满洲国成立前，他发表了不少关于"满蒙开拓""日满亲善"的言论，并于20世纪30年代编纂了成套的日语教材，后来几乎成为日本殖民教育中的通行教材，对东北和华北沦陷区的教育产生了重大影响。

这本《对译详注日本童话集》，是他主编或出版的众多"日满对译"教材、词典、小说之外的一本童话作品集，包括《取瘤子》《开花的老头》《桃太郎》《曾我兄弟》《浦岛太郎》《猿蟹合战》等19篇日本童话。在书最前面的《编者识》中，饭河道雄交代了这本书的用途：

> 本书是将在日本认为最脍炙人口的日本固有的童话收集起来译成汉文，更加以注解的。
>
> 凡一国之童话，不但象征着该国国民的精神，而且因其语言皆为极通俗的日常普通所用的，故如用以作俗语研究之资料，诚为不可或缺的东西。
>
> 本书的童话，全部灌有哥伦比亚唱机公司之机片。灌音，因为是在东京文理科大学教授神保格氏指导之下，并且用的是能发东京的标准音的儿童的关系,故欲学习日语的发音,相信这是最好不过的伴侣。②

这本书与其他"对译"作品形式上的最大不同在于，除了文字还配以唱片，无论是学校教育还是个人自学日语，这都是非常方便的设置，从这一点上

---

① 关于饭河道雄的详细生平与经历，详见郭精宇：《饭河道雄在华文化活动研究》（硕士学位论文），吉林大学东北亚研究院，2015年。

② ［日］饭河道雄：《编者识》，《对译详注日本童话集》，"奉天"：东方印书馆，1937年8月10日。

来说，饭河道雄作为出版人是非常敏锐而独具创新性的。可是，伪满洲国时期"学日语"的"语境"，与今时大为不同。哪些人需要学日语？为什么要学日语？能不能不学日语？

这些问题已在前面的章节中详细分析过，答案是不需赘述的。这些是日本的童话，"象征着"日本的"国民精神"，这些文化、风俗、"国民精神"正是此书需要传达给读者的信息，也是殖民者用尽心机要灌输给少年儿童的信息。

《满洲学童》上日本童话《桃太郎》原版书影

饭河道雄在1937年回顾当年"南满中学堂"的工作时称，"南满中学堂""培养出数百名毕业生，已成为满洲帝国的中坚，为一些要害部门所重用。"① 这个"南满中学堂"，因为就读其中的学生非常容易获得留学日本的机会，吸引了大量少年学生，培养了大量在伪满洲国时期的日语人才，为日本帝国主义的殖民统治创造了便利。这其中不乏"亲日"的毕业生，他们后来成为殖民剥削的帮凶。

从这本童话集本身来看，选录也是精心安排的。其中《开花的老头》《桃太郎》《猿蟹合战》《舌切雀》《天岩户》《大蛇退治》是日本早期非常著名的"民话"，全部收录其中。除了前面章节中详细分析过的《桃太郎》，其他几篇也都饱含着日本传统文化与风俗普及的涵义。如《天岩户》，讲述的是日本的"太阳神"天照大神因为自己的弟弟素盏鸣尊荒诞疯狂的行为而愤怒至极，决定把自己关进天岩户里，令整个世界日月无光。这逼得高天原的神仙们焦急万分，共商对策用计诱使天照大神打开石门一条缝，最终将其拉出洞穴，

---

① ［日］饭河道雄：《创业期的设施》，《满铁教育回顾三十年》，大连：满铁地方部学务课，1937年，第189页。

213

还世界光明的故事。《大蛇退治》则讲述了素盏呜尊在"天岩户事件"后被拔掉胡须与指甲，放逐出高天原以后斩杀八岐大蛇的故事。这两篇都是号称日本历史上"第一部文学作品"《古事记》[①]中的神话传说，其原作是荒诞不经的神话传说结成的"稗官野史"，故事晦涩，文字粗鄙，并不适合孩子阅读。不过，饭河道雄至少"好心地"为儿童读者们过滤或改写了原版之中"殿上拉屎""天衣织女受了惊吓，梭子触击阴部，竟至死去""天宇受卖……敞胸露乳，腰带拖到阴部"之类污秽、色情和血腥的桥段。[②]除了这本《对译详注日本童话集》，饭河道雄还编译了《对译详注伊索寓言》[③]等书，在学校教材和课外读物的领域里，随处可见他的"大作"。

伪满洲国时期宣称"规模最大的日满对译童话集"，是"满洲帝国教育会"1938年至1942年编译发行的《日本童话集》[④]，包括《日本之初》《天之岩户》《猿蟹合战》《桃太郎》《浦岛太郎》等24篇。《满洲学童》上"满洲帝国教育会"发布的广告称这套书"是日满两文对照的，既有趣儿，又能增进日语的知识，实在是大家良好的课外读物"。这套书卖到1942年，只剩下第16篇《鼠之嫁人》、第19篇《一寸法师》、第22篇《大江山》、第24篇《田原藤太》、第26篇《猫之草纸》5本，"满洲帝国教育会"遂将这5本"定为一组，每组价格4角"进行出售，"限一千组"。[⑤]从发行的情况看，这套童话集印量不小，应该是分批出版，而且可以单册购买。这套童话与饭河道雄选取的童话有8篇重复，分别为《天之岩户》《猿蟹合战》《桃太郎》《浦岛太郎》《取瘤子》《舌切雀》《天岩户》《八岐大蛇》（即《大蛇退治》），都是介绍日本天神，讲述因果报应之类的故事。

这些童话如果只是给成人作为"外国文学"阅读，确实还算得上符合日本东洋风情的古典文学作品，但是，在伪满洲国时期，它们却与遍布东北殖民地的"神社"一起，起到了渐渐用日本的"神道""皇道"替代"王道"的作

---

① 《古事记》是日本第一部文学作品，包含了日本古代神话、传说、歌谣、历史故事等。太安万侣于和铜五年（公元712年）1月28日，整理《古事记》献给元明天皇。从建国神话到推古天皇时代的事被记录进去，全书用汉字写成。

② 邹有恒、吕元明译：《古事记》，北京：人民文学出版社，1963年2月1日，第20—21页。

③ ［日］饭河道雄：《对译详注伊索寓言》，"奉天"：东方印书馆，1937年8月。

④ 《日本童话集》，"新京"："满洲帝国教育会"，1938—1942年。

⑤ 《日本童话集——减价出售》封底内页广告，《满洲学童》，1942年5月1日。

用。如前面章节所述，1940 年 6 月 22 日，伪满洲国傀儡皇帝溥仪即位后第二次赴日本访问，"奉迎天照大神"，从此之后，伪满洲国的"国民"，上至溥仪自己，下到幼年学童，都必须将"天照大神"当成祖宗般地祭祀遥拜。这是日本在伪满洲国为自己早期提出以傀儡皇帝为中心的"王道政治"铺设台阶，转向"参照皇民化"的阶段性转折点。在这样的文化侵略之下，"对译"的日本童话还能被当作简单的"文学作品"来对待吗？将这些日本宗教、文化、道德、传统植入童话之中，潜移默化地经营他们所谓的"日满一德一心"，培育忠顺的"少国民"，试图完成"王道乐土"到"神道乐土"的转化，才是这类对译童话真正的目的所在。

除了这种"对译"童话书之外，报刊上的"对译"也十分普遍，《盛京时报》《泰东日报》《华文大阪每日》《新满洲》等综合性文化媒体上，甚至铁道部门的《同轨》杂志，都刊登有这样的"对译"。但并不是每一篇"对译"的童话都是前面那种，比如《同轨》上刊登的这篇"对译童话"《猿老头》①（译：《猴老头》），作者田中宇一郎，就讲述了一个耍猴的老头，在大河决堤的时刻，点燃自己的房子救了全村人的温情故事。

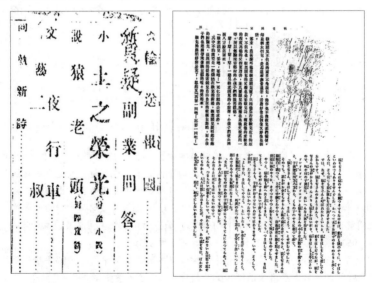

对译童话《猿老头》原刊书影

① ［日］田中宇一郎：《对译童话：猿老头》，《同轨》第 10 卷第 6 期，1943 年 7 月 1 日，第 21—25 页。

还有一些以日语发表在伪满洲国中文刊物上的童话，除了被作为学习日语的素材——从这一点上多少有些殖民性之外，文章本身确为非常优秀的童话故事。即使是《满洲学童》这本前文专章介绍的官方杂志之中，也不乏完全没有"植入"的日语童话作品。

如《满洲学童》1943年刊登的雄山太郎的《贤イ鹿》（《聪明的鹿》）[1]，讲了一头聪明的小鹿的故事：一只小梅花鹿遇见老虎，虎问他，你的头上是什么？它说，是用来刺杀老虎的角呀！老虎又问，你身上斑点是怎么回事？小鹿说，每吃一头老虎我就长一颗斑点呀！于是，老虎吓得逃之夭夭。路上，老虎遇见狐狸，狐狸大笑说鹿是骗人的，要带虎一起回去。到了小鹿那儿，小鹿说，狐狸你果然履行承诺为我带来一头老虎，谢谢你！老虎吓得连蹦带跳地逃走，狐狸骑在虎背上和它一起摔下山谷死了。

这篇童话故事轻松幽默，蕴含着机智聪慧的对答，都出自可爱的动物之口，为了让儿童能轻松阅读和学习日语，即使可以写汉字的地方，也都用了日语假名替代，这与日本本土的很多低幼儿童书情况相似。其实，童话作品的世界与真实的世界一样复杂，一样扑朔迷离，一样难以划出清晰的分割线，更何况被当作语言学习工具的童话？类似这样的童话，大多译自小川未明（1882—1961）[2]、坪田让治（1890—1982）[3]、千叶省三（1892—1975）[4]、吉田弦二郎（1886—1956）[5]等日本现代知名的童话作家。例如吉田弦二郎，他的童话于1939年3月23日开始以对译的形式刊登在《泰东日报》上，一直连载到6

---

[1] ［日］雄山太郎：《聪明的鹿》，《满洲学童》1943年12月1日，第22—23页。

[2] 小川未明，原名健作，生于日本新泻县高田市，日本近代儿童文学史上成就最大、影响最深的童话作家。太平洋战争时期，小川未明加入了日本少国民文化协会，出版童话集《夜里的进军号》（1940）和随笔集《新的儿童文学之路》（1942），走上了为侵略战争出力的道路。但是，战后，小川未明就任儿童文学者协会的第一任会长，竭力于发展民主主义儿童文学事业。1951年获文化功劳奖，1953年被推举为艺术院会员。79岁时死于脑溢血。

[3] 坪田让治，日本小说家、儿童文学家，生于日本冈山县御津郡。1915年毕业于早稻田大学英文系，读书时就师从日本著名童话作家小川未明，创作了大量童话作品。

[4] 千叶省三，日本儿童文学作家，生于栃木县。1923年开始从事独立的作家活动，在《幼年俱乐部》《少年俱乐部》上发表大量作品。1967年获儿童文化奖，1968年以《千叶省三童话全集》全6卷获产经儿童出版文化大奖。千叶省三为近代儿童文学，特别是现实主义儿童文学创造了巨大的功绩。

[5] ［日］吉田弦二郎，本名吉田源次郎，日本小说家、儿童文学家、随笔家，生于日本佐贺县神埼郡（今神埼市），日本早稻田大学文学部英文科毕业，一生著作达236册之多。

月 9 日，包含《释迦与燕子》《柿儿与梨儿》等多篇。[①]这些童话都很适合孩子阅读，故事性、趣味性都很强。

1937 年，日本东京改造社出版的《吉田弦二郎选集》原版书影

除了前面几种"日系"童话在伪满洲国的主要传播方式，还必须提到另一种特殊通道，即一直生活在本土的日本童话作家被伪满洲国日语报刊约稿，并以日文发表的童话。以日本著名童话作家新美南吉（1913—1943）为例。新美南吉出生于日本爱知县半田市，是家中次子，原姓渡边，本名新美正八，1932年在《赤鸟》杂志发表的《小狐狸阿权》是他的成名作。新美南吉因肺结核没活过而立之年，却与前文提及的另一位日本著名童话作家宫泽贤治被研究者并称为"北贤治，南南吉"——他们两人确实有很多相同点，都做过教师，又都是英年早逝，因此在后来的研究中也常被放在一起对比。

我的作品蕴含着我的天性和远大的理想。所以，不管今后会发生多么复杂的历史，不管经过

---

① ［日］吉田弦二郎著，毕殿魁译：《吉田弦二郎童话选译（对译）》，《泰东日报》，1939 年 3 月 23 日—6 月 9 日。根据译者注释，这些童话选自《吉田弦二郎选集》第 6、7 卷，日本东京改造社出版，1937 年。《泰东日报》连载细目见本书附录 3。

几百年几千年，只要我的作品能够被承认，到那时，我也就能重获新生了吧。以此而言，我实在是非常幸福。

——新美南吉日记 1929 年 3 月 2 日 [①]

　　新美南吉短暂人生中与伪满洲国的交集，仅仅是幻化为童话的文字。1939年5月，由于朋友推荐，新美南吉收到伪满洲国《哈尔滨日日新闻》[②]的约稿函。1939—1940年，他总共在该刊发表了7篇童话，23首诗，其中有《埋花游戏》《久助君的故事》《最后的胡琴弦》等名作。用今人的眼光看，这几篇童话作品，如前文所述，也许更像是"儿童小说"。他的童话在日本儿童文学研究界被称作"民話のメルヘン"（民间故事式的童话），正是因为他的童话常常并没有多少幻想的元素，他只是在讲述日本孩童上课、游戏、打斗、过节时候的平凡故事，十分贴近日本人的生活，带着童年回忆的温暖、感叹旧俗逝去的哀伤，令人读完之后心生感慨。

　　这种约稿童话，常常以日文原版的形式直接发表，在伪满洲国知识及工作阶层（日本留学生、翻译、铁路从事者、"关东州人"、穿洋服的等）日语水平普遍较好的环境中，[③]对童话爱好者和写作者产生了不可估量的启蒙和影响。伪满洲国文学界在20世纪40年代提倡的"童心写作""纯儿童童话""教育的儿童话"等概念，多多少少也都受到了这些童话的启发。类似新美南吉这样的日本作家的童话，只要没有被要求按照"国策"书写，在不考虑语言本身的"殖民性"前提之下，童话作品本身对于当时的儿童（即使是当今的儿童）来说，都算得上是值得阅读的佳作。

---

　　① 此照片与日记文字转引自豆瓣 https：//www.douban.com/note/144705925。

　　②《哈尔滨日日新闻》创刊于 1921 年 11 月 1 日，是发行在北满地区最有影响的一种日文报纸，由《北满洲》《西伯利亚新闻》《哈尔滨新闻》合并出版，1926 年初被南满洲铁道株式会社收买控制。1942 年并入日文《满洲新闻》，1945 年日本投降终刊。

　　③ 周棘：《满洲人说日本话的程度》，《新满洲》1940 年第 2 卷第 12 期，第 189 页。

第三节　失语与掺杂："鲜系""俄系"文人的无奈

　　这里必须要注目的现象是在"满洲国"内约有一百二十万鲜系人之多，而对此，朝鲜语的出版物竟非常之少，这是由于鲜系的人们主要是藉日语来吸收文化，并没有另外怎样需要独自的鲜语出版物的关系。

　　　　　　　　　　　　——驹越五贞《满洲的图书文化》（1940）①

　　1940 年，《新满洲》杂志的发行人、伪满洲图书株式会社理事长驹越五贞（生卒年月不详）在谈及伪满洲国的朝鲜语出版物极少的原因时，认为是因为朝鲜人靠日语吸收文化，不怎么需要朝鲜语出版物的缘故。

　　他如此自信和狂妄的说法，来自于日本对朝鲜的长期殖民。自从 1910 年日本吞并朝鲜之后，日本殖民者就开始了同化朝鲜人的步伐，在后来的"皇民化运动"中，更是从包括语言、风俗、信仰等精神文化层面磨灭"朝鲜人"的印记。"1936 年南次郎担任第七代朝鲜总督后，民族同化政策作为与侵略战争相结合的一种独特政策而被推至极限……此前所鼓吹的'内鲜融和'（'内'指日本本土）口号已经被'内鲜一体'所替代，南次郎总督公开叫嚣'必须使形体、精神、血液、肌肉都要成为一体'。……具体包括皇民化教育、神社参拜、朗诵'皇国臣民誓言''创氏改名'等措施。"②

　　在伪满洲国成立后，很多朝鲜移民纷纷涌向中国东北部地区，这一方面是因为日本人宣传的"梦想的满洲"，召唤了一些朝鲜裔的开拓民；另一方面，因为伪满洲国宣传所谓的"五族协和"，朝鲜人被单独作为一个民族，至少在表面上人们要尊重这个民族的文化和风俗习惯，反而能获得较为宽松的环境——特别是对政治家和文人们来说。哪一个有悠久历史文化的国家的人民，

---

　　① ［日］驹越五贞：《满洲的图书文化》，《新满洲》第 2 卷第 10 号，1940 年 10 月，第 18—20 页。

　　② 郑信哲：《在日朝鲜人历史及其现状研究》，北京：中国方正出版社，2007 年 12 月，第 81 页。

会需要借助别国的语言去吸收文化？正是侵略者残酷高压的政策，才使得他们集体的"失语"。笔者所指的"失语"，并非失去声音或失去语言，而是失去用母语表达和吸收文化的权利，失去了精神文化上的话语权。

"满洲国协和会"的朝鲜语宣传明信片：《五色满洲国旗五族共存共荣》

"鲜系"作家们，在伪满洲国创办杂志、报纸，组成文艺团体，发表了不少优秀的小说和诗歌作品。其中较为出名的，有安寿吉（1911—1977）、姜敬爱（1906—1944）、金昌杰（1911—1991）等。这些作家之中，只有安寿吉成功地在伪满洲国出版了个人作品集《北原》（1944年），目前的资料显示没有一个能够称为童话作家的伪满洲国"在满鲜系"作家。

但这并不表示，在伪满洲国活动的"鲜系作家"中没有一个从事童话的创作——张赫宙（1905—1997）就是一个特例。张赫宙出生于朝鲜庆尚北道大邱府的一个地主家庭，原名张恩重。在庆州鸡林普通学校及简易农业学校学习的过程中，他开始学习日语及历史学。1929年成为小学教员，1932年4月发表日语小说《饿鬼道》，1934年出版小说集《权这个男人》，其间也进行朝鲜语创作。他是朝鲜日据时期"鲜系文学"的代表作家，但他同时因为书写了不少"国策文学"作品，又在1952年"归化日本"，改名"野口稔"，而"被视为民族背叛者的亲日作家"。

张赫宙参与了日本侵略军的"随军作家"，即"笔部队"。1937年中日战争全面爆发后，张赫宙开始表现出明显的亲日倾向。1939年，他参加"大陆开拓文艺肯话会"，同年6月，他作为"笔部队"的一员到伪满洲国进行了"视察旅行"，后来又发表了引起非议的《告朝鲜知识人书》。[①]1942年5月，张赫宙接受朝鲜总督府拓务课的委托，与柳致真、郑人泽等人视察伪满洲国的"开拓村"、矿山等，对"开拓"政策十分认同并倾向于"国策书写"。1943年9月，他再次赴伪满洲国考察。1944年，张赫宙作为"日本文学报国会"下属的"皇道朝鲜研究会"委员"慰问"了满洲的煤矿工人。直至1945年5月，他依然十分活跃地在伪满洲国"国境内"活动和写作，虽然他未曾因在伪满洲国定居而成为"在满鲜系"作家，但他因为创作童话，而作为书写伪满洲国素材的"鲜系"童话作者，成为本书的研究对象。

1942年，张赫宙再创作并用日语出版了朝鲜童话《福宝和诺罗宝》[②]（《フンブとノルブ》），被称为"再创作"，因为这部童话最早是蒙古童话，原名为《剖开巴卡基的姑娘》。[③]

作为蒙古童话传播的时候，这个故事很简单。内容梗概是：以前，在蒙古某地有个善良的姑娘。一天她在做着针线活儿的时候，一只燕子从巢里掉落并摔坏了脚。她心里很难过，用线把燕子的脚缝起来，燕子飞走后，来年带来了"巴卡基"（一种果实类似葫芦的植物）的种子。善良的姑娘种下种子，在秋天剖开巴卡基果实，掉出来许多金银财宝。邻居是一个坏心肠的姑娘，目睹了这一切后，她也学样，抓了一只燕子，折断它的腿并用绳子绑好。那燕子飞走也衔回了种子，但她的巴卡基里出来的是毒蛇，把这坏姑娘咬死了。

高丽时代，这故事传入朝鲜后，被朝鲜人加入了大量的高丽时代的风俗人情和其他朝鲜族特有的东西，易名为《福宝和诺罗宝》（《흥부와놀부》），人物也改成了福宝和诺罗宝两兄弟。故事大意未变，善良的发财，恶毒的受罚，燕子还是燕子。这个故事在中国近代被称为《兴夫传》。1946年，范泉

①［韩］崔博光编：《东北亚近代文化交流关系研究》，济南：山东大学出版社，2008年8月，第73页。
②［日］张赫宙：《福宝和诺罗宝》，东京：赤塚书房，1942年9月。
③关于《剖开巴卡基的姑娘》究竟是蒙古的童话，还是元代归化蒙古的高丽女性将韩国的传说（又名为"说话"，是一种艺术形式）传入到蒙古最终回流韩国，两种主张在韩国学术界目前没有定论。笔者此处可确信的是张赫宙的日语版属于针对原始版本的"再创作"。

（1916—2000）[①]翻译张赫宙的日语童话《福宝和诺罗宝》时，译为《黑白记》，将人物改名为黑宝和白宝。张赫宙改写成日语的时候，刻意删除了"朝鲜古代的风俗和人情"，译者范泉当时认为这是为了"使朝鲜以外的各国的读者都能够欣赏这故事的内容，理解这故事的主题"[②]。

《福宝和诺罗宝》故事绘画

事情并没有这么简单，因为张赫宙后来的身份，不得不让人产生怀疑。当然，范泉翻译的时候并不知道张的"附逆"，还有翻译张赫宙早期描写朝鲜人民苦难的作品《山灵》《上坟去的男子》，并将其与其他朝鲜、中国台湾作家的共 6 个短篇放入《山灵》[③]作品集的胡风（1902—1985）[④]，这两位译者都因为翻译张赫宙的文章，若干年后遭遇过质疑和磨难。

译者无法预料早期"略显进步"的张赫宙后面会"自觉转向"甚至"归化

① 范泉，原名徐炜，教授，现代著名翻译家、小说家，江苏金山（今属上海市）人。1939年毕业于复旦大学新闻系。曾任上海《中美日报》副刊主编，上海永祥印书馆编辑部主任，复旦大学、新中国艺术学院讲师。建国后，历任上海市总工会机关报编辑、新闻出版印刷学校分校副校长。

② 范泉：《黑白记·题记》，上海：永祥印书馆，1946 年 4 月。

③ 胡风译：《山灵》，上海：文化生活出版社，1936 年 4 月。

④ 胡风，原名张光人，笔名谷非、高荒、张果等，湖北蕲春人，现代文艺理论家、诗人、文学翻译家。1920 年起就读于武昌和南京的中学。1929 年到日本东京，进庆应大学英文科。1949年起任中国文联委员、中国作家协会理事。1953—1954 年，任《人民文学》编委、中国作家协会主席团成员。

日本"。从张赫宙自身的角度来看，翻译朝鲜童话，内容里有朝鲜的文化风俗内容，需要主动完全地剔除吗？有朝鲜的风俗和人情，就不利于其他国家读者对这篇童话的欣赏了吗？我们读不懂的是风俗，抑或是人情？当这篇童话原始版本，即蒙古版流传到朝鲜，朝鲜人看不懂的，也只有"巴卡基"这种蒙古语音译，然而将其想象成任何果实，都不会影响阅读、欣赏和理解童话的过程。于是，张赫宙对"朝鲜元素"的删除，如果不是因为日本人的严规或要求，就只能是他主观上希望尽可能地靠近"国策文学"的规范了。

刘晓丽教授曾论及伪满洲国严苛的文艺政策和"国策文学"的要求："文学活动只能在允许的范围内进行，而且必须进行，一个作家如果拒绝写作也会招来不同程度的危险，对于当时的作家来说，要么逃离伪满洲国，要么在体制内从事写作。体制已经规定好了写作方向：国策文学——报国文学，宣扬'建国精神'，宣言'新国家'的合理性、合法性，塑造新的国民意识。"[①] 但是，这是伪满洲国作家面临的现实，张赫宙面临的并不一样，他在战争时期身处作为殖民地的朝鲜，选择的可能性会更多。何况早期他的作品被中国译者大量翻译的原因，正是它充满着朝鲜风情与异国的陌生感。

而当我们换一个角度思考，就豁然开朗了。他正是日本文化殖民和侵蚀的"成功案例"，在日语教育体系的培养下，由一个朝鲜作家变成了日语写作的"鲜系日语作家"，并获得了文坛的"盛名"——同时代同处殖民地的有些台湾作家曾视其为榜样，效仿他用日语创作，希冀扬名日本"中央文坛"。我们与其将张赫宙看作是朝鲜人来分析他的"附逆"，批判他作为朝鲜作家何以"背叛"，不如将他作为殖民地成长起来的"鲜系日语作家"合适，因为他正是殖民者希望在伪满洲国培养的"第二代国民""少国民"的范本，他也确实是朝鲜被吞并后的"第二代国民"。除了《福宝和诺罗宝》，他还创作过另一篇童话《瞎子睁了眼》（《めくらの目があいた話》）[②]，被收入朝日新闻社编的《大东亚民话集》，同时被收入的还有三吉朋十（1882—1982）[③] 的《鳗

---

① 刘晓丽：《"国民意识"能否被建构——以伪满洲国的文学活动为例》，见杨扬编：《20世纪中国文学与国民意识》，上海：上海辞书出版社，2012年10月，第114页。

② ［日］张赫宙：《瞎子睁了眼》，大阪：朝日新闻社，1945年3月。

③ 三吉朋十，日本著名冒险家、探险家和作家，生于日本北海道，年轻时候四处收集各种昆虫标本，二战期间研究民俗文学，著有大量探险、民俗书籍。

鱼和椰子》（《鰻と椰子の実》）、坪田让治的《偷了生姜的猴子和乌龟》（《生薑を盗んだ猿と亀》）等其他 20 篇童话。

张赫宙代表了一部分"转向"日本殖民政策的"鲜系"作家，这些从被殖民、被侵略的国都来到伪满洲国的作家，到了一个相对语言宽松的地方，却并没有如同想象中那样去反抗、游离，反而是充当了"高人一等"的"二鬼子"——把自己看作是"日本皇民"，心灵扭曲地支持着对自己的国土进行殖民统治的日本人的所谓"国策"，似乎"内鲜"真的就一体了。也有坚持用朝鲜语写作的作家，如今回望，"存留的伪满洲国朝鲜人作品包括 200 余首诗歌、50 余篇长短篇小说、600 余篇散文和少量文学评论、戏剧等作品"[1]，在整体失去话语权，被边缘化之下，它们的存在是"鲜系"作家挣扎和抗争的标记。

伪满洲国时期，相对于"失语"的"鲜系"作家，"俄系"作家最大的优待就是被当作"外国人"生活在伪满洲国的地域之中。白俄在伪满洲国被日本殖民者称为"白系露人"，虽然一开始日本人曾提出将白俄作为"五族"之一，但终因为其白人身份而将其排除出了"黄种人的亚洲"。好处是，"俄系"作家于是可以用本国语言进行创作，不用像"鲜系"作家那样连使用本民族语言都如同奢侈品，也不用像"满系"那样把"汉语"套上"满语"的面具。

"俄系"作家较为著名的有拜阔夫（1872—1958）[2]、阿列克谢·阿恰伊尔（1896—1960）[3]、涅斯梅洛夫（1889—1945）[4] 等。这些作家大多都有沙俄时代军官的经历，因为战争失败逃离到伪满洲国，当然还有一些是因为躲避强制集体所有制、寻找工作机会等原因迁移过来的。当时在伪满洲国地区，还

---

① 崔一：《伪满洲国朝鲜作家作品集·导言》，见刘晓丽主编：《伪满时期文学资料整理与研究·作品卷》，哈尔滨：北方文艺出版社，2017 年 1 月。

② 拜阔夫，著名"俄系"小说家、冒险家、自然科学家。1872 年生于俄罗斯基辅市，前后在中国东北居住 35 年。1901—1914 年受彼得堡学士院之命从事中国东北自然调查工作，这段经历成为他日后文学创作的主要素材。1915 年出版了《满洲森林》，他用小说的笔法描写了东北大自然和森林居民的状况。1920—1922 年旅行非洲和印度等地。1923 年以后长居东北，从事科学研究和文学创作，出版了《拜阔夫文集》12 卷，代表作有《大王》《牝虎》等。

③ 阿列克谢·阿恰伊尔，俄罗斯杰出的侨民诗人。1922 年到哈尔滨，侨居中国 20 余年，一直坚持诗歌创作。代表作有《言简意赅》《艾蒿与太阳》《小路》《金色天空下》。

④ 涅斯梅洛夫，侨民诗人、小说家。本姓米特罗波尔斯基，出身于五等文官家庭。先后毕业于莫斯科第二军校和士官生学校，一战期间当军官，战争期间参加白军。1924 年流亡于中国哈尔滨，创作诗歌作品和小说。

有用其他外语写作的群体，如犹太人、格鲁吉亚、乌克兰、波兰人等。但都没有白俄这个群体的影响力，这本身与人群数量也是密切相关的。根据当时伪满政府的统计，截至"1944 年 3 月前夕"，哈尔滨和附近铁道沿线"共有俄侨65537 人"。①

对于大多数因逃离而居住在伪满洲国的"俄系"作家来说，伪满洲国只是寄居的所在，自己的国家却又无法回归；在"五族协和"的伪满洲国，他们又不是五族之一；在"大东亚共荣圈"的幻想地图中，他们又是不是"共荣"的对象；黄种人的亚洲，又将这些白人排除在外；他们既不是殖民者，又肯定不是被殖民者。在伪满洲国，这些人被视作正常而又奇异的群体存在着。在文学方面，他们用俄文创作，不经过翻译，大部分人群是无法读懂的。但即使如此，日本殖民者又给了"俄系"作家一种幻象，似乎"俄系"的文学是被重视的，他们编辑并在日本出版了《日满露在满作家短篇选集》（收录"俄系"作品两篇）②《满洲国各民族创作选集》③（上下卷共收录"俄系"作品三篇）。

在《满洲各民族创作选集》的序里，山田清三郎认为这套书，"秉承了"了伪满洲国的"建国精神"，并夸耀昭示的"民族性"：

> 第二卷较之前卷，水准上有整体的提升，从中明显可以看出，满洲文学在其声称发展的过程中，追求着怎样的方向。满洲文学完全是各国作家深刻秉持建国精神这一共同理念，以为这个东亚新兴国家构建道义上的文化为愿景，体现在一年比一年更加鲜活具体的作品上。
>
> 当然，各民族的作品均带有其民族特色，这是必然的。但这些民族特色，在这个国家里并不是分裂的。相反的，对这个国家、这片国土的爱与守望汇集成一点，如同光的放射。也可以说，这些民族特色就是从这一点中放射出的多彩的光芒。④

---

① ［俄］乌索夫著，赖铭传译：《20 世纪 30 年代苏联情报机关在中国》，北京：解放军出版社，2013 年 1 月，第 408 页。

② ［日］山田清三郎编：《日满露在满作家短篇选集》，东京：春阳堂书店，1940 年。

③ 古丁、［日］山田清三郎、［日］北村谦次郎：《满洲国各民族创作选》，东京：创元社，1941 年（上卷）；［日］岸田国士、［日］川端康成、［日］岛木健作：《满洲国各民族创作选》，东京：创元社，1942 年（下卷）。

④ ［日］山田清三郎：《满洲国各民族创作选·序》，东京：创元社，1942 年（下卷），第 2 页。

1942年，《满洲国各民族创作选集（下卷）》原版书影

　　"俄系"作家的作品被翻译成日文并收入这类书籍，客观上增加了他们的文学作品的影响力。例如拜阔夫，因为《虎》（日本出版时更名为《伟大的王》）这部密林小说中含有"王者气度""征服""勇敢""开拓"的精神，被日本殖民者解读为"富有教育意义"和"满洲风情"的著作。台湾成功大学的蔡佩均认为："拜阔夫以去政治化的书写策略寄寓他对人类文明过度开发、掠夺自然资源的批判，却被日本军国主义挪用为政治化的思想教化文本，这恐怕是他始料未及的。"①

　　但拜阔夫也并没有对这种解读提出任何异议——他也没有理由拒绝殖民地和日本本土的日本人对他的追捧和欢迎。他描写的密林究竟是一种乡愁，还是对自然的向往，最终都化为各种言不由衷和莫名其妙。

　　拜阔夫代表了大部分"俄系"作家的写作状态，然而其他很多人并不像他那样出名，写作对他们来说是一种生存的需要。也可能正是因为如此，"俄系"作家的童话创作十分罕见，只有涅斯梅洛夫在1940年发表了童话长诗《他们是怎样互相谅解的》，他也是几乎唯一一个靠稿费生存的"俄系"作家。②

　　在伪满洲国真正有影响力、传播最广的俄罗斯童话，是鲁迅译自日版的

　　① 蔡佩均：《"发现满洲"：拜阔夫小说中的"密林"与"虎王"意象》，《沈阳师范大学学报》，2016年第6期，第20页。

　　② 笔者未找到这首童话诗的原文，作品见李萌：《缺失的一环——在华俄国侨民文学》，北京：北京大学出版社，2007年11月，第56页。

《爱罗先珂童话集》[①] 和译自著名文学家高尔基（1868—1936）的《俄罗斯的童话》[②]。爱罗先珂（1889—1952）[③] 作为短暂流寓中国的俄罗斯童话作家，1923 年前后曾几经周折借道大连、哈尔滨回到俄国，但把童话留在了中国，并在伪满洲国时期受到东北沦陷区的少年儿童喜爱。高尔基的《俄罗斯的童话》经过鲁迅翻译后，几乎成为伪满洲国地区童话作家们的必读书和参考书，很多作家都受到了这些童话的影响，它对童话创作的推动作用很大。如前文提及的《华文每日》1943 年刊登的鲁迅译的《没头虫》（高尔基《俄罗斯童话》第14 篇），类似这种报刊上的转载和翻印还有很多。著名童话作家杨慈灯就曾在多篇童话作品中反复提及高尔基，并以《学高尔基》[④] 为题创作过一篇讽刺童话。总体来看，"俄系"作家在伪满洲国童话创作方面，确实是足迹罕至的一群，他们只是掺杂在伪满洲国童话创作大稻田中的一些稗草，难得一见地随风摇摆。

---

① ［俄］爱罗先珂著，鲁迅译：《爱罗先珂童话集》，上海商务印书馆，1922 年 7 月。

② ［俄］高尔基著，鲁迅译：《俄罗斯的童话》，上海文化生活出版社，1935 年 8 月。

③ 爱罗先珂（В.Я.Ерошенко），俄国诗人、世界语者、童话作家。童年时因病双目失明。25 岁离开俄国本土，先后在暹罗（今泰国）、缅甸、印度、日本等地漂泊。1921 年参加"五一"游行，被日本当局驱逐，来到中国。1922 年 2 月，在周作人推动下，经蔡元培特聘，他来北京大学教授世界语，借住在周氏兄弟在八道湾的住宅里。

④ 慈灯：《学高尔基》，《童话之夜》，大连：大连实业洋行，1940 年 11 月 25 日，第 39—47 页。

第四节　幻想、植入与协和：同与异的张力

> 我曾经试着找寻各民族作家共存共荣的统一姿态。但是我的尝试完全地失败了。因为各民族所特有的文化传统已经在那里扎根，我只能看到那些执着的表情。
>
> ——尾崎秀树《近代文学的伤痕》（1991）[1]

1991年，在评价1941—1942年出版的《满洲国各民族创作选（上下卷）》时，日本文艺评论家尾崎秀树（1928—1999）[2]认为，当时的日本文人，以为把各个民族的作品集于一处，就"共存共荣"了，这是一种极其失败而理想主义的想法。各个民族的文化传统根深蒂固，"满系""蒙系""鲜系""俄系"貌合神离地坚持着自己的写作方向，这种"执着"是令日本人沮丧的。

日本殖民者希望整个东亚"同宗同文"，但"同"的是日本的祖宗，"同"的是日本的语言文字。然而，越是同一，事物之间的差异就越是决定性地体现出来。

大部分"日系"作家的"主持人姿态"，来自于武力征服为前提的殖民统治给予的自信，这种不仅希望占领土地，更希望土地上所有生物都"归化""从属""附和"的心思并不难理解。

中日战争后，让伪满洲国的人们在文化的"熏陶"下变成亲日的"皇民"的需求越来越强烈，在文化界，"日系"的类似观点也随处可见。以《新满洲》发行人驹越五贞的系列言论为例，就可以看出这种关于"同"的叫喊和行动。

1941年，驹越五贞认为书籍发行上，应该更为严格地控制："满洲，似乎

---

① ［日］尾崎秀树：《近代文学的伤痕》，东京：岩波书店，1991年6月，第248页。

② 尾崎秀树，日本文艺评论家，出生于殖民地时代的台湾台北市，曾就读于台北大学医学专门部（中途退学），著有大量文学与历史方面的专著。其父尾崎秀真（尾崎白水）是战前活跃于台湾的文人、新闻记者。同父异母的兄弟尾崎秀实曾任朝日新闻社记者，因帮助中国抗战于1944年被处死。

还有一部分人不理解统制的真意，应当给他们正确的书籍读，克服国民的自由主义，实行有秩序的生活，使人心一体倾向国家总力之统制。"①

他这一观点，已经于1940年施行。伪满洲国所有的图书在这一年，都由"满洲书籍配给株式会社"（简称"满配"）统一发行，废除了以前的"贴加贩卖制"，"满配"的配给网遍布伪满洲国几乎每一个地方。一般图书由普通的书店代卖，教科书主要是经由各市、县、旗而配给。1940年，"满配"的网络大概包括：教育会210处，"日系"书店230家，"满系"书店450家，"鲜系"书店50家，还有一些"俄系""蒙系"书店。

除了发行书籍，"满配"还对文化（出版）警察"反间谍""审阅禁止发行"图书给予"积极协助"。其实，有70%左右的书刊是"满洲书籍配给株式会社"派人检查、审定的。根据1937年公布的伪满洲国《贸易统制法》，书籍、杂志都成了"指定输入统制品"，"满洲书籍配给株式会社"为唯一的"输入统制"机构。②

1940年底，驹越五贞热情洋溢地号召作家们顺应文学的"国策"："这些将及一千的图书配给网，靠铁路沿线的都市是不用说的啦，就是很偏僻的地方也在设置着，以力求全国各处优良图书文化的浸透。其中对于在北边诸所不便的地方服膺重要任务的人们，（我们）在可能范围内应当多多的供给他们兼为慰安用的良书才是。余（我）想担当图书文化事业的人，须特别的留意这一点，非得顺应国策去往前迈进不可。"③

他的言论非常合理地解释了为什么诸多的"日系"作家，突然在1940年代前后，有了十分明显的写作风格和题材的转向。而且，也证实了前文论及的"日系"作家逸见犹吉、山田清三郎、八木桥雄次郎、大野泽绿郎、简井俊一、林田茂雄、青木实等人合作编写的《北方的守护童话集》（《北の護り童話集》），为什么会这么集中地进行北部边陲守卫者题材的创作。这篇演说是在1940年8月24日晚7点40分至8点整，由"新京中央放送局"向"全满"放送的。刊登在《新满洲》上的中文版本，是"原稿之满译"。凡是有收音机

① ［日］驹越五贞：《新体制与文化》，《新满洲》第2卷第6号，1941年6月，第10页。
② 黑龙江省地方志编纂委员会编：《黑龙江省志·出版志（第52卷）》，哈尔滨：黑龙江人民出版社，1996年12月，第290页。
③ ［日］驹越五贞：《满洲的图书文化》，《新满洲》1940年第2卷第10期，第16页。

的人群、看杂志报刊的人群，都能接收到他的这些信息和观点，而且类似"国策"也不仅仅是他一个人一次性的宣传，轮番的宣传也不光是针对"日系"作家一个群体。

"日系"作家的日本人身份，使得他们"非得顺应国策去往前迈进不可"，这是作家作为文学从业者，必须面对的选择。整个国家在进行侵略战争，无论作家心里如何理解这场精心粉饰的"大东亚圣战"，或多或少都得遵循着"国策"进行文学创作，童话也不能例外。事实上，又岂止是童话，岂止是文学，就连当时的明信片、图书插画等，也都更加注重为"北边诸所不便的地方服膺重要任务的人们"提供精神上的"慰安"。

苍茫的"北满"，一个士兵在天寒地冻中守护"边陲"。1938年日本明信片

"由日本内地输入满洲的杂志康德六年度（1939年）为八百三十万册，普通出版物一千四百三十万册，合计二千二百六十万册。从这统计的数字上看来，可以想象在满洲国内日本文化的渗透是怎样的显著了。"[1] 驹越五贞在这里以一种自豪的夸耀口气和令人震惊的输入出版物数字，证明了侵略者在伪满洲国进行"文化侵略"的史实。"日系"在童话作品中的主持地位，正是靠着大量的出版物输入和伪满洲国文化政策的把控合力做到的，这些童话即便不是"植入式童话"，也都或多或少蕴藏着日语教育、普及日语、教育青少年等考虑。毕竟，日本侵略者是在中国的土地上"塑造少国民"，毕竟不是"国际友

---

① ［日］驹越五贞：《满洲的图书文化》，《新满洲》1940年第2卷第10期，第16页。

好组织"的公益活动，每一份报刊的创办和输入，每一篇童话的撰写与传播，都不是没有原因和理由的。

正如刘晓丽在评价整个伪满洲国时期的"日系作家群"时论述的那样："在殖民地是有心地善良、心怀梦想的'日系'知识者，他们作为个体可能是自信满满地诚心诚意地来到殖民地进行'经济建设'和'文化建设'，但是他们的诚意和辛劳是挂在殖民框架上——侵略与被侵略、占领与被占领、奴役与被奴役。虽然日本殖民者在满洲地区没有实施其在台湾和朝鲜半岛的'皇国臣民化'的民族同化政策，而提出貌似温和现代的'五族协和'，但这不能改变其殖民性质。在'满洲国'的'日系'文士们以日语报刊杂志为中心展开的文学活动，[①] 虽然各式各样、各怀目的，但却在不同程度上落入了殖民主义的逻辑，至今未见那种可以超越殖民主义的强大心灵和伟大作品。一个民族的虚妄，以文学的傲慢也得以见证。"[②]

除了前文所述对报刊图书的把控，日本殖民者在法规政策、文化教育等方面用尽心力，但即使如此，也无法改变他们希望看到的"同"与无法控制的"异"同时存在于伪满洲国童话创作的世界之中。因为这些"同"与"异"，很多是天然形成的，根本无法改变。

伪满洲国童话创作中的"同"主要表现在以下几个方面：

一、童话创作欲望的"同"。无论是处在"引导"、把控地位的"日系"文人，还是游走在"教育童话""文艺童话""科学童话"等形式与"植入式童话"之间的中国作家，或是总体上处于"失语"和"掺和"状态的"鲜系""俄系"童话作家，创作童话的欲望是一致的。一大批有兴趣创作童话的作家和爱好者，为了文学爱好的实践、自我价值的实现，甚至单纯为了稿费而进行创作，这是童话得以被创作、翻译、改编的基本动因，也是童话得以勃发

---

① 根据东北三省图书馆藏的相关统计数据，目前东北地方文献资源库存有日文报纸61家，日文杂志769种。其中，文学、艺术类期刊有30种，一些综合、专业杂志也辟有文学栏目。见东北地方文献联合目录编辑组编：《东北地方文献联合目录（第一辑 报刊部分）》，大连：东北地方文献联合目录出版，1995年。

当时比较重要的日语文学杂志有《文学》（后更名为《作文》）、《艺文》《高粱》《满洲浪曼》等。

② 刘晓丽：《东亚殖民主义与文学——以伪满洲国文坛为中心的考察》，《学术月刊》，2015第10期，第140—141页。

的动因之一。

二、童话概念与阅读人群的"同"。伪满洲国的童话概念，如第一章中所论，是无论语系、族群作家、作者的共识。当时的童话概念的宽泛，也是导致包括寓言、儿童小说、传说等其他体裁被包含入童话的原因之一。阅读人群同是伪满洲国的知识群体，并同样包含了青少年和成人。

三、童话宣传和教育功能认识的"同"。无论是日本殖民者、傀儡政府，还是各个族群的作家，对童话宣传、教育的功能有着相同的认识。殖民者因此号召和倡导创作"植入式童话"，其他各语系、各族群的作家也大多创作了包含教育性、科学性的童话，在这一点上，所有人都意识到了童话对少年儿童的重要功效，也都意识到了在宣传上童话的承载性和虚构性。

四、在殖民框架下意识形态的"同"。在暴力侵略为前提的殖民之下，殖民地的各语系、各族群在意识形态上的选择范围并不大——特别是作为书面文字出现的童话创作。"日系"作家的自愿、主动与配合，"中国作家""鲜系""俄系"作家的附逆、迎合、附和与被迫，导致了一种在伪满洲国童话创作中意识形态的趋同，这正是"植入式童话"得以诞生、传播和增长的原因所在。"官方意识"在各种复杂的条件下，成为伪满洲国作家复杂语系、族群身份之外一个"无从选择"的选择。

伪满洲国童话创作中的"异"主要表现在以下几个方面：

一、国家、民族身份认同之"异"。被殖民前不同的国籍，不同的族群，在日本人所谓的"满系""蒙系""鲜系""俄系"包装之下，并不会真的"五族协和"，更不会突然或慢慢被改变。伪满洲国这个傀儡之"国"，不仅未能让作家们感到"油然而生"的归属感，反而让作家们更深地发现了各自的不同。这些不同体现于童话，在前文已有很多例证，作家们在民族、国家、人种认识上存在着必然的差距，这些"异"，时刻在产生或猛烈或柔和、或明显或隐微的撕扯和对抗。

二、作家政治立场、经济阶层、创作动机、写作心理等方面之"异"。除了对国家、民族的认同，每个作家的政治立场也不尽相同。比如附逆于殖民者的"鲜系"作家张赫宙，后来就因为政治立场而"归化"了日本，其改编的朝鲜童话居然删除了朝鲜的风俗文化；衣食无忧的心羊与贫困潦倒的未名，创作的童话自然也是不同的；为了"植入"而创作，与为了"教育孩子"而创作的动机，也决定了童话作品的完全不同；写作时怀着控诉黑暗的暗流，与写作时怀着对"新国家""新满洲"的向往之情，落于笔下自然也是不同的。这些"异"，正是伪满洲国童话复杂和值得研究之处。

三、童话的语言文字、文化传统之"异"。日语、朝鲜语、蒙语、汉语、俄语等语言之间，天然存在鸿沟。除了少量的"对译"作品，大部分以异族语言创作的作品，都很难在其他族群中得以传播。在这一点上，日本殖民者的日语普及，使得日本作家的童话作品某种程度上成为被伪满洲国阅读人群更广泛接受的类别，这也正是文化殖民的铁证。朝鲜民族因为国土沦为"日本领土"而导致在童话创作上的"失语"，则是更极端的例证。文化传统，更不会因为"大东亚共荣"的虚构而消失，反而在童话中得以更明显地强调和突出。

四、童话作品的数量、发表渠道之"异"。如前文所述，由于教育、语言、法规政策等多重因素的限制，在伪满洲国的童话作品的发表数量、发表渠道，各个族群的作家存在着很大的差别。"日系"霸占着大量出版资源与发行渠道，中国作家在语言文字上的主流，"鲜系"在语言文字上的"被边缘化"，"俄系"在政治立场上的附和，都注定了童话在诞生之后走向不同的阅读通道。"鲜系""俄系"童话作品寥寥无几，无论是因为缺乏幻想的动力，还是因为互通语言的困难，还是迫于政策的无奈，这种稀少本身就是一种对"五族协和""五族繁荣"的消解与讽刺。

伪满洲国的童话创作，体现着极为复杂的交汇与差异，这种"同"与"异"之间的张力，绝不是"执着的表情"就可以总结的。最重要的是，童话创作这种文学行为产生的张力，承载了各种幻想、把控、附和、植入、主持、失语和掺杂，在对这些童话作家作品的梳理中，我们推开了一扇尘封的小窗，由此可以探看伪满洲国时期文学与政治的共生、纠缠、游离与抗争。

余　论

　　《青少年指导者》是"满洲帝国协和青少年团中央统监部文化部"编辑发行的刊物，主要针对青年读者。笔者在沈阳采访老作家柯炬（李正中）时，李老告诉笔者相对于《满洲学童》，初中以上的青少年人群更多地是阅读这本《青少年指导者》，他同时回忆道："这本杂志号称的发刊标语是'打破形式的文章；排除虚伪的言论；本着良心说实话；本着能力埋头干'。其实都是空喊，一条也没有做到！"①

1941 年，《青少年指导者》原刊影像

　　这本刊物由"协和会"下级组织直接编印，其官方性质决定了内容，又如何排除"虚伪的言论""本着良心说实话"呢？ 1941 年 12 月，署名高斯生的作者发表了一篇关于"民族协和"的文章，文中称："我东洋，于过去一世纪里，居西欧帝国主义榨取下，忍耐他们的所谓东洋弱小民族之辱。日本复兴以来，诸民族早速觉醒，以东洋王道为根基，迈进确立大东亚共荣圈建设的步

────────────

　　① 笔者于 2016 年 9 月 4 日赴沈阳采访老作家柯炬（李正中），存影像资料。

骤，而欲作世界秩序之范例，确定人类生活的指针。"①

"民族协和"的基础，是以日本的复兴为起点，以东亚服从、从属于日本作为前提，这本身与"协和"就是自身矛盾。"协和"是"和睦、融洽"的意思，在日本殖民者的统治之下，只有把控、占据、掠夺和被压迫、被占领、被掠夺，又何谈"协和"？

从文学方面来说，各种严格的审查与文化政策，已经极大地压缩了各个族群作家和文学爱好者的发挥空间，日本殖民者害怕强大的中华文化影响其文化殖民的计划，试图从历史文化上切断、割离与中国的关系，连汉语都被称为"满语"；日本殖民者侵占内蒙古的土地，掠夺那里的资源，用语言文字同化当地百姓；日本殖民者号称"内鲜一体"，禁止朝鲜半岛的人民使用自己的语言文字；日本殖民者将流落在伪满洲国的白俄人看作"外国人"，把他们排除在"亚洲人的东亚"之外，却又在一些场合将他们划为伪满洲国多个族群的一部分，利用他们在文学上的附和与迎合，营造一种"协和"的气氛。

在这样一个充满强迫、限制、同化、利用的文学世界之中，又怎么可能制造真正的"协和"？

童话是一种被殖民者关注并利用的文体，这一方面是因为教育儿童的需要，一方面是因为承载谎言的便利。同时，童话被利用却几乎从未被殖民者真正重视，因为他们需要培养的是"完成大东亚圣战"所需要的"人力资源"，而不是以高质量的童话教化、培育更好的下一代。也正是因为如此，一些借用童话外衣而写的"文艺作品"才得以绕开审查与管控，得以刊行发表。

童话的创作始于作家作者的幻想，童话的"植入式"始于殖民者的幻想，最终幻想与现实发生对应和冲击，实现童话的解殖性。中国作家的虚实与浮沉，"日系"作家的描绘与把持，"鲜系"作家的失语，"俄系"作家的附和，都成为伪满洲国14年中，各族群童话作家自身民族文化传统之间、童话作家立场之间、童话现实与幻想之间同与异的对立、拉扯、斗争与消解。

---

① 高斯生：《民族协和的基础理论》，《青少年指导者》第14卷，1941年12月30日，第11页。

结语：“乐土”的建构与解构

伪满洲国 14 年里，日本殖民者和伪满洲国傀儡政府共同投入了一场盛大的表演。他们对外宣称这片土地是亚洲的一片“王道乐土”，这里“五族协和”，平等地对待每一个“国民”，日本是“亲善的邻人”“友邦”“亲邦”，伪满洲国是一片充满希望和梦想的“新大陆”“新天地”，“日满一德一心”，共同建设“新满洲”。

日本在自己国内和殖民地大肆宣传伪满洲国的“乐土”，鼓动蛊惑日本国民或殖民地的农民组成“开拓团”去伪满洲国开拓。早在 1922 年，“南满洲国铁道株式会社”就曾在美国纽约出版了含有大量地图、照片和图片的宣传书籍 *Manchuria, Land of Opportunities*（《满洲，机会之地》），[①] 赤裸裸地展示日本对中国土地的垂涎和完全霸占“满洲”的野心。截至 1945 年日本战败、“满蒙政策”破产为止，移民到“满洲国”的日本人达 155 万人，其中“开拓民”即所谓的农业移民大约是 27 万人，占移民总数的 17% 左右。[②]

14 年间，从策划成立“满洲国”到这个傀儡政权覆灭，大量的宣传画、明信片、广播、小说、儿童剧、诗歌、童话等文化宣传齐上阵，它们对伪满洲国的进行了立体的描绘，如此这般地将苦海幻化为“乐土”。

---

① SouthManchuriaRailwaycompany：Manchuria, LandofOpportunities, NewYork：ThomasF. Logan, Inc., 1922.

② 孙继强：《侵华战争时期的日本报界研究（1931—1945）》，北京：中央编译出版社，2014 年 6 月，第 157 页。

第一节 "王道乐土"的立体虚构

> 我家庭的乐趣呀！乡村的安乐呀！这都是谁给我们的呢？呵！多
> 么光华的王道国家呀！尤其是日本友邦，在救我们于水深火热之中，
> 更应当怎样的感谢呢？
>
> ——吴中澂《乐土》（1939）①

1939年，滨江省（伪满洲国地名，今黑龙江南部地区）哈尔滨两级中学教员吴中澂在其创作的小说《乐土》中，赞扬日本人和溥仪带来的"太平盛世"。这篇小说每隔几段文字，就通过文中人物"感恩""感念"，把溥仪写成是百姓的圣君，把日本人描绘为"救世主"，其中肉麻附逆之辞，实在不忍卒读。一个中学教师，居然如此胡编乱造地创作"国策文学"，可见日本殖民者对教育系统的整体侵蚀，已经到了怎样的程度。

伪满洲国发行的明信片《现世乐园》

日本侵略者自然希望看到这样的文字，他们组织、鼓励、强迫一些文化人参与这种文章的书写。于是才有了前文论述的"植入式童话""献纳文体"等所谓的"时局文学""国策文学"。

在这一类文学作品中，伪满洲国是"和平""安宁""幸福"的，就像宣传画上描绘的那样。一家人围坐着桌子旁，老人安享天伦、含饴弄孙，夫妻幸

---

① 吴中澂：《乐土》，《满洲教育》第5卷第7号，1939年7月，第99页。

福生活，两个健硕的儿子，一匹用于耕种的马，一只用来玩乐的鸟，远处是大群劳作的人群。一派丰收的景象。

"年成算十成的丰收，地方更是太平，如今那些胡匪，早叫日满军打没了，这真是老百姓的福气。"[①] 在《乐土》中，伪满洲国的土匪被日军伪军剿灭了，老百姓安居乐业，还遇到大丰年。伪满洲国被宣传为一个没有战争的地方，是日本人把这里的人们解救出了"水深火热之中"。"殖民者"成为"解救者"，并出现在各种宣传平台上，似乎谎言重复多次，就真的会变成现实一样。宣传画中，左侧，旧军阀和土匪正在"脚踩良民"，苏联被丑化为"红色长角的魔鬼赤匪"，正在烧毁百姓的家园，太阳在流泪；右侧，灿烂的太阳照耀大地，高粱熟透了饱满地屹立着，农夫杵着锄头，右手牵着挥舞"满洲国旗"的儿子，左手摸着妻子怀中的二儿子，地里有两只肥硕的猪，远处家里冒着炊烟。这是一幅出自"协和会"的宣传画，费尽心机地渲染着"王道乐土"和伪满洲国"建国"之前的险恶。

《军阀时代》和"满洲国"宣传画

殖民者和伪满洲国当局还以儿童剧、儿童电影、儿童歌曲等各种形式，全方位地在"少国民"的心中植入"新国家"的形象。

1939年，开通县（伪满洲国地名，今吉林通榆县）县立尚仁国民优级学校校长杨雨祈创作了一幕上下场"小歌舞剧"《快乐之乡》，这是一出精心策划的"反共"歌舞剧。"本剧描写共匪之残忍，人民受其蹂躏几不聊生，呼天抢地不得安居之所，幸有日本皇军不避其锋，逐之远遁，使一般民众鉴赏满洲新国，并促使其各向自新之途，以发扬东洋文化达成东亚和平之旨也。"[②]

---

① 吴中澈：《乐土》，《满洲教育》第5卷第7号，1939年7月，第97页。
② 杨雨祈：《快乐之乡》，《满洲教育》第5卷第7号，1939年7月，第91页。

这个上下场小歌舞剧，与上述宣传画如出一辙，上半场讲述"赤匪之横暴与民众之痛苦而无处诉告"，下半场则是"民众被神仙导至王道乐土……光华之所在"。[①] 在歌舞剧的布景上，作者安排绘制的是"荒凉原野""新都市建设"和准备"日满国旗若干"。可以想象，这又与宣传画的想法不约而同，只不过歌舞剧有表演，歌舞配合更为立体。

《快乐之乡》第一场"旭日仙导"的民众

《快乐之乡》第二场合唱伪满洲国"国歌"的孩子们

歌舞剧配乐有 11 首歌，也是前几首"悲怆"，后几首"赞扬"，如其中第 10 首《欣赏满洲》，前两句是"灿烂光芒，乐园建设几经风霜。纵横铁路，遥远更绵长，烟云缭绕轮械铿锵"[②]。虚构了民众"建设满洲新乐园"的景象，铁路四通八达，机器日夜运转，一个发达而现代的"满洲国"。

---

① 杨雨祈：《快乐之乡》，《满洲教育》第 5 卷第 7 号，1939 年 7 月，第 91 页。
② 杨雨祈：《快乐之乡》，《满洲教育》第 5 卷第 7 号，1939 年 7 月，第 96 页。

可是，真实的伪满洲国，真的是这样一块"快乐""和平""现代""幸福"的"乐土"吗？仅从伪满洲国宣传品中大量出现的"国花"——"高粱"说起，考察下占据人群主体的农民，在伪满洲国的生活是否如描绘般美好。

伪满洲国效仿日本的菊花（御用）、樱花（民用）而采用双重国花（见下图），在伪满洲国"国徽"中间，是溥仪喜爱的日本春兰（御用），兰花五个花瓣间伸出五根各五朵的高粱花作为国花（民用）。

伪满洲国"国徽""兰花御纹徽"

这似乎是"五族协和""五谷丰登"的寓意。可是，即使如《乐土》中所写遇到丰年，老百姓也很难吃到自己种植的大米，甚至其他粮食。在前文多个章节中有关于"粮食出荷""粮食配给"的论述，童话中的老鼠都知道吃完大米不能留下粪便。

在宣传中，老百姓似乎家家饲猪，户户养鸟，事实上呢？在伪满洲国，太平洋战争爆发后，"穷人生活极其寒酸，喂不起狗而没有狗的人家很多，养猪没有饲料，瘦得要死而杀掉"，"严重的饥荒，使农民体质状况严重下降，疾病、死亡率急剧增高，导致许多骇人听闻的惨案"。"为了生存，便有铤而走险者，各地经常发生请愿、抢粮事件，使社会动荡不安，农民生活在极不稳定的恐怖环境中。"①

号称伪满洲国"太平盛世"，大家都忙着建设"新国家"，在很多宣传中，人们似乎自发在为建设这个"乐园"而努力，真相则是，日本人每年都强制征集大量的劳工。据统计，1941—1945年间，就"强征百万劳工"。"此举本身就意味着血泪与灾难。姑且不说摊派和抓捕劳工的暴行，只就劳工运输

---

① 李淑娟、车霁虹等：《日本殖民统治与东北农民生活（1931—1945年）》，北京：社会科学文献出版社，2014年8月，第154页。

而言，也是残酷的虐待：成千上万劳工，犹如货物一般，被塞进货车，千里迢迢，日夜运行，冻饿而死者不乏其人。更有甚者，竟有满载劳工的货车，车门禁锁，被甩在车站的闲车道上，无人过问，致使全车劳工命归黄泉。日本帝国主义战败投降后，此类骇人听闻的惨案始被揭露。"①

这些，也只不过是伪满洲国这块被日本人殖民统治14年的土地上，无边苦海的一片水渍而已。各种对战略物资、人力的掠夺，各种对当地经济的压榨与抢劫，各种对文化、教育的侵蚀与同化，各种殖民行为造成的创伤，即使到今天，仍然无法消除。

童话作为文学之一种，深深嵌在伪满洲国现实之中；伪满洲国童话中的分支——宣扬殖民者官方意识和"国策"的"植入式童话"，也只是伪满洲国时期立体描绘"王道乐土"的工具之一；在整个伪满洲国总体文化氛围倾向于"时局""颂扬""献纳"的时代，那些没有附和、追随、合作的童话作品，又是何等难得。

---

① 解学诗：《伪满洲国史新编修订本》，北京：人民出版社，2015年4月，第522页。

第二节 作为"解殖文学"的童话

> 解殖文学,指留居殖民地的作家们从历史在场的角度记下的殖民
> 地日常生活及其伤痕的作品,隐去作者的零度写作是其主要特征。解
> 殖书写与殖民地文化政策共存,没有直接反抗,也没有隐微反抗,但
> 却与殖民者的宣传及要求相左,如腐蚀剂一般慢慢地消解、溶解、拆
> 解着殖民统治。
>
> ——刘晓丽《异态时空中的精神世界——论伪满洲国文学》(2015)[1]

在对殖民地的想象中,压抑、残酷、黑暗、无望等名词往往是最容易出现于脑际的,幻想、欢乐、光明、希望这样的字眼似乎与那里无缘。而事实是,伪满洲国不仅产生了童话,还诞生了两个完全不同的分流:一个是殖民者及自觉不自觉参与其中的文人在童话中虚构现实、宣扬道德、建构"王道乐土",并以各种道德来规范、束缚、培育"未来国民";一个是作家们游离于殖民者倡导的"植入式童话"以外,以解构、不合作等多种向度和方式创作童话。

在殖民者宣扬的"五族协和"口号之下,"日系""满系""蒙系""俄系""鲜系"作家,或多多少、或深或浅地参与到童话创作之中,形成了伪满洲国特殊的多民族多语系童话写作的现象。对这些童话的发现和继续挖掘,将再现当时各族群在伪满洲国生活的心理状态,投射他们生活的真实情景。

日本殖民者希望通过童话传输其价值观,培养符合殖民和战争要求的"第二代国民"。他们安排、鼓励、强迫一些文人进行童话创作,在主流杂志开辟儿童文学版面,在出产一定数量"植入式童话"的同时,客观上造成了1937年后,殖民地童话写作的勃发。一方面,这些伪满洲国特有的宣传产品——"植入式童话",将"王道政治"、军国主义、日本文化风俗等元素植入童话

---

① 刘晓丽:《异态时空中的精神世界——论伪满洲国文学》,《名作欣赏》,2015年第8期,第15—17页。

之中，作品遍及《弘宣》《新满洲》《麒麟》《泰东日报》《华文大阪每日》《满洲学童》等报刊杂志，成为伪满洲国时期不可忽略的一个文学现象，对青少年教育等方面产生了很大影响。也正因为如此，本书也对这类童话进行了详尽的考察与分析。然而，这些"植入性童话"并不能代表整个伪满洲国童话的全貌，同时，在建构"王道乐土""五族协和"等理想国形象的同时，也不自觉地对这些虚幻的理念进行了解构。"欲利用文学者，文学走向了消解利用者。从殖民地文学中，我们也可以看到文学的一种古老秉性——文学与现实关系的不确定性，文学从不保证你放进去的观念会如你所愿地呈现出来，文学一直守护这种不确定性。"① 读者往往实在无法将童话中的美好、幸福的图景与残酷、悲惨的现实相对应。虚构与浮夸最后终究无法承载历史的真相，文学在构造观念的同时给予了文字本身一种接受时的不确定性，它更像是一把无柄的利刃，时刻可能划破现实的面纱。

　　另一方面，那些不配合日本殖民者的童话创作者们，除了主动反抗、创作"反殖文学"的作家，也有一些试图远离政治倾向、创作所谓纯粹"文艺童话""教育童话""知识童话"等题材童话的作者，他们创作的童话，成为伪满洲国时期的青少年难得的课外读物。但即使这样，他们有时也难免不自觉地参与到"未来国民"的建构之中。因为身处伪满洲国之内，"忠孝""友爱""诚实"等美德，都存在特殊的对象性。即便是主动反抗、解构殖民文化的童话作者们，也不可能在每一篇童话中揭露现实、讽刺社会。殖民地文学的复杂性，远不是反抗和附逆可以概括的。正因为如此，伪满洲国童话的两种分流，并非是附逆与反抗，而是"建构与游离"——并且建构中有解构，游离中有自觉与不自觉的参与。在伪满洲国的文学世界，一旦选择落下文字，就必然选择了承担，毕竟任何时候，大部分人都可以活在黑暗里，选择沉默与搁笔。

　　作为"解殖文学"的童话，以幻想与虚构的方式进行消解与解构，本书各章节所列举的童话作品，"植入式童话""文艺童话""教育童话""兴亚童话""击灭英美的童话""对译童话"等等，无论形式与套路，不管题材与体裁，究竟以何种方式消融、消解殖民者的"官方意识"？"解殖"又针对了怎样的"殖民文化"？以下将从几个主要模式进行总结：

---

① 刘晓丽：《解殖性内在于殖民地文学》，《探索与争鸣》，2017 年第 1 期，第 111—116 页。

一、日本殖民者需要杜撰伪满洲国的历史，从源头开始为傀儡"国家"寻找根基。于是他们将历史故事、历史趣谈、英雄故事等便于叙述历史的题材，都归纳入了童话一类。如前文提及的《满洲学童》上的《蛙王子，卵王子》之类的童话都为此而作。殖民者与伪政权都希望割开、隔断、切除伪满洲国与中国、关外与关内的联系，消除中国传统文化，磨灭中国历史，擦除中国疆域。然而，这种历史的改写，在童话作品中却无法达到应有的效果。《蛙王子，卵王子》中的王子，终究无法证明伪满洲国的"开国"绵远，反而处处无法避讳中国的影子。在前文论及考贝讲述粽子异同的故事里，日本粽子、中国粽子、"满洲"粽子，三种粽子代表的文化意义，最后仅仅是变成了形态的区别和无法自圆的收尾。在很多被作为"童话"刊发的中国传说、神话、民间故事以及依托这些故事改编的童话之中，"中国古代"的元素无法避讳、难以割舍，时而刻意地避让，反而让读者加深了印象，提醒了读者对中国文化传统的探究。于是，除却殖民者杜撰童话的自身解构，作家爱好者含有"中国传统文化""关内文化""中国历史"等元素的主动创作，都成为消解伪造历史的一种方法。

二、日本殖民者需要宣扬"王道乐土""五族协和"，需要宣传一个"机会的满洲""新的满洲"，于是他们号召"日系""满系""鲜系"创作"国策文学"，在文学中创造他们需要的场景。具体到童话，无论是前文所论"日系"作家对"满洲风情""开拓民""日满协和"等要素进行的虚构，还是"满系"作家如心羊、舒荣等人对"勤劳奉仕""击灭英美"的迎合，表面上看这些童话似乎营造了一片大好的形势，似乎宣传并影响了读者。事实上这些童话与现实的极大反差，童话中传统文化之间的差异与搏斗，成为自身的一种矛盾与拆解。而童话作家们，则直接在童话里描述悲惨、阴冷、恐怖或无望，如杨慈灯笔下的老鼠、蚂蚁们或未名笔下的悲惨世界，生灵们在黑暗世界中生无可恋。他们以童话暴露现实和描写日常生活，与官方倡导的"乐土"形成了坚硬的隔膜和差异。这些差异正是以童话为体裁进行"暴露""揭露"社会黑暗面的消解模式。

三、日本殖民者需要教育"未来国民""少国民"，给青少年甚至成年人灌输他们希望"植入"的价值观。大部分"植入式童话"中，都是明显具有道德、传统、文化等教育元素。一部分童话赤裸裸地宣扬"大东亚共荣圈""黄种人的亚洲""日满亲善"等口号，但更多的是将殖民文化隐晦地潜行在童话之中。这些道德、规范式的教育元素，乍一看似乎在任何时代都是父母所希望孩子拥有的，但对应伪满洲国的"时事""国策"，就不难发现每一个时期，都有殖民者官方的"全国性"文化需求，这些需求背后联结的，是剥削、掠夺和压迫。童话作家们创作的童话之中，常常有真正教育儿童的"教育童话""文艺童话"，这些童话不掺杂殖民者需求的元素，不附和殖民者需要的宣传，是童话游离于"国策"之外的一种隐微对抗"国策"的消解。

四、日本殖民者需要童话作家创作"植入式童话"，而一些作家作者没有加入，也没有暴露和揭露现实，而是选择一种精神上的距离或者说政治上的冷漠。他们写一些鬼怪志异、神仙传说之类的"童话"，在报纸和杂志中缝补白之间赚取生活所需。这种童话创作，其中也不乏真正的幻想奇特的童话作品，客观上也丰富了儿童和成人的文化生活，在伪满洲国严苛的文化把控之中，作为文学作品给人以安慰。客观来说，这种距离感和冷漠，也已经表明了政治立场，其作品本身，就是一种"不合作"的消解。

童话，在伪满洲国存在的 14 年中，已不仅仅是一个复杂而难以界定的名词，而是代表着一个特殊而不可忽略的文学现象。尽管相较于小说、散文、诗歌等文学的其他形式，童话在伪满洲国文学中的数量、影响等方面都不可并论，但正是因为相对稀缺，存在的才更显得难能可贵。

1942 年，《华文大阪每日》上有一则童话，作者是伪满洲国作家戈壁。这篇《光之子》中，蝙蝠正在劝说飞蛾不要为了光而扑向炙热的电灯自取灭亡。蝙蝠和飞蛾的一问一答，正是伪满洲国童话创作，甚至整个沦陷区文学创作立场的一个缩影：

> "是的！当黑暗统治着宇宙的时候，你对于光的追求的所得，唯有灭亡和虚无……我以为只要不去做着歌颂和帮助的行为，尽可能保持精神上的距离，活在黑暗中并不算怎样的罪恶，至少还对得起生存的良心。"
>
> "就因为你的生活观是以生命为第一义呀！所以你能随时进退，变换生活方式，能忍受黑暗而且安于黑暗，这在你看来是自然的，多少还是幸福的。至于浸埋在黑暗中而自以为在保持着精神的距离，宣说着良心，等等，这些话还是请想一想吧！我们没有太多的聪明，所

以一直是把生命献给了光，而无所后悔。"①

　　将生命献给光明，不顾一切地去反抗，自然是值得敬佩的；不去歌颂和协助，保持与殖民者在精神上的距离，活在黑暗中，也算是选择了一种立场；而游离于殖民者的精神之外，想尽办法让更多的人了解黑暗的现实，消解关于光明的谎言，则是另一种境界。

---

① 乡吟：《光之子》，《华文大阪每日》，1942 年第 9 卷第 12 期，第 29 页。

参考文献

（一）原始资料：1920—1945年报刊书籍原刊（含原刊胶片、复印、扫描件）

中文杂志

《满洲学童》（1936 年 10 月—1945 年 3 月）

《满洲青年》（1937 年 5 月—7 月）

《新满洲》（1939 年 1 月—1945 年 4 月）

《华文大阪每日》（1938 年 11 月—1945 年 5 月）

《青少年指导者》（1941 年 6 月—12 月）

《满洲教育》（1939 年 3 月—8 月）

《安东教育》（1936 年 7 月创刊号）

《警友》（1941 年 6 月—12 月）

《漫画满洲》（1941 年 5 月—1942 年 4 月）

《满洲文艺》（1942 年 2 月）

《满洲新文化月报》（1934 年 11 月—1937 年 8 月）

《满洲映画》（1938 年 1 月—1941 年 5 月）

《电影画报》（1941 年 6 月—1945 年 3 月）

《明明》（1937 年 3 月—1938 年 10 月）

《麒麟》（1941 年 6 月—1945 年 1 月）

《青年文化》（1943 年 8 月—1945 年 1 月）

《诗季》（1940 年 6 月—1941 年 7 月）

《同轨》（1934 年 2 月—1943 年 9 月）

《文选》（1939 年 12 月—1940 年 8 月）

《新潮》（1943 年 3 月—1945 年 2 月）

《兴仁季刊》（1934 年 2 月—1936 年 6 月）

《兴亚》（1943 年 3 月—10 月）

《艺文志》（1939 年 6 月—1940 年 6 月）

《读书人》（1940 年 7 月）

《作风》（1940 年）

《斯民》（1935—1938 年）

日文杂志

《周报》（1935 年—1943 年 2 月）

《新满洲国大观》（1932 年 4 月）

《日曜报知》（1933 年 2 月—8 月）

《周刊少国民》（1942 年 9 月—1943 年 6 月）

《妇人子供报知》（1932 年）

中文报纸

《盛京时报》（影印本 1931 年 1 月—1944 年 9 月）

《泰东日报》（第 44—120 卷，共 77 卷，1931 年 1 月—1945 年 9 月）

《关东报》（第 1—25 卷，共 25 卷，1922 年 5 月—1937 年 1 月）

《大同报》（第 1—70 卷，共 70 卷，1933 年 1 月—1942 年 10 月）

《满洲报》（第 38—115 卷，共 78 卷，1931 年 1 月—1937 年 7 月）

《滨江日报》（第 45—70 卷，共 26 卷，1937 年 11 月 1 日—1945 年 4 月

9日）

《康德新闻》（1卷，1943年6月—7月）

《午报》（《滨江午报》）[①]（共5卷，1921年6月1日创刊—1949年12月31日）

中文单行本

[1]［日］安倍三郎：《（满语）儿童心理学》，"新京"：满洲图书株式会社，1938年10月10日。

[2]［日］森川昇二：《世界童话丛书》，"奉天"：满洲文化普及会，1938—1941年。

[3]《名人故事（全6册）》，"新京"：大陆书局，1939年10月30日。

[4]杨慈灯：《童话之夜》，大连：大连实业洋行，1940年11月25日。

[5]［日］宫泽贤治著，季春明译：《风大哥》，"新京"：艺文书房，1942年1月15日。

[6]［法］辽波儿·萧佛著，顾共鸣译：《老鳄鱼的故事》，"新京"：艺文书房，1942年1月25日。

[7]黄风译：《天方夜谭》，"新京"：博文印书馆，1942年2月15日。

[8]黄风译：《安徒生童话全集（全2册）》，"新京"：博文印书馆，1942年2月15日。

[9]（伪）满洲国帝国协和会编：《英美罪恶史》，"新京"：艺文书房，1942年2月。

[10]［日］高本广一：《大东亚战争之意义》，（伪）满洲帝国协和会编，"新京"：艺文书房，1942年2月。

[11]［日］大川周明著，古丁、爵青、外文译：《美英侵略东亚史》，

---

① 1948年6月改名为《哈尔滨午报》。

249

"新京"：艺文书房，1942 年 4 月 25 日。

［12］［日］坂田修一：《战时美国经济的苦闷》，（伪）满洲帝国协和会编，"新京"：艺文书房，1942 年 5 月。

［13］杨慈灯：《月宫里的风波》，"新京"：艺文书房，1942 年 9 月 1 日。

［14］王文光：《快乐家庭》，"新京"书店出版部，1942 年 9 月 30 日。

［15］张野泉译：《欧罗曼底护符（他四篇）》，"新京"：艺文书房，1942 年 10 月 30 日。

［16］田宁译：《约瑟夫的故事（他五篇）》，"新京"：艺文书房，1942 年 10 月 30 日。

［17］左蒂编：《女作家创作选》，"新京"：文化社刊行，1943 年 2 月。

［18］慈灯：《一百个短篇》（短篇小说集），"新京"书店出版部，1943 年 11 月。

［19］合志光：《满洲建国》，月刊满洲社，1943 年 6 月。

［20］韩吟梅译：《索罗门王的绒毯（他六篇）》，"新京"：艺文书房，1943 年 10 月 30 日。

［21］梅娘：《白鸟》，北京：新民印书馆，1943 年 3 月 20 日。

［22］梅娘：《风神与花精》，北京：新民印书馆，1943 年 5 月 20 日。

［23］梅娘：《驴子和石头》，北京：新民印书馆，1943 年 10 月 20 日。

［24］梅娘：《青姑娘的梦》，北京：新民印书馆，1944 年 3 月 20 日。

［25］《幼童故事（全 10 册）》，"新京"：大陆书局，1943 年 12 月 30 日。

［26］梅娘：《聪明的南陔（上、下）》，北京：新民印书馆，1944 年 4 月 20 日。

［27］梅娘：《少女与猿猴》，北京：新民印书馆，1944 年 5 月 20 日。

［28］王英：《蚁王报恩》，"新京"：大陆书局，1944 年 5 月 30 日。

［29］王英：《儿童故事》，"新京"：大陆书局，1944 年 5 月 30 日。

［30］王天：《我们的生活》，"新京"：艺文书房，1944 年 7 月 5 日。

［31］戈壁：《离乡集》，北京：新民印书馆，1944 年 10 月 30 日。

［32］王秋萤编：《满洲新文学史料》，"新京"：开明图书公司，1944

年 12 月 20 日。

　　[33] 杨絮译：《天方夜谭新篇》，"新京"：满洲杂志社，1945 年 2 月 15 日。

　　[34] 心羊：《三兄弟》，"新京"：国民图书株式会社，1945 年 4 月 20 日。

　　[35] 李蟾：《秃秃历险记》，"新京"：兴亚杂志社，1945 年 7 月。

　　[36] 张我权：《游戏的故事》，长春：国民图书公司，1945 年 9 月 10 日

　　[37] 张我权：《冒险的故事》，长春：国民图书公司，1945 年 10 月 25 日。

　　[38] 慈灯：《入伍》，上海：中华图书公司，1945 年 10 月。

英文单行本

　　[1] 南满铁路公司：《满洲：机会之地》，美国纽约：托马斯·F.洛根出版社，1922 年。

　　[2] 满洲日报：《"满洲国"的经济》，大连，1938 年 5 月 25 日。

　　[3] 南满铁路公司：《满洲发展第六期报告（1939）》，大连，1939 年 5 月。

日文单行本

　　[1]〔日〕石森延男：《砸夯》，大连：大阪屋号书店，1931 年。

　　[2]〔日〕鹫尾知治：《满洲国物语》，东京：三友社，1931 年。

　　[3]〔日〕石森延男：《满洲传说》，大连：东洋儿童协会，1934 年。

　　[4]〔日〕石森延男：《明亮的海港黄色的风》，大连：东洋儿童协会，1934 年。

　　[5]〔日〕山田健二：《高粱的花环》，东京：新生堂，1934 年。

　　[6]〔日〕松本于免男编：《蒙古的民谣和传说》，"新京"：满洲弘

251

报协会，1936 年。

　　［7］［日］细谷清：《满蒙传说集》，东京：丸井书店，1936 年。

　　［8］［日］饭河道雄：《对译详注日本童话集》，"奉天"：东方印书馆，1937 年。

　　［9］《日本童话集》，"新京"："满洲帝国教育会"，1938—1942 年。

　　［10］［日］山田健二：《慰安车》，东京：新报社，1938 年。

　　［11］［日］山田健二：《少年义勇军》，大连：满铁社员会，1938 年。

　　［12］［日］山田健二：《饶河少年队》，《少年义勇军》，大连：满铁社员会，1938 年。

　　［13］［日］石森延男：《绽放的少年们》，东京：新潮社，1939 年。

　　［14］［日］山本守译：《蒙古千一夜物语（蒙古民间故事）》，"新京"（长春）：满日文化协会，1939 年。

　　［15］［日］喜田泷治郎：《星·海·花大连传说》，大连：满洲教课用图书配给所，1939 年。

　　［16］［日］石森延男：《满洲新童话集》，东京：修文馆，1939 年。

　　［17］［日］石森延男：《满洲的美丽故事》，东京：新文馆，1939 年。

　　［18］［日］鹿岛佐太郎编，石森延男等著：《满洲童话作品集第一集》，大连：满洲日日新闻社出版部，1940 年。

　　［19］［日］山田清三郎编：《日满露在满作家短篇选集》，东京：春阳堂书店，1940 年。

　　［20］［日］紫野民三：《满洲童话集》，东京：金兰社，1940 年。

　　［21］［日］喜田泷治郎：《这片土地这些人满洲的传说》，大连：满洲教课用图书配给所，1940 年。

　　［22］［日］石森延男：《到日本来》，东京：新潮社，1941 年。

　　［23］［日］中田千亩：《蒙古神话》，东京：郁文堂，1941 年。

　　［24］［日］近藤总草：《满洲支那传说物语》，东京：越后屋书房，1941 年。

　　［25］古丁、［日］山田清三郎、［日］北村谦次郎：《满洲国各民族创作选》，东京：创元社，1941 年（上卷）；［日］岸田国士、［日］川端康成、［日］岛木健作：《满洲国各民族创作选》，东京：创元社，1942 年

（下卷）。

［26］［日］石森延男：《松花江的早晨》，东京：大日本雄辩社讲谈社，1942年。

［27］［日］张赫宙：《福宝和诺罗宝》，东京：赤塚书房，1942年。

［28］［日］良川荣作：《发现石头山》，大连：满洲书籍社，1942年。

［29］［日］吉原公平：《回教民话集》，东京：偕成社，1942年。

［30］［日］西村诚三郎：《满洲物语》，东京：昭林社，1942年。

［31］［日］加藤六藏编：《满洲的传说与民谣》，"新京"：满洲事情案内所，1942年。

［32］［日］山田健二：《娘娘祭的时候》，"新京"：国民书报社，1943年。

［33］［日］逸见犹吉、八木桥雄次郎等：《北方的守护童话集》，"新京"：满洲新闻社，1943年。

［34］［日］高山信司：《满洲的故事与传说》，东京：拓文堂，1943年。

［35］［日］喜田泷治郎：《悠闲的人们（续满洲的传说）》，大连：满洲书籍株式会社，1943年。

［36］［日］斋藤一正：《满洲的昔话石的裁判》，"新京"：近泽书房，1944年。

［37］［日］小此木壮介：《大连物语》，"奉天"：吐风书房，1944年。

［38］［日］前田俊雄编：《日本童话选集》，"新京"：艺文书房，1944年。

［39］［日］张赫宙：《瞎子睁了眼》，大阪：朝日新闻社，1945年。

（二）1945—2017年研究丛书及专著

［1］王瑶：《中国新文学史稿（上下册）》，上海：新文艺出版社，1953年11月。

［2］霭人：《雪花》，长春：吉林人民出版社，1957年8月。

［3］邹有恒、吕元明译：《古事记》，北京：人民文学出版社，1963 年 2 月。

［4］［日］儿岛襄：《满洲帝国》第 2 卷，东京：文艺春秋出版社，1976 年 6 月。

［5］刘心皇：《抗战时期沦陷区文学史》，台湾：台北成文出版社，1980 年 5 月。

［6］姜念东等：《伪满洲国史》，长春：吉林人民出版社，1980 年 10 月。

［7］东北三省中国经济史学会编：《东北经济史论文集（下册）》，丹东：东北三省中国经济史学会印刷，1984 年 1 月。

［8］［日］服部卓四郎著，张玉祥译：《大东亚战争全史》，北京：商务印书馆，1984 年 12 月。

［9］刘心皇：《抗战时期沦陷区地下文学》，台湾：台北正中书局，1985 年 5 月。

［10］姜穆：《三十年代作家论》，台湾：台北东大图书公司印行，1986 年 10 月。

［11］梁山丁编：《烛心集·东北沦陷时期作品选》，沈阳：春风文艺出版社，1989 年 4 月。

［12］王野平：《东北沦陷十四年教育史》，长春：吉林教育出版社，1989 年 5 月。

［13］［日］依田憙家著，卞立强等译：《日本帝国主义和中国（1868—1945）》，北京：北京大学出版社，1989 年 10 月。

［14］胡昶、古泉著：《"满映"——"国策"电影面面观》，北京：中华书局，1990 年 12 月。

［15］［日］尾崎秀树：《近代文学の伤痕》，东京：岩波书店，1991 年 6 月。

［16］辽宁省教育史志编纂委员会：《辽宁教育史志》第 3 辑，辽宁省教育史志编纂委员会，1992 年 11 月。

［17］解学诗：《伪满洲国史新编》，北京：人民出版社，1995 年 2 月。

［18］逄增玉：《黑土地文化与东北作家群》，长沙：湖南教育出版社，

1995 年 8 月。

　　［19］马力、吴庆先、姜郁文：《东北儿童文学史》，沈阳：辽宁少年儿童出版社，1995 年 12 月。

　　［20］张毓茂主编：《东北现代文学史论》，沈阳：沈阳出版社，1996 年 8 月。

　　［21］马力：《童话学通论》，沈阳：辽宁大学出版社，1998 年 8 月。

　　［22］王向远：《"笔部队"和侵华战争——对日本侵华文学的研究与批判》，北京：北京师范大学出版社，1999 年 7 月。

　　［23］孙中田、逄增玉、黄万华、刘爱华：《镣铐下的缪斯——东北沦陷区文学史纲》，长春：吉林大学出版社，1999 年 11 月。

　　［24］靳丛林、张福贵：《中日近现代文学关系比较研究》，长春：吉林大学出版社，1999 年 12 月。

　　［25］钱理群编：《中国沦陷区文学大系》，南宁：广西教育出版社，1998—2000 年。

　　［26］高翔：《东北新文学论稿》，北京：社会科学文献出版社，2001 年 1 月。

　　［27］李春燕：《东北文学文化新论》，长春：吉林文史出版社，2000 年 11 月。

　　［28］［日］冈田英树著，靳丛林译：《伪满洲国文学》，长春：吉林大学出版社，2001 年 2 月。

　　［29］刁绍华：《中国（哈尔滨—上海）俄侨作家文献存目》，哈尔滨：北方文艺出版社，2001 年 4 月。

　　［30］李立夫编：《伪满洲国旧影》，长春：吉林美术出版社，2001 年 5 月。

　　［31］白长青：《辽海文坛鉴识录》，北京：当代世界出版社，2002 年 10 月。

　　［32］李延龄编：《中国俄罗斯侨民文学丛书》，哈尔滨：北方文艺出版社、黑龙江教育出版社，2002 年 10 月。

　　［33］彭放主编：《黑龙江文学通史（全 4 册）》，哈尔滨：北方文艺出版社，2002 年 12 月。

［34］孙春日：《"满洲国"时期朝鲜开拓民研究》，延吉：延边大学出版社，2003年9月。

［35］刘爱华：《孤独的舞蹈——东北沦陷时期女性作家群体小说论》，长春：北方妇女儿童出版社，2004年8月。

［36］张泉：《抗战时期的华北文学》，贵阳：贵州教育出版社，2005年5月。

［37］齐红深主编：《见证日本侵华殖民教育》，沈阳：辽海出版社，2005年6月。

［38］黄万华：《中国现当代文学（"五四"—1960年代）》，济南：山东文艺出版社，2006年3月。

［39］范铭如编：《20世纪文学名家大赏：萧红》，台北：三民书局，2006年5月。

［40］萧红：《呼兰河传》，台北：台湾联合文学出版社，2006年6月。

［41］彭放编：《中国沦陷区文学研究资料总汇》，哈尔滨：黑龙江人民出版社，2007年1月。

［42］高翔：《现代东北的文学世界》，沈阳：春风文艺出版社，2007年12月。

［43］郑信哲：《在日朝鲜人历史及其现状研究》，北京：中国方正出版社，2007年12月。

［44］初国卿主编：《伪满洲国期刊汇编》，北京：线装书局，2008—2010年。

［45］刘慧娟：《东北沦陷时期文学史料》，长春：吉林人民出版社，2008年7月。

［46］［韩］崔博光：《东北亚近代文化交流关系研究》，济南：山东大学出版社，2008年8月。

［47］刘晓丽：《异态时空中的精神世界——伪满洲国文学研究》，上海：华东师范大学出版社，2008年9月。

［48］［日］大畑笃四郎，梁云祥等：《简明日本外交史》，北京：世界知识出版社，2009年1月。

［50］金海：《近代蒙古历史文化研究》，呼和浩特：内蒙古人民出版

社，2009 年 8 月。

［51］吴福辉：《中国现代文学发展史（插图本）》，北京：北京大学出版社，2010 年 1 月。

［52］杨家余：《伪满社会教育研究（1932—1945）》，北京：高等教育出版社，2010 年 5 月。

［53］萧红：《萧红精品集：生死场》，台北：风云时代出版社，2010年 9 月。

［54］［美］爱德华·W·萨义德著，李琨译：《文化与帝国主义》，北京：三联书店，2011 年 7 月。

［55］［日］岸祐二著，张雷译：《我最想知道的日本史图解》，海口：南海出版公司，2011 年 10 月。

［56］刘晓丽：《伪满洲国文学与文学杂志》，重庆：重庆出版社，2012年 3 月。

［57］逄增玉：《东北现当代文学与文化论稿》，北京：中国社会科学出版社，2012 年 4 月。

［58］杨扬编：《20 世纪中国文学与国民意识》，上海：上海辞书出版社，2012 年 10 月。

［59］［俄］乌索夫著，赖铭传译：《20 世纪 30 年代苏联情报机关在中国》，北京：解放军出版社，2013 年 1 月。

［60］［美］詹姆斯·M·莫里斯著，符金宇译：《美国军队及其战争》，北京：世界图书北京出版公司，2013 年 2 月。

［61］李海英、李翔宇主编：《西方文明的冲击与近代东亚的转型》，青岛：中国海洋大学出版社，2013 年 3 月。

［62］［日］柄谷行人：《日本现代文学的起源》，北京：中央编译出版社，2013 年 7 月。

［63］王新生著：《战后日本史》，南京：江苏人民出版社，2013 年 9 月。

［64］范庆超：《抗战时期东北作家研究（1931—1945）》，北京：中国社会科学出版社，2013 年 10 月。

［65］赵阿平、郭孟秀、何学娟：《濒危语言：满语、赫哲语共时研

究》，北京：社会科学文献出版社，2013年12月。

[66]孙继强：《侵华战争时期的日本报界研究（1931—1945）》，北京：中央编译出版社，2014年6月。

[67]李淑娟、车霁虹等：《日本殖民统治与东北农民生活（1931—1945年）》，北京：社会科学文献出版社，2014年8月。

[68]蒋蕾：《精神抵抗：东北沦陷区报纸文学副刊的政治身份与文化身份》，长春：吉林人民出版社，2014年9月。

[69][日]前坂俊之著，晏英译：《太平洋战争与日本新闻》，北京：新星出版社，2015年1月。

[70]解学诗：《伪满洲国史新编（修订本）》，北京：人民出版社，2015年4月。

[71]夏正社编：《杨慈灯全集（上中下）》，沈阳：辽宁人民出版社，2015年7月。

[72]闫雪编：《难忘二战硝烟中国旗国徽国歌的故事》，北京：军事科学出版社，2015年8月。

[73]徐兰君：《儿童与战争——国族、教育及大众文化》，北京：北京大学出版社，2015年9月。

[74]刘晓丽主编：《伪满时期文学资料整理与研究》，哈尔滨：北方文艺出版社，2017年1月。

[75]刘晓丽、叶祝弟主编：《创伤——东亚殖民主义与文学》，上海：上海三联书店，2017年2月。

英文部分

[1][美]薛龙：《满洲的现代化：一个附带说明的书目》，香港：香港中文大学出版社，1994年。

[2]刘禾：《跨越语际的实践：1900—1937年间中国的文学、民族国家文化与被翻译的现代性》，美国加利福尼亚州：斯坦福大学出版社，1995年。

[3][美]夏志清：《中国现代小说史》，美国印第安纳州伯明顿：印第安纳大学出版社，1999年。

［4］［美］杜赞奇：《主权与真实性："满洲国"与东亚现代进程》，美国马里兰州拉纳姆：罗曼和利特菲尔德出版社，2003年。

［5］［法］雅克·朗西埃，《文学中的政治》，《威斯康星大学学报》2004年第103期（第33卷第1号）。

［6］［日］山室信一著，傅佛果译：《日本统治下的满洲》，美国费城：宾夕法尼亚大学出版社，2006年。

［7］［加］诺曼·史密斯：《反抗"满洲国"——中国女作家与日本占领》，加拿大温哥华：哥伦比亚大学出版社，2007年。

［8］［加］诺曼·史密斯：《醉人的满洲——酒、鸦片和中国东北文化》，加拿大温哥华：哥伦比亚大学出版社，2012年。

［9］［加］诺曼·史密斯：《帝国和环境——在满洲的进程中》，加拿大温哥华：哥伦比亚大学出版社，2017年。

［10］［加］克里斯丁·琼斯、杰妮芙·沙克：《奇妙的变形：童话及其当代评论》，加拿大安大略州：广视出版社，2012年。

［11］刘超：《现代性与国家认同之间的振荡：1937—1941年"满洲国"文学的知识驱动》（博士学位论文），美国科罗拉多州：科罗拉多大学（博尔得分校），2014年。

日文部分

［1］［日］古海忠之：《难忘的满州国》，东京：经济往来社，1978年。

［2］［日］家永三郎：《战争责任》，东京：株式会社岩波书店，1985年。

［3］［日］饭田市历史研究所编：《满州移民：来自饭田下伊那的消息》，东京：现代史料出版，2008年。

附录一：《满洲学童》现存原刊目录

《满洲学童》

1936 年 10 月 10 日

不老不死的药（一回）

算术

不可思议的四角

悬赏募集

作文

八月号悬赏发表

编辑后记

儿童作品募集

《满洲学童》

1936 年 12 月 10 日

口绘

十二月的训话

十二月·一月的历史

家雀

早一点钟

过年

不要懒惰

兽类的骄傲

不老不死的药（二回）

博爱

唐王殿的故事

今后的战争与防空

奉天市

大阪市

诸葛孔明

人类的进步（二回）

桃太郎

作文

算术

等字记号（＝）的发明

悬赏募集

十月号悬赏发表

编辑后记

儿童作品募集

《满洲学童》

1937 年 4 月 20 日

口绘

四月的训话

四月・五月的历史

春天来了（日文）

正直

华盛顿

我国的勋章

乾等

可怕的流冰谈

人类的进步

三位娘娘

齐齐哈尔市

名古屋市

释迦

桃花源

王兄日本游记

图书的心得

算术

二月号悬赏发表

悬赏募集

编辑后记

儿童作品募集

《满洲学童》

1938 年 5 月 15 日

访日宣绍纪念日（五月训话）

端午节和娘娘庙会

歌谣　三样早

守护婴孩的鼠

童谣猫儿吃饭

金丝雀和唱片（日文）

雀舍

乡下人的牛

实儿寻快乐

日本武人的情

唐王殿故事（唐太宗的传说）

重要的铁（日文）

从土里钻出来的蛙

剧　乐土之光

搬家

想要知道古语的根源

黄狗和金子

忠实的水夫

自然科游戏　水蛇打转

学童新闻

妖怪

满洲历史的搜集（5）

爱保和鸟提儿

笑话

学童作文

日满常用单语表（六）

《满洲学童》

1938 年 6 月 15 日

世界战争的回想六月的谈话

端午节

树立世界纪录日本的航研机

螺蛳

延期（日文）

利己的绅士

童话　小女孩捉老虎

狐和鹅

马的记忆力

盲人和枭鸟的眼睛

朝颜（日文）

算术游戏　魔术阵的作法

飞行机的发射机

手工　鸽笛的做法

纸箭走圆圈的游戏

童话　金洞银洞

剧　乐土之光（中）

买挥发油要用票买

中国事变将终了徐州会战日军大胜

童话　麦鱼和蛙

满洲历史的搜集（6）

懿路城及汎河、蒲河城址

想要知道古语的根源

金星公主（一）选格灵童话

264

学童作文

日满常用单语表（七）

一周年的回想七月的谈话

亲切的麻雀（日文）

人的寿命还不如鸦鸭鹅

聪明的孩子

云雀（日文）

王三卖布

到了夏天为什么打雷呢

蝉的生育变化

想要知道古语的根源

呆儿送礼

赠给新京市的牝狼像

一个慌忙的妇人

天伦

算术游戏　魔术阵的作法

模型飞行机的制作法

笑话

牛中待客

犬乳育小猫

满洲历史的搜集（7）大孤的传说

剧　乐土之光（下）

金星公主（三）

学童作文

日满常用单语表（八）

《满洲学童》

1938 年 9 月 15 日

卷头语

日本唱歌　母鸟·小鸟

牛顿

日本国旗的来源

自动车

树叶（日文）

爱生的画

剪纸　鸟

二童送寿礼

成吉思汗的宝刀

以前捉蟋蟀的事（日文）

沙漠幻景

爱里巴柏

游览江户

简易魔术

毒蛇

古语根源

杂俎·笑话

马铃薯洋葱旅馆

黑人买鱼

漆（日文）

日满常用单语表

《满洲学童》

1938 年 10 月 15 日

卷头语

牛顿

日记（日文）

爱里巴柏

不孝的儿子

猎人刺狼

手工

某伤病兵和燕子

悲秋

中秋节谈话

学童新闻

爱生的画

枪毙月亮

爆音（童谣）

趣味科学　太阳

拆字先生

再见（童谣，日文）

奇女斩妖蛇

满洲历史的搜集

儿童作品

重履临朝

仓子花开

古语根源

日满常用单语表

《满洲学童》

1938 年 11 月 15 日

卷头语

牛顿

借伞和借鞋

十五夜

霜的夜

趣味科学　太阳

童谣　小孩小孩真奢华

爱里巴柏

古语根源

学童新闻

某伤病兵和燕子

关于蛇的小常识

爱之教育　拔萃

童谣　鼓楼台

爱生的画（三）

简易魔术

儿童作品展览室

满洲历史的搜集

谜语

日满常用单语表

《满洲学童》

1938 年 12 月 15 日

表纸

扉

卷头言

爱里巴柏

自然科常识

爱之教育拔萃

小镇（日文）

学童新闻

惠灵吞与少年

268

寒冷的早晨（日文）

满洲历史的搜集

太阳的表面

猴儿和骆驼（日文）

学童作品展览会

儿童剧　包公审石头

手工　猴儿爬旗杆

拾刀子

古语根源

骗者被骗

以德报怨

唱歌　风

杀鸡谋睡

日满常用单语表

《满洲学童》

1939 年 1 月 15 日

元旦

行动于冰雪地面的橇

爱之教育选录　助教师

倒立有益于身体

篝火（日文）

满洲历史的搜集　白塔铺的白塔

呆子买梳

熊和虎谁强

古语根源

趣味手工　大肚皮先生

爱里巴柏（五）

简易魔术　神奇的铅笔

新诗　看

小狗吃饼

剧　玫瑰花

三问答

被骗下蛋的鸡（日文）

满洲国小学生给日本国小学生的信

学童新闻

童谣

谜语

魔媒（一）

世界人口

学童作文

笑话

常识问答

《满洲学童》

1939 年 6 月 15 日

表情儿歌

故事　义犬

国旗

自谋生活的羊和猪（一）

谜语

寓言　有益的东西

迷儿　格林童话选

我（日文）

望一望

满洲历史的搜集

妄想

笑话　鹅向回游

剧　景阳冈（第二回）

寓言孔雀和狐狸

早晨

童话　妖瓶

手工　花

莽撞的蜜蜂（日文）

古语根源　守株待兔

小猫吃了一只鸡

学童新闻

学童作文

学童楷书

爱吃饭的马

笑话　谁起的早

日常用的日语

常识问答　骨骼及神经

《满洲学童》

1939 年 7 月 15 日

我的世界

一只金钩

谜语

自谋生活的羊与豚（二）

手工　茄子和辣椒

古语根源　班门弄斧

剧　景阳冈

满洲历史的搜集　仙果

笑话　怎么不像牛

兔子和种子（日文）

歌谣　小猫咪咪

童话　梦黄金

迷儿　格林童话选

哺雏

故事　鼻孔里穿线粉

寓言　学天鹅的鸭

汽车的支援（日文）

笑话　吃吸水纸

童谣　秃子秃

童话　牛和马

寄给日本小朋友的一封信

猎人的枪

学童作文

学童新闻

常识问答　骨骼及神经

日常用的日语

《满洲学童（低学年用）》

1939 年 9 月 15 日

皮球坐飞机

小花狗

蜜蜂和窗

新闻纸的利用法

老子和令堂

谜语

小弟弟的梦

用叶做成的龟兔赛跑

李先生的日记（日文）

兔哥猫弟

笑话　就是我

童谣

狼来了

来世

再见（日文）

没水喝

笑话　再生一个姐姐

童谣

贪求无厌的狐狸

小狗和小猫相亲相爱

乘电报去找包袱

谜语解答

穷和尚

山里的相扑（日文）

学童新闻

爬上来

学童作文

《满洲学童（高学年用）》
1939 年 9 月 20 日

满洲国概要

天上的一个皮匠

满洲历史的搜集

雨后的庭院

谜语

童话　六个有本领的人

有钱人和哲学家（日文）

宝山

军马的故事

罗马之英雄儿

古代的音乐家

能担当大事的人

鸟呀虫呀来玩了（日文）

诺孟罕事件伟大战果

分苹果的妙法

老鼠的尾巴

谜语解答

月亮

口令

学童作文

学童新闻

假使

日用会话

《满洲学童（低学年用）》

1939 年 9 月 15 日

常识故事　母鸡和母鸭

远行的疲乏

劝你跳绳

龟壳里的宝珠

用豆荚作汽车和鹿吧

看新娘

落叶（日文）

自己的麦田

三个小画家

别舔铅笔

算术故事　老农夫

先打狐后卖狐

跳跃吧　跳跃吧（日文）

兔儿的大耳朵

老黄牛

老头儿玩具

谜语

打呵欠

龙潭里出现真龙

蒙古游牧生活

剧　吝啬的妇人

日本口技家猫八氏

勇敢的阿花

小宝贝的聚餐会

眼镜和日语音标的前 5 个字母（日文）

兄弟乐

国境的情况

小妹妹的梦

有缘无缘

大风浪

学童作文

谜语解答

《满洲学童（高学年用）》

1939 年 9 月 20 日

兔儿的智慧

笑话

挑水的儿子

口令（续）

能飞的几种动物

骆驼的美德

猫和鼠的仇恨

谜语

秋天的草木（日文）

葛元的幻术

笑话

长靴作的房子（续）

老鼠的尾巴（续）

歌谣地球

缀字游戏

报纸的利用方法

满洲历史的搜集（续）

裤带和皮带

宝山（续）

歌

中秋节

澡堂（日文）

谜语解答

熊骗狐的计策

大风雨后的荞麦

学童作文

学童新闻

残剩的面包

日用会话

《满洲学童（低学年用）》

1939 年 10 月 15 日

远大的前途

鲤鱼和蝌蚪

星落到池子里

富和穷

笑话

丢了洋娃娃

坏狐狸自讨苦吃

老猫捉鼠

帽中的蝈蝈

豆手工

懒惰的乞丐

可感佩的女学生

骄傲的鼻子（日文）

谁能画出来呢

王老头儿的刀

谜语

猫狗争食

说谎话

搬不动

飞行机飞到多高就看不见了呢

影子的胆子

老先生的鹅

聪明的孩子

得了胜利

菲律宾群岛

那面还不如这面

牧童说谎

三个小鼠

乖孩子（日文）

北极白熊

法国的人口

说笑话

笑话　布好和不好

卖花得钱作国防献金

笑话

学童作文

谜语解答

《满洲学童（高学年用）》

1939 年 10 月 20 日

战争之花

天空为什么出现蓝色宋铁梅

做官的一个穷朋友

两种杀人的植物

童话　诚心

日本纸的落下伞

喜欢歌谣的石磨（日文）

童谣

多管的武财神

大风雨后的荞麦（续）

汪踦

古语根源　愚公移山

日章一等兵

青蛙、驴和孩子们（日文）

近视眼的对聊

鸟兽的话

义勇的乞丐

蒙古婚俗

骗芝麻吃

劳作的知识　家畜的用途

学童作文

学童新闻

日用会话

《满洲学童（高学年用）》

1939 年 12 月 20 日

忠义之仆

燕子未必全归还旧巢

明治佳节的菊花展

纽约世界博览大会

哥伦布小传

世界最长的演说

古语根源　大义灭亲

吃铁虫

执拗的儿子

亚非利加的狐

恶劣的赵先生（日文）

欠打

库利斯马斯

守财奴

笑话　不要欢喜

寄给小朋友们日本旅行的通信

审判官的鉴定费

童谣

三愿已尝

满映男女演员实演协和结婚

乞食和福神（日文）

学童作文

学童新闻

日用会话

《满洲学童（高学年用）》

1940 年 5 月 15 日

害人连自己也害了

英国军三百万

快活的春天

自修不忘劳作

小兔的狡计

斗象·

谜语

童话　月亮和北斗星（续）

货币的边缘为何作得厚呢

商人（日文）

娜臣给尔

老鼠

空气能压扁人

你的行为

战时的军歌

预防天花的功劳者

小题大做

扇形扩声器

名人逸话　林肯的少年时代

心事（日文）

春意

驱狼

学童新闻

学童作文

《满洲学童（低学年用）》

1940 年 9 月 15 日

表纸

神武天皇御东征的话

皇帝陛下御访日

太阳先生（续）

石磨

月亮里的嫦娥

谜语

防空演习

斧和锯

童谣

小花匠

朝鲜货样市

老羊偷吃菜

三个晚上

蚂蚁的恒心

童谣

为了妹妹

昨天去

明月圆时

打别人呢

我要捉你

纪念圣上巡狩东满

请朋友

引力

车的发明和进步

学生乘暇拾取废物

哥哥弟弟

学童新闻

学童作文

《满洲学童（低学年用）》

1940 年 10 月 15 日

小弟弟

吹箫的童子

张开了一双眼睛

童话　恶作剧的客人

淘气的孩子

台南两位孝女的故事（日文）

打

猫的功劳

蛇和青蛙

谜语

王览

牧羊老人

艺人的急智

财运是有一定的

好时光

手工　快活的小妹妹

树叶（日文）

乌鸦说的

吝啬汉拔牙

满洲国的人口超过四千万

害了你自己

排难解纷的小鸡

全满学童无线电作品

作文特选

童谣特选

习字一等

《满洲学童（优级一二年用）》
1941 年 1 月 15 日

正月（日文）

新年

巧妙的谏法

国都新京（日文）

上古神话（一）创造世界的经过

来吧！康德八年

蒙古传说鬼袋

雪

笑话　数数眉毛吧

残废肯努力也可以作伟人

象救醉人

明矾的用途

驿长先生（日文）

昆虫的冬眠（续）

谈一谈日记

兴亚手工（第一回）

童话　幸福鸟

耳内流水治法

学童新闻

学童作为

修学旅行记

图书馆

《满洲学童（国民三四年用）》

1941 年 12 月 1 日

表纸

雪人歌

蒙古朋友（七）

九月号悬赏发表

冻伤的疗法

雪地飞行场　赵老头子和孩子们

壁虎

不如她

阿痴的仁心

四年生应有之觉悟

梦（日文）

漫画　小旅客

豹与骆驼

图画与手工

聪明的小方

面速力达母膏

墨索里尼的小史

忘本的驴

全满学生日语作文诗歌悬赏募集发表

日本童话集减价出售

《满洲学童（优级一二年用）》

1941 年 12 月 1 日

表纸

向将要毕业的诸君们谈一谈

志田正一

《满洲学童（国民三四年用）》

1942 年 1 月 1 日

用功时姿势必得端正

风筝（日文）

一月的图画和手工

科学故事　白热电灯琐谈

卖鱼故事

能知道松树的年龄

漫画　小手

学童习字

全满学生日语作文诗歌悬赏募集当选作品

日本童话集——减价出售

《满洲学童（优级一二年用）》

1942 年 1 月 1 日

表纸

封面插画目录

奉迎康德九年

新年

窗要按时开闭

防谍与秘密战（一）竹田让

冬季户外运动

音乐讲话（一）

十月号悬赏发表

一月的图画和手工

希特勒的少年时代李荫村译

漫画　马少爷

各国铁道——由几时创始的？

鸽子的父亲（日文）

旅行车上的读书习惯

宝马英雄

我们的新年

飞行机（二）

全满学生日语（作文诗歌）悬赏募集当选作品

日本童话集减价出售

表纸

封面插画目录

对于时局诏书

大东亚战争

一只乌鸦

伸懒腰

元宵节

动物的体温度

漫画　捷报情势

我们的大东亚（短剧）

图画和手工

睡眠中的日光浴

皇军赫赫之综合战果

建国十周年庆祝歌

剧本　三件宝贝

拉雪橇（日文）

孝行佳话　乞丐孝子芳添佐一

鹤的胃囊

日本童话集减价出售

学童作文

十一月号悬赏发表（八年度）

《满洲学童（优级一二年用）》

1942 年 2 月 1 日

表纸

封面插画目录

对于时局诏书

大东亚战争

谍报和宣传

发明无线电报的经过

十一月号悬赏发表（八年度）

大东亚战争之捷报（漫画）

音乐讲话（二）

硬壳书的拿法

春节

建国十周年庆祝歌

皇军赫赫之综合战果

飞行机（三）

儿童睡眠时间

亚细亚的敌人（日文）

图画和手工

冬季户外运动

全满学生日语作文诗歌悬赏募集发表

日本童话集减价出售

《满洲学童（国民三四年用）》

1942 年 3 月 1 日

表纸

封面插画目录

满十岁的诞辰

国都的来信

建国节万岁（日文）

破除迷信

铅笔之由来

夏威夷的今昔

名人轶事　哥伦布立鸡卵

妹妹的歌

被救的三个儿童

战争漫画　大东亚是我们的

图画和手工

献金故事　玉文是好孩子

南洋宝地婆罗洲

新设香港总督部

童话　老鼠的教训

马来人不识冰呼为"水石头"

猛威铁翼的空军

学童作文

日本童话集减价出售

《满洲学童（优级一二年用）》

1942 年 3 月 1 日

表纸

封面插画目录

满十岁的诞辰

麒麟这样说

极轴国的新武器

建国十周年万岁（日文）

荷印是怎样一个地方

香港与英国人的侵略

漫画 强盗的英美

通学的路（诗）

锡和战争

音乐讲话（三）

剑鱼式轰炸机

日德意加强协同作战缔结军事协定

图画和手工

马来半岛的形势和物产

常识

节约即是增产

《满洲学童（国民三四年用）》

1942 年 4 月 1 日

表纸

封面插画目录

求学的三要件

被救的三个儿童

亚细亚之敌

柳树（日文）

人体一行知识

万年笔（学生科学）

昭南岛

航空的器具（一）

小常识

南洋三轮车

漫谈植树

图画和手工

金玲响

爱说笑话的叔父

战争漫画 南洋宝库羽翔画

学童作文

学童习字

日本童话集减价出售

《满洲学童（国民三四年用）》

1942 年 5 月 1 日

表纸

封面插画目录

宣诏纪念日

童话 金鱼的阳伞

南洋的猪笼草

南洋儿童

逃跑的鲤帜

海军纪念日

航空器具（二）

龟寿四百年

战争漫画

印度的茶叶

五月的图画和手工

小朋友们应该怎样？

信（日文）

负荆请罪

南方综合战果

学童习字

学童作文

日本童话集减价出售

《满洲学童（优级一二年用）》

1942 年 5 月 1 日

表纸

封面插画目录

恭迎建十宣诏纪念日何云祥

童话　洪水（一）

战争漫画　鱼饵

橡皮与战争

走路的健康法

为什么要植树？（续）

白桦书签

南方见学旅行记（一）

五月的图画和手工

利用纸烟盒里的蜡纸

世界无比的日本海军

勇猛的国军（续）

南方综合战果

《满洲学童（国民三四年用）》

1942 年 6 月 1 日

表纸

封面插画目录

粽子的故事

航空的器具（三）

油纸的用途

南洋儿童（二）

才土产（日文）

宝库的爪哇

亚细亚的光（一）

西谚选

初夏

机警的少年

雨后的门窗

三口小猪

中尉的急智

花的培植法

印度森林中——野兽与奇禽

战争漫画

鱼晚间也睡眠么？

电灯清洁法

动物园

《满洲学童（优级一二年用）》

1942年6月1日

表纸

封面插画目录

粽子糖

童话　洪水（二）

放牛歌

庆祝大会

世界无比的日本海军（二）

献给小朋友们

白桦书签（续）（日文）

协和少年团团歌

南方见学旅行记（二）

十八岁少女单身完成两万公里空中旅行

农产丰富的南方

卫生通信

月亮歌

漫画

儿童访问记

绿国（日本旅行中通信）

《满洲学童（国民三四年用）》

1942年7月1日

表纸

封面插画目录

亚细亚之光（二）

花的故事

航空的器具（四）

南洋儿童（第三回）金大庸

狼与猫

云雀（日文）

手工　马跑

凤仙花的希望

梅纳德地方

淘气的小五儿

穷与富

蜡虎

富士山

没有字的保荐书

好孩子

学童作文

学童习字

《满洲学童（优级一二年用）》

1942 年 7 月 1 日

表纸

封面插画目录

世界无比的日本海军（三）

战争与兵器（一）

战争漫画　咎由自取

南方见学旅行记（三）

庆祝大会（续）

农产丰富的南方（续）

小统计

制小刀人的研究

燕子们（日文）

建国十周年图表

大陆童话　善财童子

咱们为什么打哈吃

卫生通信

《满洲学童（国民三四年用）》

1942 年 8 月 1 日

表纸

封面插画目录

天河

金头蜜蜂和银翅蝴蝶

中元节

七夕的故事

东亚教育大会的欢迎演艺会

向陡峭的山进发（日文）

小朋友们的三件事

理科常识　橡树

坐狗车

盗马

张三李四

南洋儿童（四）

荷印诸岛的飞禽走兽

漫画

航空器具（五）

日满少国民习字图画审查会

得建国纪念赏的习字

《满洲学童（优级一二年用）》

1942 年 8 月 1 日

表纸

封面插画目录

八月

七夕

常夏之国爪哇国的点点滴滴

大陆童话善财童子（二）

世界无比的日本海军（四）

漫画　走脱无路

庆祝大会（续）

常识　因病中途下车

南方见学旅行记（四）

翼岛（日文）

东亚教育大会的欢迎演艺会

童话　洪水（三）

日满少国民习字

得建国纪念赏的习字

《满洲学童（国民三四年用）》

1942 年 9 月 1 日

表纸

天上的中秋

仁慈无比的少佐

狗儿汤

笑话

美英败了

濠洲的开发和生物

月

手工　落下伞

金头蜜蜂和银翅蝴蝶（续）

童谣　快乐

灯塔

心事（日文）

大东亚博览会幕开了

盗马（续）

稀奇的风俗

姑嫂石

仙人桥

可爱的小天使

《满洲学童（优级一二年用）》

1942 年 9 月 1 日

表纸

中秋的月儿

建国十周年跃进图表

激战是猛烈的演习

献给读者学友们

熊先生和熊学生

诗　大空（日文）

世界无比的日本海军（五）

大陆童话善财童子（三）

手工　滑空机滑翔机制作上的注意

牧田实

大东亚建设博览会

南方见学旅行记（五）

万颗子

笑话　不用挂心

童话　洪水（三）

庆祝满洲建国十周年日满少国民习字图画入选发表

《满洲学童（优级一二年用）》

1942 年 10 月 1 日

表纸

Romanofuka 村（一）

散步

建国十周年教育的跃进

一百年前的话

创案品展览会

印度

马来人的性格

书篇的赞颂

手工　滑空机

加拿大的秋天（剧）（日文）

诗　折纸鹤（日文）

世界无比的日本海军（六）

童话　洪水（四）

肉和砂糖能坏牙齿

南方见学旅行记（六）

卫生通信

《满洲学童（国民三四年用）》

1942 年 11 月 1 日

表纸

国歌

民生部大臣视察略记

大臣训话

冬神

满洲螳螂（对话）

手工　螺旋盘回转

三个愚问

上当的狼（日文）

军马

风笛

鸥鸟和蛤蜊

老李的衣裳破了

好心的曾公亮

是什么东西呢（谜语）

铅笔头

卡纳卡岛民的生活

童话家安徒生

募集小学儿童作文

《满洲学童（优级一二年用）》

1942 年 11 月 1 日

表纸

国歌

民生部大臣视察略记

大臣训话

Romanofuka 村（续）

雪夜

我的身体（自述）

诗　营中近况

日文　国歌

滑空机

象和旅人

小问答

黄再生与鸦片

奇怪的主人与奇怪的客人

南方见学旅行记（七）

募集儿童作文

《满洲学童（国民三四年用）》

1942 年 12 月 1 日

表纸

雪花

弥次郎兵卫

触电急救法

雪前雪后

军马清泽号

全国学校赤诚献机

一个故事

来年（日文）

废物利用

一个苹果

儿谣　健康术

童话　火柴

广田弘毅的少年时代

雪天的事

一定要听妈妈的话

放碟

满洲传说奇怪的果实

《满洲学童（优级一二年用）》

1942 年 12 月 1 日

表纸

我的回顾

不下雪的国度（日文）

永远不要忘记了我们迟镜诚

儿歌　农家忙

冬的教室画猫

奇怪的农夫

努力歌

诗　马路远睡着呢

跃进亚细亚之力

手工　落下伞

张君

遗迹　烽火台

黄再生与鸦片（续）

全国学生赤诚献机

羊组长

腊月

我们的防寒术

皮肤皲裂的治疗法

云雀鸣叫的日子（日文）

黔驴

体操人形（手工）

乘车中读书须知

竹中王女

《满洲学童（国民三四年用）》

1943 年 2 月 1 日

表纸

万寿节

纪元节

春节

国民训

万岁（日文）

奇怪的绅士

正直

兴安岭的早晨

手工　齿车

红绿黑三色的雪

儿童卫生

双头蛇

冬天的动物园

《满洲学童（优级一二年用）》

1943 年 2 月 1 日

表纸

万寿节

纪元节

羊年说羊

国民训

小孙悟空

山鸡（日文）

感谢圆木舟

儿歌　满洲

春节杂话

我的帽子

谜语　是什么东西

手工　兵队和马

菊和汉药

竹中王女（续）

《满洲学童（国民三四年用）》

1943 年 3 月 1 日

表纸

建国节

一举四得

少国民的觉悟

先生诞辰的贺词

从旧历二月说起

头一回坐火车

春天的来信（日文）

南洋的面包树

以德报怨

戏法纸夹

万全的准备

两个少年

好虚荣的乌鸦

儿童卫生（续）

谜语　你猜是什么

迟到的原因

读书方法是这样

大葱

《满洲学童（优级一二年用）》

1943 年 3 月 1 日

表纸

建国节

王村长

老张老王

勤劳奉公美谈

玩具　手枪

我的帽子（三）

春驹（日文）

致学友

小孙悟空（续）

二月二

儿歌

将来一定能合格

南洋有名的物产

《满洲学童（国民三四年用）》

1943 年 4 月 1 日

表纸

植树节

乌鸦和喇嘛

笑话　馋猫

空中飞行

靖国神社的父亲

天长节

狼和鹤的请客

天女云裳

山羊叔叔（日文）

皇军举奏凯歌

三个鞋匠

手工　七曜表

德国人的生活（一）

时辰钟

童话　火车头的幻想

奉告靖国的父灵

《满洲学童（优级一二年用）》

1943 年 4 月 1 日

表纸

天长节

耕种歌

战士

植树节

神武天皇祭

创案品

码头的军队（日文）

奉告靖国的父灵

王村长（续）

手工　吓人箱

童话　纺织的少女

小孙悟空（续）

不得第的苏秦

小工艺

《满洲学童（国民三四年用）》

1943 年 5 月 1 日

表纸

访日宣诏纪念日

蒲塘的五月

幸运的芽

满洲的板车

共荣圈的童话

东乡元帅

手工　往上上

杏子

兔子偷瓜

天女云裳（续）

秦穆公

德国人的生活（二）

工人赵大

《满洲学童（国民三四年用）》

1943 年 6 月 1 日

表纸

端午节

公主岭

克西斯族和犬

猴子受骗

手工　树枝团扇

缅甸的孩子们（日文）

我等青年

理科常识　石炭

屠夫和狼

天女云裳（续）

德国人的生活（续）

马大的妻子

捕蝇的话

日语读本自习书

募集学生作文

蒲塘的青蛙

世界童话集出刊了

《满洲学童（国民三四年用）》

1943 年 7 月 1 日

表纸

蜻蜓

完成防空铁阵

桃姐

儿歌

金鱼

昭南岛上的中国小店员雄飞

九官鸟

协和会创立纪念

日记

募集学生作文

快速艇

夏夜的音乐盒

蝙蝠

十朵水莲花

快乐人

德国人的生活（三）

自然的教室

《满洲学童（优级一二年用）》

1943 年 7 月 1 日

表纸

六月

完成防空铁阵

丢了眼镜的小白兔

杏子（日文）

协和会创立纪念日

澡塘的故障（二）

放送

皇军威镇四方

本末

小孙悟空（续）

万花镜

312

白川大将的训诫

望儿山

王村长（续）

募集学生作文

《满洲学童（国民三四年用）》

1943 年 8 月 1 日

表纸

作工和休息

击灭美英的童话

郊外旅游

阿拉伯的马

小宝儿的梦

努力

快乐人（续）

杏子和小松鼠（日文）

卫生通信八月的卫生朱绍璋

庄稼话

募集学生作文

七夕的神话

德国人的生活（续）

鸡为什么孵鸭鹅

《满洲学童（优级一二年用）》

1943 年 8 月 1 日

表纸

一切都小了

能观遍世界的山

菜园

校长的皮鞋

柳树的苗（日文）

王村长（续）

儿童欣赏诗歌　田园的合唱

牛郎织女

勤学的古人

小孙悟空（续）

病之神

募集学生作文

《满洲学童（国民三四年用）》

1943 年 9 月 1 日

表纸

农国的九月

忠勇的通信兵

乌鸦受窘

黄金和盐

募集学生作文

紫藤和小草

蟒岛的传说

动物小说

橡皮人

天河到底是什么

鹿的故事

建国忠灵庙

洋柿子

中秋节

日语朗读大会

手工　钓鱼游戏

牛和驴

童话　小马

杨震

捉老虎

《满洲学童（优级一二年用）》

1943 年 9 月 1 日

表纸

建国忠灵庙

中秋时节

世界上的路

狐狸与雄鸡

戒烟卖糖歌

秋熟了

愚公之谷

"乐圣"贝多汶

地球的进化

勇敢的通信兵

募集全满学童作文

船

诚实的少年

日语朗读大会

王村长（续）

花为什么香呢

小孙悟空（续）

《满洲学童（国民三四年用）》

1943 年 10 月 1 日

表纸

街头鞋匠

一个有趣的小问题

募集学童作文

贪心的哥嫂

动物小常识

分油

手工　蒙瞎游戏

北边小朋友来信

学校通信

万岁缅甸国

美丽的鹿角

你要知道

马的故事

秋天

谜语三条

发愤忘食

少年的心

猫和狐狸

《满洲学童（优级一二年用）》

1943 年 10 月 1 日

表纸

给哥哥的信

山本元帅的学生时代

蚯蚓会鸣的错误

募集全满学生作文

缅甸国万岁（日文）

蟒岛的探险

手工　防空灯伞

没有城墙的国

分吃苹果

奇怪的乞丐

几种小工艺

诚实的孩子

战况纪要

交友之道

《满洲学童（国民三四年用）》

1943 年 11 月 1 日

表纸

螃蟹和燕子

金马

爸爸的一封信

便宜了渔父

猴先生和犬

北方的孩子们（日文）

伟人的故事

太阳和月亮

生命的长度

由南国来的船

手工缠线板

从明天起

防谍

哈尔滨大博览会见学记

学校通信

《满洲学童（国民三四年用）》

1943 年 12 月 1 日

表纸

御垂览学校

一只狐狸

苇

猴龟合战

手工　织纸

所罗门的故事

濠洲

聪明的鹿（日文）

歌谣

长白山

伟人的故事

灰和炭

小驴的悲运

诸葛武侯

霜花

松树脂的自述

十二月八日

智慧的小鹿

兴起我们大东亚

《满洲学童（国民三四年用）》

1944 年 1 月 1 日第 9 卷第 1 号

表纸

岁首之辞

元旦

共荣圈内巴布亚（新几内亚）岛的童话（日文）

贺年

植物的过冬

手工　物箱

猴子

铸币的排列

天龙（日文）

说大话

母亲

菲律宾的乡村

韩信的少年时代

老鼠和猫

不识字的苦处

全满学校飞行机献纳式

《满洲学童（优级一二年用）》

1944 年 1 月 1 日第 6 卷第 1 号

表纸

岁首之辞

四方响应

无师的画家

霜和雪

元旦

儿玉公园

冬季为什么寒冷

坚韧的力量（日文）

火车的速力

两个孩子

关于细菌的话

大松树

手工　针插和明信片夹

求医胜于求神

全满学校飞行机献纳式

《满洲学童（国民三四年用）》

1944 年 2 月 1 日

表纸

万寿节

要给民众作仆人

蟋蟀

天龙（下）（日文）

清宫钢大尉

龟与兔赛跑

手工　储金箱

诚实与虚伪

防空的知识

爆竹

寒雀

日本海军于过去二年间获得惊人战果

朱大和王二

蝈蝈和蚂蚁

胶皮鞋的文数

陶侃

养成读书的习惯

农家二十四节歌

短枪和长枪

春的消息

哈里

风筝

可爱的小鸟

不倒翁

鼠

三个少年

狡兔的报应

手工　鸽

玻璃雕刻

缅甸

谜语

蜘蛛的故事

兰印巴厘岛

《满洲学童（优级一二年用）》
1944 年 3 月 1 日

表纸

三月一日

奋起

大东亚的伟人

品格即是资本

布克

团山村的日本人（续）

麻雀歌

手工　手枪

日本学生斗志热烈

大烟小史

冰

母亲（日文）

天空是蓝色

奇异的脱狱

无师的画家（续）

《满洲学童（国民一二年用）》
1944 年 4 月 1 日

表纸

天长节

好孩子

许衡

春来了

悠纪的水稻（日文）

小算术

一棵小草

民谣

种豆

手工　桌

老鼠搬家

听呆了

日本的孩子

早起

《满洲学童（国民三四年用）》

1944 年 4 月 1 日

表纸

天长节

读书歌

次郎先生的马（日文）

猫和狗的友情

月的盈亏

勤劳歌

淡水湖和咸水湖

手工　箱车

一寸法师

移山

皮球

狡猾的小农夫

三只鸟

文彦博

春到了

小蜜蜂玛瑛的冒险

植树爱林谈

伟人少年时

太阳与北风

《满洲学童（优级一二年用）》

1944 年 4 月 1 日

表纸

天长节

我国的农业

日蚀和月蚀

节气俚谚

团山村的日本人（续）

间宫林藏（日文）

笑话　粗心妇人

手工　箸笼

沙眼

雷

奇异的脱狱（续）

植树节

诗歌杂俎

理科杂谈

无师的画家（续）

《满洲学童（国民三四年用）》

1944 年 6 月 1 日

表纸

海军纪念日

五月二日

有毒的菌类

大东亚共同宣言

磨杵为针

儿歌　小朋友

紫藤萝

祝战士

手工封筒的纸样

童话　广寒宫游记

一个女孩子

赖山阳

击灭美英

地球和太阳

我们（日文）

孙亮

致从军友人

阿福和黑三

怎样才能整洁

珍儿的悔悟

食盐的功用

德里回教寺

防空常识

决战年之歌

《满洲学童（优级一二年用）》
1945 年 3 月 1 日

做缸的工人

兰花的芬芳

增产歌

揭破英美的假面具

军神春日少校

决战中国首都南京的印象

建国故事

画荻学书

农具谈话

马儿的日记野村咲平怡远译

电气的解说

刘金生并不傻

奋斗吧！我们青少年

施肥

附录二：1931 年 11 月—1942 年 6 月《泰东日报》所刊童话相关作品目录索引①

报纸名称	年月日	题名	作者	类别	童话类型
《泰东日报》 查阅范围： 1931 年 11 月 1 日至 1942 年 6 月 26 日 查阅地点： 大连市图书馆	1931.11.1	第一只有长鼻的象	杰西述	原创	动植物童话
	1931.11.15	罗兰	宗法	翻译	格林童话
	1931.11.15	从此她们不相信女巫了	学明	原创	趣味童话
	1931.11.15	晒肚子里的书	学明	原创	趣味童话
	1931.11.28	童话作法之研究	朱文印	原创	童话评论
	1931.11.29	兔儿有两户的传说	丽泉	原创	动植物童话
	1931.11.29	乌鸦的孩子们	玉成	原创	童话剧
	1931.12.5	一个卖洋火的小姑娘	于临海	原创	趣味童话
	1931.12.13	最美丽的一个雪人	于临海	原创	趣味童话
	1931.12.20	最美丽的一个雪人（续）	于临海	原创	趣味童话
	1931.12.27	最美丽的一个雪人（续）	于临海	原创	趣味童话
	1932.1.1	最美丽的一个雪人（续）	于临海	原创	趣味童话
	1932.1.17	最美丽的一个雪人（续）	于临海	原创	趣味童话
	1932.1.24	最美丽的一个雪人（续）	于临海	原创	趣味童话
	1932.1.31	最美丽的一个雪人（续）	于临海	原创	趣味童话
	1932.2.13	最美丽的一个雪人（续）	于临海	原创	趣味童话

---

① 此目录不包含慈灯的童话作品，慈灯在《泰东日报》上所登的童话见附录三。

	1932.2.28	最美丽的一个雪人（续）	于临海	原创	趣味童话
	1932.3.6	春天的梦	秋山渣代著，于临海译	翻译	艺术童话
	1932.4.10	急智的乌龟	杨树春	原创	动植物童话
	1932.8.14	忍耐的结局	洽	原创	趣味童话
	1932.9.25	皇后和雪	穆梓	原创	趣味童话
	1933.4.30	狐狸和山羊	晋阶	原创	动植物童话
	1934.2.11	鹬蚌童话	无	改写	经典童话
	1934.7.15	蚕的传说	关治田	原创	动植物童话
	1935.1.20	一梦三怪	高兴亚	原创	神怪童话
	1935.2.22	梦游奇境记	郑毓钧	原创	趣味童话
《泰东日报》 查阅范围：1931年11月1日至1942年6月26日 查阅地点：大连市图书馆	1935.2.23	梦游奇境记（续）	郑毓钧	原创	趣味童话
	1935.2.24	梦游奇境记（续）	郑毓钧	原创	趣味童话
	1935.2.26	梦游奇境记（续）	郑毓钧	原创	趣味童话
	1935.2.26	照镜子	曹芝清	编录	寓言
	1935.2.26	小孩跌跤	曹芝清	编录	寓言
	1935.2.27	梦游奇境记（续）	郑毓钧	原创	趣味童话
	1935.2.27	不敢自信	曹芝清	编录	寓言
	1935.2.27	蜘蛛结网	曹芝清	编录	寓言
	1935.2.28	梦游奇境记（续）	郑毓钧	原创	趣味童话
	1935.2.28	猫争食	曹芝清	编录	寓言
	1935.2.28	母蟹和小蟹	曹芝清	编录	寓言
	1935.3.1	梦游奇境记（续）	郑毓钧	原创	趣味童话
	1935.3.1	牧童的兔子	曹芝清	编录	寓言
	1935.3.3	梦游奇境记（续）	郑毓钧	原创	趣味童话
	1935.3.3	骄傲的猴子	曹芝清	编录	寓言
	1935.3.3	小鱼	曹芝清	编录	寓言
	1935.3.5	梦游奇境记（续）	郑毓钧	原创	趣味童话
	1935.3.5	驴子跳舞	曹芝清	编录	寓言

	1935.3.5	奇怪的鹅	曹芝清	编录	寓言
	1935.3.6	兔子淹死了	曹芝清	编录	寓言
	1935.3.7	梦游奇境记（续）	郑毓钧	原创	趣味童话
	1935.3.8	园里的花	曹芝清	编录	寓言
	1935.3.8	鸡鸭赛跑	曹芝清	编录	寓言
	1935.3.9	坏良心的马	曹芝清	编录	寓言
	1935.3.9	蚕宝宝	曹芝清	编录	寓言
	1935.3.10	不自量力的兔子	曹芝清	编录	寓言
	1935.3.10	狼的话	曹芝清	编录	寓言
	1935.3.12	铜壶和瓦壶	曹芝清	编录	寓言
	1935.3.12	田鸡和狐狸的谈话	曹芝清	编录	寓言
《泰东日报》	1935.3.13	英达掘金子	曹芝清	编录	寓言
查阅范围：1931年11月1日至1942年6月26日	1935.3.13	分泥马	曹芝清	编录	寓言
	1935.3.14	鹰抓小鸡	曹芝清	编录	寓言
	1935.3.14	鸡狗换食	曹芝清	编录	寓言
	1935.3.14	蝴蝶问疑	曹芝清	编录	寓言
查阅地点：大连市图书馆	1935.3.14	小石子	曹芝清	编录	寓言
	1935.3.16	手足罢工	曹芝清	编录	寓言
	1935.3.16	小松树	曹芝清	编录	寓言
	1935.3.16	粗暴的狮子	曹芝清	编录	寓言
	1935.3.19	老人移山	曹芝清	编录	寓言
	1935.3.20	小蟹生气	曹芝清	编录	寓言
	1935.3.20	燕小姐的家	曹芝清	编录	寓言
	1935.3.21	狼狐偷鸡	曹芝清	编录	寓言
	1935.3.26	梅丽摸橄榄	曹芝清	编录	寓言
	1935.3.26	吉利和发财	关治田	原创	趣味童话
	1935.3.26	猎狗捉狐狸	曹芝清	编录	寓言
	1935.3.30	狼上当	曹芝清	编录	寓言
	1935.3.30	甘琳的田鸡	曹芝清	编录	寓言

	1935.4.2	能言石	胥庆芝	原创	趣味童话
	1935.4.4	瞎子和跛子	曹芝清	编录	寓言
	1935.4.4	妄想的乌鸦	曹芝清	编录	寓言
	1935.4.4	能言石（二）	胥庆芝	原创	趣味童话
	1935.4.6	一条藤	曹芝清	编录	寓言
	1935.4.6	可怜的猴子	曹芝清	编录	寓言
	1935.4.6	杰克和苧蔴	曹芝清	编录	寓言
	1935.4.7	老虎的朋友	曹芝清	编录	寓言
	1935.4.14	能言石（四）	胥庆芝	原创	趣味童话
	1935.4.18	能言石（五）	胥庆芝	原创	趣味童话
	1935.5.3	三王子记（一）	郑毓钧	原创	趣味童话
	1935.5.4	三王子记（二）	郑毓钧	原创	趣味童话
《泰东日报》	1935.5.7	三王子记（四）	郑毓钧	原创	趣味童话
查阅范围：1931年11月1日至1942年6月26日	1935.5.8	三王子记（五）	郑毓钧	原创	趣味童话
	1935.5.9	哲西巴耳（一）	韩世勋	原创	英雄童话
	1935.5.9	渔翁得利	曹芝清	编录	寓言
查阅地点：大连市图书馆	1935.5.9	贪猴	曹芝清	编录	寓言
	1935.5.10	哲西巴耳（二）	韩世勋	原创	英雄童话
	1935.5.10	妄想的杰克	曹芝清	编录	寓言
	1935.5.10	花类谈话	曹芝清	编录	寓言
	1935.5.11	哲西巴耳（三）	韩世勋	原创	英雄童话
	1935.5.11	自满的母鸡	曹芝清	编录	寓言
	1935.5.11	蝴蝶和青虫	曹芝清	编录	寓言
	1935.5.12	哲西巴耳（四）	韩世勋	原创	英雄童话
	1935.5.12	蚁战	曹芝清	编录	寓言
	1935.5.14	哲西巴耳（五）	韩世勋	原创	英雄童话
	1935.5.14	兔子的失败	曹芝清	编录	寓言
	1935.5.15	哲西巴耳（六）	韩世勋	原创	英雄童话
	1935.5.15	狡猾的猴子	曹芝清	编录	寓言

	1935.5.16	哲西巴耳（七）	韩世勋	原创	英雄童话
	1935.5.16	愚笨农夫	曹芝清	编录	寓言
	1935.5.17	哲西巴耳（八）	韩世勋	原创	英雄童话
	1935.5.17	蚱蜢自新	曹芝清	编录	寓言
	1935.5.18	哲西巴耳（九）	韩世勋	原创	英雄童话
	1935.5.19	哲西巴耳（十）	韩世勋	韩世勋	英雄童话
	1935.5.21	哲西巴耳（十一）	韩世勋	原创	英雄童话
	1935.5.22	哲西巴耳（十二）	韩世勋	原创	英雄童话
	1935.5.23	哲西巴耳（十三）	韩世勋	原创	英雄童话
	1935.5.24	哲西巴耳（十四）	韩世勋	原创	英雄童话
	1935.5.25	哲西巴耳（十五）	韩世勋	原创	英雄童话
《泰东日报》	1935.5.26	哲西巴耳（十六）	韩世勋	原创	英雄童话
查阅范围：	1935.5.28	哲西巴耳（十七）	韩世勋	原创	英雄童话
1931年11月1日至1942年6月26日	1935.5.29	哲西巴耳（十八）	韩世勋	原创	英雄童话
	1935.5.30	哲西巴耳（十九）	韩世勋	原创	英雄童话
查阅地点：	1935.5.31	哲西巴耳（二十）	韩世勋	原创	英雄童话
大连市图书馆	1935.6.1	哲西巴耳（二十一）	韩世勋	原创	英雄童话
	1935.7.30	三支抵针（一）	郝让先	原创	趣味童话
	1935.8.1	玉伯的奇梦	涤尘	原创	趣味童话
	1935.8.1	三支抵针（二）	郝让先	原创	趣味童话
	1935.8.3	三支抵针（三）	郝让先	原创	趣味童话
	1935.8.4	三支抵针（四）	郝让先	原创	趣味童话
	1935.9.27	国王与僧人	涤尘	原创	教育童话
	1935.10.1	国王与僧人（续）	涤尘	原创	教育童话
	1935.10.2	国王与僧人（续）	涤尘	原创	教育童话
	1935.12.11	鹤（上）	亚筑试译	翻译	动植物童话
	1935.12.12	鹤（下）	亚筑试译	翻译	动植物童话
	1935.12.21	丑的小鸭	维毅试译	翻译	安徒生童话
	1935.12.22	丑的小鸭（续）	维毅试译	翻译	安徒生童话

	1935.12.24	丑的小鸭（续）	维毅试译	翻译	安徒生童话
	1936.1.21	狐狸和樵夫	室町弥生著，陈兴华译	翻译	日本童话剧
	1936.4.21	六个小人鱼	陈兴华译	翻译	经典童话
	1936.4.22	秘密的音乐	陈兴华译	翻译	经典童话
	1936.4.23	国王与鹅童	陈兴华译	翻译	经典童话
	1936.4.24	象与月	陈兴华译	翻译	经典童话
	1936.4.25	好的契约	陈兴华译	翻译	经典童话
	1936.4.26	扳手（山羊的名）	迺丰、兴华合译	翻译	经典童话
	1936.4.27	扳手（山羊的名）	迺丰、兴华合译	翻译	经典童话
《泰东日报》	1936.4.28	扳手（山羊的名）	迺丰、兴华合译	翻译	经典童话
查阅范围：1931年11月1日至1942年6月26日	1936.4.29	扳手（山羊的名）	迺丰、兴华合译	翻译	经典童话
	1936.5.1	小松树	迺丰、兴华合译	翻译	经典童话
查阅地点：大连市图书馆	1936.8.28	一块铁的故事	吕梦周	原创	知识童话
	1936.9.2	荞梦	章倬汉	翻译	北欧童话
	1936.10.13	冈	独逸	原创	趣味童话
	1936.10.29	猎狗的奇遇	无	翻译	非洲童话
	1936.11.21	她叫什么名字	欣云	原创	趣味童话
	1936.12.19	鳄鱼和狼	赵丽敏	原创	动植物童话
	1936.12.29	鱼吕	梦周	原创	动植物童话
	1937.1.8	高级童话集（二）	魏敬五	原创	趣味童话集
	1937.1.19	富翁受骗	湛澄	原创	趣味童话
	1937.2.6	猎人的遇险	清泉	原创	趣味童话
	1937.3.19	近视眼	马绍勤	原创	趣味童话
	1937.4.10	老夫妇	马绍勤	原创	趣味童话
	1937.6.9	自己的错	王庭璋	原创	动植物童话

《泰东日报》 查阅范围： 1931年11月1日至1942年6月26日 查阅地点：大连市图书馆	1937.6.18	日本童话集（五）	樋口红阳著，野百合试译	翻译	对译童话
	1937.6.22	日本童话集（六）	樋口红阳著，野百合试译	翻译	对译童话
	1937.6.23	日本童话集（七）	樋口红阳著，野百合试译	翻译	对译童话
	1937.6.24	日本童话集（八）	樋口红阳著，野百合试译	翻译	对译童话
	1937.6.25	日本童话集（九）	樋口红阳著，野百合试译	翻译	对译童话
	1937.6.29	日本童话集（十一）	樋口红阳著，野百合试译	翻译	对译童话
	1937.6.30	日本童话集（十二）	樋口红阳著，野百合试译	翻译	对译童话
	1937.8.4	日本童话集（三十七）	樋口红阳著，野百合试译	翻译	对译童话
	1937.8.5	日本童话集（三十八）	樋口红阳著，野百合试译	翻译	对译童话
	1937.8.6	日本童话集（三十九）	樋口红阳著，野百合试译	翻译	对译童话
	1937.8.7	日本童话集（四十）	樋口红阳著，野百合试译	翻译	对译童话
	1937.8.10	日本童话集（四十一）	樋口红阳著，野百合试译	翻译	对译童话
	1937.8.11	田鼠懊悔了	伯仁	原创	动植物童话
	1937.8.11	日本童话集（四十二）	樋口红阳著，野百合试译	翻译	对译童话

	1937.8.12	日本童话集（四十三）	樋口红阳著，野百合试译	翻译	对译童话
	1937.8.13	日本童话集（四十四）	樋口红阳著，野百合试译	翻译	对译童话
	1937.8.14	日本童话集（四十五）	樋口红阳著，野百合试译	翻译	对译童话
	1937.8.17	日本童话集（四十六）	樋口红阳著，野百合试译	翻译	对译童话
	1937.8.18	日本童话集（四十七）	樋口红阳著，野百合试译	翻译	对译童话
	1937.8.19	日本童话集（四十八）	樋口红阳著，野百合试译	翻译	对译童话
《泰东日报》查阅范围：1931年11月1日至1942年6月26日查阅地点：大连市图书馆	1937.8.20	日本童话集（四十九）	樋口红阳著，野百合试译	翻译	对译童话
	1937.8.21	日本童话集（五十）	樋口红阳著，野百合试译	翻译	对译童话
	1937.8.24	日本童话集（五十一）	樋口红阳著，野百合试译	翻译	对译童话
	1937.8.25	日本童话集（五十二）	樋口红阳著，野百合试译	翻译	对译童话
	1937.8.25	一只破鞋（上）	鲍维湘	原创	趣味童话
	1937.8.26	一只破鞋（下）	鲍维湘	原创	趣味童话
	1937.8.26	日本童话集（五十三）	樋口红阳著，野百合试译	翻译	对译童话
	1937.8.27	日本童话集（五十四）	樋口红阳著，野百合试译	翻译	对译童话

《泰东日报》 查阅范围：1931年11月1日至1942年6月26日 查阅地点：大连市图书馆	1937.8.28	日本童话集（五十五）	樋口红阳著，野百合试译	翻译	对译童话
	1937.8.31	日本童话集（五十六）	樋口红阳著，野百合试译	翻译	对译童话
	1937.9.1	日本童话集（五十七）	樋口红阳著，野百合试译	翻译	对译童话
	1937.9.2	日本童话集（五十八）	樋口红阳著，野百合试译	翻译	对译童话
	1937.9.3	日本童话集（五十九）	樋口红阳著，野百合试译	翻译	对译童话
	1937.9.4	日本童话集（六十）	樋口红阳著，野百合试译	翻译	对译童话
	1937.9.7	日本童话集（六十一）	樋口红阳著，野百合试译	翻译	对译童话
	1937.9.8	日本童话集（六十二）	樋口红阳著，野百合试译	翻译	对译童话
	1937.9.9	日本童话集（六十三）	樋口红阳著，野百合试译	翻译	对译童话
	1937.9.9	卜人子（一）	舟	翻译	印度童话
	1937.9.10	日本童话集（六十四）	樋口红阳著，野百合试译	翻译	对译童话
	1937.9.10	卜人子（二）	舟	翻译	印度童话
	1937.9.11	卜人子（三）	舟	翻译	印度童话
	1937.9.11	日本童话集（六十五）	樋口红阳著，野百合试译	翻译	对译童话

《泰东日报》	1937.9.14	日本童话集（六十六）	樋口红阳著，野百合试译	翻译	对译童话
查阅范围：1931年11月1日至1942年6月26日 查阅地点：大连市图书馆	1937.9.14	卜人子（四）	舟	翻译	印度童话
	1937.9.15	日本童话集（六十七）	樋口红阳著，野百合试译	翻译	对译童话
	1937.9.15	卜人子（五）	舟	翻译	印度童话
	1937.9.15	散沙老人不得休息（上）	吹	原创	趣味童话
	1937.9.15	生肉瘤的人	甘棠	原创	西藏故事
	1937.9.16	散沙老人不得休息（下）	吹	原创	趣味童话
	1937.9.16	日本童话集（六十八）	樋口红阳著，野百合试译	翻译	对译童话
	1937.9.17	日本童话集（六十九）	樋口红阳著，野百合试译	翻译	对译童话
	1937.10.15	小玫瑰（上）	梦周	原创	动植物童话
	1937.10.16	小玫瑰（下）	梦周	原创	动植物童话
	1937.10.19	玫瑰冠与狐狸	张诚	翻译	法国童话
	1937.10.20	玫瑰冠与狐狸（续）	张诚	翻译	法国童话
	1937.12.1	白公鸡（上）	梦	原创	动植物童话
	1937.12.2	白公鸡（下）	梦	原创	动植物童话
	1938.1.1	智慧珠（上）	乃一	原创	趣味童话
	1938.1.7	智慧珠（下）	乃一	原创	趣味童话
	1938.1.8	五篇童话	理莎	原创	趣味童话
	1938.1.11	冬天为什么要下雪呢	李承谟	原创	趣味童话
	1938.1.12	冬天为什么要下雪呢（续）	李承谟	原创	趣味童话
	1938.1.13	冬天为什么要下雪呢（续）	李承谟	原创	趣味童话
	1938.2.26	走兽的故事（上）	董纯才	原创	动植物童话
	1938.2.26	丑女效颦	吴愚	原创	寓言

	1938.3.2	走兽的故事（下）	董纯才	原创	动植物童话
	1938.3.2	栽杨拔杨	吴愚	原创	寓言
	1938.3.3	渔翁得利	吴愚	原创	寓言
	1938.3.4	狐假虎威	吴愚	原创	寓言
	1938.3.5	塞翁失马	吴愚	原创	寓言
	1938.3.6	以月为日	吴愚	原创	寓言
	1938.3.8	滥竽充数	吴愚	原创	寓言
	1938.3.9	自相矛盾	吴愚	原创	寓言
	1938.3.12	幼小的树苗	明译	翻译	教育童话
	1938.3.15	幼小的树苗（二）	明译	翻译	教育童话
	1938.3.16	幼小的树苗（三）	明译	翻译	教育童话
《泰东日报》	1938.3.17	宝库	守一	翻译	拉维亚童话
查阅范围：1931年11月1日至1942年6月26日	1938.3.19	愚笨的苍蝇	少	原创	教育童话
	1938.3.23	愚笨的苍蝇	少	原创	教育童话
	1938.3.23	狐与鹅	月祺	翻译	西班牙童话
	1938.4.28	外国童话（一）顶细的线	曼	翻译	外国童话
查阅地点：大连市图书馆	1938.4.28	外国童话（二）网里的群鸟	曼	翻译	外国童话
	1938.5.11	愚笨的苍蝇	无	原创	动植物童话
	1938.10.14	啄木鸟（上）	无	原创	动植物童话
	1938.10.15	啄木鸟（下）	无	原创	动植物童话
	1938.10.16	傻大（上）	章倬汉译	翻译	英国童话
	1938.10.18	傻大（下）	章倬汉译	翻译	英国童话
	1938.10.27	狮子与采蜜鸟（一）	思	翻译	非洲童话
	1938.10.28	狮子与采蜜鸟（二）	思	翻译	非洲童话
	1938.10.29	狮子与采蜜鸟（三）	思	翻译	非洲童话
	1938.10.30	狮子与采蜜鸟（四）	思	翻译	非洲童话
	1938.11.2	狮子与采蜜鸟（五）	思	翻译	非洲童话
	1938.11.19	不肯停的火车	无	原创	趣味童话
	1938.11.20	不肯停的火车（续）	无	原创	趣味童话

	1938.11.26	不肯停的火车（续）	无	原创	趣味童话
	1938.11.27	不肯停的火车（续）	无	原创	趣味童话
	1938.11.29	不肯停的火车（续）	无	原创	趣味童话
	1939.1.8	妈妈归来的时候	李北川	原创	艺术童话
	1939.1.9	妈妈归来的时候（续）	李北川	原创	艺术童话
	1939.1.11	大鹰反被小兔害死(一)	邰玉镇	原创	动植物童话
	1939.1.11	三个要求	先弟	原创	教育童话
	1939.1.12	大鹰反被小兔害死(二)	邰玉镇	原创	动植物童话
	1939.1.13	大鹰反被小兔害死(三)	邰玉镇	原创	动植物童话
	1939.1.14	大鹰反被小兔害死(四)	邰玉镇	原创	动植物童话
	1939.1.15	大鹰反被小兔害死(五)	邰玉镇	原创	动植物童话
《泰东日报》	1939.1.20	万事通医生（上）	章倬汉	翻译	德国童话
查阅范围：	1939.1.21	万事通医生（下）	章倬汉	翻译	德国童话
1931年11月1	1939.3.3	小黑和小熊（一）	无	原创	趣味童话
日至1942年6月	1939.3.4	小黑和小熊（二）	无	原创	趣味童话
26日	1939.3.5	小黑和小熊（三）	无	原创	趣味童话
	1939.3.7	小黑和小熊（三）	无	原创	趣味童话
查阅地点：	1939.3.8	小黑和小熊（四）	无	原创	趣味童话
大连市图书馆	1939.3.14	小黑和小熊（五）	无	原创	趣味童话
	1939.3.15	小黑和小熊（六）	无	原创	趣味童话
	1939.3.16	银蛇（一）	伦译	翻译	外国童话
	1939.3.17	银蛇（二）	伦译	翻译	外国童话
	1939.3.18	银蛇（三）	伦译	翻译	外国童话
	1939.3.19	银蛇（四）	伦译	翻译	外国童话
	1939.3.23	想做武士	重子	改编	动植物童话
	1939.3.23	吉田弦二郎童话选译 释迦与燕子（一）	吉田弦二郎著，毕殿魁译	翻译	对译童话
	1939.3.24	吉田弦二郎童话选译 释迦与燕子（二）	吉田弦二郎著，毕殿魁译	翻译	对译童话

	1939.3.25	吉田弦二郎童话选译 释迦与燕子（三）	吉田弦二郎著，毕殿魁译	翻译	对译童话
	1939.3.26	吉田弦二郎童话选译 释迦与燕子（四）	吉田弦二郎著，毕殿魁译	翻译	对译童话
	1939.3.28	吉田弦二郎童话选译 释迦与燕子（五）	吉田弦二郎著，毕殿魁译	翻译	对译童话
	1939.3.30	吉田弦二郎童话选译 柿儿与梨儿（一）	吉田弦二郎著，毕殿魁译	翻译	对译童话
	1939.3.31	吉田弦二郎童话选译 柿儿与梨儿（二）	吉田弦二郎著，毕殿魁译	翻译	对译童话
《泰东日报》 查阅范围： 1931 年 11 月 1 日至 1942 年 6 月 26 日 查阅地点： 大连市图书馆	1939.4.1	吉田弦二郎童话选译 柿儿与梨儿（三）	吉田弦二郎著，毕殿魁译	翻译	对译童话
	1939.4.2	吉田弦二郎童话选译 柿儿与梨儿（四）	吉田弦二郎著，毕殿魁译	翻译	对译童话
	1939.4.5	吉田弦二郎童话选译 柿儿与梨儿（五）	吉田弦二郎著，毕殿魁译	翻译	对译童话
	1939.4.6	吉田弦二郎童话选译 柿儿与梨儿（六）	吉田弦二郎著，毕殿魁译	翻译	对译童话
	1939.4.7	吉田弦二郎童话选译 柿儿与梨儿（七）	吉田弦二郎著，毕殿魁译	翻译	对译童话
	1939.4.8	吉田弦二郎童话选译 柿儿与梨儿（八）	吉田弦二郎著，毕殿魁译	翻译	对译童话
	1939.4.9	吉田弦二郎童话选译 庙里的塔（一）	吉田弦二郎著，毕殿魁译	翻译	对译童话
	1939.4.11	吉田弦二郎童话选译 庙里的塔（二）	吉田弦二郎著，毕殿魁译	翻译	对译童话

	1939.4.12	吉田弦二郎童话选译 庙里的塔（三）	吉田弦二郎著，毕殿魁译	翻译	对译童话
	1939.4.13	吉田弦二郎童话选译 庙里的塔（四）	吉田弦二郎著，毕殿魁译	翻译	对译童话
	1939.4.14	吉田弦二郎童话选译 庙里的塔（五）	吉田弦二郎著，毕殿魁译	翻译	对译童话
	1939.4.15	吉田弦二郎童话选译 庙里的塔（六）	吉田弦二郎著，毕殿魁译	翻译	对译童话
	1939.4.16	吉田弦二郎童话选译 庙里的塔（七）	吉田弦二郎著，毕殿魁译	翻译	对译童话
《泰东日报》 查阅范围： 1931年11月1日至1942年6月26日 查阅地点： 大连市图书馆	1939.4.18	吉田弦二郎童话选译 庙里的塔（八）	吉田弦二郎著，毕殿魁译	翻译	对译童话
	1939.4.19	吉田弦二郎童话选译 庙里的塔（九）	吉田弦二郎著，毕殿魁译	翻译	对译童话
	1939.4.19	吉田弦二郎童话选译 万平老伯（一）	吉田弦二郎著，毕殿魁译	翻译	对译童话
	1939.4.20	吉田弦二郎童话选译 万平老伯（二）	吉田弦二郎著，毕殿魁译	翻译	对译童话
	1939.4.21	吉田弦二郎童话选译 万平老伯（三）	吉田弦二郎著，毕殿魁译	翻译	对译童话
	1939.4.22	吉田弦二郎童话选译 万平老伯（四）	吉田弦二郎著，毕殿魁译	翻译	对译童话
	1939.4.23	吉田弦二郎童话选译 万平老伯（五）	吉田弦二郎著，毕殿魁译	翻译	对译童话
	1939.4.25	吉田弦二郎童话选译 万平老伯（六）	吉田弦二郎著，毕殿魁译	翻译	对译童话

	1939.4.26	吉田弦二郎童话选译 万平老伯（七）	吉田弦二郎著，毕殿魁译	翻译	对译童话
	1939.4.27	吉田弦二郎童话选译 万平老伯（八）	吉田弦二郎著，毕殿魁译	翻译	对译童话
	1939.4.29	吉田弦二郎童话选译 万平老伯（九）	吉田弦二郎著，毕殿魁译	翻译	对译童话
	1939.5.2	吉田弦二郎童话选译 万平老伯（十）	吉田弦二郎著，毕殿魁译	翻译	对译童话
	1939.5.4	吉田弦二郎童话选译 万平老伯（十一）	吉田弦二郎著，毕殿魁译	翻译	对译童话
《泰东日报》 查阅范围： 1931年11月1日至1942年6月26日 查阅地点： 大连市图书馆	1939.5.5	吉田弦二郎童话选译 万平老伯（十二）	吉田弦二郎著，毕殿魁译	翻译	对译童话
	1939.5.6	吉田弦二郎童话选译 万平老伯（十三）	吉田弦二郎著，毕殿魁译	翻译	对译童话
	1939.5.7	吉田弦二郎童话选译 万平老伯（十四）	吉田弦二郎著，毕殿魁译	翻译	对译童话
	1939.5.8	吉田弦二郎童话选译 桃花之下（一）	吉田弦二郎著，毕殿魁译	翻译	对译童话
	1939.5.9	吉田弦二郎童话选译 桃花之下（二）	吉田弦二郎著，毕殿魁译	翻译	对译童话
	1939.5.10	吉田弦二郎童话选译 桃花之下（三）	吉田弦二郎著，毕殿魁译	翻译	对译童话
	1939.5.11	吉田弦二郎童话选译 桃花之下（四）	吉田弦二郎著，毕殿魁译	翻译	对译童话
	1939.5.12	吉田弦二郎童话选译 桃花之下（五）	吉田弦二郎著，毕殿魁译	翻译	对译童话

	1939.5.13	吉田弦二郎童话选译 桃花之下（六）	吉田弦二 郎著，毕 殿魁译	翻译	对译童话
	1939.5.14	吉田弦二郎童话选译 桃花之下（七）	吉田弦二 郎著，毕 殿魁译	翻译	对译童话
	1939.5.17	吉田弦二郎童话选译 桃花之下（八）	吉田弦二 郎著，毕 殿魁译	翻译	对译童话
	1939.5.18	吉田弦二郎童话选译 桃花之下（九）	吉田弦二 郎著，毕 殿魁译	翻译	对译童话
	1939.5.19	吉田弦二郎童话选译 桃花之下（十）	吉田弦二 郎著，毕 殿魁译	翻译	对译童话
《泰东日报》 查阅范围： 1931年11月1 日至1942年6月 26日 查阅地点： 大连市图书馆	1939.5.20	吉田弦二郎童话选译 桃花之下（十）	吉田弦二 郎著，毕 殿魁译	翻译	对译童话
	1939.5.21	吉田弦二郎童话选译 桃花之下（十一）	吉田弦二 郎著，毕 殿魁译	翻译	对译童话
	1939.5.23	吉田弦二郎童话选译 桃花之下（十二）	吉田弦二 郎著，毕 殿魁译	翻译	对译童话
	1939.5.24	吉田弦二郎童话选译 桃花之下（十三）	吉田弦二 郎著，毕 殿魁译	翻译	对译童话
	1939.5.25	吉田弦二郎童话选译 桃花之下（十四）	吉田弦二 郎著，毕 殿魁译	翻译	对译童话
	1939.5.26	吉田弦二郎童话选译 桃花之下（十五）	吉田弦二 郎著，毕 殿魁译	翻译	对译童话
	1939.5.27	吉田弦二郎童话选译 桃花之下（十六）	吉田弦二 郎著，毕 殿魁译	翻译	对译童话
	1939.5.30	吉田弦二郎童话选译 桃花之下（十七）	吉田弦二 郎著，毕 殿魁译	翻译	对译童话

	1939.5.31	吉田弦二郎童话选译桃花之下（十八）	吉田弦二郎著，毕殿魁译	翻译	对译童话
	1939.6.1	吉田弦二郎童话选译桃花之下（十九）	吉田弦二郎著，毕殿魁译	翻译	对译童话
	1939.6.2	吉田弦二郎童话选译桃花之下（二十）	吉田弦二郎著，毕殿魁译	翻译	对译童话
	1939.6.3	吉田弦二郎童话选译桃花之下（二十一）	吉田弦二郎著，毕殿魁译	翻译	对译童话
	1939.6.4	吉田弦二郎童话选译桃花之下（二十二）	吉田弦二郎著，毕殿魁译	翻译	对译童话
《泰东日报》查阅范围：1931年11月1日至1942年6月26日查阅地点：大连市图书馆	1939.6.6	吉田弦二郎童话选译桃花之下（二十三）	吉田弦二郎著，毕殿魁译	翻译	对译童话
	1939.6.7	吉田弦二郎童话选译桃花之下（二十四）	吉田弦二郎著，毕殿魁译	翻译	对译童话
	1939.6.8	吉田弦二郎童话选译桃花之下（二十五）	吉田弦二郎著，毕殿魁译	翻译	对译童话
	1939.6.9	吉田弦二郎童话选译桃花之下（二十六）	吉田弦二郎著，毕殿魁译	翻译	对译童话
	1939.6.10	宝石和蟾蜍（一）	凌禾	翻译	童话译文
	1939.6.11	宝石和蟾蜍（二）	凌禾	翻译	童话译文
	1939.6.13	宝石和蟾蜍（三）	凌禾	翻译	童话译文
	1939.6.14	宝石和蟾蜍（三）	凌禾	翻译	童话译文
	1939.6.16	白鹅（上）	李宝家	原创	动植物童话
	1939.6.17	白鹅（下）	李宝家	原创	动植物童话
	1939.7.8	蜘蛛的结网（上）	公兆才	原创	动植物童话
	1939.7.9	蜘蛛的结网（下）	公兆才	原创	动植物童话
	1939.7.11	兔弟弟报仇（上）	公兆才	原创	动植物童话

	1939.7.12	兔弟弟报仇（下）	公兆才	原创	动植物童话
	1939.7.13	人小智大	公兆才	原创	趣味童话
	1939.7.16	岳阳楼（上）	公兆才	原创	历史童话
	1939.7.18	岳阳楼（下）	公兆才	原创	历史童话
	1939.7.22	老橡树的末一个梦（一）	Hcand-erson著，竹森译	翻译	翻译童话
	1939.7.23	老橡树的末一个梦（二）	Hcand-erson著，竹森译	翻译	翻译童话
	1939.7.25	老橡树的末一个梦（三）	Hcand-erson著，竹森译	翻译	翻译童话
	1939.7.26	老橡树的末一个梦（四）	Hcand-erson著，竹森译	翻译	翻译童话
《泰东日报》 查阅范围： 1931年11月1日至1942年6月26日 查阅地点：大连市图书馆	1939.7.27	老橡树的末一个梦（五）	Hcand-erson著，竹森译	翻译	翻译童话
	1939.7.28	老橡树的末一个梦（六）	Hcand-erson著，竹森译	翻译	翻译童话
	1939.8.6	贪财的果报	公兆才	原创	教育童话
	1939.8.13	三姐妹的幸福	韩云飞	原创	教育童话
	1939.8.15	两条腿与四条腿	韩云飞	原创	教育童话
	1939.8.16	两条腿与四条腿(二)	韩云飞	原创	教育童话
	1939.8.16	傻人（上）	韩云飞	原创	趣味童话
	1939.8.17	傻人（下）	韩云飞	原创	趣味童话
	1939.8.18	三个小伙计	夏江风	原创	趣味童话
	1939.8.19	三个小伙计（二）	夏江风	原创	趣味童话
	1939.8.20	三个小伙计（三）	夏江风	原创	趣味童话
	1939.8.22	三个小伙计（四）	夏江风	原创	趣味童话
	1939.8.23	三个小伙计（五）	夏江风	原创	趣味童话
	1939.8.23	到姥姥家去	梦孟	原创	趣味童话

	1939.8.24	到姥姥家去（续）	梦盂	原创	趣味童话
	1939.9.7	路上的军乐队	拱辰	原创	趣味童话
	1939.9.8	路上的军乐队（续）	拱辰	原创	趣味童话
	1939.9.8	阿福的好运（续）	马国瑞	原创	趣味童话
	1939.9.9	阿福的好运（续）	马国瑞	原创	趣味童话
	1939.9.10	四个音乐师的生活	王树政	改写	经典童话
	1939.9.12	四个音乐师的生活	王树政	改写	经典童话
	1939.9.15	信实的胜利	铁汉	原创	教育童话
	1939.9.17	信实的胜利（二）	铁汉	原创	教育童话
	1939.9.20	刺猬名字的来历	公兆才	原创	趣味童话
	1939.9.21	信实的胜利（三）	铁汉	原创	教育童话
《泰东日报》	1939.9.23	信实的胜利（四）	铁汉	原创	教育童话
查阅范围：1931年11月1日至1942年6月26日	1939.9.24	信实的胜利（五）	铁汉	原创	教育童话
	1939.9.26	信实的胜利（六）	铁汉	原创	教育童话
	1939.10.6	蚊子的来历	铁汉	原创	趣味童话
	1939.10.7	蚊子的来历（续）	铁汉	原创	趣味童话
查阅地点：大连市图书馆	1939.10.10	兄弟分家	王树政	原创	趣味童话
	1939.11.7	智慧的娇娜	公兆才	原创	趣味童话
	1939.11.9	智慧的娇娜（续）	公兆才	原创	趣味童话
	1939.11.10	智慧的娇娜（续）	公兆才	原创	趣味童话
	1939.11.11	智慧的娇娜（续）	公兆才	原创	趣味童话
	1939.11.12	智慧的娇娜（续）	公兆才	原创	趣味童话
	1939.11.14	智慧的娇娜（续）	公兆才	原创	趣味童话
	1939.11.15	智慧的娇娜（续）	公兆才	原创	趣味童话
	1939.11.16	智慧的娇娜（续）	公兆才	原创	趣味童话
	1939.11.17	智慧的娇娜（续）	公兆才	原创	趣味童话
	1939.11.18	智慧的娇娜（续）	公兆才	原创	趣味童话
	1939.11.19	智慧的娇娜（续）	公兆才	原创	趣味童话
	1939.11.20	智慧的娇娜（续）	公兆才	原创	趣味童话

	1939.11.21	智慧的娇娜（续）	公兆才	原创	趣味童话
	1939.11.22	智慧的娇娜（续）	公兆才	原创	趣味童话
	1939.11.23	智慧的娇娜（续）	公兆才	原创	趣味童话
	1939.11.25	智慧的娇娜（续）	公兆才	原创	趣味童话
	1939.11.26	智慧的娇娜（续）	公兆才	原创	趣味童话
	1939.11.28	智慧的娇娜（续）	公兆才	原创	趣味童话
	1939.11.29	智慧的娇娜（续）	公兆才	原创	趣味童话
	1939.11.30	智慧的娇娜（续）	公兆才	原创	趣味童话
	1939.12.1	智慧的娇娜（续）	公兆才	原创	趣味童话
	1939.12.2	智慧的娇娜（续）	公兆才	原创	趣味童话
	1939.12.3	千日酒	心田作	原创	趣味童话
《泰东日报》	1939.12.5	八哥鸟	心田作	原创	趣味童话
查阅范围：	1939.12.6	空想家	心田作	原创	趣味童话
1931年11月1	1939.12.9	武者小人	心田作	原创	趣味童话
日至1942年6月	1939.12.10	是非曲直	心田作	原创	趣味童话
26日	1939.12.12	报应	心田作	原创	趣味童话
	1939.12.13	黄牛飞了	心田作	原创	趣味童话
查阅地点：	1939.12.14	产科医生	心田作	原创	趣味童话
大连市图书馆	1939.12.15	内科医生	心田作	原创	趣味童话
	1939.12.16	王六郎（一）	心田作	原创	趣味童话
	1939.12.17	王六郎（二）	心田作	原创	趣味童话
	1939.12.19	仙术修业（一）	心田作	原创	趣味童话
	1939.12.20	仙术修业（二）	心田作	原创	趣味童话
	1940.1.19	飞头	美人	原创	趣味童话
	1940.2.2	谈谈童话	英英	原创	童话评论
	1940.2.17	善恶到头终有报	木林禄	原创	教育童话
	1940.3.6	公鸡的自述	美仁	原创	动植物童话
	1940.3.7	童话两则	公兆才	原创	趣味童话
	1940.3.9	两块童话	公兆才	原创	趣味童话

	1940.3.10	两块童话（续）	公兆才	原创	趣味童话
	1940.3.15	相争无益	公兆才	原创	教育童话
	1940.3.17	两块童话	公兆才	原创	趣味童话
	1940.3.19	两块童话	公兆才	原创	趣味童话
	1940.3.21	樵子奇遇	公兆才	原创	趣味童话
	1940.3.23	樵子奇遇（续）	公兆才	原创	趣味童话
	1940.3.24	樵子奇遇（续）	公兆才	原创	趣味童话
	1940.3.26	不孝的报应	公兆才	原创	教育童话
	1940.3.28	枭鸟和夜莺	一萍	原创	教育童话
	1940.3.29	枭鸟和夜莺	一萍	原创	教育童话
	1940.4.12	女妖之谜	无	改写	传说童话
《泰东日报》	1940.4.13	火	无	翻译	翻译童话
查阅范围：1931年11月11日至1942年6月26日	1940.4.17	男人的女儿和妇人的女儿	无	原创	趣味童话
	1940.4.18	男人的女儿和妇人的女儿（续）	无	原创	趣味童话
	1940.5.19	海水为什么是咸的	李荣茂	原创	传说童话
查阅地点：大连市图书馆	1940.7.10	童话三则	周郁芳	原创	传说童话
	1940.9.21	三年前	白萍	原创	趣味童话
	1940.9.22	守父言的孩子	白萍	原创	趣味童话
	1940.9.29	童话故事	白萍	原创	趣味童话
	1941.1.11	灰老鼠的梦（上）	红影	原创	动植物童话
	1941.1.12	灰老鼠的梦（下）	红影	原创	动植物童话
	1941.1.12	蛇的故事	李文湘	原创	动植物童话
	1941.2.16	小菊的智慧	寒金	原创	趣味童话
	1941.2.16	珍奇的镜子	季馥	原创	趣味童话
	1941.2.22	海水为什么咸	戴景星	原创	趣味童话
	1942.5.25	太阳和风雪	舒洁	原创	植入式童话
	1942.6.16	妙喻	舒洁	原创	植入式童话

附录三：1931—1945 年杨慈灯作品目录

1931年

杨小先：《泪》，《泰东日报》1931 年 11 月 21 日、23 日。

杨小先：《破碎了的心》，《泰东日报》1931 年 11 月 30 日。

杨小先：《不幸的青年》，《泰东日报》1931 年 12 月 4 日、5 日。

杨小先：《初三的晚上》，《泰东日报》1931 年 12 月 8 日。

1932年

杨小先：《天才的鬻卖》，《泰东日报》1932 年 4 月 6 日。

杨小先：《无母的悲哀》，《泰东日报》1932 年 4 月 13 日。

杨小先：《人心》，《泰东日报》1932 年 4 月 27 日。

杨小先：《爱花》，《泰东日报》1932 年 4 月 29 日。

杨小先：《落雨（续）》，《泰东日报》1932 年 5 月 2 日。

杨小先：《雨夜的噩梦》，《泰东日报》1932 年 5 月 11 日。

杨小先：《谁料这里开了些鲜艳的花》，《泰东日报》1932 年 5 月 13 日。

杨小先：《同居之爱》，《泰东日报》1932 年 5 月 18 日。

杨小先：《哀号》，《泰东日报》1932 年 5 月 20 日。

杨小先：《海滨》，《泰东日报》1932 年 5 月 20 日。

杨小先：《我的朋友》，《泰东日报》1932 年 5 月 25 日。

杨小先：《苦闷》，《泰东日报》1932 年 5 月 27 日。

小先：《典当》，《泰东日报》1932 年 6 月 10 日。

小先：《读后感》，《泰东日报》1932 年 6 月 17 日—20 日。

杨小先：《诗人是癫疯吗》，《泰东日报》1932 年 7 月 1 日。

小先：《淡月》，《泰东日报》1932 年 7 月 1 日。

小先：《艺术？》，《泰东日报》1932 年 7 月 6 日。

小先：《画家的一幕》，《泰东日报》1932 年 7 月 15 日—20 日。

杨小先：《星期日——堕落》，《泰东日报》1932 年 7 月 20 日。

小先：《献给 c 们……》，《泰东日报》1932 年 7 月 22 日。

小先：《恩物》，《泰东日报》1932 年 7 月 29 日。

小先：《别离的前夜》，《泰东日报》1932 年 8 月 17 日。

小先：《金戒指》，《泰东日报》1932 年 8 月 31 日—9 月 9 日。

杨小先：《我们的愿望》，《泰东日报》1932 年 8 月 31 日。

小先：《泣》，《泰东日报》1932 年 10 月 26 日。

杨小先：《秋深话凄凉》，《泰东日报》1932 年 11 月 13 日。

杨小先：《过去的生命》，《泰东日报》1932 年 11 月 21 日。

1933年

杨小先：《一缕白烟》，《泰东日报》1933 年 1 月 23 日。

1934年

杨小先：《创伤的悲声》，《泰东日报》1934 年 2 月 21 日。

杨小先：《短笺》，《泰东日报》1934 年 5 月 18 日。

杨小先：《烦闷》，《泰东日报》1934 年 7 月 25 日。

杨小先：《陈寡妇》，《泰东日报》1934 年 8 月 3 日。

杨光天：《父子夜话》，《泰东日报》1934 年 8 月 15 日。

杨小先：《小富》，《泰东日报》1934 年 9 月 26 日。

杨小先：《结婚》，《泰东日报》1934 年 10 月 12 日。

1935年

杨剑慈：《一页日记》，《泰东日报》1935 年 1 月 23 日。

杨剑慈：《艰难》，《泰东日报》1935 年 2 月 13 日。

杨小先：《炉边夜话》，《泰东日报》1935 年 2 月 15 日。

杨剑赤：《访问》，《泰东日报》1935 年 3 月 1 日。

杨小先：《旅馆的一夜》，《泰东日报》1935 年 3 月 6 日。

杨剑赤：《盼望》，《泰东日报》1935 年 3 月 20 日。

杨剑赤：《妓女的来信》，《泰东日报》1935 年 3 月 22 日。

杨剑赤：《文艺杂话》，《滨江时报》1935 年 3 月 22 日—29 日。

杨小先：《卖萝卜的》，《泰东日报》1935 年 4 月 14 日。

杨小先：《复郝君的信》，《泰东日报》1935 年 6 月 14 日。

杨小先：《一篇散文》，《泰东日报》1935 年 7 月 3 日。

杨小先：《深夜的哭声》，《泰东日报》1935 年 8 月 2 日。

1936年

杨影赤：《给小朋友们的第三封信》，《泰东日报》1936 年 4 月 21 日。

杨影赤：《给小朋友们的第四封信》，《泰东日报》1936 年 4 月 25 日。

赤灯：《卖艺的人》，《泰东日报》1936 年 5 月 1 日。

赤灯：《我的好友 Y 君》，《泰东日报》1936 年 5 月 7 日—9 日。

赤灯：《姐姐的泪》，《泰东日报》1936 年 5 月 12 日。

赤灯：《母亲的坟》，《泰东日报》1936 年 5 月 14 日。

赤灯：《童年的伴侣》，《泰东日报》1936 年 5 月 15 日。

赤灯：《日记两篇》，《泰东日报》1936 年 5 月 16 日。

赤灯：《两个可怜的苦儿》，《泰东日报》1936 年 5 月 20 日—22 日。

杨影赤：《给小朋友们的第五封信》，《泰东日报》1936 年 5 月 22 日。

赤灯：《姊妹》，《泰东日报》1936 年 5 月 24 日。

赤灯：《茶碗》，《泰东日报》1936 年 5 月 27 日。

赤灯：《小三的命运》，《泰东日报》1936 年 5 月 29 日—6 月 2 日赤灯：《五年后》，《泰东日报》1936 年 6 月 5 日、7 日。

赤灯：《李家庄》，《泰东日报》1936 年 6 月 11 日、13 日、16 日。

赤灯：《四个人的故事》，《泰东日报》1936 年 6 月 17 日、18 日。

赤灯：《韩先生》，《泰东日报》1936 年 7 月 14 日—8 月 8 日。

杨影赤：《给小朋友们的第七封信》，《泰东日报》1936 年 6 月 5 日。

杨影赤：《给小朋友们的第九封信》，《泰东日报》1936 年 8 月 1 日。

杨影赤：《给小朋友们的第十封信》，《泰东日报》1936 年 8 月 8 日。

杨赤灯：《赵老五和他的儿子》，《泰东日报》1936 年 10 月 27 日—11 月 12 日

赤灯：《眼镜》，《泰东日报》1936 年 11 月 20 日、21 日、26 日，12 月 1 日、2 日、9 日、18 日、19 日、23 日。

赤灯：《火豆君的饥饿》，《泰东日报》1936 年 12 月 6 日、13 日。

赤灯：《诗与天才》，《泰东日报》1936 年 12 月 9 日。

慈灯：《猫》，《泰东日报》1936 年（原刊缺失）。

慈灯：《赌徒》，《泰东日报》1936 年（原刊缺失）。

1937年

赤灯：《瓦匠的女儿》，《泰东日报》1937 年 1 月 17 日、24 日、31 日，2 月 7 日、21 日。

赤灯：《凤阳花鼓》，《泰东日报》1937 年 1 月 19 日。

赤灯：《A、R 几行字》，《泰东日报》1937 年 1 月 20 日。

赤灯：《金四老婆》，《泰东日报》1937 年 1 月 21 日。

赤灯：《迟》，《泰东日报》1937 年 1 月 26 日、27 日。

赤灯：《洗脸盆架》，《泰东日报》1937 年 1 月 27 日、29 日。

赤灯：《干什么好呢》，《泰东日报》1937 年 1 月 30 日、31 日，2 月 1 日。

赤灯：《罴健的笔记》，《泰东日报》1937 年 2 月 3 日

赤灯：《母亲的信》，《泰东日报》1937 年 2 月 24 日。

赤灯：《故事》，《泰东日报》1937 年 2 月 27 日、28 日。

赤灯：《给智兄》，《泰东日报》1937年3月1日。

赤灯：《捕鱼》，《泰东日报》1937年3月3日、4日。

赤灯：《俘虏》，《泰东日报》1937年3月5日、6日。

赤灯：《给诸好友》，《泰东日报》1937年3月6日。

赤灯：《茶房日记》，《泰东日报》1937年3月7日、14日、21日、28日。

赤灯：《范四爷》，《泰东日报》1937年3月10日。

赤灯：《侮辱》，《泰东日报》1937年3月11日、12日。

赤灯：《理发铺中》，《泰东日报》1937年3月13日。

赤灯：《挑水》，《泰东日报》1937年3月17日。

赤灯：《两种痛苦》，《泰东日报》1937年3月19日。

赤灯：《脚踏车和手表》，《泰东日报》1937年3月23日。

赤灯：《罚金》，《泰东日报》1937年3月24日、25日。

赤灯：《冷》，《泰东日报》1937年3月26日。

赤灯：《离斗》，《泰东日报》1937年3月27日。

赤灯：《片段的回忆》，《泰东日报》1937年4月1日、2日。

赤灯：《爱音乐的小孩子》，《泰东日报》1937年4月3日。

赤灯：《桥头》，《泰东日报》1937年4月6日。

赤灯：《闲话》，《泰东日报》1937年4月8日。

赤灯：《狼》，《泰东日报》1937年4月10日。

赤灯：《吃饭与穿衣》，《泰东日报》1937年4月13日。

赤灯：《回家》，《泰东日报》1937年4月14日。

赤灯：《两个少年的悲惨》，《泰东日报》1937年4月15日。

赤灯：《禀性》，《泰东日报》1937年4月17日。

赤灯：《回信》，《泰东日报》1937年4月20日。

赤灯：《护小头》，《泰东日报》1937年4月22日。

赤灯：《坟旁》，《泰东日报》1937年4月24日。

赤灯：《舅爷爷的奇迹》，《泰东日报》1937年4月27日。

赤灯：《苹果》，《泰东日报》1937年4月29日、5月1日。

赤灯：《壶的呻吟》，《泰东日报》1937年5月4日。

赤灯：《盐鱼》，《泰东日报》1937年5月5日。

赤灯：《午后的街头》，《泰东日报》1937年5月6日。

赤灯：《幸福》，《泰东日报》1937年5月7日、8日。

赤灯：《祖母的生平》，《泰东日报》1937年5月13日。

赤灯：《许多原故》，《泰东日报》1937年5月14日。

赤灯：《生活》，《泰东日报》1937年5月15日。

赤灯：《可纪念的信》，《泰东日报》1937年5月18日—21日。

慈灯：《劳动与艺术》，《哈尔滨公报》1937年5月19日。

赤灯：《兄妹》，《泰东日报》1937年5月22日。

赤灯：《烧狐狸的故事》，《泰东日报》1937年5月25日。

赤灯：《疯狗的眼珠》，《泰东日报》1937年5月27日。

赤灯：《给弟弟》，《泰东日报》1937年5月28日。

赤灯：《给父亲》，《泰东日报》1937年5月28日。

赤灯：《给姐夫》，《泰东日报》1937年5月29日。

赤灯：《给表兄》，《泰东日报》1937年5月29日。

赤灯：《给外甥》，《泰东日报》1937年6月1日。

赤灯：《给关君》，《泰东日报》1937年6月2日。

赤灯：《给弟弟》，《泰东日报》1937年6月2日。

赤灯：《给妹妹》，《泰东日报》1937年6月3日。

赤灯：《给大姐》，《泰东日报》1937年6月3日。

赤灯：《给范传书》，《泰东日报》1937年6月4日。

赤灯：《给夏修人》，《泰东日报》1937年6月4日。

赤灯：《给弟弟》，《泰东日报》1937年6月8日。

赤灯：《给妹妹》，《泰东日报》1937年6月9日。

赤灯：《给冯桑》，《泰东日报》1937年6月10日。

赤灯：《给妹妹和弟弟》，《泰东日报》1937年6月10日。

赤灯：《给作之》，《泰东日报》1937年6月12日。

赤灯：《给弟弟和妹妹》，《泰东日报》1937年6月14日。

赤灯：《给成桑》，《泰东日报》1937年6月16日。

赤灯：《给夏修人》，《泰东日报》1937年6月18日。

赤灯：《给范传书》，《泰东日报》1937年6月23日。

赤灯：《给冯桑》，《泰东日报》1937 年 6 月 25 日。

赤灯：《给父亲》，《泰东日报》1937 年 6 月 30 日。

慈灯：《海边的趣剧》，《泰东日报》1937 年 8 月 6 日、7 日。

慈灯：《驴的伤心》，《泰东日报》1937 年 8 月 19 日—21 日。

慈灯：《零碎集登完了》，《泰东日报》1937 年 8 月 21 日。

慈灯：《黑夜》，《泰东日报》1937 年 8 月 31 日。

慈灯：《郑先生和他妻》，《泰东日报》1937 年 9 月 2 日。

慈灯：《照相册》，《泰东日报》1937 年 9 月 4 日。

慈灯：《鹦鹉》，《泰东日报》1937 年 9 月 9 日。

慈灯：《火线》，《泰东日报》1937 年 9 月 10 日。

慈灯：《末路》，《泰东日报》1937 年 9 月 14 日。

慈灯：《草的烟》，《泰东日报》1937 年 9 月 17 日。

慈灯：《米》，《泰东日报》1937 年 9 月 18 日。

慈灯：《狮与虎的冤仇》，《泰东日报》1937 年 9 月 25 日。

慈灯：《星期日》，《泰东日报》1937 年 10 月 9 日。

慈灯：《海边上》，《泰东日报》1937 年 10 月 26 日。

慈灯：《要账》，《泰东日报》1937 年 10 月 30 日，11 月 2 日、3 日。

慈灯：《老爹的梦》，《泰东日报》1937 年 11 月 5 日。

慈灯：《丈夫和妻子》，《泰东日报》1937 年 11 月 11 日。

慈灯：《等一天》，《泰东日报》1937 年 11 月 19 日、20 日、23 日。

慈灯：《草原的梦》，《泰东日报》1937 年 11 月 25 日。

慈灯：《谷草垛》，《泰东日报》1937 年 12 月 1 日。

慈灯：《夏晚》，《泰东日报》1937 年 12 月 4 日。

慈灯：《落叶》，《泰东日报》1937 年 12 月 5 日、12 日。

慈灯：《鬼的话》，《泰东日报》1937 年 12 月 9 日。

慈灯：《变迁》，《泰东日报》1937 年 12 月 15 日。

赤灯：《我的学校》，《泰东日报》1937 年 4 月 11 日—1938 年 2 月 27 日。

慈灯：《我怎样写呀》，《泰东日报》1937 年 12 月 19 日，1938 年 1 月 9 日、16 日。

1938年

慈灯：《同情》，《泰东日报》1938年1月11日、12日。

慈灯：《木匠学徒日记》，《泰东日报》1938年1月13日—2月9日。

慈灯：《张财》，《泰东日报》1938年2月10日—17日。

慈灯：《声音》，《泰东日报》1938年2月18日、19日。

慈灯：《见识》，《泰东日报》1938年2月23日。

慈灯：《献给偏爱本刊的小读者》，《泰东日报》1938年2月25日、26日，3月2日、3日、4日。

慈灯：《哥哥的还家》，《泰东日报》1938年2月26日。

慈灯：《留声机》，《泰东日报》1938年2月27日。

慈灯：《我们的旅伴》，《泰东日报》1938年3月3日。

慈灯：《小松树》，《泰东日报》1938年3月6日—10日。

慈灯：《哥俩》，《泰东日报》1938年3月15日—18日。

慈灯：《小钟》，《泰东日报》1938年3月19日—24日。

慈灯：《义儿》，《泰东日报》1938年2月25日。

慈灯：《足球鞋》，《泰东日报》1938年3月31日、4月1日。

慈灯：《猫的故事》，《泰东日报》1938年4月2日、5日。

慈灯：《冬天》，《泰东日报》1938年4月6日、7日。

慈灯：《微笑》，《泰东日报》1938年4月8日、9日。

慈灯：《在散兵壕里》，《泰东日报》1938年4月12日、13日。

慈灯：《闲谈》，《泰东日报》1938年4月14日、15日、16日。

慈灯：《幻景》，《泰东日报》1938年4月19日—23日。

慈灯：《可怜虫》，《泰东日报》1938年4月26日—28日。

慈灯：《七年后》，《泰东日报》1938年4月29日、30日。

慈灯：《拳术师》，《泰东日报》1938年5月5日—7日。

慈灯：《方盘》，《泰东日报》1938年5月11日—12日。

慈灯：《贼》，《泰东日报》1938年5月13日—15日。

慈灯：《失业人》，《泰东日报》1938年5月17日—19日。

慈灯：《妖魔的剑》，《泰东日报》1938 年 5 月 20 日—22 日。

慈灯：《狐仙庙》，《泰东日报》1938 年 5 月 24 日—31 日。

慈灯：《深林的战士》，《泰东日报》1938 年 6 月 1 日、2 日、4 日。

慈灯：《梦》，《泰东日报》1938 年 6 月 5 日—19 日。

慈灯：《鸡小姐》，《泰东日报》1938 年 6 月 21 日—29 日。

慈灯：《几封信》，《泰东日报》1938 年 6 月 26 日—7 月 14 日。

慈灯：《妻的威严》，《大同报》1938 年 7 月 7 日、8 月 8 日。

慈灯：《假面》，《泰东日报》1938 年 7 月 10 日—13 日。

慈灯：《不倒翁》，《泰东日报》1938 年 7 月 20 日—23 日。

慈灯：《笔记》，《泰东日报》1938 年 7 月 24 日—31 日。

慈灯：《失业人日记》，《泰东日报》1938 年 8 月 2 日—16 日。

慈灯：《访问父亲的梦》，《泰东日报》1938 年 8 月 17 日—19 日。

慈灯：《烦闷的夜和胡思乱想》，《泰东日报》1938 年 8 月 20 日、21 日。

慈灯：《烧鸡》，《泰东日报》1938 年 8 月 25 日—27 日。

慈灯：《给溪岩伉侠》，《泰东日报》1938 年 10 月 13 日。

慈灯：《夜学校》，《泰东日报》1938 年 10 月 21 日—26 日。

慈灯：《黄昏》，《泰东日报》1938 年 10 月 28 日、29 日。

慈灯：《黄花鱼》，《泰东日报》1938 年 10 月 13 日—11 月 5 日。

慈灯：《弟兄》，《泰东日报》1938 年 11 月 6 日、8 日。

慈灯：《苍蝇》，《泰东日报》1938 年 11 月 9 日—11 日。

慈灯：《五封信》，《泰东日报》1938 年 11 月 12 日、13 日。

慈灯：《花的种子》，《泰东日报》1938 年 11 月 15 日—17 日。

慈灯：《抬泥》，《泰东日报》1938 年 11 月 18 日、19 日。

慈灯：《待机》，《泰东日报》1938 年 11 月 20 日—24 日。

慈灯：《病》，《泰东日报》1938 年 11 月 25 日。

慈灯：《C 君》，《泰东日报》1938 年 11 月 30 日、12 月 1 日。

慈灯：《小事情》，《泰东日报》1938 年 12 月 2 日—4 日。

慈灯：《桥洞下的哀怨》，《泰东日报》1938 年 12 月 6 日、7 日。

慈灯：《小仆人的日记》，《泰东日报》1938 年 12 月 8 日—18 日。

慈灯：《是茶房么》，《泰东日报》1938年12月20日—23日。

慈灯：《一个青年的生活》，《泰东日报》1938年3月6日—10月18日。

杨小先：《泪》，《大同报》1938年12月11日、14日、17日。

慈灯：《车厢内》，《泰东日报》1938年12月29日。

1939年

慈灯：《前哨》，《泰东日报》1939年1月11日。

慈灯：《一个青年的死》，《泰东日报》1939年1月19日。

慈灯：《马烈耶斯基》，《泰东日报》1939年1月21日。

慈灯：《一幕短短的人生》，《泰东日报》1939年1月27日、28日。

慈灯：《山中》，《泰东日报》1939年2月4日。

慈灯：《一个难时期》，《泰东日报》1939年2月10日。

慈灯：《炮火下的小村》，《泰东日报》1939年2月15日。

慈灯：《舞台》，《泰东日报》1939年3月5日。

慈灯：《李四》，《泰东日报》1939年3月9日、10日。

慈灯：《未来世界的文学家》，《泰东日报》1939年3月12日、14日。

慈灯：《君子》，《泰东日报》1939年3月15日、16日。

慈灯：《雪夜》，《泰东日报》1939年3月17日、18日。

慈灯：《冬夜》，《泰东日报》1939年4月1日。

慈灯：《衣制之病》，《泰东日报》1939年4月2日—6日。

慈灯：《家常事》，《泰东日报》1939年4月11日。

慈灯：《枕头》，《泰东日报》1939年4月13日—16日。

慈灯：《秋桂》，《泰东日报》1939年4月16日、18日。

慈灯：《苦命人》，《泰东日报》1939年4月21日、22日。

慈灯：《大眼睁》，《泰东日报》1939年4月27日、28日。

慈灯：《一个朋友》，《泰东日报》1939年5月4日、5日。

慈灯：《傻子》，《泰东日报》1939年5月5日—7日。

慈灯：《街头》，《泰东日报》1939 年 5 月 7 日、8 日。

慈灯：《落雪的一天》，《泰东日报》1939 年 5 月 9 日、10 日。

慈灯：《有本领的女人》，《泰东日报》1939 年 5 月 10 日、12 日。

慈灯：《路途》，《泰东日报》1939 年 5 月 14 日、16 日。

慈灯：《呼声》，《泰东日报》1939 年 5 月 17 日、18 日、19 日。

慈灯：《访问》，《泰东日报》1939 年 5 月 20 日—25 日。

慈灯：《冬夜的梦景》，《泰东日报》1939 年 5 月 26 日、27 日、30 日。

慈灯：《喝醉酒的人》，《泰东日报》1939 年 6 月 1 日、2 日。

慈灯：《母女》，《泰东日报》1939 年 6 月 8 日—10 日。

慈灯：《日记十八种》，《泰东日报》1939 年 5 月 17 日—8 月 10 日。

慈灯：《童话集》，《泰东日报》1939 年 6 月 20 日—7 月 7 日。

慈灯：《盗马的贼》，《泰东日报》1939 年 7 月 30 日、8 月 1 日—3 日。

慈灯：《复仇》，《泰东日报》1939 年 7 月 30 日、8 月 1 日—3 日。

慈灯：《被弃》，《泰东日报》1939 年 7 月 30 日、8 月 1 日—3 日。

慈灯：《红英的死》，《泰东日报》1939 年 7 月 26 日—28 日。

慈灯：《失恋者》，《泰东日报》1939 年 7 月 29 日。

慈灯：《傻人》，《泰东日报》1939 年 7 月 30 日、8 月 1 日—3 日。

慈灯：《两条腿和四条腿》，《泰东日报》1939 年 7 月 30 日、8 月 1 日—3 日。

慈灯：《女的旅伴》，《午报》（滨江午报）1939 年 11 月 22 日。

耻灯：《雷零（续）》，《午报》（滨江午报）1939 年 11 月 27 日。

慈灯：《给朋友们——怎样写童话》，《泰东日报》1939 年 12 月 1 日、2 日。

慈灯：《爱的坟墓》，《午报》（哈尔滨）1939 年 12 月 1 日、3 日、6 日、8 日。

慈灯：《跑》，《午报》（哈尔滨）1939 年 12 月 4 日、11 日。

慈灯：《再谈怎样写童话》，《泰东日报》1939 年 12 月 19 日、20 日、21 日。

慈灯：《哑巴姑娘（续）》，《午报》（哈尔滨）1939 年 12 月 27 日。

1940年

杨慈灯：《童话之夜》（童话作品集），大连：大连实业洋行1940年版。

慈灯：《什么是名著述略》，《泰东日报》1940年1月10日、11日。

慈灯：《在小学校》，《泰东日报》1940年1月21日—25日。

慈灯：《放大尺》，《泰东日报》1940年1月26日—31日。

慈灯：《禁闭》，《泰东日报》1940年1月31日—2月3日。

慈灯：《牧师家里的火灾》，《泰东日报》1940年2月4日、6日、18日、20日。

慈灯：《从战场回来》，《泰东日报》1940年2月4日—27日。

慈灯：《恐怖》，《泰东日报》1940年2月21日、24日、25日、27日、28日、29日。

慈灯：《最惧怕的人》，《泰东日报》1940年3月3日、5日、6日。

慈灯：《老木匠》，《泰东日报》1940年3月7日、8日、9日。

慈灯：《钱的用处》，《泰东日报》1940年3月10日、12日。

慈灯：《空过》，《泰东日报》1940年3月13日—15日，17日。

慈灯：《死去的包文正公》，《泰东日报》1940年3月13日—21日，23日。

慈灯：《人们最欢喜的事情》，《泰东日报》1940年3月24日、26日、28日—30日。

慈灯：《强硬的人》，《泰东日报》1940年3月31日。

慈灯：《笔筒》，《泰东日报》1940年4月3日、6日、7日。

慈灯：《童话之夜》，《泰东日报》1940年4月7日—7月2日。

慈灯：《回信》，《泰东日报》1940年5月29日、30日，6月21日、22日。

慈灯：《坟土及其他》，《泰东日报》1940年7月4日—9月4日。

慈灯：《一路上的愁苦》，《泰东日报》1940年9月5日、7日、11日、14日。

慈灯：《破灭了的幸福》，《泰东日报》1940年9月26日—10月2日。

慈灯：《不是说谎的能手》，《泰东日报》1940年9月18日、19日、21日、22日。

慈灯：《虐待》，《泰东日报》1940年10月10日—10月20日。

慈灯：《一个好人和我》，《泰东日报》1940年10月30日、31日，11月3日。

慈灯：《口才》，《泰东日报》1940年11月6日。

慈灯：《吉排长的几个故事》，《泰东日报》1940年11月7日、9日。

慈灯：《精神上的老师》，《泰东日报》1940年11月10日、13日、14日、16日。

慈灯：《两个姑娘》，《泰东日报》1940年11月17日、20日、21日。

慈灯：《天亮之前》，《泰东日报》1940年11月23日、27日。

慈灯：《梦》，《泰东日报》1940年11月28日。

慈灯：《早晨在路上》，《泰东日报》1940年11月30日、12月1日。

慈灯：《海上的雾》，《泰东日报》1940年12月4日、5日、7日。

慈灯：《好的教育》，《泰东日报》1940年12月11日、12日、14日。

慈灯：《对于这个园地的意见》，《泰东日报》1940年12月11日。

慈灯：《老人》，《泰东日报》1940年12月15日、18日。

慈灯：《盲人朋友》，《泰东日报》1940年12月19日、21日。

慈灯：《带歪帽的人》，《泰东日报》1940年12月25日。

慈灯：《童话之晨》（童话作品集），大连：大连实业洋行（出版时间不详）。①

1941年

慈灯：《奔跑》，《泰东日报》1941年1月30日。

慈灯：《弄错了人》，《泰东日报》1941年2月16日、19日。

慈灯：《垃圾堆里的初恋》，《泰东日报》1941年3月12日、13日、15日。

慈灯：《旧事》，《泰东日报》1941年3月19日。

慈灯：《真的伙伴》，《泰东日报》1941年3月20日。

---

① 《童话之晨》原书未见，《童话之夜》原书版权页旁边，有一则《下期出版预告》中写道："童话之晨杨慈灯先生著刻印刷中，《童话之夜》的姊妹书《童之晨》是具有文艺性的童话故事，是各位业余良好读物，也是文人的好友。"

慈灯：《喝醉酒以后》，《泰东日报》1941年3月29日、4月2日。

慈灯：《雨夜》，《泰东日报》1941年4月3日、5日。

慈灯：《假爱》，《泰东日报》1941年4月9日。

慈灯：《工作和书》，《泰东日报》1941年4月24日、5月4日。

慈灯：《回家》，《泰东日报》1941年5月10日。

慈灯：《离家》，《泰东日报》1941年5月13日、5月17日。

慈灯：《从小》，《泰东日报》1941年6月14日、6月17日。

慈灯：《搬运》，《泰东日报》1941年6月21日。

慈灯：《天使》，《泰东日报》1941年6月24日。

1942年

杨慈灯：《月宫里的风波》（童话作品集），艺文书房1942年版。

慈灯：《老总短篇集》（短篇小说集），艺文书房1942年版。

慈灯：《送别》，《泰东日报》1942年1月13日。

慈灯：《蹲店》，《泰东日报》1942年3月①。

慈灯：《有知识的女性》，《大同报》1942年5月2日。

慈灯：《男女交朋友》，《大同报》1942年5月11日。

慈灯：《勇》，《大同报》1942年5月21日。

慈灯：《用战斗精神去应付》，《麒麟》1942年7月。

慈灯：《老李》，《大同报》1942年7月23日。

慈灯：《马》，《大同报》1942年7月26日。

慈灯：《抢亲》，《大同报》1942年7月28日。

慈灯：《泰林小传》，《大同报》1942年7月29日。

慈灯：《往事》，《大同报》1942年7月31日、8月1日。

慈灯：《破坏》，《泰东日报》1942年8月7日。

慈灯：《精神病》，《大同报》1942年8月12日。

慈灯：《有志气的士兵》，《大同报》1942年8月21日。

---

① 因资料所限，具体刊载日期目前无法查出。

慈灯：《梦》，《大同报》1942 年 8 月 22 日、23 日。

慈灯：《没有月亮的晚上》，《大同报》1942 年 8 月 24 日。

慈灯：《行军》，《大同报》1942 年 8 月 25 日。

慈灯：《大水》，《大同报》1942 年 8 月 27 日、28 日、29 日。

慈灯：《战斗》，《大同报》1942 年 8 月 30 日、9 月 5 日。

慈灯：《我想当演员》，《大同报》1942 年 9 月 18 日。

慈灯：《模仿》，《大同报》1942 年 9 月 19 日。

慈灯：《题材》，《大同报》1942 年 9 月 23 日。

慈灯：《爱的故事》，《大同报》1942 年 9 月 29 日。

慈灯：《我们的剧团》，《大同报》1942 年 10 月 1 日。

磁灯：《好人和坏人》，《大同报》1942 年 10 月 7 日。

慈灯：《明朗性的文章》，《大同报》1942 年 10 月 9 日。

慈灯：《军队生活给我的影响》，《大同报》1942 年 10 月 11 日。

慈灯：《园边》，《大同报》1942 年 10 月 13 日。

紫灯：《别》，《泰东日报》1942 年 10 月 9 日、13 日。

磁灯：《也是谈写作》，《大同报》1942 年 10 月 17 日。

慈灯：《夜间勤务兵》，《大同报》1942 年 10 月 24 日。

慈灯：《老画家》，《新满洲》1942 年 11 月。

1943年

慈灯：《冲突》，《盛京时报》1943 年 2 月 3 日。

慈灯：《妻和情人》，《泰东日报》1943 年 2 月 25 日—3 月 21 日。

慈灯：《到佳木斯》，《三江报》1943 年 4 月 3 日—9 日。

慈灯：《住院》，《三江报》1943 年 4 月 11 日。

慈灯：《病中记》，《三江报》1943 年 4 月 20 日、21 日。

慈灯：《驴上支日记》，《泰东日报》1943 年 5 月 7 日—6 月 26 日。

慈灯：《琐谈婚姻》，《康德新闻》1943 年 7 月 3 日。

慈灯：《虎账集》，《康德新闻》1943 年 7 月 4 日、12 日。

慈灯：《也是谈写作》，《大同报》1943年10月17日。

慈灯：《年轻人》（短篇小说集），开明图书公司1943年版。

慈灯：《一百个短篇》（短篇小说集），新京书店出版部1943年版。

慈灯：《泛滥》（长篇小说），新京商务印书馆^①（出版日期不详）。

慈灯：《过河》（短篇小说集），新京商务印书馆（出版日期不详）。

慈灯：《小人物的生平》（长篇小说），新京商务印书馆（出版日期不详）。

慈灯：《入伍和退伍》（军事小说），新京商务印书馆（出版日期不详）。

慈灯：《浅蓝色的乐园》（童话作品集），新京商务印书馆（出版日期不详）。

1944年

慈灯：《杀人犯》，《警声》1944年第2期。

慈灯：《夜间三角戏》，《警声》1944年第3期。

慈灯：《荒唐鬼日记》，《警声》1944年第5期。

杨慈灯：《女侦探》，《警声》1944年第6期。

慈灯：《真正的情书》，《警声》1944年第7期。

杨慈灯：《旅居的故事》，《警声》1944年第11期。

杨慈灯：《旅居的故事（续）》，《警声》1944年第12期。

慈灯：《在巴斯车上》，《滨江日报》1943年1月17日。

1945年

慈灯：《入伍》（长篇小说），中华图书公司1945年版。

---

① 《泛滥》《过河》《小人物的生平》《浅蓝色的乐园》《入伍和退伍》均未见原书，仅在慈灯《一百个短篇》（新京书店出版部1943年11月15日出版）版权页前一页《慈灯著书目录》中发现"新京商务印书馆"拟出版的预告信息，这些书都显示在"印刷中"。

附录四：1945—2018 年伪满洲国文学研究论文目录 [1]

1945—1979年

[1] 陶君：《东北童话十四年》，《东北文学》第 1 卷第 2 期，1946 年 1 月。

[2] 王秋萤：《满洲杂志小史》，《青年文化》，1945 年第 2 卷第 1 期。

[3] 穆儒丐：《满洲新闻小史》，《青年文化》，1945 年第 2 卷第 1 期。

[4] 黄时鉴：《日本帝国主义的"满蒙政策"和内蒙古反动封建上层的"自治""独立"运动》，《内蒙古大学学报（人文社会科学版）》，1963 年第 1 期。

[5] 林士弦：《清朝的同文与满洲政治文化》，《中国历史学会史学集刊》，1971 年第 3 期。

1980年

[1] 秋萤：《1940 年前的东北文艺情况》，《东北现代文学史料》，1980 年第 1 期。

[2] 千里草：《东北现代文学史初步调查综述》，《东北现代文学史料》，1980 年第 1 期。

① 本目录由刘晓丽、顾佳伟、庄培蓉、陈实、徐隽文、吴璇、乐桓宇、吕明纯共同搜集整理，其中《1980—2015 年研究论文目录》已收入刘晓丽主编的国家出版基金项目《伪满时期文学资料整理与研究·史料卷·伪满洲国文学研究资料汇编》（北方文艺出版社 2017 年版）中。

〔3〕白长青:《对东北现代文学几个问题的看法》,《东北现代文学史料》,1980年第3期。

1981年

〔1〕辛武:《"九一八"事变与东北作家群》,《辽宁日报》,1981年10月20日。

〔2〕田琳:《追忆金剑啸同志在齐齐哈尔的战斗生活》,《东北现代文学史料》,1981年第3期。

〔3〕阎纯德:《从黑夜到黎明:记白朗》,《北方文学》,1981年第1期。

〔4〕廖公弦:《马蹄答答的诗情:读田兵的组诗〈出击中原〉》,《山花》,1981年第12期。

1982年

〔1〕任惜时:《论端木蕻良的早期小说创作》,《社会科学辑刊》,1982年第4期。

〔2〕方风:《〈东北现代文学史〉编写协作会在沈阳举行》,《社会科学辑刊》,1982年第6期。

〔3〕黄玄:《东北沦陷区文学概况(一)》,《东北现代文学史料》,1982年第4期。

〔4〕宁殿弼:《塞克的戏剧电影活动》,《东北现代文学史料》,1982年第5期。

〔5〕高擎洲:《为民族解放而呐喊:罗烽诗歌创作略论》,《社会科学辑刊》,1982年第6期。

〔6〕李福亮:《一组历史的浮雕:读罗烽同志的旧作〈归来〉与〈横渡〉》,《北方文学》,1982年第2期。

〔7〕春水:《试谈关沫南的小说》,《克山师专学报》,1982年第3期。

［8］弘弢：《血和火的诗：关沫南的短篇集〈雾暗霞明〉艺术谈》，《北方文学》，1982年第10期。

［9］张春宁：《在生活海洋的深处：评雷加的散文特写》，《北方文学》，1982年第6期。

1983年

［1］张毓茂：《要填补现代文学研究中的空白——以沦陷时期的东北文学为例》，《中国现代文学研究丛刊》，1983年第4期。

［2］黄玄：《东北沦陷区文学概况（二）》，《东北现代文学史料》，1983年第6期。

［3］白长青：《大时代与机遇——东北作家群诞生纵横谈》，《社会科学辑刊》，1983年第4期。

［4］白长青：《论东北作家群的创作特色》，《社会科学辑刊》，1983年第4期。

［5］杨益群：《抗战时期东北作家在桂林》，《抗战文艺研究》，1983年第2期。

［6］宁殿弼：《白朗小说创作论》，《辽宁师范学院学报》，1983年第4期。

［7］徐塞：《〈五月的矿山〉及其评价》，《锦州师专学报（综合版）》，1983年第4期。

［8］王超英：《鲁琦的路程》，《东北现代文学史料》，1983年第6期。

1984年

［1］陆文采、唐京连：《浅谈肖红笔下的女性形象》，《社会科学辑刊》，1984年第1期。

［2］周海波：《跋涉者的第一步——〈跋涉〉与萧军创作风格的形成》，《中国现代文学研究丛刊》，1984年第1期。

［3］楼适夷：《关于远东反战大会》，《新文学史料》，1984年第2期。

［4］黄玄：《东北沦陷区文学概况（三）》，《东北现代文学史料》，1984年第9期。

［5］逄增玉：《东北作家群创作的乡土色彩》，《湖南师院学报（哲学社会科学版）》，1984年第5期。

［6］马加：《写在文集的前头》，《当代作家评论》，1984年第3期。

［7］关沫南：《忆作家司马桑敦》，《东北现代文学史料》，1984年第9期。

［8］陈隄：《我与哈尔滨左翼文学事件的始末》，《黑龙江日报》，1984年第5期。

［9］彭定安：《关于东北现代文学史研究与编写的思考》，《东北现代文学史料》，1984年第9期。

［10］柳岸：《抗战时期外国文学翻译浅议》，《重庆师院学报（哲学社会科学版）》，1984年第2期。

［11］傅尚逵：《论田琳的小说创作》，《东北现代文学史料》，1984年第8期。

1985年

［1］冯为群：《关于东北沦陷时期的文学及其研究》，《东北亚研究动态》，1985年第2期。

［2］张大明：《三十年代反帝抗日文学创作鸟瞰》，《沈阳师范学院社会科学学报》，1985年第1期。

［3］高翔：《旧时代"送葬的歌手"：王秋萤生活和创作道路略论》，《社会科学辑刊》，1985年第3期。

［4］王秋萤：《从〈飘零〉到〈文选〉：东北日伪统治时期文艺社团的发展》，《新文学史料》，1985年第4期。

［5］张毓茂：《要填补现代文学研究中的空白——以沦陷时期的东北文学为例》，《东北文学研究丛刊》，1985年第2期。

［6］黄万华：《从〈冷雾〉〈夜哨〉到〈艺文志〉和〈文丛〉——东北沦陷时期文学社团的初步考察》，《东北现代文学研究》，1985年第1期。

［7］周玲玉：《试论关沫南的小说创作》，《文艺评论》，1985年第5期。

［8］金仲达：《"故书"往事再识君——追思节四怀司马桑敦》，《东北文学研究丛刊》，1985年第2期。

［9］王忠舜：《鲁琪和他的作品》，《铁岭教育学院院刊》，1985年第3期。

1986年

［1］林莽：《现代文学研究中的新课题——"东北沦陷期文学讨论会预备会"侧记》，《文艺评论》，1986年第2期。

［2］王忠舜：《鲁琪的文学道路》，《文艺评论》，1986年第3期。

［3］扬宇：《〈长夜萤火〉座谈会述要》，《社会科学辑刊》，1986第5期。

［4］慎言：《简述东北沦陷时期文学》，《牡丹江师范学院学报》，1986年第21期。

［5］胡凌芝：《中国现代文学发展的一个特殊侧面：沦陷区文学面貌管窥》，《抗战文艺研究》，1986年第2期。

［6］黄万华：《沦陷国土上的民族悲歌：东北沦陷时期的乡土文学创作》，《抗战文艺研究》，1986年第4期。

［7］吕钦文：《东北沦陷区的外来文化及其影响》，《学术研究丛刊》，1986年第2期。

［8］李春燕：《东北沦陷时期的文艺副刊》，《东北文学研究史料》，1986年第3期。

［9］孟冬：《关于"东北作家群"名称的质疑》，《学习与探索》，1986年第1期。

［10］逢增玉：《流亡者的歌哭：论三十年代的东北作家群》，《文学评论》，1986年第3期。

［11］董兴泉：《东北现代文学社团初探》，《东北现代文学研究》，1986 年第 1 期。

［12］王秋萤：《值得探讨的几个问题——1985 年在东北沦陷时期文学讨论会预备会上的发言》，《东北文学研究史料》，1986 年第 3 期。

［13］关沫南：《忆哈尔滨左翼文学事件》，《黑龙江文史资料》第 20 辑。

［14］董兴泉：《论罗烽的小说创作》，《社会科学辑刊》，1986 年第 3 期。

［15］刘春：《支援和他的小说》，《小说林》，1986 年第 12 期。

［16］王吉有：《东北抗日文学先声：评李辉英先生的长篇小说〈万宝山〉》，《抗战文艺研究》，1986 年第 2 期。

［17］王忠舜：《鲁琪和他的创作》，《东北现代文学研究》，1986 年第 1 期。

［18］庐湘、刘树声：《简述赵淑侠女士的〈我们的歌〉》，《文艺评论》，1986 年第 1 期。

1987年

［1］韩冈觉：《敌伪时期的新京音乐院——〈东北沦陷时期音乐概况〉（之三）》，《艺圃》（吉林艺术学院学报），1987 年第 2 期。

［2］韩玉成、吕金藻：《东北抗联歌曲的产生与发展——〈东北沦陷时期音乐概况〉（之四）》，《艺圃》（吉林艺术学院学报），1987 年第 2 期。

［3］王中仪：《长夜闪萤火》，《文艺评论》，1987 年第 3 期。

［4］常勤毅：《骆宾基论》，《绥化师专学报》，1987 年第 1 期。

［5］冯为群：《东北沦陷时期文学概观》，《社会科学战线》，1987 年第 2 期。

［6］李春燕：《关于沦陷时期东北文学研究的思考》，《社会科学战线》，1987 年第 4 期。

［7］黄万华：《东北沦陷时期小说创作管窥》，《牡丹江师范学院学报》，1987 年第 2 期。

［8］铁峰：《再论沦陷时期的东北文学》，《抗战文艺研究》，1987 年第 1 期。

［9］沈卫威：《试论"东北流亡文学"的独立体系和结构形态》，《学习与探索》，1987 年第 6 期。

［10］铁峰：《东北沦陷时期的黑龙江散文及其特点》，《大庆师专学报（哲学社会科学版）》，1987 年第 1 期。

［11］王淑琴：《"黑龙江民报事件"与东北沦陷时期文学》，《东北文学研究史料》，1987 年第 5 期。

［12］骆宾基：《史料贵于真而难于确》，《东北文学研究史料》，1987 年第 6 期。

［13］沈卫威：《南天遥寄乡关情：论抗战后期流亡香港、桂林的"东北作家"》，《社会科学辑刊》，1987 年第 4 期。

［14］沈卫威：《烽烟铁蹄下的流亡文学：现代"东北作家"的文学轨迹》，《北方论丛》，1987 年第 4 期。

［15］沈卫威：《东北作家群的崛起与 1936 年文坛：东北作家群概观之四》，《呼兰师专学报》，1987 年第 1 期。

［16］徐塞：《对东北作家群作为文学流派的探讨》，《沈阳师范学院学报（社会科学版）》，1987 年第 4 期。

［17］沈卫威：《延安时期的东北作家群》，《辽宁师范大学学报（社会科学版）》，1987 年第 1 期。

［18］文天行：《强烈的民族感，深厚的故乡情：谈抗战时期东北作家在香港创作和发表的小说》，《抗战文艺研究》，1987 年第 3 期。

［19］黄万华：《沉郁的现实感，雄健的审美感——论东北沦陷时期女性文学的特色》，《抗战文艺研究》，1987 年第 1 期。

［20］文友望：《论陈隄东北沦陷期创作》，《东北文学研究史料》，1987 年第 6 期。

［21］沈卫威：《试论东北流亡文学研究的几个问题》，《绥化师专学报（社会科学版）》，1987 年第 4 期。

［22］冯为群：《谈东北抗联文学》，《抗战文艺研究》，1987 年第 3 期。

［23］董晓萍：《沦陷时期的东北歌谣》，《克山师范学报》，1987 年第 3 期。

［24］周清和：《田琳的文学创作倾向和艺术特色》，《东北文学研究史

料》，1987年第6期。

　　［25］李佳：《强者之歌：田琳散文印象》，《文艺评论》，1987年第6期。

　　［26］刘春：《支援短篇小说的艺术特色》，《文艺评论》，1987年第1期。

　　［27］张毓茂：《评〈长夜萤火〉》，《抗战文艺研究》，1987年第4期。

　　［28］董兴泉：《评金剑啸的文学道路及其创作的艺术特色》，《抗战文艺研究》，1987年第1期。

　　［29］苏小娟：《冲过黑暗的暗网，就是黎明的微光：论金剑啸叙事长诗〈兴安岭的风雪〉》，《文艺评论》，1987年第5期。

1988年

　　［1］关沫南：《一个满族作者的反思》，《满族研究》，1988年第4期。

　　［2］王中仪：《铁蹄下的呐喊——东北沦陷时期的文艺斗争》，《齐齐哈尔社会科学》，1988年第2期。

　　［3］韩玉成、吕金藻：《〈东北沦陷时期音乐概况〉（主编吕金藻，副主编韩冈觉）之四（续）》，《艺圃》（吉林艺术学院学报），1988年第1期。

　　［4］韦风：《哈尔滨交响管弦乐协会——〈东北沦陷时期音乐概况〉之五》，《艺圃》（吉林艺术学院学报），1988年第1期。

　　［5］金训敏：《反思与探索——东北沦陷期文学研究之一》，《吉林大学社会科学学报》，1988年第4期。

　　［6］张毓茂：《评梁山丁的〈绿色的谷〉》，《辽宁大学学报（哲学社会科学版）》，1988年第3期。

　　［7］沈卫威：《现代东北流亡作家的运动轨迹》，《社会科学辑刊》，1988年第2期。

　　［8］李延龄：《论哈尔滨的俄罗斯侨民诗歌》，《俄罗斯文艺》，1988年第2期。

　　［9］胡凌芝：《这里并不平静：抗战时期沦陷区文学述评》，《汕头大学学报》，1988年第1期。

　　［10］黄万华：《研究沦陷区文学应重视文化环境的考察》，《文学评

论》，1988年第4期。

[11] 沈卫威：《中国现代文学史上"东北流亡文学"：从"概念"，"关系"上阐释》，《沈阳师范学院学报（社会科学版）》，1988年第4期。

[12] 木青：《东北文学纵横谈》，《辽宁日报》，1988年5月16日。

[13] 黄万华：《从〈夜哨〉作家群到东北作家群》，《呼兰师专学报（社会科学版）》，1988年第1期。

[14] 黄万华：《关于沦陷区文学研究的几点思考》，《吉林社会科学》，1988年第3期。

[15] 徐迺翔：《关于抗战时期文学研究的几点思考》，《中国社会科学》，1988第6期。

[16] 徐塞：《评李辉英"九一八"以后及抗战时期的创作》，《辽宁大学学报》，1988年第3期。

[17] 常勤毅：《铁狱里的归来人：论东北作家群及其创作》，《北方论丛》，1988年第6期。

1989年

[1] 沈卫威：《现实的矛盾与理想的冲突——"东北流亡文学"的局限和不足》，《河南大学学报（哲学社会科学版）》，1989年第2期。

[2] 王中仪：《读〈绿色的谷〉》，《文艺评论》，1989年第3期。

[3] 王希亮：《东北沦陷时期殖民地教育方针剖析》，《黑河学刊》，1989年第3期。

[4] 邢富君：《萧军和他的底层世界》，《辽宁师范大学学报》，1989年第1期。

[5] 王纯平：《论三十年代东北文学的崛起》，《辽宁师范大学学报》，1989年第3期。

[6] 吕钦文：《东北沦陷时期的乡土文学》，《社会科学战线》，1989年第3期。

[7] 王秋萤：《从〈飘零〉到〈文选〉——东北日伪统治时期文艺社团的发展》，《新文学史料》，1985年第4期。

［8］梁山丁：《萧军精神不死》，《新文学史料》，1989年第2期。

［9］黄万华：《"回归"：沦陷区文学思潮的矛盾运动》，《文学评论》，1989年第6期。

［10］金训敏：《东北沦陷区新小说的艺术特色和审美价值：东北沦陷区文学研究之二》，《吉林大学学报》，1989年第4期。

［11］张毓茂：《东北新文学的"五四精神"》，《理论与实践》，1989年第9期。

［12］沈卫威：《东北的生命力与东北的悲剧：东北流亡文学的底蕴》，《中国现代文学研究丛刊》，1989年第4期。

［13］沈卫威：《关于十四年东北流亡文学的批评刍议》，《绥化师专学报：（社会科学版）》，1989年第3期。

［14］樊骏：《这是一项宏大的系统工程：关于中国现代文学史料工作的总体考察（上）》，《新文学史料》，1989年第1期。

［15］樊骏：《这是一项宏大的系统工程：关于中国现代文学史料工作的总体考察（中）》，《新文学史料》，1989年第3期。

［16］樊骏：《这是一项宏大的系统工程：关于中国现代文学史料工作的总体考察（下）》，《新文学史料》，1989年第3期。

［17］董兴泉：《"五四"新文化运动与东北文学》，《中国现代文学研究》，1989年第1期。

［18］王培元：《对东北作家群小说创作的再认识》，《社会科学辑刊》，1989年第4期。

［19］白长青：《关于"东北作家群"创作的断想》，《社会科学辑刊》，1989年第4期。

［20］沈卫威：《论抗战前期的"东北流亡作家"》，《许昌师专学报（社会科学版）》，1989年第2期。

［21］沈卫威：《关于"东北流亡文学"的思考》，《山东师范大学学报（社会科学版）》，1989年第6期。

［22］黄万华：《浅论抗战时期文学中的东北人形象》，《黑龙江教育学院报》，1989年第4期。

［23］孙郁：《鲁琪初期的诗歌创作》，《社会科学辑刊》，1989年第2期。

1990年

[1] 张洪：《"悠远的路，要我们永远地前进"——评东北沦陷时期小说选〈烛心集〉》，《社会科学辑刊》，1990年第3期。

[2] 李妮：《秉笔直书独具胆识——评张毓茂教授新著〈东北新文学论丛〉》，《社会科学辑刊》，1990年第5期。

[3] 赵家骥：《东北沦陷初期的殖民主义教育》，《东北师范大学学报》，1990年第5期。

[4] 铁峰、高智琳：《东北沦陷时期的女性作家及创作特色》，《学习与探索》，1990年第4期。

[5] 黄万华：《乡土、民族意识上的文化冲突——抗战时期沦陷区文学中外来文化影响考察》，《海南师范学院学报》，1990年第2期。

[6] [日] 冈田英树、陈宏：《东北沦陷时期的日中文化交流》，《中国现代文学研究丛刊》，1990年第2期。

[7] 冯为群：《日本对东北沦陷时期的文艺统治》，《社会科学战线》，1990年第2期。

[8] 李春燕：《东北沦陷时期的戏剧》，《社会科学战线》，1990年第3期。

[9] 王建中：《评〈东北现代文学史〉的突出特色》，《呼兰师专学报（社会科学版）》，1990年第2期。

[10] 江泽：《东北现代文学研究的拓荒之作：评〈东北现代文学史〉》，《社会科学辑刊》，1990年第2期。

[11] 逄增玉：《新时期东北作家群研究述评》，《文学评论》，1990年第4期。

[12] 黄万华：《多个方向上探索的沦陷区小说艺术》，《铁道师范学院学报》，1990年第1期。

[13] 张洪：《评东北沦陷时期小说选〈烛心集〉》，《社会科学辑刊》，1990年第3期。

1991年

［1］黄玄：《古丁论——文学"乌托邦"梦者的悲剧》，《社会科学辑刊》，1991年第3期。

［2］鹂辉：《东北沦陷时期文学国际学术研讨会在长春举行》，《东北师范大学学报》，1991年第5期。

［3］孙中田：《历史的解读与审美取向——序〈东北沦陷时期文学新论〉》，《社会科学战线》1991年第3期。

［4］尹铁芬：《一位爱国作家对一个时代的控诉——田琳及其在东北沦陷时期的作品》，《社会科学战线》，1991年第3期。

［5］文玉：《首届"东北沦陷时期文学国际学术研讨会"在长春召开》，《社会科学战线》，1991年第4期。

［6］申殿和：《中国现代文学发展的一个特殊侧影：论东北沦陷时期的文学思潮》，《牡丹江师范学院学报》，1991年第1期。

［7］王培元：《论东北作家群》，《学术月刊》，1991年第5期。

［8］包子衍、许豪炯、袁绍发采访整理：《罗峰谈他早期的革命和文学活动》，《新文学史料》，1991年第3期。

［9］田涛：《记李辉英》，《新文学史料》，1991年第4期。

1992年

［1］张毓茂、阎志宏：《论东北沦陷时期小说（上）》，《社会科学辑刊》，1992年第2期。

［2］张毓茂、阎志宏：《论东北沦陷时期小说（下）》，《社会科学辑刊》，1992年第3期。

［3］冯为群：《评古丁的文学成就》，《社会科学辑刊》，1992年第4期。

［4］逄增玉：《东北沦陷时期的乡土文学与关内乡土文学》，《东北师范大学学报》，1992年第2期。

［5］黄万华：《"艺文志派"文学初探》，《东北师范大学学报》，

1992 年第 2 期。

［6］曲铁华：《东北沦陷时期的殖民主义教育》，《辽宁教育学院学报》，1992 年第 2 期。

［7］马依弘：《"九·一八"事变前日本在我国东北殖民文化活动论述》，《日本研究》，1992 年第 4 期。

［8］黄万华：《关于东北沦陷时期文学答铁峰》，《文学评论》，1992 年第 3 期。

［9］逄增玉：《东北沦陷时期的乡土文学与关内乡土文学》，《中国现代文学研究丛刊》，1992 年第 4 期。

［10］郑侃：《抗日时期的东北图书馆》，《图书馆建设》，1992 年第 5 期。

［11］刁绍华：《重放异彩的哈尔滨俄侨文学》，《求是学刊》，1992 年第 5 期。

［12］铁峰：《二十年代的东北新文学》，《社会科学辑刊》，1992 年第 1 期。

［13］冯为群：《论文学期刊对东北沦陷时期文学的促进作用》，《学术研究丛刊》，1992 年第 4 期。

［14］王立明：《对中苏两国反法西斯战争文学的思索》，《沈阳师范学院学报（社会科学版）》，1992 年第 1 期。

［15］刘慧娟、徐谦：《中国现代文学史上不可缺少的篇章：简述东北沦陷时期左翼文学活动》，《佳木斯师专学报》，1992 年第 2 期。

［16］陈继会：《炼狱灵魂：抗战及其后知识者的心理现实：20 世纪中国小说的社会文化批评之四》，《中国现代文学研究丛刊》，1992 年第 3 期。

［17］周淑珍、苗士孝：《沦陷时期哈尔滨左翼文艺运动》，《北方论丛》，1992 年第 5 期。

［18］冯为群：《是汉奸文学还是抗日文学》，《佳木斯师专学报》，1992 年第 2 期。

［19］吴重阳：《反帝的呐喊，抗日的先声：论满族作家李辉英的小说创作》，《民族文学》，1992 年第 4 期。

［20］王建中、李树权：《东北女作家罗烽及其创作成就》，《锦州师范学院学报（哲学社会科学版）》，1992 年第 2 期。

［21］金燕玉：《中国童话的演变》，《苏州大学学报（哲学社会科学版）》，1992 年第 2 期。

1993年

［1］刘树声：《关沫南小说集〈流逝的恋情〉评识》，《文艺评论》，1993 年第 3 期。

［2］刘玉萍：《开放的时代与中国现代文学研究的觉醒——读〈东北沦陷时期文学国际学术研讨会论文集〉》，《社会科学辑刊》，1993 年第 4 期。

［3］张玲：《东北沦陷时期文学浅谈》，《日本研究》，1993 年第 4 期。

［4］岳玉杰：《试论梁山丁的乡土小说》，《中国现代文学研究丛刊》，1993 年第 1 期。

［5］李春燕：《谈成弦和金音的诗》，《中国现代文学研究丛刊》，1993 年第 1 期。

［6］冯为群：《谈东北沦陷时期的文学期刊》，《中国现代文学研究丛刊》，1993 年第 1 期。

［7］叶文：《评〈东北沦陷时期文学史论〉》，《中国现代文学研究丛刊》，1993 年第 1 期。

［8］金训敏：《读〈东北沦陷时期文学新论〉》，《中国现代文学研究丛刊》，1993 年第 1 期。

［9］华：《沦陷区文学研究要目》，《中国现代文学研究丛刊》，1993 年第 1 期。

［10］黄玄：《艰难的探索——〈东北沦陷时期文学新论〉读后》，《社会科学战线》，1993 年第 4 期。

［11］冯为群：《梁山丁和他的抗日文学创作》，《社会科学战线》，1993 年第 6 期。

［12］李春燕：《论东北沦陷时期的诗歌》，《社会科学战线》，1993 年第 6 期。

［13］逄增玉：《论沦陷时期东北女作家小说创作的基本轨迹》，《中国现代文学研究丛刊》，1993 年第 1 期。

［14］黄万华：《艺文志派四作家论》,《中国现代文学研究丛刊》,1993 年第 1 期。

［15］铁峰：《抗战时期文学的多维性与特点》,《吉林大学社会科学学报》,1993 年第 2 期。

［16］金训敏：《昨日的黄花"囚徒的悲歌"：东北沦陷区新文学再认识》,《吉林大学社会科学学报》,1993 年第 2 期。

［17］朱晓进：《三十年代乡土小说的文化意蕴》,《中国社会科学》,1993 年第 5 期。

［18］逢增玉、张树武：《沦陷时期东北作家与"五四"作家对日本文化、文学的态度》,《日本研究》,1993 年第 4 期。

［19］黄嫣梨：《东北流亡文学》,《河南大学学报（社会科学版）》,1993 年第 5 期。

［20］申殿和：《论东北沦陷时期的散文创作》,《北方论丛》,1993 年第 4 期。

［21］刘树声：《关沫南小说集〈流逝的恋情〉》,《文艺评论》,1993 年第 3 期。

1994年

［1］张毓茂、阎志宏：《东北现代文学史论》,《社会科学辑刊》,1994 年第 2 期。

［2］冯韧：《铁峰的萧红研究平议》,《呼兰师专学报》,1994 年第 2 期。

［3］张伯泰：《怀念东北沦陷期殉国的作家信风——家兄信风二三事》,《蒲峪学刊》,1994 年第 4 期。

［4］韩山保：《东北沦陷时期的奴化教育》,《长春师范学院学报》,1994 年第 4 期。

［5］刁绍华：《华俄侨文学一瞥》,《当代外国文学》,1994 年第 5 期。

［6］黄万华：《沦陷区文学鸟瞰》,《中国现代文学研究丛刊》,1994 年第 1 期。

［7］李葆琰：《救亡文学发展轨迹》,《新文学史料》,1994 年第 2 期。

［8］逄增玉：《日神文化与东北作家群的创作》，《文艺争鸣》，1994年第6期。

1995年

［1］胡昶：《东北沦陷时期日本对华的电影政策及实施》，《电影艺术》，1995年第4期。

［2］李春燕：《论小松的文学创作》，《社会科学辑刊》，1995年第5期。

［3］蔡宗隽、吕宗正：《李辉英和他的抗战文学创作》，《社会科学战线》，1995年第5期。

［4］李春燕：《古丁文学意识中的爱国抗日思想》，《辽宁大学学报（哲学社会科学版）》，1995年第6期。

［5］刘兆伟、林群、赵伟：《论伪满洲国教育本质与其对东北教育之影响——纪念抗日战争胜利50周年》，《辽宁高等教育研究》，1995年第4期。

［6］李仁年：《俄侨文学在中国》，《国家图书馆学刊》，1995年第1期。

［7］关沫南：《哈尔滨三十年代的左翼抗日文学》，《龙江党史》，1995年第3期。

［8］黄万华：《论沦陷作家的创作心态及其文学的基本特征：纪念抗战暨国际反法西斯战争胜利五十周年》，《华侨大学学报》，1995年第2期。

［9］铁峰：《强者的歌吟——东北抗日爱国文学》，《北方论丛》，1995第5期。

［10］王建中：《略论抗联时期的革命文学创作》，《社会科学辑刊》，1995年第5期。

［11］文天行：《永远的辉煌：抗战时期大后方文学运动巡礼》，《天府新论》，1995年第6期。

［12］张龙福：《在民族解放的旗帜下呐喊奋进：片谈抗战时期作家与文学的战斗风采》，《青岛大学师范学院学报》，1995年第1期。

［13］张炯：《我国抗战文学中的爱国主义精神》，《人民日报》，1995年7月8日。

［14］诸葛护荧：《中国反法西斯文学要去接受历史的检阅》，《中国青年报》，1995 年 8 月 17 日。

［15］王火：《写出光辉的抗日战争：为庆祝反法西斯战争和中国抗日战争 50 周年而作》，《文艺理论与批评》，1995 年第 4 期。

［16］黄万华：《艺术借鉴：沦陷区散文同外来文化影响相处的基本格局》，《社会科学辑刊》，1995 年第 1 期。

［17］殷白：《世界反法西斯最早的中国抗战文学：〈世界反法西斯文学书系〉中国卷序言》，《中流》，1995 年第 4 期。

［18］章绍嗣：《抗战文坛上的一支劲旅：论"东北作家群"》，《中南民族学院学报》，1995 年第 5 期。

［19］关仪：《"抗日战争与中国文学"研讨会综述》，《学术研究》，1995 年第 5 期。

［20］逄增玉：《胡子与英雄：东北作家创作中独特的历史与文化景观》，《文艺争鸣》，1995 年第 2 期。

［21］逄增玉：《三十年代东北作家创作中的"胡子"现象及其文化和审美价值》，《戏剧文学》，1995 年第 3 期。

［22］范智红：《抗战时期沦陷区小说探索》，《文学评论》，1995 年第 3 期。

［23］郭志刚：《论三四十年代的抗战小说》，《文学评论》，1995 年第 4 期。

［24］黄万华：《沦陷区小说：现实主义艺术的锤炼和深化》，《宁德师专学报（哲学社会科学版）》，1995 年第 36 期。

［25］高翔：《东北现代中篇小说史论》，《社会科学辑刊》，1995 年第 6 期。

［26］蔡宗隽、吕宗正：《李辉英的抗战文学创作》，《文艺报》，1995 年 9 月 15 日。

［27］萧新如：《论锡金的创作》，《社会科学战线》，1995 年第 6 期。

［28］峻山：《浅析抗战时期的诗歌创作》，《青海湖》，1995 年第 8 期。

［29］曹铁娟：《抗战诗歌断想》，《昆明师专学报（哲学社会科学版）》，1995 年第 3 期。

1996年

［1］华岳：《中国抗战时期沦陷区文学研究述评》，《社会科学辑刊》，1996年第1期。

［2］马伟业：《陈隄：无边暗夜里的追寻者》，《中国现代文学研究丛刊》，1996年第1期。

［3］白长青：《论东北现代文学中的短篇小说创作》，《锦州师范学院学报（哲学社会科学版）》，1996年第1期。

［4］李有库：《略论东北沦陷区的抗战文化》，《牡丹江师范学院学报（哲学社会科学版）》，1996年第1期。

［5］荣洁：《俄罗斯移民文学初探》，《求是学刊》，1996年第3期。

［6］潘先伟：《世界反法西斯文学的历史意蕴与审美反思》，《社会科学辑刊》，1996年第4期。

［7］李晓宁：《创痛中呼唤抗战的东北流亡小说》，《青海师范大学学报》，1996年第1期。

［8］樊洛平：《黑土地上盛开的抗日之花：〈松花江的浪〉与〈生死场〉之比较》，《中国文化研究》，1996年第1期。

1997年

［1］张毓茂：《〈东北现代文学大系〉总序》，《当代作家评论》，1997年第6期。

［2］孙玉石：《留给下个世纪的一份珍贵的遗产——谈〈东北现代文学大系〉》，《当代作家评论》，1997年第6期。

［3］张永红：《日本侵华殖民教育史国际学术研讨会综述》，《教育评论》，1997年第6期。

［4］高翔：《东北现代中篇小说断论》，《社会科学辑刊》，1997年第4期。

［5］李春燕：《论东北沦陷时期的爱国抗日散文》，《社会科学战线》，

1997 年第 2 期。

［6］阎志宏：《留给下个世纪的珍贵遗产——专家学者盛赞〈东北现代文学大系〉》，《中国图书评论》，1997 年第 8 期，

［7］李春燕：《东北沦陷时期的抗日文学》，《长白论丛》，1997 年第3 期。

［8］林建华：《苏联侨民文学管见——苏联文学新论之四》，《暨南学报》，1997 年第 3 期。

［9］孙赫杰：《俄侨文献在哈尔滨》，《图书馆建设》，1997 年第 4 期。

［10］张捷：《谈谈前苏联的“回归文学”》，《文艺理论与批评》，1997 年第 3 期。

［11］余一中：《20 世纪人类文化的特殊景观——俄罗斯侨民文学简介》，《译林》，1997 年第 3 期。

［12］范智红：《“叙述”与“描写”：四十年代小说艺术论之一》，《中国现代文学研究丛刊》，1997 年第 1 期。

［13］张洪：《读〈东北现代文学大系〉》，《北京日报》，1997 年 9 月4 日。

［14］高擎洲、彭定安、徐迺翔等：《中国现代区域文学研究的新收获：〈东北现代文学史论〉专家笔谈》，《沈阳师范学院学报》，1997 年第 4 期。

［15］孙中田：《现代文学研究的可喜收获：读〈东北现代文学大系〉》，《吉林日报》，1997 年 10 月 14 日。

［16］朱伟华：《特殊时期的特殊文化景观：抗战时期沦陷区文学概述》，《贵州师专学报（社会科学版）》，1997 年第 1 期。

［17］白长青：《论东北沦陷时期的短篇小说》，《社会科学辑刊》，1997 年第 1 期。

1998年

［1］李春燕：《论东北沦陷时期的小说》，《社会科学战线》，1998 年第 6 期。

［2］查振科：《民族精神的烛照——评〈东北现代文学史论〉》，《中

国现代文学研究丛刊》，1998年第3期。

［3］林贻荣：《萧红〈生死场〉风俗描写的文化内涵》，《呼兰师专学报》，1998年第1期。

［4］杜显志、薛传芝：《论东北作家群的独特贡献》，《延边大学学报（社会科学版）》，1998年第3期。

［5］刘月兰：《"一二·九"运动中的华侨文化界》，《文化月刊》，1998年第12期。

［6］孙凌齐：《俄〈真理报〉文章评〈风雨浮萍——俄国侨民在中国〉一书》，《国外理论动态》，1998年第10期。

［7］尤冬克：《"生存意识"与抗战文学：谈抗战时期的小说创作》，《北方论坛》，1998年第4期。

［8］王军：《四十年代的叙事悖论：女性写作与革命》，《创作评谭》，1998年第2期。

［9］赵凌河：《中国现代文学史上极具光彩的一章：读〈东北现代文学史论〉，《辽宁大学学报（社会科学版）》，1998年第4期。

［10］上官缨：《博采众长的东北文学史》，《人民日报》，1998年12月25日。

［11］王向远：《日本的"笔部队"及其侵华文学》，《北京社会科学》，1998年第2期。

1999年

［1］逄增玉：《史学思考与学术还乡——谈孙中田的东北沦陷区文学研究》，《文艺争鸣》，1999年第1期。

［2］麻服俐、尹文杰：《日伪统治时期东北殖民地文化教育》，《黑龙江档案》，1999年第4期。

［3］李延龄：《论哈尔滨俄罗斯侨民文化》，《俄罗斯文艺》，1999第3期。

［4］孙赫杰：《俄侨作家尼·巴依柯夫与我国东北原始森林之情缘》，《书馆建设》，1999年第2期。

［5］房福贤：《战时中国抗日小说简论》，《聊城师范学院学报（社会科学版）》，1999年第4期。

［6］李春燕：《东北沦陷时期文学与"五四"新文学之比较》，《社会科学战线》，1999第6期。

2000年

［1］刘爱华：《寂寞的墓地——吴瑛小说创作论》，《丹东师专学报》，2000年第1期。

［2］郭玉斌：《就〈绿色的谷〉的评论谈几个问题》，《绥化师专学报》，2000年第2期。

［3］高翔、薛勤、刘瑞弘：《东北沦陷区文学史研究50年寻踪》，《沈阳师范学院学报（社会科学版）》，2000年第6期。

［4］赵新梅：《伪满洲国在学校教育中对儒家学说的改革与利用》，《江西教育科研》，2000年第10期。

［5］王向远：《"大东亚文学者大会"与日本对中国沦陷区文坛的干预渗透》，《新文学史料》，2000年第3期。

［6］高翔、薛勤、刘瑞弘：《东北沦陷区文学史研究50年寻踪》，《社会科学战线》，2000年第3期。

［7］裴显生：《谈沦陷区文学研究中的认识误区》，《文艺报》，2000年4月18日。

2001年

［1］王若茜、李英武、朱卫新：《中国东北沦陷时期的宗教》，《东北亚论坛》，2001年第2期。

［2］张泉：《五十年思念的偿还——梅娘译〈赵树理评传〉》，《博览群书》，2001年第5期。

［3］赵秋长：《俄国侨民文学概览》，《俄语学习》，2001年第6期。

［4］刁绍华：《中国大地哺育的俄罗斯诗人：瓦列里·别列列申》，《求

是学刊》，2001 年第 1 期。

〔5〕赵永华：《一家在旧中国的俄侨报业托拉斯》，《中华新闻报》，2001 年第 4 期。

〔6〕张百春：《涅斯梅洛夫的神学思想》，《哈尔滨学院学报》，2001 年第 6 期。

〔7〕肖远新：《也谈沦陷区文学的评价问题》，《西安教育学院学报》，2001 年第 4 期。

〔8〕包万泉：《李辉英和他的创作》，《满族研究》，2001 年第 2 期。

〔9〕李春燕：《社会和历史的真实写照——评古丁长篇小说〈新生〉》，《辽宁大学学报》，2001 年第 5 期。

2002年

〔1〕李春燕：《艰难的心路历程——东北沦陷时期作家心态研究》，《社会科学战线》，2002 年第 3 期。

〔2〕刘强敏：《东北沦陷时期的爱国抗日文学活动》，《北方文物》，2002 年第 3 期。

〔3〕刘爱华：《希望产生在绝望的断崖——但娣小说创作论》，《丹东师专学报》，2002 年第 2 期。

〔4〕郑文云：《论日本帝国主义对我国东北人民的奴化统治》，《牡丹江师范学院学报（社会科学版）》，2002 年第 5 期。

〔5〕王若茜：《东北沦陷时期的朝鲜族宗教》，《东北亚论坛》，2002 年第 1 期。

〔6〕李英武：《东北沦陷时期的民间宗教与秘密结社》，《东北亚论坛》，2002 年第 1 期。

〔7〕王晓梅：《析日本对中国东北人民的思想统治》，《东北亚论坛》，2002 年第 3 期。

〔8〕王若茜：《东北沦陷时期的日本宗教》，《吉林大学社会科学学报》，2002 年第 1 期。

〔9〕凌建侯：《哈尔滨俄侨文学初探》，《国外文学》，2002 年第 2 期。

［10］荣洁：《哈尔滨俄侨文学》，《外语研究》，2002 年第 3 期。

［11］徐振亚：《俄罗斯侨民作家黑多克和他的〈满洲之星〉》，《俄罗斯文艺》，2002 年第 6 期。

［12］荣洁：《涅斯梅洛夫的生平与创作》，《俄罗斯文艺》，2002 年第 6 期。

［13］石国雄：《值得关注的文学——读〈兴安岭奏鸣曲〉的一点印象》，《俄罗斯文艺》，2002 年第 6 期。

［14］谷羽：《在漂泊中吟唱——俄罗斯侨民诗选〈松花江晨曲〉》，《俄罗斯文艺》，2002 年第 6 期。

［15］于湘琳：《民国时期哈尔滨的俄侨文化》，《北京科技大学学报（社会科学版）》，2002 年第 3 期。

［16］刘锟：《交融与共生——俄侨文学国际学术研讨会会议纪要》，《俄罗斯文艺》，2002 年第 4 期。

［17］［俄］伊·伊格纳坚科：《洞察的一致》，《俄罗斯文艺》，2002 年第 6 期。

［18］顾蕴璞：《涅斯梅洛夫和他的诗》，《俄罗斯文艺》，2002 年第 6 期。

［19］上官缨：《沦陷时期的吉林文坛》，《吉林日报》，2002 年 12 月 14 日。

2003年

［1］高翔：《论古丁的文学创造理论》，《沈阳师范大学学报（社会科学版）》，2003 年第 3 期。

［2］刘文飞：《20 世纪俄罗斯文学的有机构成》，《外国文学评论》，2003 年第 3 期。

［3］苗慧：《是俄罗斯的，也是中国的》，《俄罗斯文艺》，2003 年第 4 期。

［4］汪介之：《20 世纪俄罗斯侨民文学的文化观照》，《俄语语言文学研究（文学卷）》，2003 年第 2 期。

［5］李英男：《俄国诗人的"中国声调"》，《俄语语言文学研究（文

学卷)》, 2003 年第 2 期。

[6] 刘婕:《漂泊者的锚:论东北作家群的情感维系》,《理论与创作》, 2003 年第 5 期。

2004年

[1] 潘丽华:《伪满洲国社会教育述评》,《沈阳大学学报》, 2004 年第 1 期。

[2] 刘春英:《东北沦陷时期日本殖民政权的伊斯兰教政策》,《日本学论坛》, 2004 年第 1 期。

[3] 李莹:《日本帝国主义奴化教育对东北文化的影响》,《沈阳航空工业学院学报》, 2004 年第 6 期。

[4] 李春燕:《沦陷时期的东北文学》,《东北史地》, 2004 年第 7 期。

[5] 施永安:《日本在满铁和东北沦陷期间的美术活动》,《东北史地》, 2004 年第 9 期。

[6] 刘晓丽:《上官缨先生的启示》,《中文自学指导》, 2004 年第 6 期。

[7] 荣洁:《俄罗斯侨民文学》,《中国俄语教学》, 2004 年第 1 期。

[8] 徐笑一:《论巴依阔夫〈大王〉的三重境界》,《俄罗斯文艺》, 2004 年第 2 期。

[9] 穆馨:《俄罗斯侨民文学在哈尔滨》,《黑龙江社会科学》, 2004 年第 4 期。

[10] 汪介之:《俄罗斯侨民文学与本土文学关系初探》,《外国文学评论》, 2004 年第 4 期。

[11] 上官缨:《东北沦陷区长春作家群》,《长春晚报》, 2004 年 9 月 2 日。

[12] 陈言:《周作人与梅娘——抗战胜利后一个颇具戏剧性的插曲》,《博览群书》, 2004 年第 12 期。

2005年

［1］曲铁华：《东北沦陷时期伪满在职教师教育》，《河北师范大学学报（教育科学版）》，2005年第4期。

［2］刘晓丽：《被遮蔽的文学图景——对1932—1945年东北地区作家群落的一种考察》，《上海师范大学学报（社会科学版）》，2005年第2期。

［3］何兰：《日本对伪满洲国新闻业的垄断》，《现代传播》，2005年第3期。

［4］刘晓丽：《从〈麒麟〉杂志看东北沦陷时期的通俗文学》，《中国现代文学研究丛刊》，2005年第3期。

［5］刘晓丽：《伪满洲国的"实话·秘话·谜话"——以〈麒麟〉杂志为例》，《博览群书》，2005年第9期。

［6］段妍：《东北沦陷时期文化发展趋向的嬗变》，《长白学刊》，2005年第5期。

［7］段兵：《殖民奴化教育的〈建国精神〉》，《青海师范大学学报（社会科学版）》，2005年第6期。

［8］刘晓丽：《〈艺文志〉杂志与伪满洲国时期的文学》，《求是学刊》，2005年第6期。

［9］刘晓丽：《伪满洲国时期文学杂志新考》，《中国现代文学研究丛刊》，2005年第6期。

［10］宋丽娜、金梦兰：《论东北沦陷时期的爱国抗日文化运动》，《沈阳航空工业学院学报》，2005年第6期。

［11］刘晓丽：《幽暗时空中的文学一角——关于〈新满洲〉杂志》，《海南师范学院学报（社会科学版）》，2005年第5期。

［12］薛成荣：《记得有这么一个时代——东北沦陷时期的黑龙江抗战文艺》，《黑龙江史志》，2005年第7期。

［13］刘晶辉：《略论伪满洲国对青少年的奴化教育》，《牡丹江师范学院学报（社会科学版）》，2005年第3期。

［14］金海：《日本殖民统治下的内蒙古西部地区教育体系》，《蒙古史

研究》，2005 年第 00 期。

［15］王亚民：《哈尔滨的俄罗斯侨民文学——以阿恰伊尔和佩列列申为中心》，《西北师范大学学报》，2005 年第 2 期。

［16］王亚民：《哈尔滨俄罗斯侨民文学在中国》，《中国俄语教学》，2005 年第 2 期。

［17］苗慧：《〈中国俄罗斯侨民文学〉（俄文版 10 卷本）出版的历史意义》，《俄罗斯文艺》，2005 年第 3 期。

［18］张永祥：《20 世纪南半球最优秀的俄语诗人——瓦列里·别列列申》，《俄罗斯文艺》，2005 年第 4 期。

［19］荣洁：《小人物·历史·生态——三位哈尔滨俄侨作家的生平与创作》，《解放军外国语学院学报》，2005 年第 6 期。

［20］冯玉文：《俄侨：历史与文学三重映象》，《黑龙江史志》，2005 年第 4 期。

2006年

［1］刘瑞弘：《东北沦陷时期家族小说的主流话语与叙事模式》，《江汉论坛》，2006 年第 2 期。

［2］徐学华：《东北沦陷时期萧红萧军文学作品的特色》，《边疆经济与文化》，2006 年第 6 期。

［3］［日］长井裕子、莎日娜：《满族作家穆儒丐的文学生涯》，《民族文学研究》，2006 年第 2 期。

［4］郑春凤、孙颖：《沉寂中的呐喊——伪满时期滞留在东北的女作家研究》，《吉林师范大学学报（人文社会科学版）》，2006 年第 2 期。

［5］车霁虹、辛巍：《东北沦陷史研究述评》，《抗日战争研究》，2006 年第 2 期。

［6］杨晓莉：《谈梅娘小说创作的艺术成就》，《大连民族学院学报》，2006 年第 4 期。

［7］付羽弘：《伪满洲国时代东北作家笔下的日本阴影——对梁山丁作品的考察》，《贵州民族学院学报（社会科学版）》，2006 年第 2 期。

［8］刘晓丽：《伪满洲国时期附逆作品的表里——以"献纳诗"和"时局小说"为中心》，《中国现代文学研究丛刊》，2006年第4期。

［9］刘晓丽：《伪满洲国时期〈青年文化〉杂志考述》，《上海师范大学学报（社会科学版）》，2006年第4期。

［10］刘晓丽：《伪满洲国文学：中国现代文学研究的补订》，《华东师范大学学报（社会科学版）》，2006年第5期。

［11］马伟业：《对东北作家群研究中存在问题的再认识》，《学术交流》，2006年第8期。

［12］肖振宇：《沦陷时期的东北话剧创作概览》，《戏剧文学》，2006年第11期。

［13］魏晓文、李俊颖：《伪满洲国殖民教育特点及历史反思》，《大连理工大学学报（社会科学版）》，2006年第4期。

［14］蔡宏、李爱华：《伪满洲国时的吉林方志》，《东北史地》，2006年第2期。

［15］刘晓丽：《家园沦陷，文学何为——日本侵略背景下的中国现代文学地方经验之一种：伪满洲国时期的通俗文学》，《中文自学指导》，2006年第1期。

［16］冯玉文：《俄侨文学主题初探》，《黑龙江社会科学》，2006年第1期。

［17］郑捷：《尼·巴依科夫的作品及创作特色》，《中国科技信息》，2006年第4期。

2007年

［1］陈春萍、田丽梅：《论伪满殖民文化统治特征》，《大连近代史研究》，2007年第4期。

［2］尹姝：《东北沦陷期日本人小说中的中国人形象》，《长春师范学院学报》，2007年第3期。

［3］吴晓明：《伪满洲国文学研究在当前的突破》，《海南师范学院学报（社会科学版）》，2007年第1期。

［4］刘晓丽：《伪满洲国作家爵青资料考索》，《上海师范大学学报（社会科学版）》，2007 年第 3 期。

［5］刘晓丽：《现代文学史上的失踪者——以伪满洲国文学何以进入文学史为例》，《探索与争鸣》，2007 年第 6 期。

［6］郑春凤：《女性写真：对男性书写模式的逆反——东北沦陷时期女作家创作的另种解读》，《戏剧文学》，2007 年第 5 期。

［7］莫畏：《历史的真实与历史的尴尬——关于伪满洲国"新京"建筑研究》，《华中建筑》，2007 年第 6 期。

［8］李彬：《同性的感动和救助——东北沦陷区女作家笔下的女性感觉》，《长春教育学院学报》，2007 年第 1 期。

［9］张淑香、郭立平：《日本侵占辽宁时期的教科书问题》，《大连民族学院学报》，2007 年第 4 期。

［10］李彬：《东北沦陷时期女作家创作的同类视角解读》，《吉林师范大学学报（人文社会科学版）》，2007 年第 4 期。

［11］王晓峰：《日伪统治下的东北宗教侵略》，《东北史地》，2007 年第 4 期。

［12］刘晓丽：《伪满洲国文学研究》，《中文自学指导》，2007 年第 2 期。

［13］王亚民：《论俄侨作家阿尔弗雷德·黑多克的短篇小说》，《兰州大学学报》，2007 年第 3 期。

2008年

［1］王劲松：《伪满洲国校园文化背景中的女性新文学及其存在语境》，《妇女研究论丛》，2008 年第 6 期。

［2］杨晓莉：《论白朗短篇小说创作的审美风格》，《大连民族学院学报》，2008 年第 6 期。

［3］叶禾令：《试论东北作家群的民族认同方式》，《长春大学学报》，2008 年第 11 期。

［4］杨家余、计国菊：《试析伪满学校教育制度及其特点》，《合肥师

范学院学报》，2008 年第 1 期。

[5] 张建鑫：《东北沦陷初期爱国抗日文艺期刊》，《黑龙江史志》，2008 年第 7 期。

[6] 任玉华：《东北沦陷区文学诉诸的"女人的悲剧"——"鸦片"所充当的重要角色》，《文艺争鸣》，2008 年第 5 期。

[7] 刘晓丽：《流寓华北的东北作家的"满洲想象"——以〈青年文化〉杂志"华北文艺特辑"为中心》，《上海师范大学学报（社会科学版）》，2008 年第 3 期。

[8] 刘季富：《日本侵华时期对伪满洲国的奴化教育》，《乐山师范学院学报》，2008 年第 8 期。

[9] 李镇：《满目山河空念远，落花风雨更伤春——从〈迎春花〉试论"满洲映画"的复杂性》，《电影艺术》，2008 年第 5 期。

[10] 蒋蕾：《"满映"作家群落考》，《社会科学战线》，2008 年第 5 期。

[11] 李克：《地域文学研究的创新之作——〈东北文学五十年〉》，《社会科学战线》，2008 年第 5 期。

[12] 胡柏一：《东北女性文学的地域文化情结》，《社会科学战线》，2008 年第 7 期。

[13] 蒋蕾：《一个笔名，一段历史——关于"满映"作家李民笔名的研究》，《电影文学》，2008 年第 10 期。

[14] 刘树声：《关东寒凝中的蓝苓诗草》，《诗林》，2008 年第 4 期。

[15] 魏刚、于春燕：《日本统治时期东北地区的图书杂志出版与发行》，《大连近代史研究》，2008 年第 00 期。

[16] 张泉：《沦陷区中国作家的文化身份认同与政治立场问题——以移住北平的台湾、伪满洲国作家为中心》，《抗战文化研究》，2008 年第 00 期。

[17] 诺曼·史密斯著、任玉华译：《伪满洲国时期的鸦片与文学》，《抗战文化研究》，2008 年第 00 期。

[18] 冯玉文：《在华俄侨文学的爱情阐释》，《殷都学刊》，2008 年第 3 期。

2009年

［1］刘卫英：《红高粱土地上的耕耘——高翔〈现代东北的文学世界〉读后感》，《文化学刊》，2009年第1期。

［2］杨家余：《伪满时期日伪对中小学教师的外在控制》，《合肥师范学院学报》，2009年第1期。

［3］杜云：《略论伪满洲国的师范教育》，《科教文汇（上旬刊）》，2009年第1期。

［4］杜云：《伪满洲国师范教育与同时期日本国内师范教育的比较分析》，《世纪桥》，2009年第1期。

［5］刘心力：《东北沦陷时期辽南的鲁迅文学研究社》，《文学教育（上）》，2009年第2期。

［6］杜云：《试析伪满洲国师范教育的特点及其影响》，《辽宁教育行政学院学报》，2009年第1期。

［7］刘芳、王华：《伪满洲国时期的辽宁报刊文献研究》，《图书馆学刊》，2009年第2期。

［8］霍学雷：《东北沦陷时期日本对图书馆事业的统治和破坏》，《东北史地》，2009年第2期。

［9］闫超：《浅析伪满时期日本的宗教统治》，《历史教学（高校版）》，2009年第3期。

［10］王洪、邢楠：《政治·影像——"满映"与电影〈迎春花〉中的政治隐喻》，《社会科学论坛（学术研究卷）》，2009年第4期。

［11］于海波：《述论东北沦陷时期日伪的文化统制》，《黑龙江教育学院学报》，2009年第5期。

［12］杜云：《伪满时期师范教育与同期日本师范教育比较分析》，《长春理工大学学报（高教版）》，2009年第2期。

［13］谭娟：《〈盛京时报·妇女周刊〉初探》，《中华女子学院山东分院学报》，2009年第3期。

［14］王达：《简述东北沦陷时期的"国策"音乐》，《大众文艺（理

论）》，2009 年第 10 期。

[15] 王洪：《失节的影像——东北沦陷时期电影新探》，《北京电影学院学报》，2009 年第 3 期。

[16] 张思宁：《〈现代东北的文学世界〉的文化哲学思想解读》，《广东社会科学》，2009 年第 2 期。

[17] 赵凌河：《东北现代文学研究的厚重积淀与新鲜开拓——读高翔的〈现代东北的文学世界〉》，《学术界》，2009 年第 4 期。

[18] 张联：《特定时空中文学生态圈的系统展现》，《辽宁大学学报（社会科学版）》，2009 年第 4 期。

[19] 何江丽：《伪满洲国时期东北地方志修纂研究》，《黑龙江史志》，2009 年第 17 期。

[20] 吴晓明：《伪满洲国文学研究中的若干重要问题反思——兼论刘晓丽的〈异态时空中的精神世界〉》，《海南师范大学学报（社会科学版）》，2009 年第 3 期。

[21] 李佳、莫畏：《"新京"城市规划中的巴洛克影响》，《吉林建筑工程学院学报》，2009 年第 4 期。

[22] 刘战：《日本侵略者对东北沦陷区教师的全面控制》，《东北史地》，2009 年第 5 期。

[23] 吴佩军：《伪满洲国电影的历史叙述》，《外国问题研究》，2009 年第 3 期。

[24] 谢淑玲：《东北文学研究的新景观——评高翔〈现代东北的文学世界〉》，《辽东学院学报（社会科学版）》，2009 年第 5 期。

[25] 王劲松：《流寓伪满洲的白俄"虎人"作家拜阔夫》，《新文学史料》，2009 年第 4 期。

[26] 王玲玲：《三十年代的作家梁山丁与岛木健作——以〈山风〉和〈满洲纪行〉为中心》，《科教文汇（上旬刊）》，2009 年第 10 期。

[27] 蒋蕾：《被遗忘的抵抗文学副刊〈大同俱乐部〉》，《华夏文化论坛》，2009 年第 400 号。

[28] 王玲玲：《岛木健作的"满洲"之行——以〈满洲纪行〉为中心》，《日语学习与研究》，2009 年第 6 期。

［29］卞策：《东北沦陷时期报纸文艺副刊研究综述》，《黑龙江教育学院学报》，2009 年第 12 期。

［30］王艳华、尚一鸥：《殖民文化与伪满洲国的"娱民电影"》，《外国问题研究》，2009 年第 4 期。

［31］王翠荣、吴廷俊：《伪满洲国中国人报纸的命运——以〈国际协报〉的发展及消失为例》，《国际新闻界》，2009 年第 12 期。

［32］李秀颀、管晓莉：《伪满时期的思想文化控制与乡村权力状况——萧红的〈生死场〉分析》，《时代文学（下半月）》，2009 年第 6 期。

［33］姚承：《沦陷的记忆——"勿忘国耻"短篇小说系列》，《鸭绿江（下半月版）》，2009 年第 9 期。

［34］李彬、霍速：《沦陷期东北文学与外来文学关系研究初探》，《长城》，2009 年第 12 期。

［35］宋伟宏：《伪满"新京"的都市规划与建设》，《大连近代史研究》，2009 年第 00 期。

［36］蒋蕾：《"满映"作家王则与三份杂志》，《电影文学》，2009 年第 10 期。

［37］刘冬梅：《哈尔滨俄侨小说中的思想意蕴》，《沈阳师范大学学报》，2009 年第 4 期。

［38］汪剑钊：《一个温柔的中国继子——哈尔滨俄侨诗人瓦·贝莱列申》，《星星诗刊（上半月刊）》，2009 年第 3 期。

［39］陈思和：《东北殖民地文学的初步探索——读刘晓丽〈异态时空中的精神世界〉》，《中国现代文学研究丛刊》，2009 年第 1 期。

2010年

［1］肖振宇：《东北沦陷区作家冷歌传略》，《新文学史料》，2010 年第 1 期。

［2］李镇：《〈迎春花〉：满洲伪国之密语》，《电影艺术》，2010 年第 1 期。

［3］肖振宇、邸丽：《庄严与无耻之间——论冷歌的文学活动》，《吉

林师范大学学报（人文社会科学版）》，2010年第1期。

　　［4］高翔：《〈新青年〉与东北现代文学批评》，《学习与探索》，2010年第2期。

　　［5］蒋蕾：《东北沦陷区中文报纸：文化身份与政治身份的分裂——对伪满〈大同报〉副刊叛离现象的考察》，《社会科学战线》，2010年第1期。

　　［6］王翠荣：《1918—1937年〈国际协报〉的办报宗旨和实践》，《北京印刷学院学报》，2010年第3期。

　　［7］刘晓丽：《新诗的"青果"——关于伪满洲国时期的〈诗季〉杂志》，《海南师范大学学报（社会科学版）》，2010年第3期。

　　［8］张宝贵：《寻找失落的拼图——〈异态时空中的精神世界〉的文学史意义》，《中国出版》，2010年第11期。

　　［9］曲广华、于海波：《东北沦陷时期日本的殖民宣传——以〈滨江时报〉为中心》，《民国档案》，2010年第3期。

　　［10］王翠荣：《伪满洲国成立前日本对东北的新闻侵略及东北新闻界的抵制》，《民国档案》，2010年第3期。

　　［11］陈秀武：《伪满"建国"思想与日本殖民地奴化构想》，《东北师范大学学报（社会科学版）》，2010年第6期。

　　［12］李庚：《浅析伪满时期的"国策"电影》，《新闻传播》，2010年第8期。

　　［13］崔婧：《从"满映"的筹划看其"国策会社"性质——"满映"前身的国策宣传活动》，《商业文化（学术版）》，2010年第11期。

　　［14］霍学梅：《东北沦陷时期日伪对新闻的控制与垄断》，《东北史地》，2010年第6期。

　　［15］刘晓丽：《殖民统治与国民意识的建构——对伪满洲国的文学活动的一种考察》，《华东师范大学学报（社会科学版）》，2010年第6期。

　　［16］刘春英、冯雅：《〈艺文〉杂志与太平洋战争——以1944年为中心》，《外国问题研究》，2010年第4期。

　　［17］马寻、柳书琴、蔡佩均：《从"冷雾"到〈牧场〉：战时东北文坛回眸——马寻访谈录》，《抗战文化研究》，2010年第1期。

　　［18］王亚民：《中国现代文学中的俄罗斯侨民文学》，《上海师范大学

学报（社会科学版）》，2010 年第 6 期。

[19]冯玉文：《俄侨文学中的哈尔滨》，《学理论》，2010 年第 17 期。

[20]李君：《中国哈尔滨俄侨诗人佩列列申》，《齐齐哈尔大学学报（社会科学版）》，2010 年第 1 期。

[21]苏晓棠：《瓦西里·别列列申诗歌的中国书写》，《齐齐哈尔大学学报》，2010 年第 3 期。

[22]韩东庆、苗慧：《"平凡中孕育着伟大"——论西多洛娃的〈黄包车夫〉》，《齐齐哈尔大学学报》，2010 年第 5 期。

[23]高妍、李延龄：《尼古拉·巴依科夫与蕾切尔·卡森的比较研究，》，《俄罗斯文艺》，2010 年第 2 期。

2011年

[1]杨家余：《伪满时期日伪对中小学教材的控制路径》，《合肥师范学院学报》，2011 年第 2 期。

[2]祝力新：《橘朴与〈满洲评论〉》，《外国问题研究》，2011 年第 1 期。

[3]陈言：《东北沦陷时期袁犀的言论及创作意义》，《新文学史料》，2011 年第 2 期。

[4]赵晋：《以〈庸报〉为中心浅谈日本与伪蒙疆政权的关系》，《学术探索》，2011 年第 1 期。

[5]张建军、赵秀清：《伪满政权对蒙旗初等教师的培养及控制》，《内蒙古师范大学学报（教育科学版）》，2011 年第 5 期。

[6]徐炳三：《伪满体制下宗教团体的处境与应对——以基督新教为例》，《抗日战争研究》，2011 年第 2 期。

[7]祝力新：《〈满洲评论〉与小山贞知》，《外国问题研究》，2011 年第 2 期。

[8]杨新柳：《浅析伪满时期东北地区妇女婚恋观念的变异》，《改革与开放》，2011 年第 14 期。

[9]王洪：《隐匿于文字后的历史真实——从〈满洲映画〉杂志看"满

映""国策电影"思想》，《文艺理论与批评》，2011年第4期。

[10] 王晓恒：《东北现代文学的开拓者——穆儒丐研究述评》，《长春师范学院学报》，2011年第7期。

[11] 郭小丽：《伪满时期赤峰地区殖民奴化教育之评析》，《赤峰学院学报（汉文社会科学版）》，2011年第8期。

[12] 徐炳三：《略论伪满政权的宗教控制手段——以基督教为例》，《东北师范大学学报（社会科学版）》，2011年第5期。

[13] 吴佩军：《罗马教廷、东北天主教会与伪满洲国》，《外国问题研究》，2011年第3期。

[14] 张洁、孟月明：《东北沦陷时期日本"大陆新娘"政策述评》，《人民论坛》，2011年第29期。

[15] 逄增玉、孙晓萍：《殖民语境与东北沦陷时期话剧倾向与形态的复杂性》，《晋阳学刊》，2011年第6期。

[16] 薛勤：《20世纪初东北文学观念的传承与改变——以〈盛京时报〉旧体文学为中心的考察》，《南京师范大学学报（社会科学版）》，2011年第6期。

[17] 胡庆祝：《东北沦陷时期日本奴化教育及罪恶举要》，《兰台世界》，2011年第26期。

[18] 薛勤：《20世纪初东北旧体文学研究——以〈盛京时报〉旧体诗为中心的考察》，《求是学刊》，2011年第6期。

[19] 祝力新：《〈满洲评论〉与伪满报刊史》，《外国问题研究》，2011年第4期。

[20] 陈秀武：《伪满"建国"思想的泛化宣传——以〈满洲国政府公报〉第一号、〈弘宣〉创刊号为中心》，《社会科学战线》，2011年第10期。

[21] 肖振宇：《"埋下一颗种子，让沙漠上也有春天"——以〈船厂〉为例论冷歌及其乡土诗歌创作》，《名作欣赏》，2011年第35期。

[22] 李艳葳：《东北沦陷区话剧的"双重性"写作——解读李乔话剧》，《作家》，2011年第22期。

[23] 初国卿：《朱媞和她的〈樱〉》，《今日辽宁》，2011年第5期。

[24] 王晓恒：《从〈香粉夜叉〉看穆儒丐对东北现代文学的影响》，

《华章》，2011年第31期。

［25］王慧：《浅论梅娘作品中潜行的民族意识》，《文教资料》，2011年第30期。

［26］初国卿：《最后的朱媞》，《中华文化画报》，2011年第9期。

［27］廖文星：《论东北沦陷时期通俗小说创作——以〈麒麟〉长篇通俗小说为例》，《作家》，2011年第20期。

［28］郑丽颖：《俄侨作家别列列申及其译作〈节妇吟〉》，《西伯利亚研究》，2011年第2期。

［29］谷羽：《俄罗斯侨民诗人佩列列申》，《中华读书报》，2011年10月12日。

［30］高春雨、苗慧：《别列列申东正教主题诗歌赏析》，《齐齐哈尔大学学报》，2011年第4期。

［31］康栋：《论涅斯梅洛夫诗歌中的蓝色情怀》，《齐齐哈尔大学学报》，2011年第6期。

［32］刘晓丽：《黑暗中的星火——伪满洲国文学青年及日本当事人口述》，石松源、贺长苏主编：《让教育史走进社会》，吉林文史出版社，2011年12月。

［33］雷鸣：《日本殖民统治下的伪满洲文学探究》，《福建论坛》，2011年2期。

2012年

［1］李磊：《伪满时期〈医林〉杂志研究》，《医学与哲学（A）》，2012年第7期。

［2］薛勤：《1910年代初东北文学的空间意蕴和叙事追求——以〈盛京时报〉报载文学为中心》，《求是学刊》，2012年第6期。

［3］高翔：《〈弘宣〉与伪满宣传文艺》，《学术交流》，2012年第12期。

［4］杨晓：《试析东北沦陷时期伪满教育方针的殖民文化特征》，《教育科学》，2012年第5期。

［5］周敏：《东北沦陷时期的职业教育》，《学理论》，2012年第32期。

［6］祝力新、尚侠：《〈满洲评论〉创刊前后——时事与文学的初衷》，《东北师范大学学报（社会科学版）》，2012年第1期。

［7］肖振宇：《论鲁迅及其作品在沦陷区的传播——以东北为例》，《吉林师范大学学报（人文社会科学版）》，2012年第1期。

［8］胡庆祝：《东北沦陷时期日本奴化教育及其危害》，《学术交流》，2012年第2期。

［9］赵晓红：《宗主国与殖民地医学教育的连动与差异——对伪满时期医学教育的考察》，《民国档案》，2012年第1期。

［10］祝力新、尚侠：《评日刊〈满洲评论〉》，《国外社会科学》，2012年第2期。

［11］詹丽：《东北沦陷时期的小报考略》，《学习与探索》，2012年第4期。

［12］佟雪、张文东：《伪满初期的东北文学——以部分报纸文学副刊为中心的考察》，《外国问题研究》，2012年第1期。

［13］朱丽：《东北沦陷时期报纸的殖民宣传研究》，《北方文学（下半月）》，2012年第3期。

［14］杨宇：《浅论日本殖民统治东北时期的伪满洲文学》，《文学教育（上）》，2012年第4期。

［15］逄增玉：《殖民话语的裂痕与东北沦陷时期戏剧的存在态势》，《广东社会科学》，2012年第3期。

［16］孙雅琦：《"日本人"的蜕变——〈伪满洲国〉中日本人的形象建构》，《天中学刊》，2012年第3期。

［17］白宇：《浅析日本在东北推行奴化教育的影响》，《沈阳干部学刊》，2012年第3期。

［18］何村：《伪满洲国新闻传播史的研究与体系的构建》，《新闻大学》，2012年第3期。

［19］杨海峰、王丹林：《口述史与地方志编修——齐红深访谈录》，《中国地方志》，2012年第6期。

［20］佟雪、张文东：《〈夜哨〉的文学与文学的"夜哨"——伪满〈大同报〉副刊〈夜哨〉的文学史意义》，《社会科学战线》，2012年第5期。

［21］李艳葳：《东北地区话剧源起新考》，《中国现代文学研究丛刊》，2012 年第 9 期。

［22］张鹏珍：《伪满殖民音乐教育研究简述》，《北方音乐》，2012 年第 12 期。

［23］刘晓丽：《"国民意识"能否被建构——以伪满洲国的文学活动为例》，杨扬主编：《20 世纪中国文学与国民意识》，上海辞书出版社，2012 年 10 月。

［24］祝力新、冯雅：《〈满洲评论〉中的"满青联"与"协和会"》，《外国问题研究》，2012 年第 3 期。

［25］祝力新、尚侠：《佐藤大四郎与〈满洲评论〉》，《外国问题研究》，2012 年第 1 期。

［26］史云燕：《论俄侨女诗人的作品题材》，《民营科技》，2012 年第 4 期。

［27］兰丽梅：《浅论中国俄侨诗歌的创作主题》，《齐齐哈尔大学学报》，2012 年第 4 期。

［28］张岩、李延龄：《论俄侨女诗人莉·哈茵德洛娃诗歌创作》，《俄罗斯文艺》，2012 年第 1 期。

［29］［俄］叶·塔斯金娜著，王莉娟译：《论哈尔滨俄侨文化生活》，《俄罗斯文艺》，2012 年第 1 期。

［30］张坤：《论中国俄侨女诗人的群体崛起》，《俄罗斯文艺》，2012 年第 1 期。

［31］［俄］加艾芬吉耶娃、康栋、曲雪平：《论中国俄侨诗歌的宗教性》，《俄罗斯文艺》，2012 年第 1 期。

［32］［澳］诺·拉依安著，高春雨、吴彦秋译：《回忆俄侨的哈尔滨岁月》，《俄罗斯文艺》，2012 年第 1 期。

［33］［俄］阿·扎比雅卡著，高春雨译：《阿·涅斯梅洛夫作品中的"儿童主题"》，《俄罗斯文艺》，2012 年第 1 期。

［34］［日］泽田和彦著，刘丽霞译：《哈尔滨俄罗斯侨民杂志概述》，《俄罗斯文艺》，2012 年第 1 期。

2013年

［1］刘树声：《东北沦陷期文学书史话》，《小说林》，2013年第1期。

［2］叶立群：《东北沦陷区的文学创作媒介与文学社团考》，《辽东学院学报（社会科学版）》，2013年第1期。

［3］刘晓丽：《"新满洲"的修辞——以伪满洲国时期的〈新满洲〉杂志为中心的考察》，《文艺理论研究》，2013年第1期。

［4］范庆超：《抗战时期东北文学的特性》，《社会科学家》，2013年第1期。

［5］詹丽：《东北山林秘话小说的文化资源谱系》，《文艺争鸣》，2013年第2期。

［6］白宇：《浅析日本在东北推行奴化教育影响》，《黑龙江史志》，2013年第5期。

［7］和琴：《伪满洲国佛教政策社会背景研究》，《长江大学学报（社会科学版）》，2013年第3期。

［8］谷羽：《把野蛮的名字刻在上边——俄罗斯侨民诗人别列列申和他的诗歌》，《江南》，2013年第1期。

2014年

［1］孟庆欣：《论奴化教育的特点及其本质——文史教科书视域下的伪满洲国教育》，《沈阳师范大学学报（社会科学版）》，2014年第6期。

［2］李艳葳：《东北沦陷区话剧主题的多样与流变》，《文艺争鸣》，2014年第10期。

［3］梁德学：《近代日人在华中文报刊的殖民话语与他者叙事——以〈盛京时报〉〈泰东日报〉的伪满洲国"建国"报道为例》，《中国传媒大学·中华新闻传播学术联盟第六届研究生学术研讨会论文集》，中国传媒大学，2014年第12期。

［4］代珂：《伪满洲国的广播剧》，《外国问题研究》，2014年第3期。

［5］祝力新、徐婷婷：《〈满洲评论〉的诺门罕战役报道》，《外国问题研究》，2014年第3期。

［6］刘洋、尚侠：《关于伪满洲国文学研究的几个问题》，《社会科学战线》，2014年第7期。

［7］刘妍：《川端康成的"满洲"之旅和战争体验》，《东北亚外语研究》，2014年第2期。

［8］祝然：《伪满洲国时期大内隆雄文学翻译活动研究》，《东北亚外语研究》，2014年第2期。

［9］张瑞：《〈大北新报〉与伪满洲国殖民统治》（博士学位论文），吉林大学，2014年。

［10］周金声、韩铁刚：《伪满洲国殖民文学生存状态检视》，《世界文学评论（高教版）》，2014年第1期。

［11］张建军：《伪满洲国时期蒙古初、中等学校教科书的编辑使用情况初探》，《日本侵华史研究》，2014年第1期。

［12］王越、冯雅：《东北沦陷时期文学的民族主义特征》，《文艺争鸣》，2014年第4期。

［13］郭淑梅、张珊珊：《殖民电影"本土化"：伪"满映"制造虚假繁荣》，《学术交流》，2014年第4期。

［14］祝力新：《关东军的机密文件与〈满洲评论〉》，《外国问题研究》，2014年第1期。

［15］程志燕：《伪满洲国的日语教育》，《外国问题研究》，2014年第1期。

［16］何爽：《伪满洲国时期戏剧的生存语境与发展形态》，《吉林广播电视大学学报》，2014年第3期。

［17］郑颖：《后殖民主义视角下的"伪满洲国"日本女性——以牛岛春子为中心》，《大连大学学报》，2014年第1期。

2015年

［1］吴璇：《"东北女作家中的拓荒者"：白朗在伪满洲国——以〈大同

报〉〈国际协报〉的文艺副刊为中心》，《现代中文学刊》，2015 年第 6 期。

〔2〕徐隽文：《伪满洲国明星作家杨絮的文化表演与写作》，《现代中文学刊》，2015 年第 6 期。

〔3〕詹丽：《殖民语境下的另类表述——兼论伪满洲国通俗小说的五种类型》，《现代中文学刊》，2015 年第 6 期。

〔4〕何爽：《殖民语境下的名剧改编——伪满洲国时期的改编剧》，《燕山大学学报（社会科学版）》，2015 年第 4 期。

〔5〕刘晓丽：《反殖文学·抗日文学·解殖文学——以伪满洲国文坛为例》，《现代中国文化与文学》，2015 年第 2 期。

〔6〕王洪宇、赵丽芳：《论伪满洲国时期蒙文报刊的文化侵略》，《新闻论坛》，2015 年第 5 期。

〔7〕刘晓丽：《东亚殖民主义与文学——以伪满洲国文坛为中心的考察》，《学术月刊》2015 年第 10 期。

〔8〕刘学利：《论伪满洲国教科书的殖民性特征》，《河北师范大学学报（教育科学版）》，2015 年第 5 期。

〔9〕刘晓丽：《异态时空中的精神世界——论伪满洲国文学》，《名作欣赏》，2015 年第 22 期。

〔10〕陈实：《北国的孤吟独唱——伪满洲国时期的旧体诗》，《名作欣赏》，2015 年第 22 期。

〔11〕高金鹏：《伪满洲国时期文学的"面从腹背"倾向研究——以艺文志派代表人物及作品为例》，《长春师范大学学报》，2015 年第 7 期。

〔12〕李海英：《伪满洲国朝鲜系女作家姜敬爱的"满洲"体验》，《汉语言文学研究》，2015 年第 2 期。

〔13〕谢朝坤：《异态时空的反抗及其命运——论爵青小说中时间与空间的书写》，《汉语言文学研究》，2015 年第 2 期。

〔14〕陈实：《杨慈灯：伪满洲国的现实之昼与童话之夜》，《汉语言文学研究》，2015 年第 2 期。

〔15〕刘旸：《古丁研究》（博士学位论文），东北师范大学，2015 年。

〔16〕杨蕾：《伪满洲国文学杂志的文化抵抗研究》（博士学位论文），辽宁大学，2015 年。

［17］阎喆：《伪满洲国时期〈新青年〉杂志研究》（博士学位论文），辽宁大学，2015年。

［18］刘超：《日本左翼知识分子在伪"满洲国"的反殖民文化实践：以"作文派"为例》，《史林》，2015年第2期。

［19］王琨：《殖民地台湾与伪满洲国"放送剧"研究（1937—1945）》，《台湾研究集刊》，2015年第2期。

［20］刘学利、张学鹏：《制造"国民"——试析伪满洲国教科书〈满语国民读本〉》，《湖南师范大学教育科学学报》，2015年第2期。

［21］单援朝：《大内隆雄的"满洲文学"实践——以大连时代的活动为中心》，《外国问题研究》，2015年第1期。

［22］王紫薇：《"协和会"与伪满洲国的殖民体征》，《外国问题研究》，2015年第1期。

［23］何爽：《伪满洲国时期的戏剧大众化理论探究》，《名作欣赏》，2015年第8期。

［24］冯静：《伪满洲国文学书写中的妓女叙事——以《朦胧烟花巷》为个案研究》，《社会科学辑刊》，2015年第2期。

［25］谢琼：《伪满洲国〈作风〉杂志及朝鲜文学翻译》，《杭州师范大学学报（社会科学版）》，2015年第1期。

［26］［日］冈田英树、牛耕耘：《论古而及今——伪满洲国的历史小说再检证》，《杭州师范大学学报（社会科学版）》，2015年第1期。

2016年

［1］张泉：《伪满洲国俄侨作家拜阔夫（巴依科夫）研究专题主持人语》，《沈阳师范大学学报（社会科学版）》，2016年第6期。

［2］王亚民：《"满洲"密林的生态书写与哲学性思考——以伪满洲国俄侨作家尼·巴依科夫的〈大王〉为例》，《沈阳师范大学学报（社会科学版）》，2016年第6期。

［3］蔡佩均：《"发现满洲"：拜阔夫小说中的"密林"与"虎王"意象》，《沈阳师范大学学报（社会科学版）》，2016年第6期。

　［4］陈实：《〈满洲学童〉与"植入式童话"》，《华东师范大学学报（社会科学版）》，2016 年第 6 期。

　［5］陈言：《揭秘伪满洲国"夜皇帝"甘粕正彦》，《光明日报》，2016 年 10 月 29 日。

　［6］朴丽花：《梅娘侨居日本时期创作的朝鲜人题材小说——兼谈柳龙光的朝鲜观对梅娘的影响》，《沈阳师范大学学报（社会科学版）》，2016 年第 5 期。

　［7］侯丽、尚侠：《大内隆雄的东北现代文学翻译》，《外国问题研究》，2016 年第 3 期。

　［8］谢朝坤：《鲁迅在伪满洲国的传播、接受与影响》，《名作欣赏》，2016 年第 26 期。

　［9］［日］冈田英树、邓丽霞：《历史记忆与成长叙事——论伪满洲国作家马寻的〈风雨关东〉》，《沈阳师范大学学报（社会科学版）》，2016 年第 4 期。

　［10］何爽：《伪满洲国剧作家安犀论》，《沈阳师范大学学报（社会科学版）》，2016 年第 4 期。

　［11］陈实：《伪满洲国文学之"修饰的镜像"——以但娣〈忽玛河之夜〉为起点的考察》，《沈阳师范大学学报（社会科学版）》，2016 年第 4 期。

　［12］张泉：《东亚殖民语境中北方代表女作家的生成——简论北京时期的梅娘》，《沈阳师范大学学报（社会科学版）》，2016 年第 5 期。

　［13］王越：《殖民语境下东北新文学发展的另一种可能——以梅娘在伪满文坛的两种文学身份标签为中心》，《沈阳师范大学学报（社会科学版）》，2016 年第 5 期。

　［14］庄培蓉：《新中国文学场域初建期的"隐身人"——以与张爱玲、周作人同台出场的梅娘为中心》，《沈阳师范大学学报（社会科学版）》，2016 年第 5 期。

　［15］杜晓梅：《尼·巴依科夫创作和研究中的"满洲主题"——兼论其对我国东北自然研究的贡献与价值》，《沈阳师范大学学报（社会科学版）》，2016 年第 5 期。

　［16］侯丽、尚侠：《伪满文坛上的大内隆雄》，《文艺争鸣》，2016 年

第 7 期。

　　［17］高翔：《新时期长篇小说的伪满洲国书写》，《社会科学战线》，2016 年第 6 期。

　　［18］逄增玉：《"满映"电影杂志的殖民主义宣传策略及其复杂性》，《社会科学战线》，2016 年第 6 期。

　　［19］詹丽：《重释与融合——兼论伪满洲国通俗文学的研究价值》，《黑龙江社会科学》，2016 年第 3 期。

　　［20］韩雪玉：《伪满洲国时期中韩作品中的东北形象比较》（博士学位论文），中央民族大学，2016 年。

　　［21］王劲松：《伪满时期的女性文化及其外来影响因素——从〈麒麟〉〈新满洲〉杂志女性话语空间看殖民性别文化构建》，《重庆广播电视大学学报》，2016 年第 2 期。

　　［22］王斯慧：《〈盛京时报·教育周刊〉研究》（博士学位论文），南京师范大学，2016 年。

　　［23］齐晓君：《关东军报道班对伪满新闻业的操控——从报刊呈现的角度考察》（博士学位论文），吉林大学，2016 年。

　　［24］刘学利：《伪满洲国教科书的演进阶段》，《教育评论》，2016 年第 3 期。

　　［25］刘晓丽：《殖民体制差异与作家的越域、跨语和文学想象——以台湾、伪满洲国、沦陷区文坛为例》，《社会科学辑刊》，2016 年第 2 期。

　　［26］陈实：《伪满洲国童话写作与"未来国民"的塑造》，《社会科学辑刊》，2016 年第 2 期。

　　［27］李田田：《伪满洲国时期日本文化渗透论析——以〈麒麟〉杂志为中心》，《黑河学院学报》，2016 年第 1 期。

　　［28］赵丽芳：《"日系"蒙古文报刊的两面性：同化工具与抵抗书写》，《新闻与传播研究》，2016 年第 1 期。

　　［29］杨帆：《伪满时期日本对东边道地区耕地掠夺及"粮食出荷"》，《东北师范大学学报（社会科学版）》，2016 年第 1 期。

　　［30］王恩全：《揭开伪满洲国傀儡军队黑色的面纱——东北作家杨慈灯军旅小说解析》，《沈阳农业大学学报（社会科学版）》，2016 年第 1 期。

2017年

［1］刘晓丽：《解殖性内在于殖民地文学》，《探索与争鸣》，2017年第1期。

［2］汤拥华：《作为方法的殖民性——殖民地文学研究的一种理论路径》，《探索与争鸣》，2017年第1期。

［3］张泉：《中国沦陷区文艺研究的方法问题——以杜赞奇的"满洲国"想象为中心》，《探索与争鸣》，2017年第1期。

［4］罗鹏：《伪满洲国与假亲属关系——以穆儒丐〈新婚别〉为个案的考察》，《沈阳师范大学学报（社会科学版）》，2017年第6期。

［5］张瑞：《〈大北新报〉与伪满洲国对"新国民"的塑造》，《长春师范大学学报》，2017年第11期。

［6］何爽：《伪满洲国剧作家李乔戏剧创作论》，《社会科学战线》，2017年第11期。

［7］李冉：《吴瑛与第一次"东亚操觚者大会"——以〈东游后记〉为中心》，《新文学史料》，2017年第3期。

［8］梁德学：《近代日本人在华中文报纸的殖民话语与"他者"叙事——以〈盛京时报〉〈泰东日报〉的伪满洲国"建国"报道为例》，《新闻大学》，2017年第3期。

［9］侯天依：《伪满洲国殖民统治下的文化选择——以吴瑛的〈新幽灵〉为例》，《文教资料》，2017年第17期。

［10］［加］诺曼·史密斯：《解殖：伪满洲国文学的一个面向——李正中和张杏娟笔下的"忧郁"主题》，《沈阳师范大学学报（社会科学版）》，2017年第3期。

［11］谢朝坤：《忧郁：受殖者的精神抵抗——论东北沦陷时期文学的忧郁书写及其抵抗精神》，《社会科学论坛》，2017年第4期。

［12］庄君：《"国策"电影体系的建构与互动——伪满洲国电影法与日本电影法比较研究》，《当代电影》，2017年第3期。

［13］包学菊：《伪满洲国文学"双城记"——东北沦陷时期哈尔滨、长

春的文学图景》，《文艺评论》，2017年第2期。

［14］文贵良：《东北沦陷时期伪满洲国的日语殖民问题》，《学术月刊》，2017年第1期。

2018年

［1］李海英：《"鲜系"文学：建构东亚殖民主义与文学理论话语的核心关键词之一》，《沈阳师范大学学报（社会科学版）》，2018年第6期。

［2］谢琼：《被忽视的凝视：伪满洲国"内鲜满文学"交流新解》，《沈阳师范大学学报（社会科学版）》，2018年第6期。

［3］李洁、邵小龙：《幻影重重的伪满洲国——"南满铁路株式会社"（1932—1940）制作的纪录片研究》，《当代电影》，2018年第11期。

［4］杨宇：《牛岛春子文学作品〈祝连天〉中的文化殖民》，《牡丹江大学学报》，2018第9期。

［5］祝力新：《伪满日语文献〈满洲评论〉与中日领土领海问题研究》，《社会科学研究》，2018年第5期。

［6］张瑞：《"王道乐土"的幻境：〈大北新报〉对于伪满时期哈尔滨经济建设的报道研究》，《中国多媒体与网络教学学报（上旬刊）》，2018年第8期。

［7］祝然：《战争末期伪满日语杂志〈北窗〉时评专栏中的作家视角》，《沈阳师范大学学报（社会科学版）》，2018年第4期。

［8］田雷、邬伊岩：《东北沦陷初期国人报纸伪满洲国建政的言说——基于〈滨江时报〉时政报道的考察》，《新闻春秋》，2018年第3期。

［9］何爽：《殖民经济"统制"下的文学想象与精神抵抗——伪满洲国文学中的工人形象书写》，《沈阳师范大学学报（社会科学版）》，2018年第2期。

［10］刘晓丽：《自然写作的诗学与政治：伪满洲国殖民地的"风景"研究——以山丁的长篇小说〈绿色的谷〉为中心的考察》，《沈阳师范大学学报（社会科学版）》，2018年第2期。

［11］刘超：《铁蹄下的"救亡式启蒙"——"艺文志派"的文化民族主

义策略》，《学术月刊》，2018 年第 2 期。

[13] 孟石峰：《朝鲜族移民文学的共同体意识建构》，《黑龙江民族丛刊》，2018 年第 1 期。

[13] 李冉：《〈斯民〉的"文化共谋"与女性空间——兼论吴瑛的早期书写》，《黑龙江社会科学》，2018 年第 1 期。

英文部分

[1] [美] 凯文斯·图尔特等：《中国达斡尔少数民族：社会、萨满教与民间传说》，美国费城：宾夕法尼亚大学，1994 年。

[2] [美] 安德鲁·豪尔：《言语胜似剑戟：伪满洲国抵制殖民教育的倾向》，《亚洲研究》，2009 年第 68 卷第 3 期。

[3] [美] 杰奎琳·威克斯：《仙子、童话与英国诗歌的发展》（博士学位论文），美国印第安纳州：圣母大学（诺特丹大学），2011 年。

[4] [美] 维克多·扎茨平：《不易的平衡：俄国移民群与满洲乌托邦》，《东北亚历史研究》，2013 年第 1 期。

后 记

我曾很多次幻想过我写这本书后记的样子，那时候我常想，我肯定是怀着一种异常轻松、释然、解放的感觉，去记录终于完成的喜悦吧？

然而，没有。

我满脑子都是不舍和感恩。似乎我要送别一个挚友，抑或是一个挚友正在向我挥手道别。车轮已经转动，汽笛已然响起，这一站的研究即将成为过去，如同无数个过去一样，将离我而去了。当一个人过了"为赋新词强说愁"的年龄，往往离愁别绪便变得那样真实与强烈了。

"博士"与我的名字相连，实在是我自己都觉得惊讶的事情。如果有人穿越到我的高中或是大学时代，去告诉我："陈实，你以后会读博士。"我不会相信，也不敢相信。在我心目中，博士意味着你可以勤奋读书，认真钻研，意味着一个学历的顶端，更意味着严谨和专注，意味着你很能读书，很愿读书。然而那时候的我，只是一个爱玩的孩子。

我曾经梦想做一个画家。那时候我亲爱的外公还活着。他是一个小学教师，但在我眼里他比大学教授还有学问。他教我做各种玩意儿，教我画画，带我爬山，每天用自行车驮着我在县城里游荡，买好吃的给我。可当我后来告诉他我想做画家的时候，他却不肯。他告诉我，你要好好读书，把画画作为业余爱好就好。也许是他很早就看出我的天资根本无法支撑自己成为一个画家，读书却可以充实我的人生吧。我在外公外婆家度过了非常快乐的童年，他们原谅我所有的顽皮，喜欢我所有的缺点——当然这也是我所有亲人的共同特点。就像我的大姨王力平，我儿时骑在她邻居的墙头上，用远近闻名的精准弹弓一石头打穿了她邻居家鸭子的眼睛，当邻居找上门的时候，她只是夸我的神准，如今还常津津乐道。她的三个儿子：刘瑜庭、刘俊、刘群，是我最亲密的表哥们。他们照顾我、关爱我、保护我，我们一起长大，无论我做什么，他们总是给我最及时的鼓励和支持。博士毕业后，我穿着博士服的照片被大姨拿去给外婆看，外婆笑得合不拢嘴，我知道外婆的开心是双倍的，为了她自己和她丈夫最喜欢的外孙而喜不自禁。如今九十几岁的她，谈到很多事都有些糊涂了，唯独说起我的所有的事，她都异常清醒，就好像这些记忆是特别放在脑子里的。

外公和外婆在我很小的时候就给了我一种印象，那就是，有文化真好。外公和外婆影响了我们家四代人，他们对生活的态度、对爱情的执着和对学习的激情，让我和三位表哥都受益良多。我想首先感谢我的外公和外婆，他们不仅给了我一个快乐的童年，还教会了我永远保持对新事物的探索，对知识的渴望。我多么希望外公泉下有知，也能知道他最心疼的外孙居然成了一个博士，想必他也是故作镇定地窃喜吧。每当我在人生中遇到特别开心和悲伤的事时，总是特别想念他。

与外公外婆的溺爱不同，我的父亲陈耀林、母亲王小平对我十分严格，我始终在想这与他们是党员有没有关系。小时候我的调皮捣蛋给父母找了很多的麻烦。父亲在我小学四年级时候到乡镇做干部后，就把自己的时间大部分献给了党和他的事业，很多时候他很忙，忙到偶尔回家吃饭才能顺便揍我一顿。我的母亲默默地承担了家里所有的事务，包括对我的辅导和教育——大部分的。很多时候当我与别人打架、自己顽皮受伤或是学习落后时，母亲咬破自己的嘴唇，忍着跟我讲道理。当然，我也不是没挨过母亲的皮带，只是都很轻，打完就忘记了。

直到高中我还在挨打，打着打着我就长大了。有一天我父亲无奈地对母亲说："你儿子像电视里的地下党一样，打他什么用都没有，不哭也不说话，一动不动。"他终于意识到儿子大了，从此再也没有打过我。高考前他特地陪我们去散步，一路上他走得很快，我和母亲无声地跟着。他几乎是不会散步的，长期的工作习惯和急性子，使得今天我们也都还是远远地跟着他。高考的那天，父亲破天荒请了假到校园里等我考完。语文考试开场一个半小时，老师看着表，说"你儿子要出来了"。父亲很讶异，因为考试时间还有一个小时。紧接着他就看到我从楼梯上一路小跑下来了，后来他常常感叹语文老师对我的了解，也时常教育我不要如此自负。

当年我确实是靠着语文和英语成绩，遮盖了数学的弱势，考上的大学。

2003 年考研，我却也确实因为作文提前交卷，过于自信，而错过在华师大继续读研的机会。父亲的理论常常是对的，只是很多年后当我做了父亲才意识到这一点。

父母对我的爱，从来都没有一丝折扣，那种无瑕疵而深沉的爱，伴随着我走过的路。年少的时候，却总是渴望自由，渴望张开翅膀飞到远方。

我还记得 1999 年的秋季，华东师范大学中山北路大门的外墙晒得烫手，梧桐树叶子很绿很茂密。我背着一把吉他，提着一个放了气的篮球走进这扇大门，旁边是抱怨"你哪里像是来读书"的爸爸和一脸不舍的妈妈。大学对于我来说，确实是打碎了高中苦读的牢笼，我挣脱了班主任和老师们的束缚，冲过了高考的独木桥，离开了父母的唠叨与管教。这是个多么好的地方啊！父母一坐上回程的火车，这学校就是我自己随心所欲的乐园了，背吉他、提篮球怎么了？我要让青春来得更猛烈一些！

大学毕业的时候，我回望自己在华师大的四年，读了很多小说，看了很多电影，写了很多小说和剧本，在话剧社跑了很多龙套，在电脑游戏里捡了很多金币，翻过后门吃遍过枣阳路，数过梧桐没辜负"爱在华师大"，唯独没有爱上做学问。虽然毕业论文在杨扬老师的指导下还获得了《上海文学》新人大赛的佳作奖，但我知道自己绝对是一个中文系的文艺青年，研究和学术与我无关，我觉得做学问的就应该是那些戴着"厚瓶底子"眼镜，整天围着老师问问题从来不逃课的学生，反正可以是谁都不应该是我。

那时候日子好过，岁月静好，未来还长。那时候杨扬老师还是华师大最年轻的博导，刘晓丽老师还跟着马以鑫教授读博士。那时候华师大还没有闵行那块荒地，丽娃河和夏雨岛是我们唯一的回忆。那时候后门还能吃到两块五加一个蛋的炒河粉，前门还能吃一个刨冰打一场保龄球。2003 年，我离开华师大的时候，云南红河州的白主任还只是彝族毕业生白小鸟，上海的房子还很便宜，茶叶蛋只要五毛钱，我的腰围二尺二。

2004 年，我梦想做一个记者，那是我心目中自由的无冕之王。父母亲再一次对我的固执妥协，任由我离开杨老师给我找的工作，任由我放弃家乡的公务员岗位，任由我在一个商业杂志从实习生开始我的媒体生涯。年轻的我由此见识了媒体的大千世界，认识了很多后来对我帮助很大的朋友，在我做媒体的 7 年里，我买了房，娶妻生女，一路从实习生做到了杂志的编委。很多事实证明，塞翁失马焉知非福。如果我 2003 年考上了研究生，也许又是另一种人生了。我必须感谢我的父母，为他们一次又一次地让我遵循自己的内心，给我健康的体魄和自由的灵魂，为他们一次又一次鼓励我、陪伴我、教育我，给我幸福的家庭和无微不至的关怀，为他们一次又一次在我小有所成的时候提醒我清醒，在我稍有挫折的时候告诉我继续努力。父母是我最坚实的后盾和永远的精神家园，为了见证我博士毕业，他们来到上海，一直在我的身边。一年又一年，我在上海打拼，父母远在家乡，随着年纪增长，他们病痛之时我常无法陪伴身侧。这让我想起奶奶在世的时候常说的一句话："世上只有瓜连子，世上哪有子连瓜？"父母的恩情，又哪里是我寸草之心能够报答的呢？

在我再次回到华师大的 2013 年，上海的房子已经成为很多人遥不可及的梦，茶叶蛋一块六毛八还可以网上 45 分钟喊回家，我的腰围二尺八。这一年，我已经在社会上混迹了 10 年，刚从上海交通大学读完传播学的硕士，女儿已经 6 岁。这一年刘晓丽老师门下的第一个博士已入学一年，而杨扬老师也顶着包括上海作协副主席等一大堆的头衔。

杨扬老师和刘晓丽老师是我本科时的恩师，他们指导了我的第一篇论文，也指导了我第一次踏上社会。十几年来，这两位老师对于我，不仅是良师益友，更是亲人。作为我本科的写作老师，刘晓丽老师指导了我的写作，无数次为我拙劣的文字找报刊发表，鼓励我，鞭策我坚持自己的文学梦。杨扬老师则是因为治学严谨、不苟言笑，被我们全班惧怕，而特地留给我的毕业论文导师。我非常庆幸自己遇到他，不仅是因为他在 2002 年请我喝过一杯 138 块钱的咖啡，也不仅是因为他在 2003 年帮我找了一个事业单位的铁饭碗（我自己年少不懂事没做下去），而是因为直至今日，我还在他的教导和庇护之下，直至今日，我还常能在他寻觅的很有格调的地方吃饭喝咖啡。杨扬老师的严厉督促，是我完成博士学业的重大推动力，同时他的各种关怀和鼓励，也令我永远铭记。我还记得 2016 年 10 月 28 日，杨扬老师邀请我陪他去东方艺术中心欣赏的捷克爱乐乐团 120 周年庆典音乐会，也许他是觉得我一直闭关写论文，需要放松一下心情和大脑。那首澎湃豪迈的《沃尔塔瓦河》，让我分明听出了白天河水的奔腾和夜晚河水的雷鸣，更让我永远都记得恩师的情怀。杨老师对学术的严谨和对生活的热爱，是我一生需要仰视的标杆。

我曾经在考博士前征询过两位老师的意见，因为我无法选择到底考谁的博士，最终杨老师让给了刘老师，我希望这是因为他一向的绅士作风而不是指导我本科论文时的痛苦记忆使然。

准备的艰辛、考试的紧张、面试的忐忑和入学的迷茫似乎都还在眼前，此时却都已成为回忆。刚入学的那天，与成为我博士导师的刘晓丽老师散步在华师大闵大荒校园里，刘老师说，十年一个轮回，你终于又回到了母校。

可不是吗？这世上的事情，就在你渴望和为之努力的定数里。

2003年，我本科毕业的时候，在华师大文史楼前的大草坪上，毕业生都在与老师合影。当时刘晓丽老师对我说，你写作有天赋，也善于探索和思考，将来有一天我要是做了博导，你回来跟我做学术吧？

每每故事讲到这里，我都会说"于是我就回来了"。事实上，这里面却有多少不可思议的偶然与无法摆脱的必然啊。

2008年，我又梦想做一个企业家。那一年，是我创业的第一年，我开业的那天，拜好了财神不到一个小时，就传来了汶川大地震的消息，随着就是多年经济形势的低落。很多兄弟姐妹在我创业的时候帮助了我，让我这些年有了一份稳定的事业和收入。特别是我的好兄弟段玉春和万自立，是他们让我在读书时不为其他事情操心，帮我支撑着的业务和各种杂务。创业对我来说，如同打游戏开荒一样好玩。我并不在乎劳累与艰辛，很多时候全国各地奔忙，交各种朋友，对我来说是一件乐事。只是有时候，我内心始终在召唤那个暂时冬眠的文人，这让我痛苦不堪。我常常在半夜醒来，随之辗转反侧无法入睡。难道就这么一辈子做点生意？这个梦想到底能不能实现？人生太短，无法做所有的事。我不知道自己的选择是不是对的，是不是自己希望的，甚至不知道未来是什么。

在这一年，我总结了做杂志时候的故事和经验，出版了一本调侃《水浒传》与管理的书《笑梁山》。在这本书的后记里，我写到父亲的口头禅"人无远虑必有近忧"，其实这正是我当时的状态。

2008年年底，我遇到了我的硕士导师王昊青老师。她是我朋友的朋友，同时作为前《IT时报》的总编，我们多少也算是同行。在一次饭局上，她问我，你既然还是文人多于商人，又做过那么多年的媒体，有没有兴趣到交大读个硕士？我居然想都没想，就说了一句"好啊！"随后就有了2009年、2010年的两次考研经历，离开学校太久，我到第二次才顺利通过了考试。上海交通大学的三年硕士旅程如此偶然地开启，又如此必然地发生了。王昊青老师带我进入了学术的大门，尤记得她与我多次醍醐灌顶式的交谈，以及关于理想的追问，是她告诉我"你可以做一个大文化人，一个小商人"，让我明确了自己的方向。如果不是她，我不可能有勇气回到校园，也就没有了读博的可能，我希望向她致以最诚恳的感激之情。人生一个个驿站，常有贵人快马相赠，无以为报。

2013年我终于如愿，重新成为刘晓丽教授的学生——作为博士生。当我开着车进入华师大闵行校区的那天，陌生的校园和熟悉的感觉让我百感交集，恍若隔世。离家52公里的这片地方，成了我这四年新的母校所在。丽娃河到樱桃河，我一渡十年。

从我本科毕业到博士入学，刘晓丽老师在这十年里，除了成为博导，还已成为伪满洲国文学领域一流的专家。早在本科时，我就说过她是注定带着"学术光环"的人，那么优雅而勤奋，那么充满活力与激情，如今我更是只有仰望。她从老师成为我十几年的朋友，又从十几年的朋友再次成为我的导师。我见证了她与先生李林祥的相濡以沫，见证了他们聪慧可爱的女儿李天一从幼儿园到如今的大学校园。除了感谢恩师，我必须感谢画家李大哥和天一宝宝对我一次次义无反顾的支持和鼓励，感谢老师一家人对我的关怀和爱护。

第一次以博士候选人的身份走进刘老师的办公室，正遇上她筹划主编《伪满时期文学资料与整理》，我自然而然地加入并承担了力所能及的工作。2017年1月，这套33本的鸿篇巨著一经出版，便轰动学界。我的名字忝列在编委之中，也是得益于刘老师的推荐与重用。同时，在刘老师的指引下，我选择了"伪满洲国童话"作为自己博士阶段的研究方向，并在老师的推荐下认识了我的加拿大导师诺曼·史密斯教授和伪满洲国时期著名童话、军旅文学作家慈灯的儿子夏正社先生。

"诺曼是我见过的最好的老外！"我妻子王艳睿如此评价。确实如此，我在博士第二年赴加拿大圭尔夫大学访学，带着妻女。在加拿大，我得到史密斯教授严谨的学术指导和生活上的各种照顾，是他教给我如何写出"北美范儿"的学术论文，是他教我如何根据史料中的细节要点分析史实，能得到这样一个通晓中国现代历史和伪满洲国文学史的历史系教授的指导，是我的幸运。是刘晓丽教授和史密斯教授两位老师，让我学会了如何用历史的眼光看待文学，如何在历史细节里书写学术论文，如何公正客观地使用史料，如何作为一个博士去观察这个世界。每周，他都会准时坐在办公室里，花半天的时间指点我，他几乎一字一行地修改我当时着手的第一篇关于伪满洲国童话的论文。他更是慷慨地将他所收集的伪满洲国相关的资料与我分享，还亲自提着三个行李箱的报纸复印件，搬到我们没有电梯的三楼门口，这是多么深的情谊啊！他经常想方设法地为我女儿寻找有趣的小镇，不爱开车的他至今开得最远的路，就是带着我们出去看蝴蝶的行程。我博士毕业时，史密斯教授又不远万里来上海见证我的毕业典礼，这让我十分感动，也成为我们之间不可磨灭的记忆。在这里，我再次感谢导师刘晓丽教授和史密斯教授，没有你们的教诲和帮助，就没有这本书的诞生。

慈灯是伪满洲国著名的作家，关于他的童话创作的研究，是本书重要的一章。慈灯的儿子夏正社先生比我父亲大两岁，我必须尊称他为叔叔（其实不该是伯伯吗），对于这一点他非常不乐意，作为忘年交，他总是希望我和他兄弟相称。

2015年11月，我与夏叔相约飞赴沈阳，上海和珠海的两个"陌生人"这才初次正式见面——虽然我们已经在网络上联系两年多，而且早就把彼此当作好朋友了。我们相约东北的唯一任务，就是继续寻找慈灯的资料，在夏叔手上已有的几本慈灯著作原件和大量复印件的基础上，更多更全面地收集。另外，他的发小郑小波教授，也从贵阳飞来，并全程陪伴、协助我们寻找、搜集和整理资料。当我看着两位年逾花甲的老先生（希望夏叔原宥我的措辞，在我心中你们是年轻帅气的），在图书馆昏暗的光线中寻找堆积成山的报纸杂志之中慈灯的只字片语时，心中除了佩服，还有深深的感动，为他们的坚持，更为他们之间的友情。

我们一路在沈阳、大连、旅顺等地"地毯式"寻找，拜访了辽宁省图书馆、沈阳市图书馆、大连市图书馆等，并到慈灯长期生活的大连金州区调研。伪满洲国时期的资料，由于战争和其他各种因素，已经非常难以搜集了，这也是横亘在很多沦陷区研究者面前的大问题。然而，终因为夏叔的各种资源和精诚所至，加上其老而弥帅和令人欢喜的形象，所有看似无法克服的困难都迎刃而解，那些发黄的资料一一展现在了我们的面前。在此衷心感谢贵州省文化厅、辽宁省文化和旅游厅、吉林省文化和旅游厅、黑龙江省文化和旅游厅、辽宁省图书馆、吉林省图书馆、黑龙江省图书馆、沈阳市图书馆、大连市图书馆、长春市图书馆、哈尔滨市图书馆相关领导和各位老师的帮助。同时，有很多东北的朋友无私地为我们提供各种便利，更别说初国卿老师、马力老师、宋玉成社长、丛军大哥、李千大哥、张愿林大哥、黄文兴大哥、初国杰大哥、吴限姐姐、詹丽师姐、王爽妹妹、李丽师妹等人一路的指导、款待和陪伴了。这一趟我们获得了很多一手的资料，包括《泰东日报》《大同报》《滨江时报》《康德新闻》上300多篇慈灯的文章，1000多份其他报纸和杂志上的作品，大多都从未与世人见面。我想在这里感谢夏正社先生对我的指引和帮助，这本书中大量的资料都是在他的帮助下得到的，在生活中他对我的关怀和提点，也使我受益良多。同时我也要感谢郑小波教授陪伴我们，帮助我们，给我讲了很多有趣的事情和人生道理，他的机智和专业，让我十分敬佩。

我们每次到东北，也都会去拜访作家、书法家李正中先生。他是伪满洲国时期作家中我所知的唯一依然健在的了。他总是和蔼地接待我们，跟我们讲很多伪满洲国文学界的事情，我向他请教过不少关于童话和慈灯的问题，他还帮我鉴别了一些当时杂志上的笔名。得知我的书要出版，他还帮我题写了书名。96岁的他为了给我写几个完美的字，竟连续写了三幅，并全部赠送给我。后来我才得知诺曼与李老的关系，他几乎是李老的另一个儿子，李老的儿子——我的李千大哥告诉我，诺曼和他的感情也是亲兄弟一般。这让我意识到，这世界上很多的相遇和很多的亲热，都是宿命使然。我衷心地感谢并祝福李老，希望他健康如意，寿比南山。

在我书写《满洲学童》一章时，苦于没有原始资料，我全国全世界寻觅，也才收集到十几本。我为了搜集资料去了北京，但不巧当我在国家图书馆的时候，负责照相和拷贝的老师正好不在，我又不能长期逗留。后来，我的高中同学、挚友胡家源为了帮我收集几本童话书，特地两次跨越整个北京城，在国图苦等拷贝。我的同门师妹徐隽文、庄培荣、吴璇也无私地帮助了我，她们抽出自己宝贵的时间，为我带回了急缺的十几本资料，在此向我的几位颜值与才华一样出众的师妹致以诚挚的感谢！《满洲学童》的搜集过程，让我体会到什么叫作"苦心人，天不负"。2016年6月13日，在吉林长春，在詹丽师姐的介绍下，我和同门谢朝坤、师妹李丽一起去吉林省社会科学院图书馆，寻找有用的伪满洲国资料。我们当时的目标是那边的"满铁"资料馆，没想到在这次行程中，我意外地收获了几十本《满洲学童》。当我们在一堆旧书中发现它们时，李丽说："陈实的眼睛红了。"是的，我当时有一种想哭的感觉，因为这堆《满洲学童》，意味着我的资料再也不缺了。感谢吉林社科院的焦宝师兄和霍老师，是他们为我奔忙，并整理、快递了这些极为重要的资料，同时，衷心感谢李丽和朝坤这几年的陪伴和各种帮助，你们常为我带来快乐和运气，谢谢你们！还有师姐李冉，不仅给我们树立了一个读书和家庭平衡发展的榜样，还帮我找了不少资料，在此一并致谢！其他经常帮助我应对各种学校"套路"的师妹们，也谢谢你们，希望你们越来越优秀，心想事成！

在本书的撰写过程中，我得到了很多前辈学者的指导和帮助，其中特别需要感谢的是东北儿童文学研究的先行者、沈阳师范大学的马力老师。她与吴庆先、姜郁文合著的《东北儿童文学史》，是我少数几本童话研究启蒙书之一。与马力老师的相遇非常具有戏剧性，夏叔宴请古丁之子徐彻先生时，同时邀请了她。而我一直希望见到马力老师，也多次听夏叔说想要介绍一位研究儿童文学的专家给我认识，但我不知道他说的就是马力老师。2015 年 11 月 11 日，在宴席之上，我和马力老师互为邻座，我与她相见恨晚，聊了很多。那次之后马力老师不仅给我寄来了她的专著——1999 年获第十届冰心儿童图书奖的《童话学通论》，还给我的女儿寄来了一套 6 本她当年精选主编的《最美最美的外国童话》，这套书精美绝伦，我女儿拿到就爱不释手。马力老师研究童话并充满对孩子们的关怀，这种将学术应用、反哺于社会的精神，是我以后必须认真学习的。

除了我的导师华东师范大学中文系的刘晓丽教授、"常务导师"杨扬教授、"汤神"汤拥华教授不遗余力地指导我的研究之外，北京社会科学院的张泉老师、陈玲玲老师，吉林大学新闻与传播学院的蒋蕾教授，日本立命馆大学的冈田英树教授，日本首都大学东京人文科学研究院的大久保明男教授，韩国圆光大学的金在湧教授，美国萨福克大学东亚研究所所长兼哈佛大学费正清研究中心合作研究员薛龙教授，台湾清华大学台湾文学研究所的柳书琴教授，华东政法大学人文学院的吴敏教授，华东师范大学中文系的马以鑫教授，文贵良教授、朱国华教授、朱志荣教授，殷国明教授，上海师范大学王纪人教授等众多学术大牛，都在我读博和撰写本书过程中对我进行过提点、指导或关怀。他们是我学习的榜样，也是我人生的灯塔，诚挚地感谢他们！

在论及"日系"作家童话作品时，我苦于不懂日文，几乎寸步难行。日本立命馆大学文学研究科的邓丽霞博士、日本大阪大学的彭雨新博士、我妻子的闺密陈洁琼女士、我的"发小"向雨女士在关键时刻雪中送炭，辛苦地为我翻译了很多外文资料。其中丽霞和雨新两位师妹，经常深夜还在为我翻译日语童话集。丽霞为了我几次在日本的办公室里越洋通话，雨新为了我跟朋友聚会时都在微信上帮我翻译，陈洁琼也常常为了我一张明信片或一段文字反复推敲，向雨不仅自己帮我翻译了我需要在香港发表的一篇论文，还帮我求她的闺密翻译了一篇我急需的日语论文。是她们的援手，才让我大量的日文史料获得了充分地利用，也是她们，在翻译过程中不断地鼓励我坚持完成研究。我不知道如此简单的一句感谢，如何能表达我心中的感激与感动。

我的妻子王艳睿和女儿陈一鸣，一直在背后支持着我的读书生涯。我博士一年级，正好是女儿一年级，妻子曾笑称"你们两个都是一年级"，确实如此。妻子每天清晨带着女儿上学，辛苦一天后，还要接孩子，辅导孩子做作业、拉小提琴，照顾女儿的日常生活，她从来没有一句怨言，也从来没有一次用任何借口影响我读书。我与她认识19年来，她对我的爱始终如一，始终炽烈。本书撰写过程中，我在家几乎是一个只会在电脑前打字的人，和她的交流都少了许多。她常常提醒我站起来活动，还经常陪我出去散步，在我遇到难点时，通过削水果或是倒茶来为我排解。女儿这几年正处于活泼好动的年龄，为了我写论文，她常常只好玩一些安静的游戏，看着她有时候孤独地在沙发上玩，我感到特别内疚。在加拿大的一年，妻子常陪着我在零下45度的大风雪中步行买菜，每天照顾我和女儿的饮食起居，虽然她说乐在其中，我却明白这些付出都是为了我完成梦想。我本该让她过得更加轻松快乐，希望以后我能给她和女儿更多的惊喜和幸福吧！

我要感谢我的丈母娘黄兰娣女士，十几年来，她辛苦地承担了我们家里所有的家务，在我读博和撰写本书期间，她每天默默做事，生怕发出一点影响我的声音，每到饭点才喊我起身，丰盛的饭菜已然备好。她是我们家最辛苦的人，我们一家都必须感谢她的支持和慈爱。

感谢湖北和上海我所有的亲朋们，是你们多年来的关爱与鼓励，让我走上学术研究的道路。请恕我不能一一顿首，我牵挂你们，就像你们时刻牵挂着我一样。

我还要感谢上海第二工业大学文理学部的主任郑佩芸教授、综合办公室的许捷老师和艺术系的侯林教授，他们给予我很多研究上的督促和工作上的帮助，衷心感谢他们！

　　后记如此冗长，也并未能容纳我的所有感谢和感恩。就如同本书，虽然经历这么多的艰辛和努力，也并未能解决所有提出的问题，给出更多富于创新的答案。我只能以这篇流水账式的后记，在深夜为此书画上一个句号。

　　天亮后又是新的一天，未来还得继续努力。

2019 年 3 月 12 日植树节于上海